新潮文庫

守教

下巻

帚木蓬生著

新潮社版

11297

守教　下巻　目次

第四章　棄　教

第五章　潜　教

守教

下巻

『守教』関連地図

制作／アトリエ・プラン

第四章　棄教

一　甘木レジデンシア　慶長十六年（一六一一）三月

慶長十年の秋、グレゴリウス暦では千六百五年の十月、長男の音蔵が嫁を貰《もら》った。まだ年若いと思っていた音蔵も二十七歳になっている。弟の道蔵の祝言《しゅうげん》がすんだ頃から、久米蔵はそれとなく嫁探しをしていた。本来なら、他の組の大庄屋の娘を貰うのが適当だと思い、年二回の郡《こおり》奉行の屋敷に大庄屋が集められたときなど、世間話のなかで聞き耳を立ててはいた。

娘のりせが嫁《とつ》いでいる板井村の庄屋板井得十郎にも、そこの大庄屋に適当な娘はいないか、内密に訊《き》いたこともある。得十郎の返事は久米蔵に溜息《ためいき》をつかせた。今の大庄屋は評判が悪く、勧められないという。自らの蓄財ばかりに熱心で、配下の庄屋たち何人かは、連名で訴状を郡奉行にさし出したばかりらしかった。大庄屋は、私腹を肥やそうと思えばいつでもできる。それをするかしないかは、大庄屋自身の見識次第なのだ。

跡継ぎの音蔵には、実務以外にも、大庄屋のあるべき姿をことあるごとに教えていた。すべて養父から厳しく仕込まれたことばかりなので、口移しと同じだった。要は慈愛であり、デウス・イエズスの言葉に従えば、富や金は人を豊かにしないのだ。貧しさとは慈愛の欠乏だった。

かつてラモン神父が言った教えを、久米蔵は思い出す。〈神からいただいた賜物《たまもの》は、自ら取っておくためではなく、分かち合うためのものです〉。

大庄屋の心得の根本は、そこに尽きるのではないか。百姓がいるから、庄屋が成り立ち、大庄屋も立ちゆけるのだ。その逆ではない。これ以上明解な理屈はなかった。自分も五十歳の峠を超えたところだ。音蔵にあとを任せる好機も、この二、三年のうちに見《み》出《いだ》すべきだろう。

一月八日の御用始めに、庄屋たちが年貢《ねんぐ》納入の帳簿を持って集まった夜、久米蔵は音蔵に訊いてみた。

「意中の女子《おなご》は、おります」

それが返答で、久米蔵は思わず居住いを正した。

「それはどこの女子か」

「父上も知っとるはずです。今日も会われたのじゃなかですか」

「今日会《お》うた女子じゃと。庄屋はみんな男ばかりだ。娘を連れて来た者はおらん」

「帳簿の突き合わせが終わって、夕餉《ゆうげ》の席になったでっしょ」

微笑しながら音蔵が言う。

「それはみんな喜んでもらった。とよや荒使子《あらしこ》たちが総出で、よか料理を用意してくれた。酒もよか酒じゃった」

「その酒は、どこの酒でっしょか」

「そりゃ、いつも本郷《ほんごう》村の酒に決まっとる。あそこの〈古処《こしょ》の雫《しずく》〉には、そんじょそこらの酒は太刀打ちできん」

「その酒ば運んで来たのは？」

音蔵が畳みかけた。

「酒屋の手代《てだい》が二人来とったように思うが」

「もうひとりいなかったですか」

「ああ、いたいた。若か女子がついて来とった。若か割には手代たちに指図しとったから、あれは番頭か何かじゃろ。女子を番頭にもってくるなど珍らしかこつ」

そこまで答えて、久米蔵ははたと思い至る。「あれが〈古処の雫〉の娘か」

「そげんです」

音蔵が満足気に頷《うなず》く。

「どこであの娘ば知った？」

酒を注文したのはこれが初めてではない。しかし年にわずか二、三回くらいなので、それで二人がお互い懇意《こんい》になるはずはない。

「秋月の教会です」

音蔵の返事に、久米蔵は得心する。

秋月にマトス神父とジョアン山修道士が居住するようになって、音蔵は月に二回訪れるようになっていた。マトス神父からも目をかけられて、行くたびに話をしているらしい。

マトス神父の生まれはポルトガルという国で、イエズス会にはいったのは、わずか十七歳のときだという。そこで修練を積んで、修道士の身分で二十五歳でインドに送られる。一年後マカオまで来て、そこのコレジョで神学を修め、二十八歳で神父になり、日本に着いたのは関ヶ原の戦いの半年前らしかった。

音蔵が、神父のそんな経歴を久米蔵たちに語ってきかせられるのも、神父の音蔵に対する信頼が篤《あつ》いからに違いなかった。

「あの酒屋の娘の名は何ちいうのか」

「きよです」

「いくつか」

「十七です」

聞いて、久米蔵はきよの両親の躾《しつけ》に感心する。娘を箱入りにする代わりに、弱年《じゃくねん》の頃から家業を手伝わせるのは、よほどの見識がなければできない。

音蔵と話をしたあと、久米蔵は妻のとよに訊いてみた。

「お前、本郷の酒屋の娘のきよを知っとるか」

「知っとります。よう気が利《き》く子で、手代たちも一目置いとるのがよう分かります。酒の配達をするくらいですけん、家の中でもあれこれ立ち働いとるとでっしょ。感心な娘で、懐《ふところ》にはロザリオを入れとります。見せてもらったこつがありますが、紫水晶でできとります」

「紫水晶？」

「洗礼ば受けたとき、父親から贈られたそうです」

とすれば、一家揃《そろ》ってのイエズス教信者に違いなかった。

「そのきよを音蔵の嫁に迎えるとは、どげん思うか」

「きよば嫁ですか」

一瞬とよは絶句したものの、すぐに言い足す。「そりゃ利発な子ですけん、大庄屋の女房は立派に務まると思います」

「大庄屋と酒屋は違うがの」

「まず音蔵の気持を訊いてみらんこつには」

「それが、音蔵のほうからこの話が出た」

「そげんでしたか」

またもや、とよが絶句する。「はあ分かりました。それで音蔵がしばしば秋月の教会まで行っとったとですね。あのきよも、秋月にはよく行くと言っとりました。案外、途中で待ち合わせて、連れ立って行っとったのかもしれません」

「まさか。そげなこつすると、すぐ噂《うわさ》になる」

久米蔵は苦笑した。

十日ばかりして、久米蔵はとよと二人で造り酒屋の杓子《しゃくし》屋を訪れた。主人の倉七はまだ若く、四十そこそこだった。子供は娘だけ三人で、きよはその長女であり、だからこそ、小さい頃から酒屋の生業《なりわい》を手伝わされていたのに違いない。

その長女を手放すのは、身を切られるくらいの辛《つら》さだろうが、両親は口を揃えて「もったいない、ありがたかこつです」と言ってくれた。

婚礼の式は、秋月の教会で挙げてもらうように、万事手配したのは音蔵自身だった。代わりに久米蔵は各庄屋にその旨《むね》を知らせて、都合がつけば参集してくれるように頼んだ。板井村の庄屋板井家にも書状を送った。

当日は、晩秋の晴れ渡った空が広がり、古処山から吹きおろす風が心地よかった。庄屋だけでなく、各村から主だった信者が集まってくれた。

久米蔵が驚いたのは、明石ジョアン掃部《かもん》様が家臣を従えて一家総出で来てくれたことだった。

「今日教会に来たところ、昼から式があると神父から聞いて、残っていた。子息の婚姻、誠におめでたい」

掃部様は言ったが、偶然であるはずはなかった。マトス神父から話を聞いて、わざわざ来てくれたのに違いなかった。

久米蔵はそこで掃部様の御母堂以下五人を紹介された。母親のモニカはもう老齢で六十を過ぎていた。子供たちはいずれも十代で男はパウロとヨゼフ、娘はカタリナとレジナという洗礼名だった。

「長男のミゲルは同宿《どうじゅく》で、広島のコウロス神父の許《もと》で働いています」

聞かされて、一家あげての信者だと久米蔵は感心する。従って来た十数人の家臣たちも、ロザリオを首にかけたり、手に持ったりしていた。

きよの両親の一族は二十人近くはいたろうか。三百人ははいる教会は、ほぼ満員になった。

式自体は仰々しくなく簡素だった。祈りを捧《ささ》げたあと、音蔵ときよに対して、マトス神父が異国の言葉で語りかけ、それをジョアン山が通詞する。それはこれまでも幾度となく断片を耳にした十戒だった。

一、デウス・イエズス以外の何ものも崇敬してはいけません。

一、虚偽、空虚、邪悪なものに誓いをたててはなりません。

一、礼拝こそがあなたたちの義務です。

一、父母への敬愛を忘れないで下さい。

一、誰の命も奪い取ってはならず、自殺も子殺しも、堕胎《だたい》も罪です。

一、姦淫《かんいん》は罪です。

一、盗んではいけません。
一、偽証《ぎしょう》も大きな罪です。
一、正しく振舞い、正しいことを言いなさい。
一、他人の妻、夫を恋うてはなりません。他人の所有物を望んでもいけません。
そのひとつひとつの戒律《かいりつ》に対して、音蔵ときよが「はい」と返事をして誓いをたてる。

終わると、マトス神父が二人の手を取って重ね合わせ、祝福の言葉を口にして参列者の方に顔を上げた。

「あなたがたは、デウス・イエズスのてのなかの、ちいさなふでです。もしびょうきのひと、まずしいひとがいるなら、そこにいてください。もしかしたら、なにもあたえられず、ただ、てをにぎるだけかもしれない。ただほほえんであげるだけかもしれない。でも、それがとてもたいせつです。それをデウス・イエズスはよろこぶのです。デウス・イエズスは、いつもあなたがたとともにいます」

ただたどしい話しぶりではあるものの、いやそれだけに重みがある。これこそが慈愛なのだと久米蔵は思った。

式が終わると、久米蔵はとよを伴《ともな》って、まず掃部様に近づき、礼を言った。

「久々にすがすがしい式に身を置くことができた。礼を言うのはこちらだ」

そう言ってから、掃部様が声を潜めた。「先々月、周防《すおう》に出かけ、戻ってきたばかりだ。私が親しくしていた熊谷《くまがい》メルキオール元直が、萩《はぎ》で処刑された。山口でも日本人修道士が処刑された」

「殉教ですか」

息を殺しながら久米蔵は確かめる。

「いかにも」

ジョアン掃部様が頷く。「周防山口の領主は毛利輝元《てるもと》殿だ。筑後の領主だった小早川秀包《ひでかね》殿の甥《おい》にあたる。関ヶ原では西軍の総大将として大坂城を死守された。敗れたあとは、萩に移されて、わずか周防と長門《ながと》の二ヵ国に減封《げんぽう》された。わしの姉と妹が輝元殿の家臣に嫁いでいて、このたびも用事があって出かけていた。減封ながら、秀包殿のように領地召し上げにならなかったので、家康殿の意向にはことの外、気を遣っている」

「家康殿の意向とは？」

久米蔵は声をさらに低めた。

「家康殿を取り巻いているのは代々禅僧で、今は相国寺《しょうこくじ》の僧、承兌《しょうだ》が右筆《ゆうひつ》になっている。その承兌が、各地の特に外様《とざま》の領主たちに、イエズス教徒を取り締まるように通達を下した。三年前だ。それで輝元殿も、家康殿を恐れて弾圧にとりかかった。見せしめとして二人を処刑、この先、取り締まりは厳しくなるはずだ」

「外様といえば、筑前の黒田様も筑後の田中様もそうではありませんか」

背中に冷たいものを感じて、久米蔵は問いただす。

「いかにも。当然、通達は行っているはず。今のところ黒田長政《ながまさ》殿も田中吉政《よしまさ》殿も、静観の趣きがある。しかしいつ態度が変わるかもしれない。すでに、松浦《まつら》の松浦鎮信《しげのぶ》、唐津《からつ》の寺沢広高、肥後の加藤清正の領地では、弾圧が始まっている」

「そうですか」

久米蔵は寒々とした気持で頷く。

「わしも、黒田長政殿の意向が変われば、小田《おた》を追われる」

掃部様の顔から、さっと血の気がひく。しばらく沈黙したあと、笑顔に戻った。

「だが、今日は、誠にいいものを見せてもらった。久米蔵殿、礼を言うぞ」

「とんでもございません。掃部様たちの目の前で挙式ができ、私も音蔵たちも、これ以上の華《はな》はなかったと、感謝しております。ありがとうございました」

名前に殿をつけて呼ばれ、久米蔵は一層身の縮まる思いがする。

子息や家臣たちを連れて出ていく掃部様を、久米蔵ととよは教会の外まで見送った。

改めて庄屋や村人たちから祝福され、ジョアン山修道士までが久米蔵に話しかけてくる。久しぶりに会うりせも、板井得十郎に寄り添い、仲むつまじい様子だった。まだ幼い発太郎とふせ、市蔵は、さすがに家に残してきたという。

その後、打ち揃って高橋村まで戻り、その夜は屋敷で祝宴を設けた。きよの実家が造り酒屋とあって、酒だけはふんだんに持ち込まれ、宴はいやが上にも盛り上がった。酔客たちの喧騒《けんそう》を眺めながら、久米蔵も笑顔で酒を口にするものの、心中には冷え冷えとしたものが残っていた。

庄屋たちも、新郎新婦に祝いの言葉を述べては、久米蔵の許《もと》にやってくる。ついつい盃《さかずき》も重ねてしまい、この宴はひょっとしたら夢ではないのかと思ってしまう。

世の中ではひたひたと禁教の掟《おきて》が水かさを増し、あちこちでイエズス教徒を呑《の》み込んでいく。ジョアン掃部様は山口と萩で殉教者が出たと言ったが、それはほんの目に見える一部かもしれなかった。見えないところで、次々と殉教者が出て、その波はこの筑後の周辺まで押し寄せて来ているのだ。

「とよ、ちょっと頰ばつねってくれんか」

煮物を片づけているとよを呼んで久米蔵が言う。

「どうしてですか」

「今が夢じゃなかかと思えてのう」

「夢じゃなかです。現《うつつ》です」

笑いながら、とよが頰をつねった。

「やっぱり痛か」

「酒の飲み過ぎですよ」

とよは笑って辞したものの、心中の妙な冷えは去らなかった。

久米蔵の懸念《けねん》は、あるいは杞憂《きゆう》かもしれなかった。というのも、音蔵がきよを嫁に迎えて間もなく、秋月で小石原《こいしわら》川の上流に位置する上秋月に小さな教会が建てられたからだ。

その寄進者《きしんしゃ》については、とよの実兄原田《はるた》浩助《ひろすけ》から聞かされた。名は岡部マチアス七郎兵衛といい、もとは秋月家の家臣だった。関白の九州征伐で秋月種実《たねざね》殿が日向《ひゅうが》に移封された際、そのまま秋月に居残り、百姓になった点では、板井源四郎殿と似ていた。

百姓になった場所の違いだけだ。

しばらく信仰が途絶えていたのが、秋月にレジデンシアができて、再び熱心な信仰を取り戻し、遠ざかっていた罪を悔いて、教会を寄進、今では同宿として教会の行事を手伝っているという。

それと時を同じくして、筑後の領主田中殿の膝元《ひざもと》、柳川《やながわ》にも教会が開設され、ジョアン山修道士がそこに移った。

代わりに、マトス神父の補佐として秋月に赴任して来たのが西アントニオ修道士だった。顔つなぎの挨拶《あいさつ》がてら、修道士は高橋組の村々を月に一度は訪れてくれた。

年齢はジョアン山修道士よりは若く、三十歳を少し超えたくらいで、もの静かな修道士だった。生国は肥前の唐津だと教えてくれたものの、親の家業については言葉を濁して語らなかった。長崎のトードス・オス・サントス教会に再建された修練院で、修道士になる訓練を受けたという。その修練院の指導者がコンファロニエリ神父だったと聞いて、久米蔵は驚いた。

「コンファロニエリ神父は、この高橋組の村々にも来ていただきました。十年くらい前です。見上げるくらい背の高い神父様でした」

「高橋組については、神父の口から聞いたことがあります。あの方は、本当に年ごとに居場所を変えられています。二十年前、日本に着いてすぐ堺のレジデンシアに行き、伴天連《ばてれん》追放令のため、平戸に移り、次に有馬の教会に赴任しました。そこにはセミナリヨと修練院があって、修練長だったラモン神父がセミナリヨの院長に任命されたので、コンファロニエリ神父はその後釜《あとがま》として修練長になったのです」

「ラモン神父もここに来られたことがあります」

　懐《なつ》かしさがこみあげて、久米蔵は言う。

「そうでしょう。あの方もイエズス会の重鎮です。有馬の修練院とセミナリヨはその後天草に移されたので、ラモン神父もずっとそこにおられました。しかし第二の禁教令が出て、天草にはおれなくなり、今度は長崎のトードス・オス・サントスに移転したのです。しかしそこも、長崎奉行の寺沢殿の弾圧が始まって、やむなく天草の志岐《しき》に戻りました。もちろんコンファロニエリ神父もそこに行ったのですが、五、六年前に広島に新しくレジデンシアができ、神父は広島に移られました。そこで関ヶ原の戦いがあって、西軍についた領主の毛利輝元殿は、九ヵ国の所領が周防と長門二ヵ国のみに減封されました。

　ところが広島のレジデンシアも閉鎖の憂《う》き目にあいます。コンファロニエリ神父と修道士は、また長崎に戻りました。そこで修練院が再開されたので、神父は再び修練長に任命されたのです。私が神父の教えを受けたのも、その修練院でした」

聞きながら、久米蔵はあの長身の神父が、政情不安定に翻弄《ほんろう》される様子をありありと想像できた。いくら背をかがめても、あの長身はどこにいても目立つ。自分の長身を慨嘆《がいたん》しながらの逃避行だったのではなかったか。

「長崎は、まだ安全なのでっしょか」

久米蔵は思わず訊く。

「今のところ、新奉行の長谷川殿は弾圧までは及んでいません。しかしいつまでも安《あん》穏《のん》としておられないと思います」

そう答える西アントニオ修道士の顔色がすっと青味を帯びた。

翌年の慶長十一年（一六〇六）、イエズス会の準管区長だというパジオ神父が、秋月に改築された教会を訪れた。それまでの教会は狭く、レジデンシアも粗末な家だったので、領主の直之《なおゆき》様の寄進で別な所に移築されたのだ。建築には秋月の領民はもちろん、近在の村々からも助《すけ》っ人《と》が出された。もちろん高橋組でも人夫を出した。これは秋月領主の黒田ミゲル直之様のたっての招きで実現したという話だった。もちろん明石ジョアン掃部様も、家族と家臣を伴って教会に姿を見せられた。

　久米蔵は、とよや音蔵夫婦、今村の道蔵夫婦とともにミサに参加した。久米蔵が狂喜したのは、そこで中浦ジュリアン修道士から声をかけられたからだった。まだ二十歳そこそこだったジュリアン修道士は、もう三十代半ばだろう、聖職者としての所作も堂に入ったものになっていた。

　聞くと、五年前にマカオに派遣されて、そこで三年間の修練を積み、一昨年日本に戻って、まず博多の教会に赴任したという。博多にはラモン神父がおられるので、その補佐を務めているところだった。

　久米蔵はさっそく、家族をひとりひとり紹介して、信仰が守られている旨を伝えた。音蔵や道蔵にとっても、会ったのは十数年前だったので懐しさもひとしおのようだった。

「久米蔵様には、もうひとり娘さんがおられたと記憶していますが」

「やはり筑後領内の同じ御原郡《みはらごおり》の庄屋に嫁ぎました。同じく信仰の篤い庄屋で、もとはといえばこの秋月の家臣でした」

「それであれば、今回のミサに参列されてもよかったのに」

「残念ながら都合がつかんということでした。いつかその板井村を訪れていただければと思います」

「願ってもないことです」

中浦ジュリアン修道士が約束してくれる。

修道士によると、パジオ神父は秋月に来る前に、博多で黒田シメオン如水《じょすい》様の三回忌を祝ったばかりだという。

「それはそれは盛大な式典でした」

「継嗣《けいし》の黒田長政殿も参列されとりましたか」

「もちろんです。博多にも多くの信者がいます。パジオ神父はそのあと小倉に行って、そこで細川ガラシア夫人の七回忌も執り行いました」

「そのガラシア夫人も、イエズス会にとって大切な方だったとですか」

マセンシア夫人と同じような、大名夫人の信者がいるのかと思って、久米蔵は訊く。

「関ヶ原の戦いのあと、黒田シメオン如水様が豊前から筑前に移ったとき、細川家が豊前にはいりました。細川忠興《ただおき》殿が小倉、細川忠利《ただとし》殿が中津に入城しています。細川ガラシア様は忠興殿の夫人で、本能寺を攻めた明智《あけち》光秀《みつひで》殿の娘です。それ以前、織田信長殿の仲立ちで、丹後の領主の息子細川忠興殿に嫁ぎ、三男二女に恵まれました。本能寺の変のあと、忠興殿は家督《かとく》を継ぎ、ガラシア様は丹後に幽閉されたのです。明智殿の敗死後、秀吉殿の許可を得て、忠興殿は幽閉を解き、夫人を大坂屋敷に移しました。このとき忠興殿は、親交のあった高山ジュスト右近様から聞いたイエズス教の話を、夫人に語ってきかせたのです。興味を抱いた夫人は、身分を隠して教会に通うようになり、日本人修道士の説教を聞いて感動されました。そこで侍女たちを次々と教会にやり、洗礼を受けさせたのです。

ちょうどその頃、秀吉殿の伴天連追放令が出て、神父や修道士は大坂から追放されることになりました。神父たちが長崎に行く直前、夫人はセスペデス神父の手で受洗され、ガラシアという教名を授かりました。珠《たま》というのが本名なので、細川ガラシア珠夫人となったのです。でも、洗礼を受けたことは、忠興殿には内緒でした。このとき、幼な子だった息子の忠利殿も受洗させています。

やがて関ヶ原の戦いがおこり、忠興殿は家康殿に従って出兵しました。西軍の石田三成殿は、その隙《すき》をついて、大坂に残っている東軍の武将たちの奥方を、人質にしようと考え、ガラシア夫人のいる細川屋敷を取り囲んだのです。夫人は侍女たちを逃し、自分だけが死ねば人質にならなくてもすむと決心されました。イエズス教では、自死は禁じられています。そこで家老に胸を突かせて亡《な》くなります。家老たちは屋敷に火をつけ、自害しました」

「誠に壮絶な最期《さいご》」

食い入るように聞き入っていた久米蔵は唸《うな》る。

「屋敷が灰燼《かいじん》に帰した直後、オルガンティノ神父がガラシア夫人の遺骨を拾いました。その後、忠興殿は夫人を悼《いた》んで、オルガンティノ神父に依頼して教会葬が行われました。関ヶ原のあと、忠興殿は小倉、息子の忠利殿は中津に入城されたので、ガラシア夫人の七回忌は、小倉で執り行われたのです。それは盛大なものでした」

中浦ジュリアン修道士は、そう言ってから珍しい楽器を持つ若者たちを指さした。修道士は博多の教会からわざわざ少年の楽士《がくし》四人を連れて来ていた。四人とも久米蔵たちが見たこともない楽器を手にしている。衣裳《いしょう》も異国のきらびやかなもので、いやが上にも人目をひいた。琵琶《びわ》の胴を大きくしたようなものは、柄《え》の部分が折れたように途中で曲がっている。鼓《つづみ》の一種や、長い横笛もある。かと思えば、弦を二、三十本張って、両手で左右からかき鳴らす楽器も運び込まれていた。箱形の楽器は、蓋《ふた》を開けると、中に拍子木《ひょうしぎ》を小さくして並べたものが出てきた。

中浦ジュリアン修道士は、その箱形の楽器の前に坐《すわ》り、背筋を伸ばす。どうやら、四人の少年たちを指揮するのが、中浦ジュリアン修道士だった。

ミサの始まりを告げたのは、わずかその五種の楽器だったのにもかかわらず、聞いたこともない音色が、教会内のざわめきを一瞬にして鎮《しず》めた。

中浦ジュリアン修道士と、少年の中の二人は歌も唄《うた》った。がなりたてる声ではなく、澄んだ声が教会内に満ちる。久米蔵は金色の十字架を見つめていた目を閉じ、音と声に聞き入った。

デウス・イエズスが魂を迎え入れてくれるパライソとは、こんな美しい音がいつも響いている所に違いなかった。

やがて歌がやみ、力強くも清らかな声が祭壇から沸き起こった。パジオ神父が十字架に向かって出している声だ。高くなり低くなる声は、祈りの言葉だろう。異国の言葉なので意味はとれない。しかし声の抑揚だけで、久米蔵にはもう充分だった。

パジオ神父の説教の言葉を通詞したのは、中浦ジュリアン修道士だった。

――この山深い筑前の地に、二つ目の教会ができたのは、誠にデウス・イエズスの恩《おん》寵《ちょう》の賜物です。その恩寵は秋月の地から、隣国筑後にまで及び、今日もその地から多くの信仰人《びと》が集っています。

――私たちの信仰は、何人によっても奪われないほど、強固なものです。むしろ信仰のない人々の危うい生に、憐憫《れんびん》の情を抱きましょう。

そこまで言うと、中浦ジュリアン修道士は祭壇の下にある箱形楽器に坐り直し、四人の少年もそれぞれの楽器を手にする。長くあるいは短い音がおごそかに教会内に満ち、それに合わせるようにパジオ神父とマトス神父が祈りの言葉を発した。

西アントニオ修道士が捧げ持って来て、パジオ神父に手渡したのは、小さな十字架の聖体だった。

楽器が奏《かな》でられるなかで、パジオ神父が高々と聖体を掲げる。聖体拝受だ。教会内の誰もが頭《こうべ》を垂れると、楽器の音がいやが上にも高くなった。

久米蔵は涙が出そうになった。何という幸せなのだろう。もとはと言えば、自分は捨子でしかなかった。それがあのアルメイダ修道士に拾われて、一万田《いちまだ》夫妻に貰われて、大庄屋にまでなって生き永らえることができたのだ。あまつさえ、今、新しい教会でイエズス教のミサに聞き入り、この世のものとは思われない音の調べに包まれている。これこそデウス・イエズスの恩寵そのものに違いなかった。

養父の一万田フランシスコ右馬助《うまのすけ》は、大殿《おおとの》であるフランシスコ宗麟《そうりん》様から、筑後の一角、高橋組の地に、デウス・イエズスの王国を打ち樹《た》てよと願われた。それが今、高橋組の周囲にまで、恩寵が広まっている。

二度にわたって出された禁教令によって、諸国にイエズス教徒への迫害の嵐《あらし》が吹き荒れているというのにだ。

喜びのなかで、久米蔵は一抹《いちまつ》の懸念を感じる。はたしてこの溢《あふ》れんばかりの恩寵は、滅びの前の束の間《つかま》の栄えではないのだろうか。

樹木でさえ、枯れる前の年、残った力をふり絞って、例年にないほど大量の花を咲かせ、翌年には枯死する。それと同じではないのか。

いやいや、この盛大なミサを見る限り、そんな気配はない。全くの杞憂なのだ。久米蔵は自分でかぶりを振る。

――イエズスは、御自分を無にされました。私たちは、その時々と状況に応じて、祈っているイエズス、悩んでいるイエズス、試みられているイエズス、疲れているイエズス、十字架で死ぬイエズス、復活したイエズスの傍に留まることができます。イエズスは、たとえ肉が消えたとしても、聖霊として生きておられるからです。

通詞する中浦ジュリアン修道士の声を聞きながら、久米蔵は深く納得する。これから先、何が起ころうとも、イエズスは信徒とともにおられるのだ。何を恐れる必要があるのだろうか。そう思うと、新たな感激が胸に満ち、涙が溢れてきた。

ミサが終わって一同が散会するとき、中浦ジュリアン修道士がわざわざ近寄り声をかけてくれた。

「ほんに、よかミサでした。村人たちもいよいよ信仰を深めとります。これからも、ときどきは秋月においでになりますか」

久米蔵が訊く。

「できればそうしたいのですが、これから博多の教会に帰ったあと、都に上ります」

「都にですか」

久米蔵は驚く。都こそ禁教令で、信者たちは喘《あえ》いでいるのではないか。「やっぱり、隠れた信者が待っとるからでっしょ」

「そうです。信者がいる所には、どこであっても訪問するのが、司牧《しぼく》の務めです」

修道士がにこやかに答え、声を低めた。「もうひとつの目的は、パジオ神父が家康、秀忠《ひでただ》殿に謁見《えっけん》できるように、下準備をするためです」

「それは、危かこつではなかですか」

「危いとは思います。虎穴《こけつ》に入らずんば虎子《こじ》を得ず、の喩《たと》えどおりです」

「太閤殿の禁教令を反故《ほご》にしてもらうとですね」

久米蔵が小声で問うと、修道士は二度顎《あご》を引いてから問い直した。

「大庄屋殿の家にあったザビエル師の絹布《けんぷ》、まだしまわれてあるでしょうか」

「もちろんです。ジュリアン修道士からいただいた象牙《ぞうげ》のロザリオも大事にしまっています。二品とも大庄屋の家宝です」

「ありがとうございます。このロザリオとは血を分けた兄弟です」

修道士は自分のロザリオを出して久米蔵に示した。「兄弟のロザリオがずっとザビエル師の近くにあると思うだけで、勇気が出ます」

そう言って、久米蔵の両手を握った。

久米蔵たちが退出しかけたとき、馬に乗った武家が駆けつけ、明石ジョアン掃部様と言葉を交わした。掃部様が声を上げたのはそのあとだ。

「皆の者、今少しで領主の黒田ミゲル直之殿が見える。待ってくれないか」

みんなに異存があるはずはない。教会内にいる者は長椅子《ながいす》に腰をかけ、外にいる者は道を空けて待ち受けた。

ほどなく領主黒田ミゲル直之様が騎乗して姿を見せ、馬から下りると急ぎ足で祭壇の前まで進み、神父や修道士たちと言葉を交わした。領主の手招きで、ジョアン掃部様も話に加わる。合議の結論ができたらしく、掃部様が祭壇の前に進んで、声を張り上げた。

「皆の者、ようく聞いてくれ。これから準管区長のパジオ神父は駿府《すんぷ》で徳川家康殿、さらに江戸に行き、徳川秀忠殿に会われる。もちろん、その目的は、禁教令の撤廃だ。

その旅が上首尾の結果をもたらすよう、これから二日間、交代でミサを一刻も中止せず、続行する。黒田家の家臣、秋月の領民、そして筑後の村民百姓は、話し合って、この教会に常時信者の祈りが途絶えぬようにしてくれないだろうか。もちろん、この私も郎等《ろうどう》たちも、申し合わせてここに参上する。分かってくれるか」

掃部様が言い終えると、あちこちから承諾の声が上がる。もちろん久米蔵も大きく頷く。

続いて領主の直之様が声を上げた。

「一同、頼んだぞ」

久米蔵は領主が頭を下げるのを、感激をもって見つめる。何という率直な態度なのか。そこに紛れもない真の信仰の姿を見る思いがした。

久米蔵は、さっそく庄屋たちを呼び集めた。一日を八分すれば、十六の村が次々とここに集まればすむ。さして難事ではなかった。ただ、夜を担当する村が、暗い道を提灯《ちょうちん》を手にしてここに来なければならない。

「久米蔵殿、ひとつの村でも、一度にここに来なくても、四組くらいに分けて、五月雨《さみだれ》式に村を出ればよかとです。雑作《ぞうさ》ありません」

そう言ってくれたのは、秋月に一番近い本郷村の庄屋だった。

「あとは私どもが話し合って決めます」

小島《おしま》村の庄屋も言ってくれる。「大庄屋殿は、どうか好きなときに来ていただければすみます」

その厚意に甘えることにして、久米蔵たちは、高橋村の百姓たちを残して教会を出た。

二日間、教会に人が満ち、祈りの声が途切れないなど、久米蔵には考え及びもつかなかった。

「わたしは、夜に参りたかです。秋月の町は、山深いところにありますけ、夜は真暗になります。そこで教会だけに明かりがつき、祈りの声が響いているのですけん、この世の土産としてそれば見たかです」

とよが言うと、嫁のきよも頷いた。

「わたしもお供させて下さい」

「私も行きます」

音蔵までが言い添える。こうなると、久米蔵も反対できない。家人を連れて行けば、夜道の物騒《ぶっそう》さも気にならない。

「そんならいったん家に帰って、明日の夜、丑《うし》三つ刻《どき》に教会に着くくらいに、家ば出よう」

「ありがたかです」

　とよが頭を下げた。

　その夜、今村の庄屋になった道蔵が久米蔵に会いに来た。早くも高橋組の十六村全部が、途切れることなく、教会に詰めかける用意が整っていた。

「ご苦労じゃったな」

　久米蔵が労をねぎらう。

「苦労どころか、みんな喜んどります。庄屋の中には、近在の村々や親戚《しんせき》の家に使いばやっとる者がいます。二日間、ずっと教会に祈りの言葉が絶えんので、いつでん参ってよかと知らせとります。実は私も板井村の板井殿のところに、荒使子ば走らせました。得十郎殿とりせも来るとじゃなかでしょか」

「そうか。ひょっとしたら会えるかもしれんな」

　久米蔵が答えると、道蔵は音蔵たちに言葉をかけて帰って行った。

　翌日は夜に備えて、少しばかり昼寝をした。昼間寝ていれば、夜のミサで眠くならないのではと思ったからだ。しかし五十の峠を越した今、夜は寝たかと思うと、まだ暗いうちに目が覚める。起きて書き物をするか、書物を読めばいいものの、灯火《とうか》をつけるのが面倒臭い。横ですやすやと寝ているとよが羨《うらやま》しかった。

三月のこの時期、どの村でも苗代《なわしろ》の準備で忙しかった。種籾《たねもみ》を浸して、苗代を牛ですく。畔《あぜ》塗りもしておかねばならない。畑のほうでも除草をすませ、中打ちをして、瓜《うり》や胡瓜《きゅうり》の播種《はしゅ》に備えておく。他方で、厩肥《うまやごえ》を積み上げ、熟成するのを待つ。手がすけば、薪《たきぎ》刈りをしてこれも積み上げておく。藁《わら》屋根の葺《ふ》き替えの家があれば、村中が総がかりで行う。一年に一軒くらいは、どの村でもそうした家が出る。それで二、三日はつぶれるのだ。

夜のミサに荒使子たち全員を参加させるわけにはいかないので、希望を言わせると、全員が行きたいと言う。仕方なく阿弥陀《あみだ》くじを引かせて、半分は居残りになった。残念がるその八人の居残り組には、特別に一日の暇をやって、朝から秋月に向かわせた。帰って来たのは夕刻で、片道四里の道程《みちのり》にもかかわらず、意気《いき》揚々《ようよう》としていた。

「こげなこつは初めてでした」

最年長の荒使子が疲れも見せずに報告する。「秋月に向かう道が、行く者と帰る者でひきも切らずです。会うと、ご苦労さんです、ご苦労さんでしたと言い合います。行きも帰りも、ずっと挨拶ばしとかなきゃなりまっせん」

「道中はそげんか。よう分かった。肝腎《かんじん》のミサ自体はどげんじゃったか」

久米蔵は苦笑しながら訊《き》く。

「あれはまた、たまげました。長かミサなので神父様と修道士様だけじゃと間が持たんとでっしょ。信者が次々と前に出て、しゃべらんといかんのです」

「信者がしゃべるといっても、何ばしゃべる？」

「自分の決意ばです」

「そしたら弥平《やへい》もしゃべったか」

「いや、あっしは人前では口が渇くので、他の者に代わってもらいました」

「誰に？」

「やえです。何かしゃべりたかそうな顔をしとったので、高橋村はお前が代表でやってくれと頼んだのです。怯気《おじけ》づかず、立派なもんです。それがきっかけで、他の村でも、おなごが前に出るようになりました」

弥平が興奮気味に答える。

「それで、やえは何と言った？」

「すんません。忘れました」

「お前、馬鹿《ばか》か」

久米蔵は呆《あき》れ返る。

「その代わり、あの小田村の領主様で明石何とかという人の言われたこつは、覚えとります」

「なに、ジョアン掃部様が来ておられたのか。どげなこつば言われたか」

「私は神の指先が指し示すところに向かって生きていきます、と言われました」

「神の指差すところ」

久米蔵は息をのむ思いで復唱する。

「そげんです。自分の指ば少し立てて言われました。あっしも偉か人じゃと思いました」

「そりゃ、よか話ば聞かせてくれた」

久米蔵が礼を言うと、弥平は無邪気に胸を張った。

その夜、夕餉《ゆうげ》の席で、とよからやえの話を聞かされた。

「秋月の教会で、やえが祭壇でデウス・イエズスの言葉ばしゃべったそうです」

「それは弥平から聞いた。ばってん弥平は、やえがどげなこつば言ったか忘れとる」

「やえが言った言葉は、〈わたしをお使い下さい〉だったらしかです。どげな仕事でも、そう口の中で唱えると、すんなりできますと言ったごたるです。一緒に行った荒《あら》使子《しこ》から聞きました」

「やえがそげなこつば言ったとは」
久米蔵も胸を衝《つ》かれる。〈わたしをお使い下さい〉とは、デウス・イエズスに対する願いに他ならない。やえの働きぶりは、そんな祈りから発しているのに違いなかった。

外が暗くならないうちに提灯を三つ用意し、竹筒に水を詰めた。夜中に小腹がすいたときのことも考えて、握り飯もつくった。

家を出たのは亥《い》の刻（午後九時）だった。目が慣れると、幸い雲のない月夜だった。急ぐ必要もない。筑後と筑前の国境《くにざかい》である本郷村の先までが一里、そのあとまた三里のゆるい坂が控えている。夜半過ぎに教会に着き、明け方まで祈り、払暁《ふつぎょう》に秋月を後にすればよかった。

本郷村では、きよの実家である酒屋で、まだ明かりがひとつ灯《とも》っていた。家人が夜なべで酒造りをしているのかもしれなかった。

国境まで来たとき、前の方に提灯の光が見えた。高橋組のどこかの村に違いない。そのうち、二つの提灯がこちらに向かって来るのが見分けられた。お互いが近くなって、先頭に立っているのが春日《かすが》村の百姓だと判明する。総勢二十五人くらいで、庄屋の姿はなく跡継ぎの息子が久米蔵に挨拶した。

「ほんによかミサでした。夜の番に当たって却《かえ》ってよかったです」

跡継ぎ息子が言った。

前方を行く二十人ほどの一団に追いついたのは、しばらくたってからだ。その村人たちの足取りが遅いのは、子供を連れているからだった。背中におんぶされたり、肩車をされている子もいる。

「何だ今村の人たちじゃなかですか」

先頭にいた家人が驚く。

道蔵とたみ、父親の文作もいて、声をかけ合う。

「今村も深更《しんこう》の当番になったとですか。ご苦労なこつです」

久米蔵は文作をねぎらう。「子供連れとは、またよかこつばされとります」

「この際、洗礼ば受けさせとこうという村人がいまして」

答えたのは道蔵だった。十人ばかりの子供は、ほとんどが親の背中で寝ていて、目を開けているのは肩車をされている男の子だけだった。どうやら、おんぶも肩車も、村人が交代でしているようだった。

それからは歩みを遅くしてようやく秋月の教会に着く。教会の前には松明《たいまつ》二基が焚《た》かれ、衛士《えいし》が両側に立っていた。

今村の村人たちと交代したのは、小島村の百姓たちだった。ミサに感動を覚えたのか、眠気とは反対に目を輝かせている。中には、「おかげで寿命が延びました」と言う腰の曲がった老女もいた。杖《つえ》をついて、下り坂とはいえ、あと三里あまりの道が待っているのだ。

教会の中は、昼間とは全く違う雰囲気になっている。おそらく領主黒田様の寄進だろう、二十本を超える三尺ろうそくが、通路に立てられている。祭壇の前には、ひときわ太いろうそくが二本供えられていた。

久米蔵が目を見張ったのは、祭壇の前に四人の聖職者が揃《そろ》っていることだった。パジオとマトスの両神父、西アントニオと中浦ジュリアンの両修道士が姿を見せていた。四人が交代で祭壇に立って儀式を司《つかさど》るものと思っていた久米蔵は、改めて畏敬《いけい》の念を覚える。

楽士のほうは交代で務めているらしく、立琴《たてごと》と笛の若者が残っていた。立琴の楽士が聖歌を奏でながら唄う。

〽主は皆とともに、司祭とともに、心をこめて神を仰ぎ、賛美と感謝をささげまつらん。

聞き入っていると、清らかな声が、長い道程の疲れをねぎらってくれるような気がした。すると、前から残っている信者たちが、立琴と笛の音にのせて唄い出した。

〽イエズスによって、イエズスとともに、イエズスのうちに、聖霊の交わりのなかで、全能の神、父であるデウスに、すべての誉れと栄光は、末代に至るまで、アーメン。

何度も口移しに教えられたのだろう、歌は教会内を満たした。

すると、羽織袴《はおりはかま》の正装をした年配の武家が祭壇の前に進み出て、懐《ふところ》から折った紙を取り出して広げた。

――デウス・イエズスよ、あなたの道を私に示し、真理の内に私を教え導いて下さい。デウス・イエズスは、とこしえに誠を示し、貧しき者に恵みを与え、飢え渇く者に糧《かて》を与え、捕われ人を解放される。デウス・イエズスは、見えない者の目を開き、従う者を愛される。みなし子を支え、逆らう者すべてを砕かれる。いつくしみ深い父よ、感謝をこめて祈ります。秘蹟《ひせき》によってイエズスに結びつけられた我ら、日々イエズスの姿に似る者になり、その命にとこしえに与《あずか》ることができるように。我らの主、イエズスによって。アーメン。

おそらく、聖書か典礼の一節なのかもしれない。武家は紙を畳むと懐に入れて一礼し、四人の聖職者たちにも頭を下げて、席に戻った。

次に進み出たのは中浦ジュリアン修道士だった。中央の神父二人はさすがに疲れたのか、椅子に腰かけ、天井に顔を向けたまま閉眼している。瞑想《めいそう》にふけっているようでもあり、仮眠しているようにも見えた。

ジュリアン修道士が手にしているのは、黒い革表紙の聖書だった。胸で十字を切ったあと、頁《ページ》を開いて読み上げる。

――イエズスを試してはいけない。試す者は必ず滅びる。世に不平を言う者があまたいても、あなたがたは不平を言ってはいけない。不平を言う者は、必ずや滅びる。これはイエズスの諫《いさ》めである。これがここに書きつけられているのは、時の終わりに直面している私たちへの警告だからである。立っていると思う者は、倒れないように気をつけるとよい。あなたがたを襲った試練で、人として耐えられないようなものはなかったはずだ。神は真実であり、あなたがたを耐えられないような試練にあわせることはされない。試練とともに、必ずそれに耐えられるよう、逃れる道をも備えてくれる。神は燃えて輝くともしびだから。

そこまで言うと、修道士は顔を天上に向けて何かを呟《つぶや》き、また別の頁を開いた。

――人々がイエズスに手をかけて捕えたとき、イエズスと共にいた者のひとりが、剣を抜き、捕えた者の片方の耳を切り落とした。するとイエズスは言われた。剣を納めなさい。剣をとる者はみな、剣で滅びる。この私がデウスに祈願できないとでも思うのか。願えば父デウスは、十二軍団以上の天使を今すぐ送って下さるだろう。私は光として世に来た。


修道士はひと呼吸をして、また別の箇所を開いた。

――だから、愛する人たちよ、神の国の訪れを待ち望みながら、傷や汚《けが》れが何ひとつなく、平和に過ごしていると神に認めてもらえるよう励みなさい。主の忍耐深さを、救いと考えなさい。それは私たちの愛する兄弟パウロが、神から授かった知恵に基づいて、あなたがたに書き送ったことでもある。パウロはどの手紙の中にもこれについて書き残している。無学な者や、信仰の薄い者は、それを曲解して自らの滅びを招いている。だからこそ、愛する者たち、あなたがたは、不道徳な者たちに唆《そその》かされて、堅固な足場を失わないように注意せよ。私たちの主、救い主イエズスの恵みと知識において、成長せよ。イエズスに永遠に栄光があらんことを。アーメン。

中浦ジュリアン修道士は、「永遠に栄光があらんことを」を二回復唱して聖書を閉じ、深々と頭を下げた。

久米蔵の眼には、修道士が持つ聖書が途方もない知恵の宝庫に映った。あの十分の一、いや千分の一でも手許《てもと》にあったら、どれほど信仰の助けになるだろう。

中浦ジュリアン修道士の説教が終わると、また立琴と笛の音に合わせて、聖歌が唄われる。神父二人、修道士二人、そして立琴の若者も、清らかな声を会堂いっぱいに響かせる。その内容は異国の言葉ゆえに解《げ》せない。しかしまるで天上からの声のように、久米蔵の耳に届く。

それが終わると、西アントニオ修道士が祭壇から降りて、ゆっくり久米蔵に近づいて来た。

「平田久米蔵殿、せっかく遠い夜道を来られたのですから、何か信仰の証《あかし》の言葉を発して下さい」

修道士の依頼に、久米蔵は一瞬躊躇《ちゅうちょ》する。信仰の証の言葉など、今まで人前で口にしたことはない。とはいえ、こんな機会が二度と巡って来るとは思えなかった。

「かしこまりました」

久米蔵は承諾し、ゆっくりと祭壇の中央まで歩を進める。背中に、イエズスの十字架を背負っていた。

「高橋村の平田久米蔵でございます。このような神聖な場に立つのにふさわしい者ではございません。ちっぽけな人間でございます。そのちっぽけな私の人生は、大友フランシスコ宗麟様の領国、府内《ふない》で始まりました。ちっぽけな人間そのものとして、教会堂の前に捨てられていました。拾って下さったのは、ルイス・デ・アルメイダ様でした。孤児院で育てられ、後に宗麟様の家臣、一万田右馬助様夫妻に引き取られました。そしてやはり天の導きだったのでしょう、養父は途絶えていた筑後の大庄屋として、あの地に赴きました。その養父の家督を捨子の私が継いで今日に至っておりますす」

久米蔵は言いながら、会堂内を見渡す。左の最前列に明石ジョアン掃部《かもん》様とその子息がいて、じっと耳を傾けていた。後に並ぶ掃部様の家臣も同様だった。右前の席にいるのは、黒田ミゲル直之様の家臣団に違いない。じっとこちらに眼を注いでくれているのも、捨子が大庄屋になったいきさつに興味を感じてくれたのかもしれなかった。

真中のほうには、とよの実家である原田家の面々、そしてとよと音蔵、きよがいた。その後方にいるのは今村の道蔵一家だった。まだ二歳の子供三吉は、たみの腕の中で眠っていた。

「私をここまで導いてくれたのは、デウス・イエズスの信仰でした。これがなければ、私は朽《く》ち果てていました。信仰のおかげで、私たちのちっぽけな高橋村には、次々と神父様が訪れて下さいました。アルメイダ様とともに、私はトレス神父も思い出します。カブラル神父、モンテ神父にフィゲイレド神父、モウラ神父、コンファロニエリ神父、巡察師のヴァリニャーノ神父、そして今は、マトス神父とパジオ神父がおられます。修道士についても、思い出深い方々がおります。パウロ修道士、三箇《さんか》マチアス修道士、ジョアン山修道士、そして今日の西アントニオ、中浦ジュリアン両修道士がおられます。私たちに、イエズスの教えが脈々と流れ続けているのは、その方たちのおかげなのです」

言いさして、久米蔵は教会の後方に新しくはいって来た一行に気がつく。板井村のりせ一家と村人たちで、子供たちもその中に混じっている。りせと板井得十郎は、祭壇に立っている久米蔵に気がついて、吸い寄せられるように後方の空いた席に腰をおろした。

「私の心に残っているデウス・イエズスの教えは、まるでごった煮のようで、整っておりません。とはいえ、私がいつも心に留めている言葉があります。それは、私は神の手の中の小さな筆、という章句です」

元はといえば、これはとよが好んで口にする言葉であり、いつの間にか久米蔵にも口移しで伝わってしまっていた。見ると、中程の席にいるとよが袖口《そでぐち》を目に当てていた。

これで言い残したことはないと思い、下がろうとしたとき、中浦ジュリアン修道士が静かに傍に寄った。

「大庄屋殿、村民から聞いたところによると、久米蔵様は若い頃、コンタツの久米蔵、ロザリオの久米蔵と呼ばれたそうですね。どうかロザリオを唱えて下さい」

耳許《みみもと》で言われ、久米蔵が返事をする前に、修道士は後ろの席に向かった。頭の中に、鮮やかな光景が浮かび上がる。あのときはまだ二十歳前だったので、コンタツの文句など、覚えるのは訳なかった。いったん覚えてしまうと、乞《こ》われるままに高橋組の村々に赴いて一緒に祈りを捧《ささ》げたのだ。そのおかげで、久米蔵の顔を知らない村人はいなくなり、久米蔵のほうでも、百姓の暮らしぶりを知ることができた。

あるときは、死にゆく老人の枕許《まくらもと》で、家族全員でロザリオの祈りを唱えたこともある。苦しみに歪《ゆが》んでいた病人の顔が次第にゆるみ、最期の息をする頃には、穏やかな表情になったことを思い出す。

かと思えば、生まれたばかりの赤子の許で祈ったこともある。むずかっていた赤ん坊がたちまちすやすやと寝入ってくれて、母親も喜んだ。

「なんも分からんでも、この世に出て来てすぐ聞いたロザリオの祈りは、必ずやよか信仰の道ば示してくれると思っとります」

そう言ってくれた高樋《たかえ》村の両親は今は亡く、その時の赤ん坊が大黒柱になっている。

それにしても、あの当時、村人たちはさまざまな物でロザリオを作っていた。藁はいうまでもなく、布製や木製、数珠玉《じゅずだま》製はもちろん、鹿《しか》の角や牛の角、猪《いのしし》の牙《きば》などさまざまだった。

今はたいていが、本郷や北野の指物師《さしものし》に頼んで作ってもらったロザリオを所持していた。

久米蔵はいまだにアルメイダ修道士から貰ったロザリオを使っている。胸にかけていたそのロザリオを首からはずして、おもむろに言う。

「中浦ジュリアン修道士より、コンタツばするように言われました。誠に僭越《せんえつ》ながら、これより、ロザリオの祈りば行いたいと思うとります。ご唱和のほどをお願いします」

会堂を満たす信者の前で、自分がコンタツをするなど、考えられないことだった。こみ上げてくる感動を抑えながら、信者たちがそれぞれロザリオを手にするのを眺める。

明石ジョアン掃部様とその子息が持つロザリオは、すべて真白だった。あるいは象牙製なのかもしれない。その家臣たちの中には、明らかにべっ甲製の飴色《あめいろ》のロザリオを持つ者もいた。

久米蔵はゆっくりと十字を切る。

――父と子と聖霊の御名《みな》によって。アーメン。

アーメンの声がどの信者の口からも発せられて、教会内に響き渡った。

――我は天地の創造主、全能の父なる天主を信じ、またそのひとり子、我らの主イエズス、すなわち聖霊によりて宿り、マリアから生まれ、ポンシオ・ピラトの管下にて苦しみを受け、十字架につけられ、死して葬《ほうむ》られ、古聖所にくだりて、三日目に死者のうちより甦《よみがえ》り、天に昇りて、全能の父なる天主の右に座し、かしこより、生ける人と、死せる人とを、裁かんために来たりたもう主を信じ奉《たてまつ》る。我は聖霊、聖なる公教会、諸聖人の通功、罪の赦《ゆる》し、肉身の甦り、終わりなき命を、信じ奉る。アーメン。

老若男女《ろうにゃくなんにょ》の声で、アーメンの聖句が教会内に響き渡る。子供たちも、大人たちの敬《けい》虔《けん》な態度に気圧《けお》されてか、泣く子もむずかる子もいない。母親の背に担《にな》われている赤ん坊に至っては、頭をのけぞらせて熟睡していた。

時には瞑目し、時には目を開けて、ロザリオの玄義《げんぎ》を唱える久米蔵の心を満たしたのは、教会内に集《つど》う信者の多様さだった。老いも若きも、男も女も、そして侍も百姓も職人も、あるいは掃部様のような領主であっても、教会の内では、等しい人間になっている。十字架が、身分を消し去っていた。

ゆっくりとすべてのコンタツを唱え終えるまでに、四半刻《しはんとき》はかかったろうか。久米蔵は十字架像を振り返ってお辞儀をし、四人の聖職者にも頭を下げて席に戻った。

するとまた立琴と笛の音が起こり、聖歌の清らかな声が耳に届く。

——信仰の神秘、主の死を思い、復活を称《たた》えよう、主が来られるまで。

これが何回も繰り返されるので、久米蔵たちも、復唱できるようになる。初めて唱える聖歌になった。

――信仰の神秘、主の死を仰ぎ、復活を知らせよう、主が来られるまで。

また別の調べも何度か繰り返され、久米蔵も復唱する。

この二日間の切れ目のないミサの間に、五百人を超える信者が、新たに洗礼を受けた。その中にはりせが産んだ子供三人も含まれていた。三人はそれぞれ教名ももらった。

準管区長のパジオ神父と中浦ジュリアン修道士が、再び秋月の教会に戻って来たのは、翌年の暮だった。

神父と修道士は、まず駿府で家康公に会い、ついで江戸に上って、徳川秀忠殿に謁見を許されたという。

禁教令の撤廃に関する、家康公と秀忠殿の意向には、微妙な差があったと中浦ジュリアン修道士が打ち明けてくれた。

家康公が布教を黙認する寛容な態度であるのに対して、秀忠殿は慎重に言葉を選び、是とも非とも言わなかったらしい。

その後三、四年の間に、秋月領には大きな変化が起きた。

秋月の領主である黒田ミゲル直之様は、慶長十三年の冬、将軍徳川秀忠殿を表敬訪《ひょうけい》問するために、江戸まで上府《じょうふ》し、帰って来られたときには、既に体調を崩されていた。そこで甥《おい》である本家の領主黒田長政殿の勧めもあり、優秀な医師の集まっている都に行かれることにした。小倉から海路で大坂に着くと、直之様はまずそこの教会に赴かれた。死が近いのを感じた直之様は、神父に乞うて、臨終のための聖体拝領をされた。翌日の出立《しゅったつ》の朝、命が消えかかっているのを実感して、宿屋に神父を呼び、終油《しゅうゆ》の秘蹟サクラメントを受けられた。十字架像に眼を向けながら、イエズスとマリアの名を唱えつつ、安らかに息を引き取られた。慶長十四年二月三日、グレゴリウス暦では千六百九年三月八日、灰の水曜日の四日後だったという。

遺体は遺言に従って、まず秋月に運ばれた。自らが移築した教会での葬儀には、久米蔵たちも参列した。三年前の二日間にわたってのミサと同じように、教会堂は信者で溢れたものの、久米蔵たちの胸は悲しみで満たされていた。

マトス神父の弔いの言葉によって、久米蔵は直之様の隠れた善行も知らされた。直之様は、秋月に自らの城を築かれることはなく、古くからの屋敷を多少改築して住まわれていただけだった。それは、城よりも教会が重要という考えに基づくものだったのだ。秋月だけでなく、関ヶ原の戦いでの盟友だった福島正則《まさのり》殿の城下、広島にも教会を寄進されていた。

秋月での葬儀のあと、ミゲル直之様の遺体は長崎の教会墓地に移送されて埋葬された。

直之様の嫡男《ちゃくなん》、左平次改めパウロ直基《なおもと》様もイエズス教徒であり、二十歳を迎えたばかりだった。江戸幕府のしきたりに従って、人質として江戸住まいを続けられていた。秋月の知行を受け継ぐにあたって、従兄《いとこ》である黒田長政殿が示した条件は、イエズス教の棄教だった。しかしパウロ直基様はこれを拒む決意をもって、博多に赴き、長政殿に会われた。従弟《いとこ》の決意を知っていた長政殿は、棄教を直接迫らず、当面の静観を決めた。

パウロ直基様が博多に居住されたのは、長政様への恭順《きょうじゅん》の意を示すためでもあった。しかし教会の催しがあるたびに秋月に来られ、久米蔵もその姿を何度か眼にした。

やがて直基様は、長政殿の養女を嫁に貰《もら》われた。それも直基様が長政殿の信頼を得ている証拠だった。

この頃、マトス神父が有馬のセミナリヨに移ることになり、代わりに赴任してきたのがエウジェニオ神父だった。神父は年の頃三十くらいで、まだ若かった。日本に来たのはわずかに一年前で、十ヵ月あまりを有馬のセミナリヨで過ごし、そこで日本の言葉を勉強したという。ほんの片言ながら話はできた。通詞を務めたのは、西アントニオ修道士だった。

エウジェニオ神父が聖職者になって日本に行こうと思ったのは、何と七歳のときだという。そのとき、日本からローマにはるばるやって来た四人の少年使節が、帰途、エウジェニオ神父の住む町に泊まった。教会は言うに及ばず、領主や町民こぞって使節を歓迎し、両親と一緒に一行の行列を見たのだ。

十五歳でようやくローマのイエズス会にはいることができ、修行をして司祭になった。二十六歳でポルトガル国のリスボンの港を出て、インドのゴア、ついでマカオのノビシアドで修練長を務めた。そして日本に向かい、有馬のセミナリヨに滞在して日本の言葉と風習を習い、秋月の主任に任命されていた。

いきさつを聞いて、久米蔵がまず訊きたかったのは、日本で四人の少年使節に会うことができたか否《いな》かだった。

「いいえ、まだあいません」

それが神父の返事であり、あとは西アントニオ修道士が通詞をしてくれた。

神父がマカオに着いたとき、伊東マンショ、原マルチノ、中浦ジュリアンの三修道士は、マカオでの三年の修行を終えて、日本に帰国していた。さらに神父が有馬に来たときには、三人ともに神父に叙階《じょかい》されて、各地に赴任しており、会う機会がないままだという。

「もうひとりの使節はどうされていますか」

　久米蔵が問うと神父の表情が曇った。

「ちぢわミゲルは、ききょうしました」

〈ききょう〉の意味が解せず、久米蔵は西アントニオ修道士に訊き返した。

「棄教です。イエズス会を退会しています。今はどこにいるかも分かりません」

　返事は久米蔵にとって衝撃だった。屋敷で小休止した四人の使節のうち、久米蔵が顔を記憶しているのは中浦ジュリアン修道士、いや神父のみで、他の三人の顔は思い出せない。

　しかし、はるばるローマに赴き、法王に謁見したにもかかわらず棄教するとは、よほどの事情があったに違いない。修道士、そして神父の行先には、殉教が待っていると感じたからではなかったか。周囲もそれを知っていて、棄教こそが安らかな道だと助言したのかもしれない。

「四人をローマに送られた巡察師のヴァリニャーノ神父は、今はどこにおられますか」

久米蔵の質問は修道士が通詞してくれた。

「ヴァリニャーノ神父が亡《な》くなられたのは、つい三年前です。マカオで、三人の使節の修行を指導されました。しかし、三人が長崎で神父になる前に、この世を去られたので、無念だったでしょう。今は、三人の活躍を天から見守っておられます」

西アントニオ修道士はエウジェニオ神父と同様、天を仰いだ。

秋月領を受け継いだ黒田パウロ直基様の身に不幸が襲ったのは、従兄長政殿の養女を嫁に迎えて一年もたたない、慶長十六年の一月だった。

普段は博多におられたパウロ直基様は、降誕《こうたん》祭を秋月の教会で祝うため、前年の十一月から秋月屋敷に滞在しておられた。秋月教会の降誕祭には、久米蔵たちも参列して領主の姿を遠くから見ることができた。

年が明けてすぐ、信頼していた家臣が、町人の娘をひとりならず二人も凌辱《りょうじょく》する事件が起きた。道にはずれた行いを心底嫌う直基様は、その家臣を自ら手討ちにされた。いざその家を退出する際、その家人数人が斬《き》りかかり、直基様は深手を負われた。側近たちが駆けつけて救出されたものの、傷は深かった。屋敷に運ばれた直基様は、自分の命が長くないのを覚《さと》って、エウジェニオ神父を呼びにやらせた。罪の赦しを得るためだったが、その前に絶命された。

パウロ直基様に子はなく、これによって秋月領は長政殿によって没収された。家臣のうち長政殿が配下として受け入れたのはわずかで、ほとんどは他国に出て行くしかなかった。長政殿が家臣に迎えるにあたって、イエズス教を棄教するという誓紙を書かせたため、信仰を捨て切れない武家は秋月を後にするしかなかったのだ。

同様の措置は、秋月に隣接する小田の地に小さな知行地を持つ、明石ジョアン掃部様にも行われた。掃部様が棄教をされるはずはなく、家族と家臣を引き連れ、忽然《こつぜん》と姿を消された。行先は都だという噂《うわさ》が立った。

しかし掃部様は、近辺のイエズス教徒にとっての宝物をひとつ残された。それは甘木に掃部様が自らの手で建てた小さな教堂だった。小田から秋月までは遠いため、秋月寄りの場所を選ばれていた。秋月からは二里、本郷からは一里の遠さしかなかった。

秋月領が没収されると同時に、新しく領内にはいった長政殿の重臣の手で、秋月教会とレジデンシアは閉鎖された。やむなくレジデンシアのみ甘木の民家に移され、そこにエウジェニオ神父と西アントニオ修道士が移り住んだ。間もなく西アントニオ修道士と交代で、甘木に赴任して来たのが、旧知の三箇《さんか》マチアス修道士だった。

小さな教堂ではあったものの、ほとんど十年ぶりでの再会に、久米蔵は涙を流した。十年間の三箇修道士の見聞を聞いたとき、久米蔵はさらに胸を痛めた。

小西アグスチノ行長様が敗走して捕まり、処刑されたあと、領地はすべてイエズス教嫌いの加藤清正殿の手に陥《お》ちた。八代《やつしろ》にいた三箇修道士はまず薩摩に逃れ、ついで長崎に戻り、さらに有馬の近くの有家《ありえ》にいたという。その後、島原のレジデンシアに移り、今度新たに甘木に赴任して来た。年齢も四十近くになり、その大柄な体にも風格が備っていた。まだ日本に来て間もないエウジェニオ神父の補佐役としてうってつけだった。

秋月の教会もレジデンシアも破棄されて、黒田様や明石様の家臣のうち、イエズス教の信徒はほとんどいなくなっていた。信仰が保たれていたのは、むしろ筑後領の村々と筑前領の一部だった。柳川の教会は健在であり、博多の教会もまだ命脈を保っていた。

久米蔵は一年ほど前から、体の衰えを感じるようになっていた。一里の道を歩いて甘木の教堂に行くのにも、難儀《なんぎ》を感じた。帰りがけには、とよの歩調にも遅れをとるのが情ない。歩けなくては、もはや大庄屋の務めは無理だった。五十六歳になったのを機に、家督《かとく》を音蔵に譲った。音蔵は三十を三つ越して、子供三人に恵まれている。もはや大庄屋としての器量を充分に備えていた。

庄屋たちを集めて、新しい大庄屋披露の宴をもったとき、久米蔵はもう酒も飲めない体になっているのを知った。ほんの一口の酒でも胸がつかえた。嫁であるきよの実家のうまい酒なので、申し訳なかった。

無事に家督を譲った五日後、春には珍しい小雪混じりのなかを、久米蔵はひとり甘木の教堂に出かけた。年寄りの冷水だと、とよと音蔵にとめられたが、何のこれしきと強がりを見せて、家を出た。胸の内では、無事に大庄屋をやり遂げた感謝を、デウス・イエズスに捧げたかった。

寒いはずの道程も気にならず、行き合う村人たちが気遣って声を掛けるのにも、笑顔で応じられた。

思い出されるのは、若い頃、こんな雪の中でも、乞われれば高橋組の村々を訪れ、コンタツをした日々だった。あの頃は、小走りどころか、走ってでも村から村へ行けたのだ。

〈ロザリオの久米蔵〉の仇名《あだな》は、久米蔵にとってこれ以上はない誉《ほ》め言葉だった。あんなにして毎日のように村々を歩き、家の中に招き入れられたので、久米蔵を知らぬ者はひとりもいなくなったくらいだ。

久米蔵が百姓の貧しい暮らしぶりを知ったのはそのおかげだ。貧しさは、家に上がってみなければ分からない。同じ百姓でも貧富の差は大きかった。板張りではなく、まだ地べたに莚《むしろ》を敷いただけの家もあった。そんな家はたいていが茅葺《かやぶ》きで、壁も竹と茅でできていた。仕切りのない掘立小屋に、三代十四、五人が雑居していた。だからといってイエズス教の信仰が薄いことはなく、ぼろ布で作ったロザリオを繰る仕草には心がこもっていた。まさしく貧しさと信仰は無関係だったのだ。

久米蔵は歩きながら途中で息苦しくなり、道端にしゃがんでひと息ついた。本郷村を一町ばかり過ぎると、そこからは筑前領になる。もし教堂が秋月にあれば、おそらくここから先の坂道は上がれないような気がした。その意味では、教堂が甘木の頓田《とんた》に移ったのは、今の自分にとっては好都合だった。ジョアン掃部様に手を合わせたかった。

雪は濃くなったものの、まだ道に積もってはいない。笠《かさ》を深くかぶり直して、一歩一歩前に進む。行き交う村人も少なくなり、よろめきながら歩く老人に目をとめる者はなかった。

頓田村と秋月の分かれ道にある石の上で、久米蔵はもう一度休んだ。教堂はもう目の前だった。息を整えようとしても、苦しさは減らない。仕方なく歩く。歩きをやめないので息苦しさは続く。喘《あえ》ぐようにして、ようやく教堂に辿《たど》りつく。秋月の教会と比べれば、百分の一にも満たない小さな建物であっても、今の久米蔵にとっては堂々たる教会だった。

幸い扉は開いていた。前にろうそくが一本灯されている。その上にイエズスの十字架があった。右側には、そのイエズスを抱いたマリア像があった。

泳ぐように祭壇に近づき、膝《ひざ》をついて祈りを捧げると、不思議に胸の動悸《どうき》がおさまった。やはりイエズスの加護なのだ。ロザリオをまさぐりコンタツを唱える。何という幸せだろう。自分の一生は、イエズスに始まり、イエズスで終わろうとしていた。人生のどこを切りとっても、イエズスのない日はなかった。

感謝したいのは捨子を拾ってくれたアルメイダ修道士、そして育ててくれた養父母だった。コンタツを続ける間にも、次々と神父や修道士、交誼《こうぎ》を結んだ人々の姿が浮かんできた。

コンタツを終えてひと息つく。後方に人の気配がして振り向く。粗末な身なりの若者が、やはり祈りを捧げていた。

「気づかずに失礼ばしました」

若者と眼が合ったので言い、やっとの思いで立ち上がる。

「あのう、高橋組の大庄屋様ではありませんか」

若者が腰をかがめて訊いた。

「はい。平田久米蔵です。よかお参りばさせてもらいました」

「この雪の中、ひとりで見えたのですか」

「はい。来てよございました。心おきなく帰れます」

「すみません。昨日から、エウジェニオ神父と三箇修道士は博多に出向いてます。私は留守を預かる同宿《どうじゅく》のペドロ岐部《きべ》と申します。久米蔵様のことは、前々からうかがっておりました」

「同宿の方でしたか」

年の頃は、二十代の半ばだろう。背が高いので、細身の体が余計目立つ。こけた頬の上で眼だけが強い光を宿している。

「それは好都合でした。この包みば神父にあげて下さい」

布包みをさし出す。銀二十枚がはいっていた。黒田ミゲル直之様とパウロ直基様親子、そして明石ジョアン掃部様という後ろ楯《うしろだて》を失ったあと、この甘木のレジデンシアの暮らしぶりも不如意《ふにょい》になるはずだった。

「確かに預かっておきます」

同宿が恭《うやうや》しく頭を下げた。

退出しかけた久米蔵は気になって振り向く。この追放令の世で、わざわざ同宿の身になった若者に敬意を表したかった。

「ペドロ岐部殿の生まれはどこでっしょか」

「国東《くにさき》の浦部でございます」

「すると、かつて大友フランシスコ宗麟様の領地だった地ですね」

「はい。父ロマノ岐部の一族は、フランシスコ宗麟様の水軍を代々務めておりました」

「それは、それは」

久米蔵は胸が熱くなる。「私の養父も、宗麟様に仕えとりました。フランシスコ様には二度だけ、養父とともに会ったことがあります。もう四十年以上も前です。そげんでしたか」

少し曲がった腰を伸ばして若者の顔を見上げる。

「有馬のセミナリヨで六年学んで、まだ同宿になって五年しかたっていません。今は筑前と筑後の担当になって、村々を巡回しています。そのうち、久米蔵様の村にも行かせてもらいます」

「ありがたかこつです。お願いします」

久米蔵は嬉《うれ》しくなり、この高揚した気力なら帰路も何とか行き着けそうな気がした。

外は雪がまだ降っている。道にも少し積もりかけていた。

蓑《みの》と笠を身につけて教堂を出る。半町も行かないうちに息が切れ、油汗のようなものが出はじめた。何のこれしきと思うはしから胸に痛みを感じ、崩れ落ちる。

「久米蔵様」

気がかりになって見送ってくれていたのだろう、同宿の若者が駆け寄って助け起こしてくれた。

「ありがとう」

それだけ口にするのがやっとだった。降って来る雪だけが見えた。そのうちの一片を口に入れれば、胸の苦しさがおさまりそうだった。

「久米蔵様」

ペドロ岐部という若者の声が耳に届く。同宿の胸に抱かれて息絶えるのは幸せかもしれなかった。

降る雪の向こうで、誰かが呼んでいるような気がした。養父の一万田右馬助だろうか。養母の麻だろうか。アルメイダ神父もいるような気がした。みんなが手を伸ばしてくれている。あとは昇っていくだけだった。

二　切支丹《きりしたん》禁教令　慶長十七年（一六一二）三月

久米蔵の葬儀はその五日後、甘木頓田の教堂で行われた。エウジェニオ神父と三箇マチアス修道士、同宿のペドロ岐部がミサを取り仕切った。

大庄屋を継いだ音蔵と、今村の庄屋道蔵の兄弟は、ペドロ岐部から父親の最期《さいご》の姿を聞かされた。

雪の中、久米蔵が甘木に向かったのは、おそらく死期を覚ったからだと、音蔵は思った。笑っているような死に顔に、胸を撫《な》でおろした。

亡骸《なきがら》には愛用していたロザリオを添え、遺言に従って養父母の脇《わき》に埋めて、小さめの墓石を置いた。その石にも養父母と同じ、異国の三文字を刻ませた。

残されていた遺言には、デウス・イエズスの教えを末長く守り通し、ザビエル神父から伝わる絹布《けんぷ》と、ローマで購《あがな》われた象牙《ぞうげ》のロザリオを大切にして、代々最も信仰の篤《あつ》い子孫に譲っていくように記されていた。

わずか二ヵ条の遺言に、父親の一生は信仰ひと筋だったのだと音蔵は感じた。物心のついた頃から、読み書き算盤《そろばん》を叩《たた》き込まれた。長じてからは、大庄屋の心構えと実務について、繰り返し教えられた。今になって思えば、そうした才覚のある大庄屋としての父親は、仮の姿だったのだ。中核にある信仰を全うするために、外側の装《よそお》いだけは非の打ちどころのないように整えていたとしか思えない。

その薫陶《くんとう》のおかげで、大庄屋の仕事は苦にならず、これからも身を粉にして全うする自信はある。反面、信仰のほうは父親の十分の一、いや百分の一くらいの熱心さしか自分にはない。むしろ、信心深い母、とよに教え込まれた妻のきよのほうが信仰に篤かった。

父親は、実務の面でもイエズスの信仰の面でも、庄屋たちの尊敬を集めていた。十六人いる庄屋のうち三分の二は、はためにも信仰心の深さが伝わって来る。しかし残りの三分の一はそうでもない。特に音蔵と同じくらいの若い庄屋は、常時ロザリオを身につけていなかった。中にはロザリオを持たない庄屋もいた。

そうした庄屋の信仰心の薄れを、一番気にしているのは今村の庄屋である道蔵だった。庄屋の集まりのあと、自分から発案してコンタツの一部を唱えた。他の庄屋たちも拒みはしないものの、祈りに熱がはいっているわけではなかった。

コンタツを唱える道蔵の姿は、父親そっくりと言ってよかった。声の抑揚までも似ているので、父親が乗り移ったように感じたと吐露した老庄屋がいたくらいだ。

庄屋の信仰心が薄れていけば、その村民も知らず知らずイエズスの信仰から遠ざかっていく。その風潮は、わざわざ甘木の教堂まで赴く村民の数の変化によく表われていた。三箇マチアス修道士が巡回してくるというので、村々に触れを出し、この大庄屋の屋敷に集まらせても、父親が生きていたときのような大人数にはならない。とはいえ、今はまだ一里離れた甘木に、レジデンシアと教堂がある。これがなくなり、神父と修道士の姿が消えたとき、近在の村々の信仰が保たれ続けるかどうか。音蔵は胸の内が寒々としてくるのを感じる。

父親が亡くなった翌年の慶長十七年、甘木から東に十里行った日田で、三月に切支丹禁教令が発せられた報が、三箇マチアス修道士からもたらされた。

聞くと、大公儀の直轄領《ちょっかつりょう》すべてに、禁教が徹底されるのだという。

禁教令のきっかけは、江戸で起きた奇妙な事件だと三箇修道士は暗い表情で語ってくれた。

島原の領主有馬プロタジオ晴信様は、幕府から朱印状を下付《かふ》され、領内の良港口之津を拠点として、南蛮との交易に力を入れていた。石高はわずか四万石しかなく、交易による利益は米以上に重要だった。

四年前の慶長十三年、晴信様の船がマカオに行った際、異人たちとの間でいさかいが起きた。家臣五人が異人たちの手で殺害されたと、生き残りの者が報告したので、晴信様はその旨《むね》を長崎奉行と駿府《すんぷ》の家康殿に急報する。家康殿から出された異国船討ち取りの命を受け、翌慶長十四年、長崎に入港していた異国船を手勢千人で襲撃した。異国船が大砲で反撃するなか、晴信様の兵は船に四方八方から火矢を放ち、ついに異人たちは火薬庫に火をつけ自爆させた。

これが功績として、家康殿と江戸の秀忠殿の認めるところとなった。家康殿からは賞詞とともに名刀が届けられた。それだけにとどまらず、嗣子《しし》である有馬直純《なおずみ》殿と、家康殿の曾孫《そうそん》である国姫殿との婚儀が成立した。直純殿の妻だった小西行長の姪《めい》のマルタ様は離縁させられた。家康殿とのつながりに、小大名のプロタジオ晴信様が喜んだのはいうまでもない。

そこにつけ込んだのが、大公儀の重臣本多正純《まさずみ》の家臣で、岡本大八というイエズス教徒だった。岡本大八は江戸に上る前、長崎奉行に仕えた経歴があり、パウロという洗礼名をもっていた。晴信様と知り合ったのは、長崎と思われる。

岡本大八は、南蛮船爆沈の功として、有馬の旧領地だった杵島《きしま》、藤津、彼杵《そのぎ》の土地を晴信様に返却する話が、大公儀で持ち上がっていると、架空の褒賞《ほうしょう》話を持ちかけた。この旧領地はかつて龍造寺隆信殿に奪われ、今は鍋島領になっていた。

失地の回復が悲願だった晴信様は、この作り話にとびつく。さっそく白金や錦繍《きんしゅう》などの金品を岡本大八に贈り、仲介を依頼する。岡本のほうでも、重臣の書状を捏造《ねつぞう》して晴信様に届けた。いよいよ信じ切った晴信様は、さらに追加分の賄賂《わいろ》として銀六百枚を手渡した。

ところがお上からは一年たっても何の音沙汰《おとさた》もなく、晴信様は直接本多正純殿に直《じか》談判《だんぱん》する。寝耳に水の話に驚いた本多殿は、岡本大八を呼び詰問《きつもん》する。岡本は知らぬ話だとシラを切った。

時を同じくして、佐賀の領主鍋島勝茂殿からも、有馬への領土割譲《かつじょう》の噂があるが、真実か否かという問い合わせが届いた。本多殿は家康殿に上申《じょうしん》、岡本大八と晴信様がそれぞれ言い分を述べる場が設けられた。岡本の金品詐取《さしゅ》が明白になったのは、晴信様の提出した偽造文書のおかげだった。岡本大八は両手足を打ち砕かれて、投獄された。

にもかかわらず、岡本は獄中からさらに、晴信様には長崎奉行を暗殺する陰謀があったと誣告《ぶこく》する。再び二人は対決させられ、晴信様はしどろもどろの弁明しかできなかった。

結局、岡本大八は駿府の町中を引きまわされた末、火刑に処せられた。その息子は斬首《ざんしゅ》された。

翌日、小者にだまされるとは大名の資格なしと断じられたプロタジオ晴信様は、有馬四万石を没収され、妻ジュスタ、家臣三十名とともに甲斐《かい》国にまず配流《はいる》になった。このとき嫡子の直純殿は、長崎奉行と口裏を合わせて晴信様の所業をなじったことから、有馬の地は新たに直純殿に安堵《あんど》された。

幽閉されて二ヵ月後、ついに晴信様に切腹の上意が伝えられる。晴信様は家臣たちには殉死を禁じ、わが子直純と長崎奉行に遺書を書いて、過去の所業の赦しを乞うた。そのうえで、従臣のひとりを選んで首を斬らせた。イエズス教が禁じる自死である切腹は、こうして回避された。享年《きょうねん》四十六だった。

この岡本大八事件を好機ととらえて、大公儀は慶長十七年三月二十一日、切支丹禁教令を発令する。グレゴリウス暦では千六百十二年四月二十一日だった。

これによって有馬領では、直純殿とその正室国姫殿の意向で、イエズス教徒への迫害が始まる。直純殿にとって、自分がもつミゲルの教名は反故《ほご》同然になった。

こうした禁教の流れは、細川殿の領地である豊前でも濃厚になり、小倉と中津の教会が閉鎖された。

唯一《ゆいいつ》命脈を保っているのが、黒田長政殿の城下、博多の教会だった。これには博多の司祭だったマトス神父と長政殿の親交が大いに寄与していた。長政殿は城内にマトス神父を招いたり、ことある毎《ごと》に、教会に米の寄進《きしん》をした。

しかし長政殿は、幕府の禁教令を気にして、家臣には棄教するように命じた。

幕府直轄領での切支丹禁教令が出されて間もなく、慶長十七年十一月、長政殿は十一歳の嫡子万徳殿を連れて、参勤のため上府《じょうふ》した。途中、駿府で家康殿に父子で拝謁《はいえつ》を終え、江戸に赴き、万徳殿の元服式が執り行われた。そのうえで将軍秀忠殿に謁見を賜り、万徳殿は忠之《ただゆき》と名前を変えた。帰途にも駿府に立ち寄って、家康殿に会い、父子ともども恭順《きょうじゅん》の意を表した。

このときの江戸と駿府での会見で、長政殿は家康殿と秀忠殿から、博多の教会の閉鎖を厳命される。

長政殿と忠之殿が福岡城に帰着したのは、翌慶長十八年の四月だった。長政殿は苦渋の決断のもと、教会の閉鎖と神父の退去を通達した。博多教会の司祭コンファロニエリ神父と、五年前に叙階《じょかい》された中浦ジュリアン神父への通知は、礼を尽くした文面であり、筑前領の安堵のためには、大公儀の命には背けない旨が縷々《るる》述べられていた。

両神父は長崎に出発、博多に残った修道士と同宿たちが、教会の解体を見守った。解体はあくまで慎重であり、都合十二日を要し、教会とレジデンシアの木材その他は長崎に送られるか、信者の家に留め置かれた。教会の跡地には仏寺が建立《こんりゅう》された。

時を同じくして、甘木の教堂とレジデンシアにも閉鎖の命令が下った。

エウジェニオ神父と三箇マチアス修道士、そしてペドロ岐部同宿の訪問を、高橋組の大庄屋の平田音蔵が受けたのは、慶長十八年十一月、風の強い日だった。

「おせわになりました。なごりおしいです」

たどたどしく神父から言われて、音蔵は胸が詰まった。

「寂しゅうなります」

音蔵はやっと応じる。これから信者たちはどうすればいいのか訊《き》きたいものの、確かな返事があるはずはなかった。

「つきましては、最後に頼みがあります」

三箇マチアス修道士が言った。「大庄屋様の家にあるザビエル神父の絹布、この地を去るにあたって、今ひとたび見せていただくわけには参りませんか」

「どうぞどうぞ」

音蔵は三人に座敷に上がってもらい、桐箱《きりばこ》に入れた絹布を披露した。

エウジェニオ神父が頬を紅潮させて、絹布に見入る。

「これはヌンシオ・フランシスコ・ザビエルさまのたましいです」

神父が興奮気味に言った。「ヌンシオが日本にきて、六十四ねんになります。このあいだに、デウス・イエズスのおしえが、ひろまりました。それなのにいまは、ざんねんです」

エウジェニオ神父が涙を流す。

「私たち修道士と同宿たちは、信者のいる所には、これからも訪問します」

三箇マチアス修道士が言い添えた。

三人を送り出すとき、音蔵は路銀《ろぎん》として銀十枚を神父に献上した。

「どうか今村にも立ち寄って下さい。私の弟道蔵も、最後の挨拶《あいさつ》をしたがっているはずです」

音蔵は玄関先に家族や家人を並ばせて見送る。楓《かえで》の葉が赤く、藪《やぶ》の中にそびえる銀杏《いちょう》の木がはらはらと黄色い葉を散らしていた。

何かを思い出したように、ペドロ岐部同宿がいそいそと戻って来たのはそのときだった。懐《ふところ》から布包みを取り出して音蔵に渡した。

「これは私が彫ったマリア像です。あのザビエル神父の絹布の横にでも置いてもらえれば、嬉しいです」

懇願されるのを断るすべもなく、音蔵は押しいただいた。

筑前領と同じような措置は、筑後の領主田中忠政《ただまさ》殿によっても行われた。父吉政殿を襲封《しゅうほう》した忠政殿は、神父の長崎への送還は、自分の意に反するのだと弁明した。しかし大公儀の命令に背けば、筑後領を没収されるので致し方ないと、神父たちに頭を下げた。その悔恨の情の証拠として、教会とレジデンシアは壊さずにいるので、いつでも使ってよいと伝えた。こうして柳川の司祭アダミ神父とジョアン山修道士は長崎に旅立った。

その年の暮から、大公儀はイエズス教徒の弾圧に乗り出した。駿府と江戸の信徒に対する取り締まりと同時に、弾圧の手は都と大坂にまで及び、ついに全国に広まった。長崎に集められた神父、修道士、同宿、熱心な信者などに対しては、国外追放の命令が出された。神父たちは教会から、海辺の掘立小屋に移され、小舟が駆り集められるのを待った。その間に、国内に唯一残っていた教会も打ち壊された。大小さまざまの船に押し込まれて、寒さの中、出帆させられる。

長崎奉行にしてみれば、船が暴風雨にあったり、老朽船で水漏れがひどくて沈没すれば、それはそれでよかった。

大方の船はマカオ、一部の船はマニラに向かった。マニラに向かう船には、三箇マチアス修道士の他、高山ジュスト右近《うこん》様も乗っていた。

それまで右近様は金沢の前田利長《としなが》殿の庇護《ひご》のもと、信仰と茶道によって、前田家中の信望を一身に集めていた。右近様にとって、おそらく茶は修練と黙想のためであり、茶室はまた小さなオラトリヨ、祈禱所《きとうじょ》であった。

切支丹禁教令は金沢にも及び、金沢で布教を続け、右近様とも肝胆相照らす仲だったバエザ神父が長崎に追放された。

その三日後、領主前田利長殿は、右近様の一族を京都所司代板倉勝重《かつしげ》殿に引渡すべしとの命令を、徳川秀忠将軍より受けた。

利長殿も右近様を知る重臣たちも、右近様に棄教を勧めた。時代が変わったのだから仕方がないという説得に、ジュスト右近様は敢然《かんぜん》と首を横に振られた。デウス・イエズスの教えは時代に左右されるものではない、永遠の真理だというのが右近様の返事だった。

右近様はもう六十の坂を越えていた。ジュスタ夫人、亡くなっていた長男ジョアンの孫五人、家臣や下女、下男とともに、警固の武士に付き添われて金沢を出発する。

冬の険しい山道を十日間歩き続け、ようやく比叡山《ひえいざん》の麓《ふもと》、坂本まで辿りついたところで、待機を命じられた。板倉所司代は、右近様が都にはいることを恐れていた。都にはまだ四、五千近くのイエズス教徒がいるはずであり、これを機に反逆の蜂起《ほうき》が生じる懸念《けねん》があった。所司代はその旨を将軍に上申する。

ひと月留め置かれたあと、ようやく大公儀の命令が届いた。男はそのまま長崎に追放、女・子供は望むなら都に留まってもよいという措置だった。もはや従者は許されず、右近様は坂本から大坂に出、そこから船で長崎に送られた。

唯一残っていた長崎のトードス・オス・サントス教会での日々は、右近様にとって平安の日々だった。祈り、黙想し、告解をし、秘蹟《ひせき》にあずかった。右近様にとってこれらの残された日々は、あくまでデウス・イエズスの恩寵《おんちょう》だった。

これに先立つ慶長十九年一月八日、御用始めの日に高橋組の庄屋十六人が音蔵の屋敷に集まった。年が明けたとはいえ、余寒は厳しく、音蔵は大広間に四個の火鉢を置かせた。

前年の年貢《ねんぐ》納入の帳簿を、各庄屋が提出、それをひとつひとつ音蔵が点検する。いつもどおりの御用始めの段取りだったが、庄屋たちの様子がどこか浮き足立っていた。

すべての点検を終えたとき、音蔵は居住いを正して、懐から書付《かきつけ》を取り出した。

——このたび大公儀の切支丹異法の一件につき、以後異法信仰の事は、心得違い仕《つかまつ》らざり候《そうろう》様、大庄屋より各村の庄屋は勿論《もちろん》の事、村方へも理解申し聞かせ方の儀、厳命致し候。

「これが郡《こおり》奉行本田治兵衛様から下付された書状です」

言いながら、音蔵は郡奉行が屋敷に馬で乗りつけたときのことを思い浮かべる。座敷に通され、上座《かみざ》に坐《すわ》ると苦渋の表情で音蔵を直視した。

「殿もとうとう肚《はら》を決められた。切支丹禁教令の一件を有耶無耶《うやむや》にしていては、大公儀で領地召上げの詮議《せんぎ》が始まる。既に諸大名の城下に、隠密《おんみつ》が放たれとるらしか」

「御家中にもイエズス信徒はおられるとじゃなかですか」

息を詰めながら音蔵は訊く。

「そりゃ多か。家老のおひとりも熱心な信者で、受洗もされとる。誰とは言わんが、郡奉行の中にも信仰者がおる。わしとて、悪か教えとは思うとらん。しかし、大公儀には逆らえん」

郡奉行はそう言い、書状を音蔵に渡した。読み終えた音蔵が眼を上げるのを待って言葉を継いだ。

「そなたも、先々代から引き継いだ信徒というこつは知っとる。高橋組の村々も、例外なく、信徒ばかりというのも分かっとる。わしが郡奉行の任を申し渡されたとき、代々の奉行に申し送られとる覚書があった。それには高橋組の大庄屋、庄屋、そして百姓について、筑後領の鑑《かがみ》じゃと書いてあった。どんな災害、洪水に旱魃《かんばつ》、虫害があったときでも、年貢は怠らず、率先して河川の修理もする、よそでは飢饉《ききん》のたびに口減らしが横行するのに、高橋組では起こらん、飢えて行き倒れするときには、何とか高橋組の村まで辿りつけば、命は助かるという噂もある。そげん書かれとった。わしも郡奉行として他の村々をまわってみて、違いがよう分かる。その違いが、イエズス教の信仰から生じとるのも、よう分かっとる。じゃから、わしはイエズス教ば恨めんのじゃ」

音蔵を見据える郡奉行の目が、すっと赤味を帯びた。「ばってん、大公儀の達示《たっし》がここまで厳しくなると、もうどうすることもできん。平田殿の胸の内はいかばかりかと思うが、ここは殿様の苦しか胸中ば察してくれんか」

帰途につく郡奉行を音蔵は門外で見送った。騎乗の郡奉行はゆっくりと馬を進めた。あたかもこれから変わっていく村の姿を見届けるような後姿だった。

「音蔵様、この書状ば反故にはできんとですか」

小島《おしま》村の老庄屋が言った。

「できんと思います」

「それじゃ、みんな棄教せよということですか」

音蔵は答えない。答えられるはずはなかった。

「ここは大庄屋殿に言ってもらわんと、我々庄屋はどげんしようもなかです」

「そこは、郡奉行様の書付にあったとおり、異法信仰の事、心得違いなきよう、庄屋へ理解申し聞かせ方、厳命するの文言どおりです」

答えながら、音蔵は後方に坐る今村の庄屋道蔵の顔を見やる。真剣な表情を崩さず、成り行きを全身で感じているようだった。

「そうすると、私ども庄屋は村人にどげん言えばよかでっしょか」

今度は春日《かすが》村の若庄屋が訊いた。

「同じこつです。異法信仰の事、心得違いなきよう、厳命すると、伝えてもらう他なかです」

「大庄屋殿、それでよかとですか」

高樋《たかえ》村の庄屋が釘《くぎ》をさす。

「よかです」

「それじゃ、大庄屋殿ご自身はどげんされるとですか」

そう訊いたのは後方にいた本郷《ほんごう》村の庄屋だった。

「まだ決めとりまっせん」

ここは正直に答えるしかない。

「あとで決められるとですね」

本郷村の庄屋がなおも訊く。

「そげんです」

音蔵はきっぱりという。

「決めらるるとき、棄教もあるとですか」

それまでじっと聞いていた鵜木《うのき》村の庄屋が、顔をまっすぐ向けて問う。

「まだ決めとりません」

音蔵は絞り出すように答える。

「ばってん、棄教せんこつには、この高橋組も取り潰《つぶ》されるとじゃなかですか。筑後の殿様も、棄教せんこつには、この領地が召し上げになるからこそ、決めらっしゃったとではなかですか。これは大庄屋も庄屋も同じこつだと、わしは考えます」

この鵜木村の庄屋の発言で、居並ぶ庄屋たちが押し黙る。張り詰めた気配のなかで、音蔵は道蔵の方を眺めた。目が合い、たまりかねたように道蔵が口を開いた。

「黒か白かじゃなくて、その真ん中を行く道があるとじゃなかでっしょか」

一瞬、座がざわめき出す。

「道蔵殿、その真ん中の道とは何ですか」

問い質《ただ》したのは鵜木村の庄屋だった。「棄教と見せかけて、信仰ば続けるとでっしょか。そげなこつができますか。できれば、苦労はしまっせん」

「信仰は、あくまで心の中のこつですから」

道蔵が訥々《とつとつ》と答える。

「道蔵殿はそげん言わるるばってん、信仰ちいうもんは、おのずから形に出るとじゃなかですか」

そう言ったのは甲条《こうちょう》村の庄屋だ。「私は日頃からロザリオば首にかけとります。今日も、来るときにかけるかどうか迷いました。ばってん、小さかときから小さかロザリオをかけとったのを、今さらやめるわけにはいきまっせん。ロザリオなしでコンタツば唱えるのは、実際にむずかしかと思います――」

途中で、道蔵を責める口調になったのを反省したのか、尻切《しりき》れトンボのように口をつぐんだ。

これ以上議論しても、堂々巡りになるのは明白だった。

「ともかく、このたび郡奉行よりの達示、異法信仰の件、ここに伝え申しました」

議論に蓋《ふた》をするように言った音蔵は、大きく息をし、瞑目《めいもく》したまま、庄屋たちが立ち去る音を聞いた。

三　マチアス七郎兵衛の骨　慶長十九年（一六一四）三月

「音蔵様、自分たちはどうすればよかでっしょかと、毎日のように家の者が訊きます」

朝餉《あさげ》の席で、きよが言った。

「ここはそれぞれに任せるしかなか」

苦渋の顔できよを見返し、大人しく飯を食べている三人の子に眼をやる。長男の留《とめ》蔵《ぞう》が八歳、長女のとせが六歳、次男の発蔵が四歳で、四番目の子をきよが身籠《みごも》っていた。三人の子はそれぞれ受洗して教名を授っている。留蔵がロレンソ、とせがコインタで、マトス神父が命名してくれた。発蔵はエウジェニオ神父の手で受洗し、アンドレという教名をつけられた。

十八人いる家人と荒使子《あらしこ》も、ひとり残らず洗礼を受け、教名をいただいている。高橋組の村々の百姓たちほとんどがそうだった。

「昨日、実家から瓜《うり》の粕漬《かすづけ》を持って来てくれた手代《てだい》が言っとりました。黒田様の領内では宗門改めが始まったそうです。その手始めが福岡の城下と秋月のごたるです」

「とうとう始まったか」音蔵は唸《うな》る。

「秋月領は今、黒田本家に組み入れられて、代官様が来て取り仕切っておられます。その代官殿が、ことのほか吟味に厳しかごたるです。同じような沙汰が、こっちの筑後領に及ぶこつも考えんといかんです。そんときになっておたおたしても、どうにもなりまっせん」

「それは分かっとる」

　言って、瓜の粕漬をゆっくり嚙《か》み砕く。

「荒使子たちが恐れとるとは、こんまま、イエズス教の暦とロザリオを持っといてよかかどうかです。それがあれば、異法信仰は間違いなかですけん」

「隠しとくという手もある」

「あなた、それですむでっしょか。秋月では一軒一軒、家捜《やさが》しがあっとるごたるです。見つかれば、それだけ罪は重かと言います」

　きよは心配気に言い募る。

「そんなら、その二つは燃やすなり、埋めるなり、好きなようにしろと荒使子たちには言っといてくれ」

　言い切って、音蔵は溜息《ためいき》をつく。

「そいじゃ、ザビエル様の絹布と、中浦ジュリアン神父様のロザリオ、先日ペドロ岐《き》部《べ》同宿《どうじゅく》からいただいたマリア様の木像はどげんしますか」

「あの三つは、燃やすこつも埋めるこつもできん。お前も分かっとろ」

音蔵の剣幕《けんまく》に、きよは下を向いて黙り込んだ。確かにあの三つは、命と引き替えになっても灰にすることはできない。かといって今のまま絹布と木彫りを床の間に置けないのは確かだ。床下がいいか、天井裏がいいか――。

音蔵は、そんな姑息《こそく》なことを考えている自分が情なかった。

二月にはいってすぐ、秋月領でイエズス教徒の最初の処刑が行われるとの報が、本《ほん》郷《ごう》村の庄屋からもたらされた。

「処刑されるとはお侍で、七郎兵衛とかいう人です」

庄屋の須田源次が言った。

「七郎兵衛というお侍の名は、聞いたことがある。上秋月に教会ができたとき、挨拶ばした」

「確かに上秋月に住むお侍で、もとは黒田ミゲル直之様の家臣です。直基様が亡《な》くなられたあと、大方のお侍は他国に去ったようですが、残った家臣も六、七十人おったらしかです。全員がイエズス教徒で、秋月の地ば去るのが惜しかったとでっしょ。特にその七郎兵衛というお侍は、最古参で、洗礼を受けたのも、三、四十年前らしかです」

「なるほど」

音蔵は頷《うなず》く。そうすると、黒田家が入国する前からの信者で、巡回する神父から受洗したのに違いなかった。

「残った家臣の中心がその七郎兵衛様です。新任の老代官は、赴任するなり、家臣全員に改宗を迫ったらしかです。それぞれに名前ば書かせて、転ぶ者は名前の下に印をつけ、転ばない者は上に印ばつけるように命じました。ところが、名前の上に印をつけた家臣が七十数名おったとです。

代官は驚いて、この数の家臣が合議して謀反《むほん》を起こされたらかなわんと考え、黒田の殿様に報告したとです。すると五名の武将が手勢三百人ば引きつれて秋月に到着、手分けして転ばなかった家臣の家になだれ込みました。ロザリオを奪い、十字架の描かれた紙ば剝《は》ぎ、引き返したとです」

聞いていて音蔵は顔をしかめる。ロザリオが引きちぎられ、壁の絵が破りとられる音までが聞こえた。

「そのうえで、転ばん者ば代官屋敷に呼びつけたとです。こんとき、家族や転んだ友人の説得で、名前の下に印ばつけた紙を持たされた者も多数おりました。ところがそれでん転ばんと言ったお侍が十七、八名くらいおって、今度は大小の刀を取り上げられて、家に帰されました。もう領民じゃなか、一族郎等《ろうどう》ひきつれて、どこへとなり出て行けちいうことでっしょ。

翌日再び呼び出されて吟味されたとき、敢然《かんぜん》と改宗ば断ったのは、七郎兵衛様だったとです。引ったてた役人も、ここは転んだがよかち説得したらしかですが、返事は、転ばれん、磔《はりつけ》は覚悟のうえ、の一点張りでした。

五人の武将と代官の裁きの場でも、同じこつば申され、斬首ば申し渡されたとです。その処刑が明日、秋月の町人、百姓たちは病人と子供以外は全員、野鳥《のとり》川と小石原《こいしわら》川が合流する所に集まるように言われとります。それば聞きつけたので、こうやって参じた次第です」

「よう知らせて下さった」

「大庄屋殿はどげんされますか。私は見に行くつもりにしとります」

「私も行こう」

音蔵は顎《あご》を引く。行っておかなければ、悔いが残るような気がした。

「他の庄屋にも触れば出されますか」

「一応出しとこう」

答えたあとで、これが同じような犠牲者を出さない最善の策かと思った。しかしまたそこに既に転びかけている自分を見て、赤面する。

「秋月では、町人や百姓への吟味は、まだ始まっとらんのですか」

「これからでっしょ」

須田源次が苦し気に答える。「武家の家でも、女子供や奉公人は吟味の対象にはなっとらんとです。まず七郎兵衛様を血祭に上げて、それから吟味ば広げていくとじゃと思います」

そうなると、今病床に伏している母のとよの実家、原田《はるた》の家でも息を詰めて、事の成り行きを見守っているのに違いなかった。

本郷村の庄屋源次を送り出すと、音蔵は荒使子を走らせて各庄屋に触れを出した。

翌日、朝餉をすますと、音蔵はひとり家を出た。家人にも荒使子にも、供の必要はないと断った。

壁にかけたイエズス教の暦を見た。今日は慶長十九年二月六日、グレゴリウス暦では千六百十四年三月十六日、この日が七郎兵衛殿の命日になるはずだった。

ようやく寒さも緩み、畑では追肥や菜の葉類の植えつけに、もう村人たちが精を出している。道行く百姓たちが少ないのは、庄屋たちが村人たちに達示《たっし》を出していないからだろう。見物に行かせるのに忍びなかったのだ。

途中で、小島《おしま》村の老庄屋の一行と出会った。老体をいたわってか、息子二人と荒使子ひとりを連れていた。

お互い目礼をしただけで、言葉は交わさない。本郷村を過ぎたところで、庄屋の須田源次の一行に追いつく。何と、妻のきよの実父倉七とその弟辰造が一緒だった。

倉七からは、母の病状と身籠っているきよの安否を訊かれた。二人ともに、七郎兵衛様の件は、耳に入れないよう、家人と荒使子に命じていた。

「大変な世の中になりましたな」

倉七がこちらの顔を窺《うかが》うようにして言った。「大庄屋殿はどげんされますか」

訊かれても答えようがない。どげんもこげんもしようがないというのが本音だった。

「高橋組は熱心な村々ばかりですけん」

辰造までが言い添える。この言い方なら、もう転ぶことを決めているといってよかった。その決心を固めるために、処刑を見に来たのだ。

女男石《めおといし》の近くまで来ると、土手の両側に人だかりがしていた。川原にも人が出ている。都合二、三百人はいるだろう。今の時期、小石原川の水量は少なく、川岸が広くなっていた。砂まじりの川原の中央に、竹矢来《たけやらい》が作られている。おそらくそこが処刑場だ。役人が四人、四方に睨《にら》みをきかせていた。

眼をこらしているうちに、矢来の真前に道蔵がいるのに気がつく。道蔵が頼りにしている老荒使子が、すぐ横に立っていた。

道蔵とは一月の会合で顔を合わせて以来、会っていない。二人で相談する事柄でもなかった。庄屋と大庄屋では立場も違う。しかも、道蔵が転ぶなど、音蔵には考えられない。その転ばない決心を確かめることすら、大庄屋としてはできなかった。

道蔵が処刑場に朝早く来て、一番前に陣取ったのも、殉教の姿をしかと眼に焼きつけ、信仰心を固めるために違いなかった。

待ち受けている間にも、人の数が増えていた。土手の斜面はおろか、今は女男石の上にも見物人がいた。

音蔵の脇には、身動きもせず何か口ごもっている中年男がいた。身なりからして百姓だ。耳が慣れると、男の口から漏れているのはロザリオの祈りだと分かる。音蔵も目を閉じてしばらく、男のコンタツを聞いた。

そういえば、一月の会合以来、コンタツを唱えていなかった。あれだけ毎日口にしていたのが、糸が切れたように止《や》んでいる。

「秋月の人でっしょか」

男がコンタツを唱え終わったので、音蔵は訊いた。

「へっ、上秋月の者です」

男は腰を少しかがめて答える。処刑される七郎兵衛という侍も、上秋月の住人だった。かつては同じ教会の信者かもしれなかった。

「処刑される七郎兵衛殿の教名は何か、知っとられますか」

音蔵はせめて教名は聞いておきたかった。

「七郎兵衛様は、マチアス様です。岡部マチアス七郎兵衛様です」

その名前は、確かに父の久米蔵から聞いたような気がする。教会に通っている間に、顔見知りになったのだろう。

ここに父がいなくてよかったと音蔵は思う。信仰をお互いに確かめ合った一方が処刑されるのを眺めるのは、この上ない苦痛なはずだ。

ほどなく土手の先の方で、ざわめきが起こった。七十人ほどの役人に前後を囲まれて、白装束の男がゆっくりと土手を下っていた。手は後手にされてはいるものの、白足袋に草履《ぞうり》ばきだった。やがて矢来の中に入れられ正座をさせられる。役人が書状を広げて、罪状を読み上げる。その声までは聞こえない。

マチアス七郎兵衛殿は、書状が読み上げられる間も、口で何かを唱えているようだった。役人に命じられて向きを変える。正座するなり、鈍色《にびいろ》の空を見上げ、また何かを唱えた。

そのとき、後方で二人の役人が刀を抜いて上段に構えた。マチアス七郎兵衛殿が前かがみになって、何かを大声で叫ぶ。おそらく手を後ろで縛られていなければ、前で合掌していたのだろう。架空の手を前にもってきたと思われるその瞬間、振り下ろされた刀が、七郎兵衛殿のうなじに食い込んだ。

幾本かの血がほとばしり出て、首が垂れる。その首も第二の太刀によって切り離され、前にころげ落ちた。吹き出る血が止まる。それでも岡部マチアス七郎兵衛殿の体は、祈る恰好《かっこう》で坐ったままだ。音蔵の眼には息づいているようにも見えた。

役人のひとりが七郎兵衛殿の背中を蹴《け》やって、ようやく胴体が前に倒れた。それを見届けて役人たちが引き揚げ、土手を登りはじめる。

そのときだ。竹矢来の中に十人ほどが入り込み、白い布で首を包み、体の後手をほどき、膝《ひざ》を伸ばして、用意した棺《ひつぎ》の中に納めた。おそらく親族か親しい者だろう、誰もが涙を流していた。棺が持ち上げられ矢来を出た瞬間、道蔵の荒使子が白布を持って中に入り込み、流れ出た血をぬぐいはじめる。

それが引き金になり、二十数人が矢来の中になだれ込んで、手拭《てぬぐ》いで血をぬぐう。血の沁《し》みた砂を袖《そで》の中、懐の中に入れる者もいた。

音蔵の脇《わき》にいた上秋月の百姓は、まだ手を合わせている。見物人は三々五々散りはじめていた。音蔵もその場を早く離れたかった。見るべきものを見た気がした。歩き出すと、なぜか動悸《どうき》がした。斬首の光景が、まだ目の底に残っている。これはおそらく生涯消えないはずだった。

来るときも重かった足が、さらに重くなっている。肩に荷を背負わされた気がした。その荷が何か、もう音蔵には分かっていた。

暗い眼で、小石原川の川原を見やる。この川は本郷を過ぎると川幅を増して、南に下って筑後川にはいる。

高橋組で処刑が行われるとすれば、やはりこの小石原川だろう。鵜木《うのき》村のすぐ近くを流れる大《た》刀洗《ちあらい》川は川幅が狭く、処刑場には向かない。

小石原川の下流に、何十人、何百人が後手をされて坐っている光景が浮かんだ。音蔵は一段と暗さを増した曇り空を仰ぎ、瞼《まぶた》の裏の光景を打ち消す。

死んでは信仰はできない。しかし、生きて信仰を続ければ、斬首される。斬首されずに信仰を続けることは可能なのだろうか。

考えれば考えるほど、身動きがとれなくなる。

この高橋組の地は、先々代の大庄屋一万田右馬助《いちまだうまのすけ》が、大友フランシスコ宗麟《そうりん》様の意を受けて、イエズス教の種を蒔《ま》いた地だった。

——いかに小さくとも、デウス・イエズスの王国を築いてくれ。

それが宗麟様の命令だったと聞いている。父の平田久米蔵は、その遺志を受け継いで、確かにここに王国を築いた。ほとんどすべての村民がイエズス教徒になり、教名を授かった。そして自分の代になったとたん、この苦難が降りかかっている。どう切り抜けていけばいいのか、それが分からない。

最も容易な道は、棄教だ。これさえすれば、世の中はうまくいく。高橋組の村々も立派に存続する。

しかし、棄教をしていいのだろうか。先々代と先代の遺志を踏みにじっていいのだろうか。いやそもそも、大庄屋が棄教の大号令をかけていいものだろうか。信仰は村人たちの心の奥深くまで沁み込んでいる。命令ひとつで引きはがせるはずがなかった。

とはいえ、このまま信仰を続けていけば、小石原川に先刻のような処刑が、何十倍、何百倍の規模で起きるのだ。

甘木までの道は下り坂だった。にもかかわらず、上り坂のように足が重い。動悸さえしてくる。息をするのも苦しかった。

——わたしたちは神の筆先。

わたしたちは、ただ神のもの。

今病床にある母親のとよが好んで口にしていた言葉だった。息子が棄教したと知ったら、どれほどの衝撃を受けるだろう。生きていても仕方がない、いや、生きた甲斐《かい》がなかったと嘆き尽くして息絶えるだろう。

神の筆先が、百姓たちに棄教を迫っていいはずがない。

しかしここで棄教を申し渡さなければ、百姓たちは処刑される。神の子である人の命を抹殺する権限など、自分にはない。

迷いはまた元に戻っていた。

——不道徳な者たちに唆《そそのか》されて、堅固な足場を失わないように。

甘木の司祭であるエウジェニオ神父が、常々口にした言葉だった。

その堅固な足場が見つからない。

雲が低く、今村や高橋村の上に垂れ込めていた。雨がぱらつき始める。このままだと帰り着くまでに、ずぶ濡《ぬ》れになるだろう。本郷のきよの実家に寄って、傘を借りてもよかった。

いや、ここはずぶ濡れのほうが、自分に似合う。濡れねずみが、今の自分の姿そのものだった。

音蔵の脳裡《のうり》に、マチアス七郎兵衛の死骸《しがい》を運ぶ上秋月の村人の姿が浮かんだ。あれは信者のはずだ。信者でなければ、棺の用意などしない。血の沁み込んだ砂を袖の中に入れたり、手拭いに包んだりした者もいた。

あの信者たちは、これから先、どうやって信仰を守っていくのだろうか。七郎兵衛殿の遺物を所持しているだけでも、これからは詮議にかけられるに違いない。どうやって申し開きをするのだろう。

考えても考えても、行き着く先は、新たな疑問ばかりだった。

小島《おしま》村の手前まで来たとき、畑の大根を抜いていた男が気がついて声をかけてよこした。男は笠《かさ》と蓑《みの》で体を覆《おお》っている。

「大庄屋様、家ん中に蓑笠がありますけ、持って来まっしょか」

「よかよか。こんままでよか」

音蔵は短く答えて先を急ぐ。村人が呆気《あっけ》にとられてこちらを見ていた。

その後、公儀からは何の音沙汰《おとさた》もなかった。しかし女男石での処刑のあと、村々は喪に服したように静まり返っていた。樹々の若葉が眼に沁み、畑は芽を出した種々の野菜の緑で覆われている。田では苗代《なわしろ》すきが始まり、本来なら、春本番から初夏にかけて、田畑も百姓たちも、力を漲《みなぎ》らせる時期なのに、その活気が感じられない。田畑に出ている百姓たちも、どこか息を潜めて鍬《くわ》をふるい、土ならしをしているように見えた。

三月の上旬の夕刻、荷を背負い、手拭いで頰かぶりしている男が玄関に来ていると、荒使子が知らせた。母のとよの病状が重くなり、あたふたしているときだった。

「いったい誰じゃ」

「同宿のペドロだと名乗っています」

「ペドロ岐部様」

言ってから、声を低める。「足を洗ってもらい、座敷に通しなさい」

禁教の掟《おきて》が厳しくなっているこの時期、何の用事で、ここまで来たのだろうか。音蔵は戸惑いを覚えながら、座敷に足を向けた。

「これはこれは大庄屋様、ごやっかいかけます」

ペドロ岐部同宿が頭を下げる。

「いったい、どこから来てどこへ行きなさる？」

　音蔵は訝《いぶか》しさをそのまま口にした。

「はい。岡部マチアス七郎兵衛殿の骨を、長崎に運んでいるところです」

「あの七郎兵衛殿の骨ばですか」音蔵は目をむく。

「もしや大庄屋殿は、処刑を見られたのですか」同宿が訊いた。

「見ました。立派な最期《さいご》でした。その骨をどうして長崎まで？」

「博多にいたとき、七郎兵衛様の斬首《ざんしゅ》の件が伝わり、機を見て上秋月まで行き、村人に埋葬の場所を聞きました。遺体を掘り出して洗い、骨をあの背負子《しょいこ》の中に入れています」

　ペドロ岐部同宿は部屋の隅に置いた荷を振り返る。「殉教した信徒は、できるだけ、長崎のトードス・オス・サントス教会の墓地に葬《ほうむ》るようになっています。これまで日本で没した神父や修道士の遺体も、たいていそこに埋葬されています」

　聞いて、音蔵は意外の念にうたれる。長崎での取締まりは、公儀直轄領《ちょっかつりょう》のために厳しいはずなのに、墓地はまだ破壊されていないのだ。

「実は、マチアス七郎兵衛様が殉教された日、福岡の城下でも、二人が殉教しました」

「博多でもですか」

音蔵は驚きながらも納得する。教会のあった博多には、今でも何千何百という信徒がいるはずだ。

「博多では、信者の戸主が勝立寺《しょうりゅうじ》という寺に集められました。そこで〈背教者並に棄教誓約名控〉に署名するように命じられたのです。拒んだのは二人で、渡辺トマス庄左衛門様と進藤ヨアキム五郎兵衛様です。三日三晩拷問《ごうもん》をされても、棄教を拒み続けられました。その挙句、六本松で斬首されました。見せしめですから、大勢の家臣や町民が見守るなかでの処刑です。私も見届けましたが、立派な最期でした。やはり、七郎兵衛様と同じ三月十六日です。遺体は、信徒たちの手で、既に長崎に運ばれています」

「それでも博多に、信徒は残っとるとですね」

「たくさん残っています」

ペドロ岐部同宿がきっぱりと言う。

ということは、誓約書に名を書いても、まだ信仰は捨てない信者がいる証拠だった。

「信仰の灯は、そう簡単には消えません。殉教者の血は、デウス・イエズスの信仰の新しい種です」

「殉教が信仰の新しい種」

初めて聞く言葉だった。だからこそ、殉教者の遺体は大切にされるのかもしれない。

とはいえ、この高橋組に関する限り、新しい種が蒔かれた気配はない。むしろ青菜に塩を振ったように、誰もが息を詰めて日々を送っている。これから先、どうなるかを気にしながらだ。

「今後どうなるでっしょか」

つい疑問が口をついて出る。

「筑前領では、禁教の掟が段々ひどくなると思われます。この筑後では、まだ殉教者は出ていません。それは領主の田中忠政様が、表向きは禁教令に従っていると見せかけて、柳川のレジデンシアは取り壊していないからです。棄教を迫る役人たちに対しては、手荒なことはせず、穏便にすますよう達示がいっています」

「とすると、当分は大丈夫ですか」

音蔵は、自分の口から〈当分〉という言葉が出たのを後悔する。内心で怯《おび》えている証《あかし》だった。

「大丈夫です。まだ長崎には十五の教会があります。日本に残っている神父と修道士は、イエズス会でも三十人を超しています。私のような同宿も含めると、百人近くなります。イエズス会だけでなく、ドミニコ会でもフランシスコ会でも、十数人の神父と修道士が各地に潜伏しているはずです。聖職者は、信者がいる所には必ず赴きます。信者の家を転々としながらです」

同宿の目が鈍く光る。その目に強い意志を感じて、音蔵はたじろぐ。同宿でありながらも、この二十代後半の若者は殉教も覚悟しているとしか思えなかった。

「信徒は、地の塩です」

「地の塩ですか」

これも耳慣れない言葉だった。

「塩がなければ、何事も立ち行きません。また信徒は、世の光です。光がなければ、家の中は闇《やみ》です」

同宿が諄々《じゅんじゅん》と諭《さと》す。「デウス・イエズスのために、たとえ私たちがののしられ、迫害されても、喜ぶべきです。天に昇るとき、大きな報《むく》いがあります。イエズスやその使徒たちも、みんな迫害されました。迫害される人には真実が宿っているのです。ですから、私はこうやって、エウジェニオ神父の命を受けて、七郎兵衛様の骨を運んでいます」

「そのエウジェニオ神父、今どこにおられるとですか」

「長崎の教会です。これからも、この筑後を担当されるはずです。その他にも、徳の高い司祭として、コウロス神父がおられます。この方は、中浦ジュリアン神父が若いとき、天正の少年使節としてローマに行き、千五百九十年に日本に帰って来たとき、一緒に日本に来た方です。天草志岐《しき》のセミナリヨ、長崎のコレジョ、広島のレジデンシアと務め、五年前に有馬のセミナリヨの院長になられています。そのあと二年前に有馬のセミナリヨが長崎に移ったので、今は長崎におられます。どんなに禁教の嵐《あらし》が吹こうとも、日本に残られるはずです」

聞きながら、音蔵は圧倒される。そのコウロス神父、日本に来てから二十五年近くなるので、言葉の不自由さはなかろう。しかし風貌《ふうぼう》で異人だとはすぐ分かる。どうやって潜伏を続けられるのだろうか。それはエウジェニオ神父も同じだった。

「大変お邪魔しました」

ペドロ岐部同宿が帰り仕度《じたく》をしはじめる。

「今夜はゆっくり泊まって行かれんですか」

「いえ、先を急がねばなりませんから。幸い今日は晴れているので、星月夜でしょう。歩くのに難渋《なんじゅう》はしません」

立ち上がりかけたとき、きよが慌《あわ》てた様子で部屋の襖《ふすま》を開けた。

「おっかさんの具合いが」

母のとよが悪いのだ。

「母が病床に臥《ふ》しとるもんで」

音蔵は立ち上がって母の部屋に行く。もうとよの息づかいが荒くなっていた。

「音蔵、あの人がおらっしゃるなら早く」

途切れ途切れに母が言う。あの人とは、同宿のことかもしれなかった。すぐに呼びにやらせる。

母の傍に寄ったペドロ岐部同宿は、しっかりと手を握りしめ、何か祈りを口にした。それを聞いて、とよの息づかいが静まる。

「あのマリア様の像ば――」

とよが弱々しく言うのを、音蔵は耳を近づけて聞き取る。ペドロ岐部同宿が彫ったマリア像のことだった。その隠し場所は音蔵しか知らなかった。

音蔵は立って行き、踏み台に乗って納戸《なんど》の天井を押しやる。布に包んだマリア像を裸にして、とよの枕許《まくらもと》まで持っていく。

「ほら、マリア様です」

とよが手を伸ばして胸元に置く。

ペドロ岐部同宿が、異国の言葉で、祈りを捧《ささ》げると、とよは目を閉じた。そして消え入るように息をしなくなった。

きよが泣き出し、家人たちからもすすり泣きが聞こえた。

「ご母堂は、天に召されました」

同宿が厳粛な声で言った。

「ありがとうございました」

音蔵は頭を下げる。「最期に、マリア像ば見て、本物の祈りば捧げてもらえるなど、母も思っとらんじゃったはずです。父のときも、あなた様に抱かれて息絶えたと聞いとります。両親ともにペドロ岐部様に看取《みと》られたなど、こげな幸せなこつはございまっせん」

音蔵はそこまで言って、涙をぬぐう。

「では」同宿が立ち上がる。

「ほんに引きとめるこつになって、申し訳ありまっせん」

まだ泣いているきよたちを置いて、玄関先に出た。背負子を担《にな》った同宿が一礼する。

「そうそう。急ぐ道程《みちのり》ではありまっしょが、今村の庄屋、平田道蔵の家に寄ってはくださらんか。荒使子に案内させます。弟は、殉教されたマチアス七郎兵衛様の血を、布でぬぐわせとりました。それも、長崎の墓に持って行かるると、弟も喜ぶはずです。これで七郎兵衛様の骨と血が揃《そろ》ったこつになりますけ」

「よいことを聞かせてもらいました」

ペドロ岐部同宿が頷く。

外は少し暗くなりかけていた。荒使子に先導されて、荷を背負った同宿が歩き出す。その後姿を音蔵はいつまでも見送った。路銀《ろぎん》を渡すことを失念していたのに気がつき、心の内は、またひとつ石を抱かされたように重かった。

四 宣教師追放 慶長十九年（一六一四）十月

その年の九月までに長崎に集められた神父と修道士は百名を超えていた。イエズス会では九月十一日から十日間、長崎で管区会議を開いた。この三年前、日本はインド管区に属する準管区から管区に昇格していた。ここで、かつて秋月の教会にいたマトス神父が、日本管区の代表者に選出された。年齢は四十三歳、日本在住十四年になっていた。

この会議にはアダミ神父も出席していた。神父は慶長十八年に柳川の教会が閉鎖されるまで、六年間そこで主任を務めた。日本滞在十年だった。

この会議に出席できなかったのはラモン神父である。たびたび長崎から秋月や筑後の信徒を訪ねたあと、慶長八年に博多にレジデンシアが開かれると、そこの主任になった。七年間そこにとどまっている間に病を得て、長崎に戻り、慶長十六年に昇天した。享年《きょうねん》六十二、日本での布教は、一時マカオに静養のため滞在したとはいえ、前後三十四年に及んだ。

かつて秋月教会にいたコンファロニエリ神父は、マトス神父のあとを継いで、慶長十七年から博多の主任になっていた。しかし在任はわずか一年で、博多の教会の閉鎖とともに長崎に引き揚げ、会議に出席した。このとき年齢は五十七歳、日本滞在は二十八年に達していた。

マトス神父のあとを受けて、慶長十四年秋月教会の主任になったエウジェニオ神父は、翌々年甘木に移り、甘木教会の閉鎖とともに長崎に移った。このとき神父は三十六歳、日本在住は既に六年になっていた。

秋月と柳川の教会にいたジョアン山修道士も、柳川の教会閉鎖とともに長崎に行くのを余儀なくされた。五十歳だった。

甘木のレジデンシアでエウジェニオ神父の助手を務めた三箇《さんか》マチアス修道士は、教堂閉鎖と同時にエウジェニオ神父とともに長崎に行き、会議に出席した。四十代半ばの年齢だった。

そして中浦ジュリアン神父は、十年前にマカオから日本に帰ると、博多の教会でラモン神父の下で働き、一時都に上った。都での布教は一年に満たず、有馬のセミナリヨに行き、そこで神父に叙階《じょかい》された。その後また博多に戻って説教師を務めていたとき、博多の教会が解体の憂《う》き目にあい、追放令とともに長崎に引き揚げていた。ローマに旅立ったとき、わずか十二歳だった神父も、もう四十代半ばに達していた。

ちなみに、ローマで法王に拝謁《はいえつ》した他の三人のうち、大友フランシスコ宗麟《そうりん》の名代《みょうだい》と目された伊東マンショは、十三年前、三十歳のときにマカオの神学校に向かった。そこで三年間学んで長崎に戻り、神父になった。小倉の教会に勤め、布教のために萩や山口、日向《ひゅうが》まで足を延ばした。

しかし亡きガラシア夫人の夫で小倉城主の細川忠興《ただおき》によって、小倉を追われた。忠興の息子、細川忠利《ただとし》のいる中津に避難したものの、忠興の指図でそこからも追放され、長崎のコレジョに帰りつく。そこで病死したのが二年前で、享年四十一だった。

大村純忠《すみただ》と有馬晴信の代理として選ばれた千々石《ちぢわ》ミゲルは、伊東マンショと中浦ジュリアンが、さらなる研鑽《けんさん》のためマカオに送られた際、病弱か学力の不足によって選にもれた。おそらくその失望が深い傷を与えたのか、棄教した。その後は大村領、有馬領につてを求めたと噂《うわさ》されるものの、消息は杳《よう》として分からない。

中浦ジュリアンとともにもうひとりの副使だった原マルチノは、マカオに留学後、長崎で伊東マンショと同時に神父に叙《じょ》された。神父になる前から、原マルチノが心血を注いでいたのは、聖書その他の伝道書の翻訳、ならびに辞書の編纂《へんさん》だった。主として長崎にある印刷所で働き、そのまま宣教師追放令に接した。

慶長十九年十月六日、グレゴリウス暦では千六百十四年十一月七日、聖職者が長崎から追放された。この日、原マルチノらが乗る船はマカオに向かい、翌日高山右近《うこん》、三箇マチアス修道士、明石掃部《かもん》の長男らの乗る船はマニラに向かった。

エウジェニオ神父も、マカオ行きの船に乗ってはいたが、夜間に船から飛び降りて、日本に潜伏する命が下されていた。しかし手配していた小舟が船を見失ったため、計画は失敗し、そのままマカオに向かった。

マトス神父、辻トマス神父、ジョアン山修道士など、大部分の聖職者もマカオに送られた。

しかし中浦ジュリアン神父は、長崎を出て潜伏するのに成功する。同じように日本に居残ったイエズス会の宣教師は、中浦ジュリアン神父を含めて、神父十八人、修道士九人、合計二十七人を数えた。

この数字は、追放令以前、日本各地で宣教していたイエズス会の百十六人、フランシスコ会の三十人からすると、ほんのひと握りに減じていた。

翌十一月、大坂冬の陣が起こった。

関ヶ原合戦で西軍についたために、改易ないし減封《げんぽう》された大名は九十三領主にのぼった。石高にして六百万石を超える。

徳川家康の直轄領はこれによって四百万石に増え、一方の豊臣秀頼《とよとみひでより》の所領は、わずか六十五万石余に減じた。

家康は慶長十年、継嗣《けいし》の秀忠に将軍職を譲ったものの、徳川家の将来が懸念《けねん》された。豊臣家に恩義を感じる外様《とざま》大名と、改易された旧大名たちが結束して反旗を翻《ひるがえ》さないとも限らない。

慶長十七年、家康七十一歳、豊臣秀頼二十歳のとき、家康は秀頼に寺社の復興と造営を命じる。これによって秀頼の財力を減じるのが目的だった。秀頼の手で方広寺《ほうこうじ》の大仏殿のために鐘が鋳造されたとき、家康は鋳込《いこ》まれた「国家安康」「君臣豊楽」の文字に難癖をつけた。「家康を除けば国が安らかになり、豊臣が栄え楽しむ」の意だと、秀頼を難詰《なんきつ》する。

加えて、秀頼に対し、母の淀《よど》殿を人質として江戸に差し出すか、国替えに応じて大坂を出るかの、選択を突きつけた。秀頼はこれを拒否して、対決の道を選ぶ。

慶長十九年、家康は諸大名に出陣を命じて、自らも駿府《すんぷ》城を出て、大坂に向かう。一方の秀頼も、諸国に兵を募るとともに籠城《ろうじょう》の態勢にはいった。

秀頼の呼びかけに応じた大名は皆無で、駆けつけたのは、関ヶ原以降に浪人となった武士ばかりだった。そのうちの主だった五人が大坂城五人衆で、真田《さなだ》幸村《ゆきむら》、長宗我《ちょうそか》部《べ》盛親《もりちか》、後藤又兵衛《ごとうまたべえ》、毛利勝永、そして明石掃部である。馳《は》せ参じた武士は十二万になった。

そのうち明石掃部の下に集まった武士団はおよそ二千、すべてがイエズス教徒であり、黒地に白丸三つの幟《のぼり》を掲げた。この軍団には、宣教師も従った。イエズス会とフランシスコ会の神父が二人ずつ、アウグスチノ会の神父ひとりで、これに日本人の聖職者二人も加わる。

信徒の武将たちは、首に十字架や聖人の姿を刻んだメダイをかけ、ロザリオを手にしていた。陣中にも、十字架やイエズス像を描いた旗がなびいた。

駿府城を出た家康は京都二条城にはいり、十万の軍勢を率いた秀忠も、江戸から大坂に向かった。これで徳川方の軍勢は二十万に達した。迎え撃つ豊臣側は、大坂城での籠城を最終決定する。

十一月半ば、徳川勢は大坂城の包囲を完成、中旬過ぎから、双方の奇襲攻撃が開始される。しかし、決着はつかず、ひと月後より和平交渉が始まり、十二月二十日、ついに和睦《わぼく》となった。

この和平も家康の思惑どおりであり、条件として、豊臣方は大坂城の二の丸、三の丸の破却を突きつけられ、承諾する。こうして難攻不落の大坂城は、外濠《そとぼり》と内濠を埋められ、本丸だけの裸の城と化す。

翌年三月、京都所司代板倉勝重は、豊臣方に謀反の動きがあるとの報を家康にもたらす。これに対して秀頼が送った弁明も、家康は聞き入れず、またしても二者択一を迫った。秀頼が大坂城を出て、大和か伊勢への国替えに応じるか、城中の浪人を放逐するかの選択である。

秀頼がその要求をのめるはずはなかった。返事を待たずに家康は四月に駿府を出、大坂に向かう。

二の丸と三の丸を失った大坂城はもはや籠城には適さず、双方は四月下旬から大和の郡山《こおりやま》、堺、天王寺、平野で戦いを繰り広げる。

五月にはいって、鉄砲傷を負った後藤又兵衛が自刃《じじん》、長宗我部隊も敗走、豊臣方は撤退を決定する。

五月七日、豊臣勢は天王寺一帯に布陣、ここを死に場と決める。真田幸村は茶臼山、四天王寺付近に毛利勝永、明石掃部は船場付近に陣を敷いた。

豊臣側の奇策は、家康本陣を突いて、家康の首を落とすというものだった。兵四千の毛利隊は家康本陣に迫り、兵三千五百の真田幸村も時を同じくして本陣に突入する。家康は色を失い、一時は自刃を覚悟した。しかし態勢を立て直した徳川方の援軍が到着、形勢が逆転する。真田幸村はついに首を取られ毛利勝永は敗走した。豊臣方の敗残の兵を追う一万二千の徳川勢の前に立ちはだかったのが、本陣突入に遅れをとった明石掃部の軍勢だった。

しかし多勢に無勢、明石勢は次々と将兵を失い、ついに掃部は退却を命じ、大坂城に帰りつく。毛利勝永も帰城し、徳川勢の攻撃を待つのみになった。三の丸跡に火が放たれ、二の丸跡も落ちる。秀頼の正室で徳川秀忠の娘である千姫が、秀頼と淀殿の助命嘆願のため、本丸を出、秀忠の本陣に無事到着した。

しかし鉄砲の音がやまないため、嘆願は拒まれたと観念して秀頼と淀殿は自害、従者たちもこれにならった。

これによって豊臣家は滅び、残党狩りが徹底され毛利勝永、長宗我部盛親は捕えられて討たれた。

大坂城内の掃部屋敷にいたイエズス会のバルタザール・トレス神父とポッロ神父は、徳川軍の侵攻とともに周囲を火炎に包まれた。屋敷には、掃部の母モニカと長女カタリナ、付き添う婦女子がいた。全員が死を覚悟しており、死は神父たちと共に迎えたいと願って近寄って来た。

しかし火の手が勢いを増すにつれて離れ離れになった。このとき掃部の部下が、モニカとカタリナを本丸に避難させると言い、引き連れて行く。トレス神父たちは、同《どう》宿《じゅく》や残った婦女子を連れて、屋敷の外に出た。そこで徳川軍の雑兵《ぞうひょう》たちとばったり行き合う。

兵たちは刀と槍《やり》を振り回して、婦女子を追い回し、容赦なく殺害、屋敷の内と外には死体が重なり、血の海が広がった。

兵たちは死骸を乗り越えて逃げる神父と同宿たちを追いかけ、トレス神父の眼前で、同宿をめった斬《ぎ》りにした。神父も所持していた書物、聖具を奪われ、丸裸になって帽子と履物も盗まれる。しかし、神父が年寄りの異人と見るや、命だけは奪わなかった。

裸の神父は半壊の小屋に逃げ込み、火がそこまで来ればそのまま死ぬ覚悟を決める。そこに生き延びた別の同宿が、同じような丸裸でやって来て、二人で逃避行を決めた。途中で、打ち捨てられた穴だらけの着物を拾って身にまとう。背の高い神父に丈は短く、膝のあたりまでの長さしかない。帯の代わりは縄だった。

城外は家を失った町人たちで溢《あふ》れ、神父と同宿はそこに紛れ込む。道は死骸の山で、行くのにも難渋した。ある者は首がなく、ある者は手足を斬り取られ、内腑《ないふ》も抉《えぐ》られていた。辱《はずか》しめを受けたあとに斬られた婦女子の死体もあった。神父の姿に気づいた兵のある者たちは、「パードレ、どうか生き延びて下さい」と言ってくれた。

こうしてトレス神父と、別の道を辿《たど》って逃げたポッロ神父は、大坂を脱出することができた。

もうひとり、掃部の次女レジナも難を逃れた。レジナは単身で城内を出た。雑兵たちが狼藉《ろうぜき》を働こうとしたとき、自分は明石掃部の娘だと叫び、家康の前に連れて行くように命じた。

家康はレジナのとった態度に感じ入り、自分の側室のひとりに預ける決心をする。駿府に戻る際、家康はレジナを呼び、父掃部の行方を問いただした。レジナが知るはずはなく、そう答えると、今度は同胞が何人いるかを訊《き》いた。五人のうち、同宿の長男ミゲルはマニラ追放になっているので、残りは四人だというレジナの率直な返答に、家康はまた感心する。レジナが信仰を変えないと知ると、それ以上は立ち入らず、銀《ぎん》子《す》と小袖を与えて、護衛の兵をつけて放免した。

明石掃部の消息については、徳川軍はその死骸を確認できなかったものの、この大坂夏の陣で戦死したのは間違いないとされた。

五　草野の禁令　元和二年（一六一六）九月

大坂夏の陣によって、徳川の治政が揺ぎないものになるにつれ、郡奉行《こおり》から出される禁令は、少しずつ厳しい文面に変わっていった。

しかし音蔵は、庄屋たちが集《つど》う屋敷内での会合でも、禁令については一切口にしなかった。

仮に庄屋のひとりからでも、禁令について質問が出れば、その書状を出して読み上げるつもりだった。庄屋の側からの問いかけがないのは、本人たちも知るのを恐れているのに違いなかった。知れば、村人たちに何らかの処置をとらざるをえなくなるからだ。

そのうち荒使子《あらしこ》から、今村の庄屋道蔵の話を聞かされた。今村で死にかけた病人が出たとき、道蔵が訪ねて、最期の告解を聞いてやり、赦《ゆる》しの祈りを捧げてやったという。病人が安らかに死の眠りについたことが他の村にも伝わり、死の床に就《つ》く病人が出るたび、道蔵が呼ばれるようになっているらしかった。道蔵もそれを厭《いと》わず、招かれれば夜中でも行って、秘蹟《ひせき》のようなものを授けているという話だった。

神父や修道士、同宿もいなくなった今、道蔵がその代わりを務めているのは、当然の成り行きと言えた。しかしこれが公儀の耳に届けば、帰結がどうなるかは明白だった。すぐにでも郡奉行に呼びつけられ、尋問がはじまるだろう。その際、大庄屋も出頭を命じられるのは間違いない。大庄屋と庄屋という関係のみならず、兄と弟という間柄も厳しく取沙汰されるはずだった。

目立つ行為は表立ってしないように、近々道蔵に注意を促がそうと思っていた矢先、下奉行の訪問を受けた。

このところ郡奉行が手下を引き連れてやって来るのは稀《まれ》で、ほとんど下奉行が代役を務めていた。禁令を直々に伝えるのを、荷が重いと郡奉行が感じている証拠だった。郡奉行自身は、厳しくなるばかりの禁令には何がしかの反発を覚えているふしがあった。

もう齢《よわい》六十に達している下奉行も、かつてはイエズス教徒だったと思われ、禁令を伝えるときも、どこか役目上仕方がないという態度が感じられた。

「平田殿、いよいよ取り調べが厳しゅうなりよる」

いつにもまして下奉行は苦渋顔だった。

「いよいよですか」

音蔵も息を詰める。「お殿様の決心がいよいよ厳しゅうなったとですね」

「いや、殿の意向は変わらんが、家臣の中に今このときとばかりに、禁令ば行き渡らせようと腕まくりしとる者がおる。こんままだと、筑後国が危うくなる。禁令ば徹底させるのがお上を救う道、領国ば救う道という大義名分がある。それば旗印にしたのが、隣の山本郡や竹野郡を統《す》べる郡奉行殿だ。もともとが仏教徒じゃけ、容赦《ようしゃ》なか。草野町で一番信心深いと目されている庄屋ば捕えて、棄教を迫った」

「庄屋ばですか」

　音蔵は驚く。

「そげん。庄屋を見せしめにしとけば、あとは次々に棄教すると考えてのことじゃろ。大庄屋の屋敷に呼びつけて、転ばんと分かると、責め苦ば始めた。まず裸にして、尖《とが》った竹で作られた莚《むしろ》を体に巻きつけて、縄で縛った。その姿で一日、道端に曝《さら》された。それでも棄教せんので、今度は久留米の郡奉行の屋敷に連れて行き、新たな責め苦ば加えた。駿河《するが》問いといわれとるやり方だ」

「駿河の責め苦ですか」

「家康殿のお膝元駿府《すんぷ》で考えられた責め苦で、罪人は梁《はり》から吊《つ》るされた荒縄で手足を背中で縛られる。背中には石だ。罪人の体ばぐるぐる回すと、縄はだんだん短くなって、体は天井まで上がる。そのあと体ば放す。すると体は回転して、たいていの罪人は気絶する。そこに水ばかけて、転ぶかどうか訊く。転ばんと返事すれば、また同じこつの繰り返し――」

　聞きながら音蔵は顔をしかめる。まるで我が身がその駿河の責め苦を受けているような気がした。

「そいでんその庄屋は転ばんかった。次は片足を鎖でできとる筒で挟んで、どんどん締めつけ、棄教ば迫った。次は先の尖った細竹を、反対側の足に突き刺した。少しずつ突き刺しながら、転ばんか、まだ転ばんのかと、訊いた。転ばんと分かると、竹ば引き抜いて、細か鉄の耳かきのような物で、中の肉ばほじくった。

　それでも転ばんと言うので、鉄の鎖で穴の開いた方の足ば締めつけ、もう一方の足に竹ば突き刺して同じこつばした。あたりは血の海になってしもうた。気絶するまで、その庄屋は棄教せんと首ば振り続けた。そん次は、指抜きじゃった」

「指ば抜くとですか」

　音蔵はのけぞる。

「足の中指を捻《ひね》りながら、根元から引き抜く。それでも転ばんから、手の中指ば抜いた。よう考えたもんじゃと、わしも思う」

音蔵も黙って頷《うなず》く。しかしこの庄屋は、たとえどんな拷問にかけられても、棄教するとは思えなかった。

「手足の指は一本ずつもがれ、足は立たんごつなって、庄屋は下帯一枚のまま、牢屋《ろうや》に入れられて、飯は一日一膳《ぜん》だけにされ、あとは餓死ば待つだけになった」

下奉行までが、そこで深く息をつく。

「そのあとは、どげんなりましたか」

訊く声が掠《かす》れた。

「庄屋の村の百姓どもが嘆願書ば出して、庄屋の身柄を貰《もら》い受けに行ったから、命だけは助かった。庄屋の身分ば取り上げられて、一家は長崎まで流れていったごたる。長崎まで行けば何とかなるち考えたとじゃろ。はたして行き着いたかどうかは、定かじゃなか」

下奉行はゆっくりと首を振ったあと、真顔に戻った。

「今言ったような責め苦は、必ずやここの御原郡《みはらごおり》にも及んでくる。そん前に、どげんするか、決めといたがよか。今のところ、責め苦はさっき言った程度で、留まっとる。しかしこん先はどんどん厳しくなっていく。これまで穏便のままできた高橋組の村々で、百姓たちが首ば斬られ、磔《はりつけ》になるのは、わしとて忍びなか。そげなこつにならんうちに手を打つのが、大庄屋の務めじゃと、わしは思うとるが――」

厳粛に言い残した下奉行を、音蔵は門の外まで見送り、重苦しい気持のまま座敷に戻った。もはや逃れようのない重い課題を突きつけられていた。

下奉行を恨む気持はさらさらない。むしろ心遣いを感謝したかった。下奉行に確かめはしなかったが、かつてはイエズス教の信者だったことは、もはや間違いない。だからこそ、拷問の残酷さを話して聞かせ、それとなく棄教を促したのだ。

庄屋たちを集める次の会合で、今日の下奉行の通知はそのまま伝えるべきだろう。しかし、庄屋から、大庄屋殿はどうされるつもりなのか問われるのも確実だ。転ぶと明言すれば、何人かの庄屋は立ち上がって大庄屋を難詰するに違いない。弟の道蔵は、表立って兄を問い詰めることはせず、じっとこちらを睨《にら》みつけるだろう。

逆に棄教はしないと言えば、一座は沈うつな顔で黙り込むはずだ。「大庄屋殿、それでいいとですか」とか、「我々もそれに従わんといかんとでっしょか」と声を上げる庄屋もいるに違いない。

どっちに転んでも、難儀《なんぎ》は同じで、結局行きつくのは、お前自身はどうするかだった。

自分がただの百姓なら、棄教などありえない。デウス・イエズスの教えのどこをとっても、ありがたい教えだった。この世が人の手で造られたわけがない。人智《じんち》を超えた大きな力が働かなければ、この大地が生まれ、樹木が育ち、鳥が飛び、魚が泳いでいるはずがない。自分がたまたま平田久米蔵の子として生まれたのも、その大きな力が働いていたからこそだろう。

その力こそが創造の根源であり、万物を動かし、万物を生命で満たしている。それがデウスで、罪多き人間のためにイエズスをこの世に送られた。人の罪を永遠に救済するために、自分が生贄《いけにえ》となって十字架にかけられ、復活されてデウスのもとに帰られた。そのイエズスの似姿として造られた人間は、イエズスによって自分の姿を知ることができる。イエズスは鏡なのだ。この父デウスと子イエズスから絶えず生まれくる配慮と慈愛が聖霊なのであり、父と子、聖霊は、もとをただすとひとつの根源に他ならない。

デウスとイエズス、聖霊によって、人間のために無から創《つく》られたのが霊魂で、人間の体が死に絶えても、霊魂はまた神の懐《ふところ》に戻って行く。

デウス・イエズスへの信仰とは、デウス・イエズス・聖霊の慈愛の中に漕《こ》ぎ出す船に他ならない。船がなければ、神の配慮と慈愛の海に浮かび、航行することはできない。

音蔵は、物心ついた頃に信仰が船だと教えられて、すべてが腑《ふ》に落ちた気がした。教わったのが父だったのか母だったのか、それとも神父のだれかだったのか、今となっては思い出せない。ただ、音蔵という名はコスメ興膳《こうぜん》という篤信家《とくしんか》がつけ、いつもイエズスの足音が聞こえるようにという願いがこめられているらしい。

だから棄教するのは、その足音を遠ざけ、慈愛の船を自らの手で焼くのと同じことだ。それはこの世での難破を意味する。難破した、生きるに値しない人生を、その先続けたところで、価値があろうはずがない。死んだも同然なのだ。

自分が一介の百姓なら、棄教など論外だ。体が奪われても、霊魂は残る。体がいかに傷《いた》めつけられようと、あの長崎に追放された庄屋のように、最後まで耐え抜くだろう。たとえ責め苦の途中で命が奪われてもだ。

しかし、この信仰を他人に強制できるだろうか。いくら何でも、それは不可能だ。だとすれば逆に、棄教を他人に勧められるだろうか。いやそれは信仰の強制以上の不可能事だ。

とすれば、大庄屋としての自分は一体どうすればいいのか。またしても考えは振り出しに戻っていた。

しかしこのままだと、信仰を棄《す》てない庄屋は、駿河の拷問を受けた挙句、追放される。今村の庄屋道蔵などは、いの一番に追放の憂き目にあうに違いない。妻子を抱えての旅には、いずれのたれ死にが待っている。

音蔵は祖父の一万田右馬助《いちまだうまのすけ》、父の平田久米蔵が心底羨《うらや》ましかった。祖父には、確かに士分の身で、この地で大庄屋になった苦労はあったろう。信仰についても、何もなかった土地で教えを広める苦労はあったろう。しかし、ひたすら、主君であったフランシスコ宗麟《そうりん》様の下命《かめい》を守ればよかったのだ。高橋組の地に、いかに小さくとも、デウス・イエズスの王国を築いてくれという願いをかなえるべく、邁進《まいしん》すればよかったのだ。

父の久米蔵は、祖父が地ならしをした道を、懸命に突っ走ればよかった。神父や修道士といった宣教師が、ことあるごとに訪問してくれたし、秋月には大きな教会もあった。何の迷いもなく、配慮と慈愛の海で船を自在に操ることができた。

それに比べて、自分には後ろ楯《うしろだて》の宗麟様も、拠《よ》り処《どころ》となる教会も、支えてくれる聖職者もいない。すべてが奪われていた。

——デウス・イエズスは、いつでん、あたしたちと一緒におられるとじゃけな。

母のとよがいつも口にしていた言葉を思い出す。確かにそうだ。それは間違いない。とはいえ、身を守るために棄教したら、もはやイエズスが一緒のはずはない。教えを棄てた者はデウス・イエズスから見放される。

転ばずに、身を守る手立てはないのだろうか。

そうだ、と音蔵は心の内で納得する。棄教せずに身を守る道を進めばよいのだ——。

十月になると、年貢《ねんぐ》納めのために庄屋たちが集まって来る。その席で、何かを伝えるとしたら、それしかなかった。

九月の終わりの秋晴れの日、妹のりせが荒使子ひとりに付き添われて音蔵に会いに来た。これまでも年に一度か二度、実家に来ることはあっても、いつも夫の板井得十郎と一緒だった。

ひとりで来るのは初めてなので、何か特別な用事があるのに違いない。手土産に荒使子は網で獲《と》ったばかりの鴨《かも》四羽を持参していた。沼地の多いあの村あたりでは、籾《もみ》でおびき寄せた鴨の群を、隠した大網で文字どおり一網打尽《いちもうだじん》にしていた。

座敷で居住いをただした妹も、三十半ば近くになり、庄屋の妻らしい落ち着きを身につけていた。五年前に次女のしきが生まれ、今では男二人女二人の子宝に恵まれている。

一家がつつがないことを聞いたあとで、音蔵のほうから問いかけた。

「川向こうの草野あたりでは、例の取締りが厳しからしいが、板井村あたりではどげす」

「そんこつです。大庄屋殿はどげんされとるとか、訊いて来いと夫に言われたとでんか」

りせが暗い顔で頷く。

「進退窮《きわ》まっとる」

音蔵は正直に答える。「そっちの大庄屋殿はどげんか」

「もともと信仰のなか人じゃけ、郡奉行の達示《たっし》どおりです。まず庄屋が転びの手本を示し、そんあと、村人たちに棄教させるという段取りです。大庄屋の目の仇《かたき》になっとるのが、夫の得十郎殿です」

「そりゃ、きつかな」

得十郎も庄屋として、全く同じ立場に追い込まれていた。

「兄さんは、どげんされるとですか」

りせが澄んだ眼を向ける。

「どげんもせん。転ばんで、身を守る道ば行こうち思っとる」

音蔵は静かに答える。もう肚《はら》は決まっていた。

「そげなこつができますか」

「できんかもしれんが、やってみるしかなか」

いかにも歯切れが悪かった。

「各庄屋にも、そげん言われるとですか」

「言うしかなか」

「それば言質《げんち》にとられんでっしょか。郡奉行の耳にはいって、お咎《とが》めはなかでっしょか」

りせが畳みかける。

「咎めがあるかもしれん」

「それでよかとですか。大庄屋の職ば召し上げられんですか」

音蔵には答えられない。大庄屋の身分を解かれれば、この領地から追い立てられるだろう。草野の庄屋と同じだ。そうなれば、父、祖父に顔向けができない。かといって、転べばそれ以上に父、祖父の霊に合わせる顔がない。

また決心が振り出しに戻っていた。

「実は、夫の叔父《おじ》の板井次郎兵衛殿が、先月、公儀の役人によって捕縛《ほばく》されました」

その叔父については、音蔵も耳にしていた。長く博多に住み、教会に出入りし、一時期、都に上ったこともあったらしい。甥《おい》の村に戻って帰農してからも、長崎や柳川、久留米の教会に足繁《しげ》く通っていたという。

「禁令が出てからも、あちこちの村に行って教えば広めておられたので、それが公儀の耳にはいったとでっしょ。役人が来て、引っ立てて行き、今は柳川の牢につながれとります」

「それは気の毒な」

音蔵は嘆息する。

「叔父は決して転ばんと思います」

りせが悲し気に首を振る。「日頃から、信仰のために殺されるのであれば、それが一番の幸せ、禁教令が出て以来、何年もそればかり望んできたと言っておられました」

「それほど信仰が固かなら、転ばんじゃろな」

音蔵も首を振る。

「ばってん、夫の得十郎殿は、殉教など、俺はそこまではできんと言っとります」

「りせは？」

音蔵は妹の顔を直視する。

「わたしもできまっせん。子供が四人もおる身で、とても死ねまっせん」

「その叔父殿はひとり身か」

「そげんです」

「いや、その方ならたとえ家族がおっても、死を選ばれるじゃろ。お前たちはお前たちでしっかり生きていけと言い置いて――」

　言いながら音蔵はその叔父に身を重ねた。きよと子供たちに、同じようなことが言えるはずはなかった。長男の留蔵にしてもまだ十歳なのだ。

　その叔父と自分の違いは一体何なのだろうか、と音蔵は考える。信仰の堅固さのせいだろうか。多少の違いはあるかもしれない。しかしそれとて五十歩百歩の違いだろう。

　そこで音蔵はひとつの考えに行きつく。叔父と自分の違いは、死にたいか生きたいかの違いなのだ。りせの夫の叔父は信仰のために死にたがっている。自分は信仰を保ちながらどこまでも生きたいのだ。死んでは、信仰ができない。それはきっと、デウス・イエズスも望んでおられまい。

「ともかく、生きなきゃいかん、生き尽くすのが、イエズス教徒の務めじゃと、得十郎殿には伝えてくれんか。恐《こわ》がっちゃいかん。恐がるのは信仰の薄い証拠たい。よかな、わしたちは何も悪いこつはしとらん。悪いち言っとるとは、公儀だけ。わしたちが従わんといかんのは、公儀などをずっと超えたデウス・イエズスだけ」

ようやく自分の結論に行き着いたと、音蔵は思う。しかしまだ胸の高鳴りはやまない。どこかで、自分が吐いた言葉に自分で驚いていた。

「兄さん」

りせが言い、たちまち目を赤くする。「分かりました。来た甲斐《かい》がありました」

深々と頭を下げて、りせが立ち上がる。

帰りがけに、音蔵はきよを呼び、酒のはいった角樽《つのだる》を持って来させた。それを軽々と手に持った荒使子とともにりせが帰って行くのを、門の外まで見送った。

翌月、年貢納めの会合で、庄屋たちが大庄屋の家に集まった。すべての帳簿を照合し終えたあと、音蔵は床の間を背にして居住いを正した。

「山本郡の草野であった庄屋追放については、おのおの聞き及んであるとじゃなかでっしょか。先月ここにわざわざ見えた下奉行殿の話では、禁教の扱い方が郡によって微妙な違いがあるということじゃった」

それぞれの顔を見回しながら音蔵は切り出す。後方のいつもの席で、道蔵が身じろぎもせずこちらを見ていた。兄弟の馴合《なれあ》いを自ら禁じているせいか、道蔵が坐《すわ》るのは常に一番後ろだった。

「ばってん、いずれこの御原郡にも、山本郡と同じような厳しか処置が出るちいうのが、先日の下奉行の達示でした。公儀の触れですけん、ここで披露しときます」

明らかに歯切れの悪い言い方だった。誰もが不満気に黙っているなかで、最初に口を開いたのは小島《おしま》村の老庄屋だった。

「それで、大庄屋殿の考え方は、この前と変わらんとでっしょか。あんときは、おのおの考えば大切にするようにと言われたごつありますが」

そうだそうだというように、他の庄屋たちもじっと音蔵を見つめる。

「変わりまっせん」

音蔵は言い切った。「信仰は船です。船を失っては、デウス・イエズスの配慮と慈愛に満ちた海に浮かぶこつはできまっせん」

後方にいる道蔵が顔を上げ、こちらを凝視するのが分かった。

「ばってん、その船に乗っとったら殺されるとが分かっとるときでん、乗っとかなきゃいかんとでっしょか」

小島村の老庄屋がなおも訊いた。

「殺されんごつしなきゃいけまっせん」

音蔵は思わず語気を強めた。何かが背中を押しているような気がした。

「よかですか。殺されたらいかんです。生きて、最後まで船ば漕《こ》がにゃならんのです」

「大庄屋殿、その船ば漕いどると、殺されるとが今のご時勢です」

今度はたまりかねたように春日《かすが》村の庄屋が言った。

「そいでん、殺されんように用心に用心を重ねなきゃいかんとです」

「そげなこつができますか」

訊いたのは鵜木《うのき》村の庄屋だった。そこまで問われれば、もう答えるしかなかった。

「よかですか。乗っとる船は、見えんもんです。あくまで心の中にしまっとるもんですけ、相手には見えんのです」

「ばってん、祈りは形に出ます」

今にも泣きそうな顔で鵜木村の庄屋が食い下がる。「まだロザリオも持っとるし、家には十字架も飾っとります。羽織には十字の紋も染め抜いとります。そげな形あるもんによって、信仰が強められとるような気がします。それば全部、とっ払うとですか」

「秘匿《ひとく》すればよかこつです」

「秘匿ですか」鵜木村の庄屋がのけぞる。

「ロザリオや十字架は、いわば船の飾りですけん、そればのけても、船は沈まんでっしょ」

音蔵は一同を見回す。半分は納得、半分は不満気な表情だった。後ろに坐る道蔵も不満そうな顔をしている。秘匿など、小手先の卑怯者《ひきょうもの》のやり方だと軽蔑《けいべつ》しているのに違いない。

しばらく沈黙があり、中程に坐り、今まで黙っていた下川《げかわ》村の庄屋が口を開いた。

「大庄屋殿には誠に申し訳なかこつですが、私は転ぶこつにしました」

転ぶという言葉が、またしても沈黙を呼んだ。前の方に坐る庄屋たちが、わざわざ後ろを振り返る。

「転んだほうが、楽に生きていけるような気がするとです。びくびくしながら生きていくのは辛《つら》かです。私が転ばんでも、子や孫が苦しむだけでっしょ。そんなら、私の代で転んで、子孫にいらん悩みば持ち越さんほうがよかち思うたとです。村人たちにも、そげん言います」

最後のほうは消え入るような涙声になっていた。言葉を継いだのは平田村の庄屋だ。

「私も、棄教するこつに決めました。これは村人たちの意ば汲《く》んだもんです。秋月の女男石《めおといし》であったむごか処刑を、百姓たちは覚えとります。あげなこつは、何が何でも避けにゃならんというのが、村人の総意です」

どこかさばさばした言い方だった。「ばってん、私は転ばんち決めた人たちを尊敬します。私ができんこつば続けてあるので、羨しかです。ですけん、先程大庄屋殿が言われた信仰の船ば、遠くから眩《まぶ》しく眺めても、沈めようとは思いまっせん。こんこつだけは、子孫にも伝えていこうと思っとります。信仰の船の行く先を阻《はば》んじゃならんと、家訓として書き残します。これが、祖父の代から続いてきた、デウス・イエズス信仰に対する恩返しだと思っとります。ほんにすんまっせん」

平田村の庄屋は、最後のところで顔を真赤にし、ぴょこんと頭を下げた。

「ありがたかこつです」

音蔵は言う。平田村の庄屋を難詰する気持など、さらさらなかった。これでいいのだと思うばかりだった。

六　柳川殉教　元和三年（一六一七）三月

元和二年の秋、博多で武士が、その固い信仰のために斬首《ざんしゅ》されたという噂が伝わってきた。

その武士が明石ジョアン次郎兵衛という名であることから、大坂で無念の戦死を遂げた明石掃部《かもん》様の血族であるのは明らかだった。長年黒田長政殿に仕え、他の家臣たちが次々と棄教していくなかで、明石ジョアン様だけが信念を曲げなかったらしい。何度家老から呼び出されても、「聖なるデウス・イエズスの教えを棄てることは不可能です」と、繰り返すばかりだったという。

既に棄教した同輩たちは、連れ立って明石ジョアン様の屋敷に行き、忠告を重ねた。曰《いわ》く、「大公儀の命令には背けない。棄教さえすれば、これまでのように心穏やかに暮せる」と、説得した。

しかしジョアン様の決意は固く揺がず、同輩たちは肩をおとして退出するばかりだった。そのなかで最も懇意《こんい》にしていた同輩だけが、最後まで残った。涙を流しながら、「自分の命を犠牲にし、一族郎等《ろうどう》を路頭《ろとう》に迷わさないためにも、一応、表向き、長政様に従ったらどうか」と諭《さと》した。

これに対して明石ジョアン様は、「これまで貴殿を無二の友だと思ってきたが、そんな忠告をするのはもはや友ではない。真の友であるならば、二度と説得をしないでくれ」と言い放った。

傍にいた奥方も、カタリナという教名を持つ熱心な教徒で、その友人に対して怒りを露《あらわ》にした。「こんな忠告をするなど、もはや真の友人ではなく、最大の敵です。デウス・イエズスの信仰という宝物を、わたしどもから奪うのですから」と言った。友人は泣く泣く帰って行った。

揺ぎない信仰は、家老から長政殿に伝わり、見せしめのための斬首の命が下された。その決定を同輩が知らせに来ると、明石ジョアン様は喜び、落涙した。奥方のカタリナ様は、自分も同じ刑にして欲しいと願い出た。しかし願いは聞き入れられず、夫の死を見届けることだけが許された。

ジョアン様は、奥方に別れを告げたあと自室に籠《こも》り、自分の体を長々と鞭《むち》打った。部屋から出ると、集まった同輩たちに、これまで犯した罪を許してくれるように乞《こ》うた。

斬首のために来た役人に対しては、その労をねぎらった。処刑の前に、ロザリオを取り出して祈りを捧《ささ》げ、首をさし出した。

奥方カタリナ様は落とされた首を抱きかかえ、あたかも天に示すように頭上にかかげた。この世で長年の伴侶《はんりょ》であった夫とは、死後も天上で永遠の伴侶でありたいと、声を大にして叫んだ。

役人たちは、明石ジョアン様の家来に命じて、屋敷の隅に深い穴を掘らせ、遺体を埋葬させた。しかし家来たちは、遺体を幕で巧妙に隠して別の棺《ひつぎ》に入れ、代わりにかねて用意の棺に石と砂を敷きつめ、本物と見せかけた。役人たちは納得して帰っていった。四、五日後、遺体は密《ひそ》かに長崎に運ばれたという。

残された奥方カタリナ様と子供たちは屋敷から追放され、今は長崎に行く許可が出るのを待ち受けているという話だった。

幸い、この筑後領では筑前領ほどの締めつけは、今のところない。

元和三年正月の庄屋たちの集まりでも、口々に聞かされたのは、年末の大雪の被害だった。師走《しわす》にはいったとたん雪が毎日のように降り、積雪は一尺を超えたまま、十日二十日と田畑を覆《おお》い続けた。

正月になってようやく雪が溶けたものの、大麦、小麦ともに、冷害で大半は萎《な》えてしまっていた。二月にはいると雨の日が多くなった。このまま降り続ければ、大根も根腐れし、播種《はしゅ》したなすや瓜《うり》、きゅうりも、芽を出す前に腐《くさ》れてしまう。

田畑がこれからどうなるのか、庄屋たちの心配は、表向き信仰よりも、作物の出来不出来の方に傾いていた。

大刀洗川の川べりには、苔《こけ》むした飢人地蔵が今でもある。百年ほど前に、この地域一帯を冷夏が襲い、餓死者夥《おびただ》しく、飢人小屋が立てられたあとらしかった。村々に飢えて死にかけた者があると、とにかく小屋まで連れて行き、死人の上に寝かせるのだ。それが幾重にも重なり、最後には、梯《はしご》がかけられたらしい。餓死寸前の者は残された力を振りしぼって梯を登り、死者の上に横たわって死を待つ。小屋の天井まで死《し》骸《がい》が積み重なったところで、小屋に火がつけられ、荼毘《だび》に付される。

そんな小屋が五つか六つ立ったというから、村人の半数近くが死んだというのも嘘《うそ》ではなかろう。飢人地蔵は、埋められた餓死者の骨の上に立っているというので、誰も近づかない。通りがかりに、年寄りが道端の野の花を摘んで捧げるだけだ。

幸い音蔵が大庄屋になってからは、餓死者が出るような凶作に見舞われたことはない。先代、先々代にもなかったと聞いていた。とはいえ、百年に一度の冷害や大旱魃《だいかんばつ》が襲うとなれば、それが今年にならないという保証はなかった。

朝起きると、音蔵は息を詰めるようにして、戸を開けて空を眺めた。雲間から日が射《さ》していれば、ひと息つく。空全体が黒い雲で覆われていると、音蔵の胸も塞《ふさ》がった。二月下旬になってようやく春らしい天気になり、月が替わると、気温が上がり、生き残った畑の作物が一気に伸び始めた。田畑での村人たちの動きを見ていると、その身のこなしまでが力強くなっているのが分かる。この分なら冷夏の心配はなさそうだった。

三月下旬、田で苗代《なわしろ》すきが始まる時期、音蔵は板井得十郎の訪問を受けた。荒使子《あらしこ》は伴っておらず、単身で来たところに、のっぴきならない用事であることが察せられた。

足を洗ってもらい、さっそく座敷に案内して対峙《たいじ》した。

「何か急用じゃなかですか」

音蔵のほうから問いかける。

「叔父の板井次郎兵衛が、柳川《やながわ》でとうとう処刑されました」

押し殺したような声だった。「りせが話したと思いますが、潜伏した神父の供ばして、都や江戸まで行っとったのです。帰って来たのが去年の春で、まずは柳川に残っていた信者の家を、こっそり訪ねたとです。ばってん、顔ば知られとるので、公儀に知らせが行き、出頭ば命じられとります。それで奉行所に行ったとです」

「逃げんじゃったとですか」

「逃げても無駄ち思ったとじゃなかでっしょか。役人は棄教ば迫りましたが応じず、今すぐの処刑ば願い出ました。それで牢屋にぶち込まれ、食い物は一日一度、粥飯《かゆめし》一椀《わん》だけです。叔父は、そればデウス・イエズスのはからいだと思ったごたるです」

「粥一杯がはからいですか」

音蔵は意外に思って聞き返す。

「はい、早く死んで天上に迎えるため、神が飢死を恵んでくれたと、叔父は思ったとでっしょ」

得十郎が頷く。「そこの牢屋には、三十人の囚人が詰め込まれていて、叔父はそこでも説教ばしたごたるです。あちこちで辻説法をして来とるので、デウス・イエズスの教えば説くのは習い性になっとったとでっしょ。七人が、その場で教えに従うと申し出たので、叔父は洗礼ば授けてやりました。

それば知った役人は怒り、七人の衣類をはぎとって叔父と同じようにして、食事も一日一杯の粥にしたとです。弱ったところで、七人を呼び出し、棄教せんと、その場で斬首だと脅しました。その脅しで、二人が転び、転ばんじゃった五人が斬首の刑にあいました。その処刑の場に叔父は引き出されとります。お前のせいで、盗《ぬす》っ人《と》五人が首ば斬らるる、よう見とけと役人は罵倒《ばとう》しました。叔父は後手に縛られとるので、口の中で祈りば捧げるのみでした」

「自分が入信させた者が斬首にあうのば見るのは、辛かったでっしょな」

音蔵は唾《つば》を呑《の》み込む。

「五人の首が飛んだあとが叔父パウロの番でした。叔父は首をさし出し、打たれた首は前に転がったとですが、恐しかとはそんあとです。役人たちは、首から眼をえぐり取り、体からは内臓ば取り出したとです。殉教した者の遺体はあとから掘り出されて、眼と内臓を取り出して乾かしたあと、聖地ローマに送ると、役人たちは信じとるからです」

「むごかですのう」

顔をしかめて音蔵は呻吟《しんぎん》する。

「そんだけじゃなかです。残った体は、刀の試し斬りに使われました。胴体や手足が切り刻まれたとです」

今度は得十郎自身が唾を呑み込んだ。「そん遺体は、柳川の元信者たちが拾い集めて棺に納め、家まで運んでくれました」

「わざわざ得十郎殿の家までですか」

「そげんです。叔父は常々、御原郡《みはらごおり》の板井家の出だと周りに言っとったごたるです。それで棄教した元信者四人が運んでくれたとです。四人は、棄教した罪滅ぼしだと言っとりました。遺体は今、板井家の墓地に埋まっとります。若いときから、あっちこっち布教して回った叔父パウロも、やっと休息ができたと思っとるとじゃなかでっしょか」

「よくぞ遺体が帰って来たとですね」

音蔵は息をつく。返す言葉はそれ以上見つからない。

「叔父に会ったのは四、五回しかありまっせん。会うたびに、デウス・イエズスの信仰を守っとる者は、光の子じゃと言っとりました」

「光の子ですか」

「長い間、神父や修道士と一緒に働いとったので、教えが身についたとでっしょ。信心者は光の子で、神が天から見とると言うとです。信仰ば失ったとたん、光の子ではなくなるとです」

聞きながら、音蔵は道蔵の姿を思い浮かべる。今村の道蔵こそは、得十郎の叔父が言った光の子かもしれない。

それに比べると、自分は果たして光の子と言えるのか。そこまで考えて、音蔵は思念するのをやめた。

「柳川での処刑は、いずれ筑後領全体に広がるでっしょ。音蔵殿は、大庄屋としてどげんしておられますか」

得十郎から改めて訊かれ、音蔵は一瞬たじろぐ。

「それぞれの庄屋の判断に任せとります。転んだ庄屋もおれば、信仰ば棄てられんという庄屋もおります。棄教した庄屋は、村人たちにも棄教ば勧めると言っとりました」

「そんなら、信仰を守る庄屋は、百姓たちにも教えを守らせるとですか」

「それは分からんです」

音蔵は暗い表情のまま首を振る。

「私が心配しとるのは、今村の庄屋道蔵殿です。公儀は、今のところ、表向き静かにしとる者の信仰までは、踏み込んでは来とらんです。ばってん、叔父のようにイエズス教ば広めようとしとる者は、すぐ目をつけられます。そして見せしめのため、斬首です」

「確かに」

音蔵は頷く。

「道蔵殿は、そればされとります。棄教しようとしている者ば諭し、まだ異教にしがみついている者には、イエズス教の素晴らしさを語られとります」

「得十郎殿の耳にもはいっとりますか」

「はいっとります。道蔵殿は、板井村の近辺の小郡《おごおり》町や大保《おおほ》、大崎《おおざき》、寺福童《てらふくどう》あたりまで、足を延ばしておられます。村人からも他の庄屋からも、直接聞いとります。いかにも信仰の篤《あつ》か道蔵殿らしかとは思いますが、こんまま続けると、叔父のパウロ次郎兵衛の二の舞になるのは間違いなかです。女房のりせも、それば心配しとります。実は、こうやって今日来させていただいたのも、そんためです」

得十郎がじっと音蔵を見つめる。

「道蔵は、私が自粛ばしろと言うても、聞き入れんでっしょ」

音蔵はかぶりを振る。「こんまま目立つこつばすると首を切らるる、今村から出て布教するのはやめとけと、私が諭しても、逆恨みされるだけでっしょ。博多で斬首にあった明石ジョアン次郎兵衛殿については、得十郎殿も耳にされたこつがあるでっしょ。小田《おた》に一時期住んどられた明石掃部様と、血がつながっとる武家です。親しい同輩が、泣きながら棄教ば勧めると、もうそなたは親友じゃなかち追い返されたとですけ」

「ばってん音蔵殿、ここは道蔵殿に転ぶように勧めとるのじゃなかです。あくまで目立たんようにしたほうがよかち、助言するだけです。博多で処刑された御武家のときとは違います」

「しかし」

音蔵は口ごもって腕を組む。

「道蔵殿に自粛ばするごつ言えるとは、兄でもあり大庄屋でもあるあなた様だけです。わりせもそう申しとります。兄のひとりが打ち首にあうのは、たまらんとでっしょ。私も全く同じです」

得十郎は重々しく言い、悄然《しょうぜん》と席を立った。

玄関先まで送って行き、見送ったあと、手土産を持たせなかったことに気がついた。それほど気が動転していたのだ。

その後の三、四日、得十郎の助言が胸に重くのしかかって離れなかった。兄の忠告であっても、道蔵が聞き入れるはずはなかった。

しかし大庄屋の立場からすれば、組内の庄屋がよその組まで出かけて行って、布教するのを見過ごすわけにはいかない。やはりここは自粛を迫るべきだった。

四月の声を聞いて、音蔵はようやく重い腰を上げた。荒使子をやって道蔵を屋敷に呼んでくる手もあったが、それはあまりにも高飛車過ぎる。ここは、こちらから足を運ぶべきだと決めた。それに道蔵の暮らしぶりも、この眼で確かめたかった。道蔵が出かけていれば、大庄屋が来たことを告げてもらい、夜にでも屋敷に来てもらえればいい。

田では既に春田こしらえの真最中だった。苗代に人糞《じんぷん》や肥やしを撒《ま》き、畦《うね》作りする村人の姿があちこちに見えた。

こんな多忙な時期、道蔵がよその村まで布教に出かけるはずはない。荒使子と一緒になって田畑で働いているかもしれなかった。

音蔵は弟の不在を気にしながら今村まで歩き、庄屋屋敷の粗末な門をくぐった。相変わらずの質素な主屋のたたずまいで、中の暮らしぶりが見てとれる。反面、庭にはごみひとつ落ちておらず、納屋《なや》の中も見事に整理されている。

ちょうど納屋の奥から出てきた男の荒使子に、来意を告げて道蔵の在宅を確かめた。

「だんな様は、裏の苗代におらっしゃいます。すぐ呼んで来ますけ」

そそくさと荒使子が裏に消え、程なく野良着《のらぎ》に身を包んだ道蔵が姿を見せた。

「忙しかときに、ほんにすまんこつじゃった」

音蔵は頭を下げる。

「わざわざ足ば運んでもろうて、申し訳なかです。すぐ手足ば洗いますけ」

「よかよか。こんままで。ちょっとだけ話があるけ来た」

「こげなところで迎えるこつは、できまっせん」

道蔵が中にはいろうとするのを押しとどめ、音蔵は縁側に腰をおろした。道蔵も仕方なく脇《わき》に坐る。

「この間、板井村の得十郎殿が来らっしゃった」

「得十郎殿が。元気にしとらっしゃるですか」

「りせともども、つつがなからしか。得十郎殿は、お前のこつば心配しとらっしゃった」

「心配？」

「お前が大保や寺福童あたりまで出向いて、布教ばしとるのを知って、この先何か起こらんがよかがち心配して、私のところに来られた。私は知らんかったので、感謝した。お前も、博多でジョアン次郎兵衛という武家が首を切られ、柳川ではパウロ次郎兵衛という同宿《どうじゅく》に近い方が打ち首になったのは、聞いとろう。柳川の次郎兵衛殿は、得十郎殿の叔父にあたるげな」

「そげんでしたか」

道蔵が神妙に頷く。

「今のところ公儀は、全部の信者をあぶり出すのは控えとるごたる。ばってん、表立って布教する者は、見せしめとして処刑するのは間違いなか」

音蔵は道蔵を見据える。「兄として、お前に死んでもらいたくはなか。また大庄屋としては、お前にそげなこつばしてもらいたくはなか。大庄屋としての務めを果たしとらんと、公儀から私が処罰されぬとも限らん」

言い終えたとき、内儀《ないぎ》のたみがお茶を運んできた。道蔵と同じように野良着姿だ。

「ほんにこげな所で、すんません」

たみの後方には、子供三人がまだ手足に泥をつけたまま立っていた。音蔵は笑いかけてひとりひとりの名を呼んだ。長男の三吉は十三歳、長女のつやが七歳、次女のきくが五歳で、三人ともどちらかといえば母親似だった。

たみは玄関に戻って、内側から部屋の障子を開けてくれる。中にはいるように勧めてくれたのを音蔵は断った。座敷で道蔵と対峙すれば、どうしても問い詰める口調になってしまう。ここはさり気なく、自分の気持を道蔵に伝えればいいのだ。

たみは気を利《き》かして三人の子供を奥に呼び、また道蔵と二人だけになった。

茶をすすりながら、音蔵は弟の返事を待った。

「兄さん、これぱっかりはどうするこつもできまっせん」

兄さんと呼ばれて音蔵は目を見張る。これまで二人きりのときでも、大庄屋と庄屋の間柄を考慮してか、大庄屋殿あるいは音蔵殿としか言われなかったのだ。

「そんなら今後も、これまで通り、よその組内でも布教ば続けるとか」

「すんまっせん」

道蔵が頭を下げる。

「そんならこの今村、高橋組はどげんなるか。今村が取り潰《つぶ》されれば、先代の庄屋殿に申し訳が立たんぞ。それに大庄屋の俺までとばっちりがかかる」

「すんまっせん」

「すんまっせんですむこつじゃなかろ」

荒らげた声を鎮《しず》めるために音蔵は眼を宙に浮かす。納屋の軒下にある巣からつばめが一羽飛び立つのが見えた。

もう一度茶を飲み、気を鎮めて言葉を継いだ。

「よかか、お前は神父でも修道士でもなか、同宿でもなか。自分の分際ばようく考えてみろ。こん家の中で、デウス・イエズスの教えば守っていけば、それでよかじゃなかか。今のご時勢に、目立つこつはせんでよかろ」

言い終えて座敷の中を見やる。床の間には、どこで入手したのかイエズスを抱くマリア像が掛けられていた。

「今のご時勢ですけん、デウス・イエズスの教えば広めにゃならんと思うとるとです」

「しかしそうすると、命を失うし、家族も路頭に迷わすし、この村も別の庄屋のものになる」

「仕方なかです」

「馬鹿《ばか》か、お前は」

新たに怒号が口をついて出た。心配気にたみが、奥の方から様子をうかがっていた。

「そげんなっても、これはデウス・イエズスの望まれた道だと思っとります」

「命ば取られ、妻子がさ迷い、村人が主《あるじ》を失うのが、デウス・イエズスの望むこつとは到底思われん」

音蔵は言ってのける。

「それは兄さんの考えでっしょ」

「ああ、俺の考えだ」

「私の考えは、さっき言ったとおりです。こればっかりは曲げられません」

「デウス・イエズスが、自分から死地に赴けと言うはずはなか。何としても生き延びて教えば守れちいうのが、デウス・イエズスの本音じゃなかとか」

いらだちを抑えて音蔵は言い募《つの》る。

「それは悪の誘いです。兄さん自身の考えです。私たちができるこつは、ただ祈るこつしかなかとです。デウス・イエズスよ、御名《みな》があがめられますように、御国《みくに》が来ますように。私らに毎日、必要な糧《かて》を与えて下さい。私らの罪を赦《ゆる》して下さい、私らも他を赦しますからち、祈るこつしかできまっせん。そのうえで、兄さんが心配されとるようなこつが起きれば、それはデウス・イエズスが望まれたこつと思っとります」

道蔵が平然と言うのを、音蔵は驚きの眼で見つめる。

「博多で明石ジョアン次郎兵衛様が処刑され、柳川で得十郎殿の叔父、板井パウロ次郎兵衛様が斬首されたのも、神が望まれたこつだと、私は思っとります」

「何と」

音蔵は畏《い》怖《ふ》の眼で弟を見返す。

「そんこつは、明石様も板井様も、ようく分かってあったとじゃなかでっしょか」

言葉を返す気力も、もう音蔵には残っていなかった。ゆるゆると立ち上がり、そのまま門の方に向かう。

肩を落として門を出ようとしたとき、道蔵が後ろから「兄さん」と呼んだ。振り向くと、道蔵が深々と頭を下げていた。

それを目の底に焼きつけて、前を向く。涙が溢《あふ》れてきた。何の涙かは分からないまま、音蔵はこぶしで涙を拭《ぬぐ》い、よろめく足に力を入れた。得十郎が屋敷に来たとき、〈光の子〉という言葉を吐いたのが思い出された。処刑された叔父のパウロ次郎兵衛殿が、常々言っていた言葉らしかった。確かに道蔵もその光の子だった。であれば、もうこちらからは何も言えない。ただ覚悟をしておくのみだ。そう思うと、また涙が出て来て、田畑の作業に余念がない百姓たちの姿が、涙でかすんだ。

その後、音蔵は息を殺すようにして日々を過ごした。庄屋を集めての会合の際も、信仰については一切口にしなかった。庄屋から問いかけられると、大庄屋とて口出しできる筋合いのものではないと突っぱねた。棄教を音蔵に表明する庄屋も、寄り合いのたびに増えた。最初は下川《げかわ》村と平田村の庄屋だけだったのが、松木村、吉竹村、稲《いな》数《かず》村、本郷《ほんごう》村も加わった。まだ棄教を口にしない庄屋は、小島《おしま》、鵜木《うのき》、春日《かすが》、高樋《たかえ》の村々だけで、残りの庄屋は態度を決めかねているように見えた。

庄屋が棄教していない村が、どちらかといえば高橋組の中でも今村寄りであることに音蔵は気がついていた。それはとりもなおさず、道蔵の影響力を表わしているのかもしれなかった。

心配された秋の稲の収穫は、凶作にはならず、平年を一割方下回るくらいの被害ですんだ。

十一月、年貢の村出しを見に来た下奉行以下の役人たちも、満足気な顔をしていた。夕刻からの接待の際、案の定、下奉行から棄教について確認された。

「高橋組の村々、ほとんどが棄教しています。まだくすぶっている村も一、二ありますが、いずれ棄教するのは間違いなかでっしょ」

音蔵は下奉行に酒を勧めながら言い切った。

「それば聞いて安心した。御原郡の庄屋の九割方が転んどる。残り一割も、燭台《しょくだい》の油が切れるごつ、棄教していくじゃろ。わしたちもそれば望んどる。あちこちで打ち首にするのは、領主の忠政様も望んでおられん」

酒が回るにつれて、下奉行の口も滑らかになったものの、ついぞ道蔵の名前は出なかった。その代わりに、高橋組の百姓たちを誉《ほ》める言葉が聞かれた。

「同じ年貢米でも、その嵩《かさ》は足りても質の悪か籾《もみ》が今年は多かった。ばってん高橋組の米は、毎年良か籾ばかり。今年も、ここの米は江戸屋敷まで送るこつができる」

自分たちが作る米が、江戸屋敷まで行っていると聞くのは初めてだった。これを庄屋に伝え、百姓たちに言ってもらうと、どれほどの励みになるか。

「江戸で米ば買い込むという手もあるが、先代の吉政様も、今の忠政様も望んでおられん。領主として、あくまで領地でできる米ば、日々食べんこつには話にならんと考えておられる。とはいえ、そん米ば選ぶのは骨が折れる。特に今年のように作柄が悪か年は、選ぶのに苦労する。そこへいくと、高橋組の米は、旱天《かんてん》の年も冷害の年も、間違いがなか。これは代々申し渡されてきとる。ま、大庄屋の手柄ち言うてよかじゃろ」

機嫌よく言ってくれる下奉行に、頭を下げつつ音蔵は酌をした。

音蔵が他の組のことを知るのは、毎年正月、久留米の郡《こおり》奉行の屋敷でもたれる年始の挨拶《あいさつ》のときぐらいだった。そこではよく、庄屋の悪口や、百姓たちへの愚痴を聞かされた。庄屋が悪いと、その村の百姓たちも性質《たち》が悪くなるらしかった。

村中総出での下草刈りや溝《みぞ》さらえも怠るので、畔道《あぜみち》は草の生え放題で、泥の積もった溝には水が流れにくくなる。日頃から肥料作りも怠っているから、作物の出来も悪い。田の水の出し入れがいい加減なので、稲の育ちも悪くなる。育ちの悪い稲でこさえた藁《わら》は腰が弱く、莚《むしろ》も縄も米俵も粗悪なものになってしまう――。悪口や愚痴の言い合いの中で、ひとり音蔵だけがきょとんとしていたのだ。

そういえば、高橋組の田畑にはいつも百姓たちの姿があった。多少の雨や雪の日でも、まるで競うように田や畑に繰り出して、草取りをしたり、支柱を立てたりして作業に余念がなかった。夜は夜で、納屋に射し込む月の光で莚編みや縄ないをしていたのだ。

「この按配《あんばい》で百姓たちを束ねてくれ」

下奉行はそう言い、上機嫌で帰って行った。

元和五年（一六一九）は、一月になっても冬将軍が居坐って寒気続きだった。雪がようやく溶けたと思うと、また次の寒気がやってきた。

そんな吹雪《ふぶき》の日は、さすがに荒使子たちも外には出ず、納屋の中での藁打ち、蔵の中での味噌《みそ》作りに精を出していた。

横なぐりに雪が降る夕刻、妻のきよが蒼白《そうはく》な顔をしてうかがいをたてにきた。

「外に二人、神父と修道士という人が見えとります。どげんしまっしょか」

「こげな日に神父さんがか」

驚愕《きょうがく》に近かった。この時勢下で、まだ神父が日本にいること自体信じられなかった。

「異人の神父さんか」

「そげんです。修道士は日本人です」

「すぐ行く」

ここは自分の眼で確かめるしかない。

玄関をはいった土間に、まだ蓑《みの》をつけたままの二人が突っ立っていた。笠《かさ》だけはとっているので顔貌《がんぼう》は見分けられる。

「高橋組大庄屋の平田マチアス音蔵です」

言ったあと、洗礼名を口にしたのが数年ぶりなのに気がつく。

「これはこれは、マチアス音蔵様。夜分申し訳ございません。こちらは、パードレのアダミ神父です。私は修道士で加藤イナシオと申します」

おそらくもう五十歳は超えているだろう、瘦《や》せて頰骨の突き出た修道士が言った。

「パードレのアダミともうします」

しゃがれ声で名乗ったのは神父だった。髭面《ひげづら》のため分かりにくいものの、年の頃は四十代半ば、修道士よりは多少若く見えた。背丈も修道士より頭ひとつ高いくらいで、髪も黒かった。それが日本での潜伏を可能にしているのだろう。

「さぞお疲れでっしょ。足を洗って上がってつかあさい」

音蔵は迷いなく言う。追い返すなど論外だった。きよに命じて、風呂《ふろ》と夕餉《ゆうげ》の仕度《したく》をさせた。

座敷で待っている間に、再び怯《おび》えが頭をもたげた。神父と修道士に追放令が出たのは五年ばかり前だ。その間、どうやって公儀の眼を逃れて布教していたのだろうか。

神父であれ修道士であれ、匿《かくま》った者も咎《とが》めを受けるのは間違いない。となれば、今こうやって聖職者二人を迎え入れているのは、明らかに掟《おきて》に反していた。かといって追い返すことはできない。やはりこれしかないのだと、音蔵の気持は最初に戻っていた。

湯を浴びたあと、客人用の着物と丹前を身につけた二人は、さすがにひと息ついた表情だった。

「今晩はゆっくり休んでつかあさい」

きよが夕餉の膳《ぜん》を運んで来たのを機に、音蔵は子供四人も紹介した。「これが家内のクララきよです。子供たちは上からロレンソ留蔵、コインタとせ、アンドレ発蔵、最後がまだ六歳のりつです。教名は授かっとりまっせん」

子供ひとりひとりに対して、アダミ神父は満面の笑みで頭を下げた。子供心にも異人の姿は異様に映るのだろう、りつは泣き出しそうな顔をしている。

子供たちが出て行くと、さっそく音蔵は食事を勧めた。鮒《ふな》の火ぼかし、猪《いのしし》の塩漬、焼き豆腐、それに納豆汁がついている。もちろん熱燗《あつかん》もつけていて、まずそれを神父の盃《さかずき》に注いだ。毛深い神父の手を見て、音蔵は胸を打たれた。

まるで百姓の手で、爪先が割れ、指先もひび割れている。長年の潜教の証《あかし》だった。

神父と修道士が食前の祈りをした。音蔵も従う。

「ほんに、ようこそ来ていただきました」

音蔵は改めて口上を述べる。「最後にここに聖職者が見えたのは、五年前でした。同宿のペドロ岐部《きべ》という人が、秋月で殉教したマチアス七郎兵衛様の骨ば拾うて、帰りがけに寄られたとです」

「しっています」

神父が答える。「あれはパードレ・エウジェニオさまのめいれいでした」

「エウジェニオ神父の？」

懐《なつ》かしい名前に音蔵も息をのむ。「二人とも今はどげんされとりますか」

「すべてのパードレとイルマンがついほうされたとき、パードレ・エウジェニオはのこりました。そのあと、びょうきになりました。それで、きょねん、マカオにいきました」

「同宿の岐部様は？」

「ペドロは五ねんまえ、日本をでました。じゅんきょうしたマチアスしちろべえさまのゆびをもっていきました」

アダミ神父はわざわざ自分の親指を突き出した。

「長崎の墓地に埋葬された遺体は、すべて掘り出されて、マカオに送られています。神父と修道士が追放されたあとです」

加藤イナシオ修道士が補足する。

「その追放のとき、アダミ神父様は残られたとですね」

音蔵は畏敬《いけい》の眼を神父に向けた。

「いいえ」

神父は首を振り、説明するように修道士を促した。

「アダミ神父も私も、あのとき、マカオに追放されました。マカオでは、神父はコレジョの顧問を務められ、私は病人の世話などしていました。しかし神父が日本に是非とも戻りたいと望まれるので、私がついて来ました。戻ったのが一年前です。ナウ船が長崎にはいる前に下船して、天草に行きました。今はそこの大矢野《おおやの》に住み、天草、肥後そして筑後を回っています」

「筑後は、わたくしのだい二のこきょうです」

アダミ神父が言った。「千六百七ねんから千六百十三ねんまで、ずっと柳川のきょうかいにいました」

「そうでしたか」

柳川の教会を最後まで守ったのはアダミ神父だったのだと、音蔵は初めて思い知る。

「アダミ神父はローマで司祭に叙階《じょかい》されたあと、わざわざ日本での布教を希望されたのです。まずゴアに行き、マカオに進み、日本に着いたのが、千六百四年です。まず大村で日本語を習得されました」

聞いていて、音蔵はそれが今から十五年前だと理解する。神父が和語に達者なのもそのためだ。

「柳川では、私の妹婿《いもうとむこ》、板井得十郎の叔父が殉教されとります。板井パウロ次郎兵衛様です」

「ききました。パウロさまはしっています。りっぱなひとでした」

「その柳川には、まだ信者がおるとですね」

「います」

「だから私も、アダミ神父のお供をして、日本に戻った甲斐《かい》がありました。天草や肥後、そして筑後には、まだ教えを守っている信徒がいます」

修道士が言う。

「筑前にも？」

音蔵は訊《き》く。

「筑前はいくのがむつかしいです」

アダミ神父が首を横に振る。

「信者がいるのは確かです。しかし、黒田殿の領地は監視の眼が厳しく、足を踏み入れていません。残念です。そこへいくと、この田中殿の領地では、まだそこまでの厳しさはありません」

「大坂や江戸ではどげんですか」

しつこいと思いながらも音蔵は訊かざるをえない。他の領国で信徒がどうしているのか、知りたかった。

「大坂と都、江戸では布教は無理です。信徒の人数も把《つか》めません」

修道士が暗い顔で答える。

「仙台にはまだたくさんいます」

補足したのはアダミ神父だった。

「仙台といえば、伊達《だて》の殿様の領地でっしょ」

音蔵は地図を思い浮かべながら言う。江戸より北の領地がどうなっているのかは、うろ覚えだった。

「そこには、江戸から逃れて来た信徒が多く住みついています。あのあたり、金や銀、銅を採る山が多く、人足として住みつけば、もう安心して信仰を続けられます」

「いま、会津や仙台、出羽には、パードレ・アンジェリス、パードレ・カルヴァリョ、パードレ・ポッロがいます」

神父が指を立てながら言う。

「三人も神父がおられるとですか」

音蔵は心底驚く。こんな時勢にもかかわらず、三人もの神父が布教できているのだとすれば、それには同伴の修道士か同宿がいて、匿う信者がいるはずだった。

「みんな、管区長のコウロス神父の命令です。アダミ神父と私も、コウロス管区長の指示で天草、肥後、筑後を巡回しています」

加藤イナシオ修道士が答える。

「パードレ・コウロスさまは、千六百十四ねんのついほうで、日本をでました。でも、つぎのとし、また日本にもどりました。いまは、大村あたりではたらいています」

神父が答える。

大村領にいながら、仙台領あたりまで指示が届くなど、イエズス会の連絡網の確かさに音蔵は舌を巻く。この連絡網こそが、イエズス会の命綱なのに違いない。

「ごちそうさまでした」

食べ終えた神父が手を合わせた。

「明日は、暗いうちにここを発《た》ちます。どうか信徒のいる家々を教えていただけないでしょうか」

修道士から言われ、音蔵は快諾《かいだく》する。まだ転んでいない庄屋の家に二人を案内すれば、そのあとは庄屋が信者の家を教えてくれるはずだ。しかしそのためには、今夜のうちに各庄屋に連絡しておいたほうがよい。荒使子を、今村や春日村、小島村などの庄屋に走らせる手はずをした。

寝具を並べてきよと二人床に就《つ》いてからも、なかなか寝つけなかった。

「本当は、明日の朝、高橋組の信者たちみんなに集まってもらうとが、一番よかとでっしょが」

音蔵が考えていることと、同じことをきよが口にした。

「それができればよかが」

音蔵は答える。しかしそれをすれば、これまで弟の道蔵がしてきた以上に、公儀にたてつく行いだった。

父の久米蔵が存命だった頃、屋敷の中に信者たちが溢れた光景を、音蔵は思い出す。あのとき信者は家の中にも、庭先にも立錐《りっすい》の余地もないほど集まった。わずか二十年の間の激変だった。

「この先、どげんなるとでっしょか」

きよが消え入りそうな声で訊く。

「分からん」

分かるはずはなかった。しかしまた以前のように、大庄屋の屋敷が信者で満ちる日はもう来ないような気がした。そう思うと不意に涙がにじんできた。

「寂しかですね」

きよが言う。

音蔵は答えない。答えるといよいよ涙が出そうな気がした。しかしこらえているにもかかわらず、涙が一筋、目尻《めじり》をつたった。

寒さも加わって、まんじりともしないうちに、きよに起こされた。もう仕度をすませていた。急いで顔を洗い、着替えをすます。凍えそうな寒気だ。空には星が出ていた。

座敷に行こうとしたとき、玄関の戸を叩《たた》く者がいた。土間に降りて外の気配をうかがう。

「道蔵です」

声がしたので閂《かんぬき》をはずした。引戸を開けると、道蔵がひとりで立っている。

「どげんしたとか」

「夕べ、ここに神父さんが見えとると聞き、うかがいました。深更《しんこう》に発たっしゃるとでっしょ」

「ま、上がれ」

緼袍《どてら》を着たうえに脚半《きゃはん》まではいている。村々を訪れる神父を先導するつもりかもしれなかった。

座敷ではもう二人は床を上げ、出立《しゅったつ》の用意をすませていた。道蔵を紹介する。

「ほんによく来ていただきました」

道蔵が膝《ひざ》をついて感謝し、手までも合わせた。アダミ神父が立ち上がらせて、肩を抱いた。

「しゅっぱつのまえに、ミサをあげます」

神父が言った。異存はない。きよに命じて子供たち四人、そして家人や荒使子たちを起こさせた。

「おとぞうさま、ここにヌンシオ・ザビエルさまのいひんがあると、ききました」

「あります」

音蔵は恥じ入る。もともと納戸《なんど》の押入れにしまっていたのを、禁教が厳しくなって以来、さらに奥の葛籠《つづら》の中に隠していたのだ。

絹布《けんぷ》を出して座敷に戻ったときには、きよたちも集まっていた。子供たちはまだ寝ぼけ眼《まなこ》だった。

アダミ神父はいとおしむように絹布を手に取り、見入った。

「これはにっぽんのたからものです」

神父から言われて音蔵はたじろぐ。家宝だとは信じていたものの、それに日本をつけられると胸塞《ふた》がる思いがした。

「そして、これは」

神父が白い珠《たま》の連なるロザリオに触れる。

「中浦ジュリアン神父からいただきました」

答えながら懐かしさでいっぱいになる。「ザビエル様の遺品と一緒に置いてもらえれば光栄だと言って、託されたとです」

「これは、ローマでつくられました」

メダイに彫られていた文字を読んで、神父がおごそかに言う。

「確か、そげん聞いとります」

音蔵が答える。

「たぶん、パードレなからうらがローマからもってかえったものです」

ジュリアン神父が少年の頃、使節としてローマに行った話は、音蔵も聞いて知っていた。そこまで思い出深い品を託すとは、よほどザビエル神父を慕っていたのだろう。気持のうえでは、常にザビエル神父と一緒にいる心境なのかもしれなかった。

「今、どげんしておられますか、中浦神父は」

「中浦ジュリアン神父は、肥後と薩摩を巡回しています」

修道士が答えた。

「お元気ですか」

「はい」

神父が返事をする。健在だとはいえ、捕縛《ほばく》と紙一重の潜行なのに違いない。

神父は絹布を床の間にかけ、ロザリオを音蔵に握らせた。家人や荒使子たちもそれぞれのロザリオを手にしている。四人の子のうちロザリオを作ってやっているのは、長男の留蔵だけだった。

神父が銀の十字架を取り出して掲げ、ロザリオの祈りを捧《ささ》げる。異国の言葉に重ねるようにして、加藤修道士が和語で唱える。音蔵がところどころ聖句を忘れているのに対し、道蔵のコンタツは澱《よど》みがなかった。

終わったあと、音蔵は祈りの間考えていた願いを口にした。

「一番下の子のりつが、まだ洗礼ば授かっとりません。どうかお願いします」

言っているうちに迷いはふっきれた。りつだけに教名がないのは、いかにも可哀相《かわいそう》だった。

きよが井戸水を汲《く》ませて持って来させる。音蔵が抱き上げたりつの額に、神父が水を一滴垂らして短い祈りを捧げた。

「マセンシア、あなたのいくてにひかりがあたりますように」

達者な和語で神父が言った。りつは物珍しそうに神父の顔に見入っている。

玄関まで送り出すとき、音蔵は用意していた銀子《ぎんす》の布包みを修道士に渡した。

「どうか路銀《ろぎん》の足しにして下さい」

「ありがとうございます」

頭を下げる修道士に、きよが握り飯の包みを手渡す。朝餉の代わりだった。

「まずは、今村に案内します」

道蔵が言う。「村人が全部、家に集まっとりますけんで」

「全部？」

音蔵は呆気《あっけ》にとられる。

「そげんです。こげな嬉《うれ》しかこつはなかです」

顔を上気させて道蔵は答え、持参の提灯《ちょうちん》に火をつけた。

第五章 潜教

一 国替え 元和六年（一六二〇）閏《うるう》十二月

これに先立つ元和二年四月、家康公が死去、その姪《めい》を正妻に迎えていた田中忠政《ただまさ》殿は、山本郡善導寺に家康公の廟《びょう》を建て、「実相精舎」と名づけた。善導寺は、徳川家菩提寺《ぼだいじ》の江戸増上寺と浄土宗同門だった。

これと前後して、忠政殿の兄、康政《やすまさ》殿が幕府に対して五ヵ条の告訴文を提出した。忠政殿が前年の大坂夏の陣への出陣が遅れた理由として、大坂方への内通の疑いがあるとの内容だった。この告訴の裏には、当然ながら、弟が家督《かとく》を継いだことへの、兄としての恨みがあった。この康政殿は強い吃音《きつおん》のうえに病身だったので、先代吉政《よしまさ》殿は弟に相続させたという経緯があった。

大公儀は江戸留守居役を吟味するとともに、国元に早飛脚を送った。忠政殿は驚き、申し開きのため重臣一人を伴って柳川を出立《しゅったつ》された。元和三年の三月だった。柳川から久留米を経て、大久保の渡しで筑後川を渡り、御井郡《みいごおり》にはいる。光行村《みつゆき》を過ぎて御原郡《みはらごおり》の高橋村までは、久留米から約三里の道程《みちのり》だ。

忠政殿が高橋組の村々を通る二日前、役人が音蔵を訪れ、道を掃き清めておくように命じた。大公儀の要人がこの秋月街道を通るのだという説明は、あとで虚偽だと分かった。

大名行列のときと違い、今回の忠政殿の上府《じょうふ》は内々のことであり、当日、道の通行はおろか、田畑に出るのも禁じられた。

しかし乗馬の一行十人ほどが、速足で本郷《ほんごう》村を過ぎ、秋月に向かう姿は、何人もの村人から目撃された。そこから八丁峠を越えて小倉に着いたあとは、海路大坂に向かわれたはずだ。大坂から江戸までは再び馬を駆っての旅である。

江戸屋敷で忠政殿は自ら謹慎し、重臣が申し開きの書状を大公儀に上呈した。疑いは晴れて大公儀からの咎《とが》めはなかったものの、忠政殿はそのまま江戸留め置きになった。一方で、康政殿に領地を分知《ぶんち》するようにという内意が示された。これによって、忠政殿は生葉《いくは》、竹野、山本の三郡、計三万石を康政殿に分知する旨《むね》を大公儀に願い出、許可された。

ところが元和六年八月、江戸に滞在を続けていた忠政殿はにわかに病没する。まだ三十六歳であり、不幸にも跡目相続の嫡子《ちゃくし》がおらず、田中家はこれで断絶、兄康政殿も国替えになった。欠国となった筑後には、大公儀の上使衆が下向し、柳川城を受け取り、領内管理を務めた。

そして同年閏《うるう》十二月初旬、筑後領が二分割され、久留米の八郡二十一万石が有馬豊氏《とようじ》殿、山門《やまと》郡と三池郡、上妻《かみつま》と下妻《しもつま》郡を持つ柳川十二万石が立花宗茂《むねしげ》殿に与えられた。

立花宗茂殿は、大友宗麟《そうりん》様の勇将で、岩屋城と宝満城の城督《じょうとく》だった高橋紹運《じょううん》殿の長男である。岩屋城で島津軍を迎え撃ち、部下ともども討ち死にした紹運殿にもひけをとらない勇将で、立花家に養子としてはいっていた。立花城の合戦の功を関白秀吉殿に認められ、柳川城主に取り立てられたものの、関ヶ原で西軍に組したために改易された。しかし長年の勇将ぶりを惜しむ家康殿により、陸奥《むつ》棚倉の領主に取り立てられていたのだ。今回の転封《てんぽう》は、旧領への帰郷ともいえた。

他方、有馬豊氏殿は、丹波福知山八万石からの加増転封だった。有馬家の遠祖は播磨《はりま》の守護職赤松家で、摂津国有馬郡を拝領した縁で有馬を姓としたものの、以後没落した。しかし豊氏殿の父則頼《のりより》殿が、関白秀吉殿に招かれて毛利攻めに尽力し、淡河《おうご》三千二百石を受領した。その後は家康殿に仕え、関ヶ原で東軍に加わった。その功で父祖の地、有馬領を拝領した。その次男である豊氏殿も、秀吉殿に仕えて遠江国《とおとうみのくに》横須賀三万石を受領、関ヶ原では父と共に戦った功績によって、三万石を加増され、丹波福知山に転封になっていた。田中家廃絶のため、北筑後の久留米領への転封となったのだ。

豊氏殿と家臣団の久留米到着は、翌年の三月になった。まず筑前若松の御船場に着き、黒崎まで船で渡り、そこからは、八丁峠越えでなく、冷水《ひやみず》峠越えになった。そのため、音蔵の高橋組は、街道の整備役は免除された。

新しく城主を迎える久留米城は荒れ果てたままであり、新領主一行は、寺や商人の屋敷に分居を余儀なくされた。

ようやく城の修築が一段落したのは夏だった。七月に大庄屋が惣《そう》奉行の屋敷に呼びつけられた。まだ暑い盛りで、音蔵は早朝単身で家を出、昼前に城下の宿にはいった。驚いたことに、城の近くにあった寺はすべて城の東方に移転させられ、空いた土地が城内になって、家臣団の屋敷が建てられていた。

しかし肝腎《かんじん》の城は、本丸の矢倉と濠《ほり》が大方できあがっているのみであり、二の丸と三の丸は仮設のままで、濠さえなかった。集められた惣奉行の屋敷は、寺の庫裏《くり》がそのまま座敷として使われていた。そこに久留米領八郡の大庄屋二十四人が紋付袴《もんつきはかま》で揃《そろ》い、上座《かみざ》には郡《こおり》奉行八人が居並んだ。

まず郡代の馬渕彦右衛門殿から各郡の郡奉行の紹介があった。御原郡の郡奉行は三十代半ばで、奉行の中では一番年少に見えた。

「暑いなか、ご苦労だった」

惣奉行を補佐する副奉行も兼任しているという郡代が、音蔵たちを前にして言った。

「ついては、ここに豊氏公が裁可された公儀の法度《はっと》を伝える。帰村次第、直ちに庄屋ならびに百姓たちに知らしめるように」

前置きして、郡代は懐《ふところ》から書付《かきつけ》を取り出した。

「ひとつ、城下の振興を図るべく、町中の諸役を免許し、売買を円滑にすること。二つ、武家奉公人による町人や百姓に対する不法の厳禁。三つ、領内の山林竹木の無断伐採の禁止。四つ、百姓に対する年貢《ねんぐ》と夫役《ぶやく》に関しては、草臥《くたびれ》百姓を出さぬよう改めて下命《かめい》あり。五つ、他領より帰農する百姓については、田畑耕作致す限りにおいて、三年間物成《ものなり》の納入、諸役免じること。六つ、さりながら他領より走り来たる奉公人ならびに百姓ら、隠し抱置くべからず。七つ、下役人に非法があれば、直ちに郡奉行に申し出るべし。以上七ヵ条、相背く輩《やから》があれば、厳科に処す。よって件《くだん》の如《ごと》し」

読み終えると郡代は一同を睨《にら》みつけるように見回した。音蔵は七ヵ条を頭のなかで反芻《はんすう》しながら、そこに禁教についての事項がないことに気がつく。

「以上の七ヵ条を以《もっ》て分かる如く、豊氏公が願われているのは、城下の繁栄と百姓の保護だ。これなくしては、久留米領は立ち行かない。見て分かるとおり、まだ城の造営修復も終わっていない。百姓町人に夫役を命じて、工事に当たらせれば、矢倉も濠も速やかに完成する。しかし豊氏公はそれを望まれていない。城は二の次、町人百姓の繁昌《はんじょう》こそが城なのだ。領内から百姓が逐電《ちくでん》すれば、我々家臣を含め、領民全《すべ》てが草臥《くたび》れてしまう。よいな、その旨、庄屋ならびに百姓たちに徹底させるよう、わしからも頼む」

思いがけないことに、そこで郡代は軽く頭を下げ、八人の郡奉行も会釈《えしゃく》をした。音蔵たち大庄屋は恐縮し、畳に手をついて深々と頭《こうべ》を垂れた。

「もうひとつ言い渡しておかねばならない。七ヵ条には記されていないが、七ヵ条よりも重い掟《おきて》だ」

郡代が厳しい顔つきに戻って口を開く。「知ってのとおり、大公儀の秀忠公は切支丹禁令を既に出された。これは、領国内にひとりたりとも切支丹がいてはならないという幕命《ばくめい》に他ならない。もちろん豊氏公も、その幕命を順守される。これについては、追い追い法度を出されるはずである。よいな。聞くところによれば、以前より筑後国には多くの信者がおり、田中吉政公と忠政公は、さして厳しい措置をとられなかったと聞き及んでいる。世が豊氏公に変わった今、家臣一同、切支丹禁令に対しては不抜《ふばつ》の志でのぞむ。そなたたちもそう心得るように。本日はご苦労であった。あとはそれぞれの郡奉行からの指示を待つように」

郡代はそう言い置いて席を立った。

上座に坐《すわ》っていた八人の郡奉行が、座敷の四隅と西隣の部屋に散り、それぞれ配下の大庄屋が呼ばれた。

音蔵ともう二人の大庄屋は、御原郡の新しい郡奉行の前で頭を下げた。

「このたび御原郡の郡奉行をおおせつかった山田加兵衛と申す。そなたたちが御原郡の三大庄屋で相違ないな。各自名乗ってくれ」

近くで見る郡奉行は左眼が悪いらしく、少しすがめだった。

まずは最年長の用丸《ようまる》組大庄屋津田吾平が名乗り、次が音蔵で、最後に家督を継いだばかりの岩田組大庄屋下村重左衛門がかしこまって平伏《へいふく》する。

「郡内の暮らしぶりをつぶさに見るために、これからひと月のうちに、郡内三十五の村々を訪れるつもりにしている。ついてはその旨を庄屋、百姓たちに伝えておくように。郡代殿より申し渡された七ヵ条の掟はもちろん重要だ。しかしそれ以上に大切なのは、八番目の掟ともいうべき切支丹禁教だ。私はこれこそ火急の任務だと思っている。御原郡内には、ひとりたりとも切支丹を置いてはならぬ。分かったな」

音蔵よりひと回り近く若い郡奉行が、甲高《かんだか》い声で言った。

「重々心得ております。用丸組にはもはや邪宗徒はおりませぬ」

用丸組の大庄屋が自信たっぷりに答えた。

「岩田組にも、もはや切支丹はいません」

岩田組の大庄屋が言上する。岩田組の中には板井村もある。得十郎たちが転んでいるはずはなかった。

次は音蔵の番だった。一瞬迷ったあと、平静さを取り戻して口を開く。

「かつての切支丹も、今では全員が棄教しております」

言い切ってから、これ以外の言い方はなかったと自分に言いきかせる。

「おのおのよい務めを果たしていると分かり休心した。ともあれ、ひと月のうちに訪れるので待っておるように」

念を押して郡奉行が立ち上がった。

面通しが終わった郡から三々五々惣奉行の屋敷を出た。どの大庄屋も沈痛な表情だった。七ヵ条の掟のあとにつけ加えられた禁教の通達が、重々しくのしかかっているのに違いなかった。

「音蔵殿、高橋組では全員が棄教したとですか」

連れ立って歩く岩田組の大庄屋が小声で訊《き》く。

「少なくとも、私の眼にはそげん見えます」

「あの今村の庄屋道蔵殿もですか」

思いがけない名を出されて音蔵はたじろぐ。

「そげんです」

「道蔵殿は時々、板井村やその周辺の村ば訪れております。まだ棄教されとるようには見えんですが」

「そげなこつばしよりますか」

わざと驚いてみせる。道蔵の動きは、つとに大庄屋の耳にはいっていたのだ。

「音蔵殿は、道蔵殿の兄と聞いとります。ここは道蔵殿に、もう岩田組には来られんごつ言うてくださらんですか」

「申し訳なかです。言っときます」

言ったところで、どうにもならないのは分かっていた。

「何はともあれ、ご時勢ですけんのう」

岩田組の大庄屋が言った。「上が変われば、下も変わらんと生きていけんのですけん」

「はい」

音蔵も同意はする。そんな言い方をすれば、道蔵は「上といってもその上があるとです」と反論するに違いなかった。「最も上にあるデウス・イエズスは、時勢では変わりまっせん。いつの世でも同じです」。そんな道蔵の声色までも聞こえてきそうだった。

翌月、各庄屋を集めて、新領主の到着と、伝達されたばかりの七ヵ条の掟を言い渡した。

庄屋たちの関心を呼んだのは、第五と第六の掟だった。いったん村から逃散《ちょうさん》した百姓が立ち戻るのを認める代わりに、その旨公儀に申し出るべしという項だ。

「高橋組の村には、幸い逃げ去った百姓はおらんですが、よその組では草臥百姓が出て行って、荒れ放題の田畑があります」

小島《おしま》村の庄屋が言った。

「ばってん立ち戻って、元の田畑を耕やしても、数年は食べていくのがやっとで、租《そ》を納《おさ》めきらんでっしょ」

別の庄屋が首をかしげる。

「そこは三年に限って、租や夫役を免除される」

音蔵が説明してやる。

「三年で租が納めらるるごつなるでっしょか」

また別の庄屋が首をひねる。「いったん荒れた土地ば元に戻すのは、やおなかです。五、六年免除なら話も分かりますばってん」

「ま、公儀は百姓がひとりでも欲しかというこつでっしょ。百姓の数が減れば、納める物成も減る。そしたら公儀はもう立ちゆかんですからな」

下川《げがわ》村の庄屋がうまくまとめてくれた。

「そしてもうひとつ、七ヵ条にはいっとりませんが、追加の掟があります」

音蔵が居住いを正して言う。「他でもなか、禁教についてです。以前にもまして、取締りば厳しくするちいう達示《たっし》がありました」

音蔵はわざと道蔵のほうを見ないようにした。

「捕まれば、処刑ですか」

一番前に坐る鵜木《うのき》村の庄屋が、引きつった声で言った。

「そげんです」

音蔵は頷《うなず》き、後方に坐る道蔵を初めて見た。

「処刑覚悟で信仰せにゃならんということですよ」

既に棄教している平田村の庄屋が諭《さと》すように言う。

「捕まらんようにして信仰すれば、よかとじゃなかですか」

まだ信仰を棄《す》てていないはずの春日《かすが》村の庄屋が、やんわりと反駁《はんばく》する。

「それができれば、雑作《ぞうさ》なかが」

態度を決めていない高樋《たかえ》村の庄屋が腕を組む。

「そいで、大庄屋殿はどげんされるとですか」

長老格の稲数《いなかず》村の庄屋が裁断を仰ぐようにして訊いた。ざわめいていた座が静まり返った。

「決めとりまっせん。目立たんごつして、模様ば見ようと思っとります」

それが本音だった。

「つまりそれは、捕まらんようにして信仰するちいうこつじゃなかですか」

春日村の庄屋が、声を潜めて問い質《ただ》した。

「そげんなります」

音蔵は頷く。頷いてから、熱いものが胸にこみ上げてきた。

「どうか捕まらんようにして下さい」

言ってから頭を下げる。歯切れの悪い言い方ではあるものの、それ以外何が言えるのだろうか。捕まったら、もう信仰はできないのだ。抜け道はそれしかなかった。

庄屋たちがお辞儀をして立ち上がるのを、音蔵は坐ったままで見送る。道蔵と眼が合ったので、じっと見据えた。道蔵は軽く会釈をして、背を向けた。

二　中浦ジュリアン神父　寛永元年（一六二四）七月

元和九年（一六二三）の八月、隣の筑前国の領主黒田長政殿は死去され、長男忠之《ただゆき》殿が国主になり、遺言によって、夜須《やす》、下座《げざ》、嘉麻《かま》の三郡が、三男長興《ながおき》殿に分知《ぶんち》された。これが新しい秋月領五万石になった。十二年ぶりの秋月領復活であったものの、禁教の厳しさは筑後領の比ではなかった。音蔵が記憶している秋月におけるイエズス教の興隆は、もはや夢幻《まぼろし》になっていた。あの黒田ミゲル直之様の梅屋敷は壊され、そのあとに小ぶりな秋月城が建てられた。かつての教会やレジデンシアの跡地は、家臣団の屋敷に変わり、信仰のよすがはもはやしのびようがなかった。

音蔵の気がかりは、常に今村の庄屋道蔵の振舞いだった。この時節、大っぴらに他の村々まで布教に出かけて行けば、必ず捕縛《ほばく》されて、罪科は係累《けいるい》にまで及ぶ。兄である大庄屋にも嫌疑がかかるのは必至だった。

そんな兄の心痛を察してか、道蔵は目立つ行為を慎《つつし》んでいるように見えた。その代わり、荒れた山林に手を入れたり、大刀洗《たちあらい》川や小石原《こいしわら》川から引く水路を広げる作業に身を入れていた。今村は二つの川のちょうど真中にありながら、やや高目の地形のため、水にはさして恵まれていなかった。

特に西側の大刀洗川は水量もわずかで、日照りが続くと、すぐに細い流れに変わってしまう。それを補うのは、雨水を溜《た》めておく池しかなく、道蔵は村人を駆り出しては、池の掘削《くっさく》に努めていた。あたかも、布教に出かけられない無念さを、鍬《くわ》を持つことで晴らしているかのようだった。

この頃、どこからともなく、前年に長崎で実施された、イエズス教徒の大規模な処刑の噂《うわさ》が伝わってきた。これは徳川秀忠殿の通達に従う措置だった。日本各地に投獄されている神父と修道士、ならびに過去に殉教した信者の妻や子、親に至る全員を極刑にするというものだ。大村と長崎の牢《ろう》につながれていた囚人の数は、全部で五十五人だったという。

加えて、将軍が三代目の徳川家光《いえみつ》殿に代わってすぐに実施された、江戸での処刑も音蔵の耳にはいった。神父と修道士はもちろん、信者も含めて、その数は五十人に達したという。しかも全員が火焙《ひあぶ》りの刑だったと聞いて、音蔵は身振いした。

もうここまで処刑が続けば、神父や修道士の存命は望むべくもなかった。

胸の潰《つぶ》れる思いで音蔵は、これまで接した神父や修道士の風貌《ふうぼう》を思い出す。同じイエズス教の聖職者でありながら、背丈や目の色、髪の色も違い、人となりも異なった。

ある神父はお公家《くげ》のようであり、別の神父は百姓のような荒れた手をしていた。日本人修道士もさまざまだった。険しい挑むような顔をした修道士もいれば、従者のように腰の低い修道士もいた。

考えてみれば、この多様さがイエズス教を豊かにしているのかもしれなかった。大地に育っている樹木と同じで、松もあるが樫《かし》、楠《くす》、椎《しい》、梅、桜があってもいいのだ。しかし、それらの樹木が、根こそぎ伐《き》り倒されたとすれば、あとは裸山だ。裸になった山肌に火を放てば、残るのは焼野が原だ。それが今の姿なのだろう。

翌寛永元年は、例年になく梅雨が長かった。ひと月雨が降り続き、さすがの大刀洗川も、土手近くまで水位が上がった。各村の池も、縁までひたひたと水を溜めていた。雨続きのあと、六月になると逆に日照り続きになった。これには池に貯《たくわ》えられた水が、大いに役立った。

七月下旬の残暑の厳しい昼間、文書を整理していた音蔵のところに、きよが血相を変えて姿を見せた。

「玄関先に、中浦と名乗る方がおいでです。大庄屋様にひと目会いたいと申しとりますが、どげんしましょうか」

「中浦？」

音蔵は首をかしげる。中浦という姓は、この近在にはない。しかし会いたいというのを無下《むげ》に断るわけにはいかない。

廊下を歩いているうちに、音蔵は声をあげそうになった。あの神父がまだ生きていたのかもしれなかった。玄関の土間に突っ立っている行商人風の男を見て、音蔵は思わず駆け寄る。

「ジュリアン神父、生きとられましたか」

上がり框《かまち》を降りて、神父の両手を取り、ひざまずく。「ようく来て下さりました。さあ、どうぞどうぞ」

見ると草鞋《わらじ》もちびていて、足は埃《ほこり》で白くなっている。きよを呼んで、冷たい井戸水を持って来させる。神父は柄杓《ひしゃく》の水をひと息で飲んだ。

背負子《しょいこ》と身なりからして商人の風体《ふうてい》ではあるものの、慈愛に満ちた目つきは元のままだった。

「ご無事でしたか」

「はい。このとおり、生きております」

神父が微笑し、すぐに真顔になる。「私がここに来て、迷惑がかかりませんか」

「なんのなんの。どうかゆっくりされて下さい。お疲れでっしょ」

音蔵はきよに命じて湯を沸かさせ、神父を座敷に案内した。縁側には日除《ひよ》けの簾《すだれ》をおろしているので、外からは見えない。

「一昨年から、筑前、筑後、豊前を担当して、あちこちを巡回しています。ようやく大庄屋殿のところに行き着きました。お変わりはないでしょうか」

麦茶を飲みながら神父が訊く。

「変わりました。前の領主の田中殿より、今度の領主のほうが厳しかとです」

「聞いています」

神父が暗い顔で頷く。

「ばってん、信仰の灯はまだ消えとりまっせん。庄屋以下こぞって棄教した村もありますが、転ばん村人をお上に訴えるこつはありまっせん」

「それは何よりです。すべて音蔵様の力添えがあればこそでしょう」

「いえ、私は何もしとりまっせん」

音蔵は忸怩《じくじ》たる思いで答える。二日前、ザビエル師ゆかりの絹布と、ジュリアン神父からもらったロザリオを、ペドロ岐部《きべ》修道士が彫ったマリア像と同じく、天井裏に隠したばかりだったのだ。

「ただ、目立たんようにしろとは言っとります。申し訳なかです」

音蔵は頭を下げる。

「今は、それが一番の方法です」

神父が慰める。

湯が沸いた旨をきよが知らせに来て、神父を案内させた。その間に音蔵は、納戸《なんど》の天井裏から、絹布とロザリオを納めた箱を取り出した。

やがてさっぱりとした着流し姿で、神父が戻って来る。

「大方、半月ぶりの湯でした」

日焼けした顔と首の下に、もとの肌がのぞく。その白黒の対比が、神父の苦労を物語っていた。

「去年の江戸での大殉教、一昨年の長崎での大殉教で、神父は亡《な》くなられたものと思っとりました」

「長崎での大殉教は、竹矢来《たけやらい》の外で一部始終を見ました」

「外からですか」

「はい。見たままをイエズス会の本部に書き送る必要があったのです。大村の牢から、二十五人が長崎に連行される途中、道の両脇《りょうわき》には信者が出て来ていました。それぞれ自分に洗礼を授けた神父の名を呼び、中には抱きついて別れを惜しむ信者もいました」

「そげんでしたか」

信者たちの勇気に音蔵は感心する。

「長崎の山の中腹にある処刑場には、二十五本の十字架が立てられていました。まず、柱に縛りつけられたのは、神父や修道士を家に匿《かくま》った信者四人です。その次に聖職者二十一人が十字架にかけられました。その中にイエズス会では、カルロ・スピノラ神父と木村セバスティアン神父、そして六人の日本人同宿《どうじゅく》がいました。スピノラ神父は、日本に来て二十年後の殉教です。もうひとりの木村セバスティアン神父は、イエズス会の最初の日本人神父です」

「最初の神父ですか」

音蔵は驚く。目の前のジュリアン神父が当然最初だと思っていたからだ。

「はい。私より五歳年上で、平戸の教会で同宿になったのが十二歳のときです。火刑になったときが五十七歳です。四十五年間、ずっと教会と信者のために身を捧《ささ》げられた方なので、私は心から尊敬しています。できれば、あのような方になりたいと思っています」

「そげんですか」

「もともと木村家は平戸にありました。あのヌンシオのザビエル神父が鹿児島に着いて、都に上る途中、平戸に三ヵ月ばかり逗留《とうりゅう》していました。領主の松浦《まつら》隆信《たかのぶ》殿はポルトガルとの貿易のために、イエズス教には寛大でした。ザビエル師の宿泊先となったのが、松浦家の家臣だった木村神父の祖父です。こうして木村家は、代々熱心な信者になりました。木村セバスティアン神父の弟の木村レオナルド修道士は、イエズス会の画工《がこう》として、たくさんの絵を残しています。

ヴァリニャーノ神父が巡察師として日本に見えたとき、有馬にセミナリヨを開設しました。千五百八十年（天正八年）の春です。そこに二十人の日本人が入学しましたが、その中の二人が木村セバスティアンと私です。入学した当時から、セバスティアンはラテン語やポルトガル語ができていました。おそらく、平戸で神父から習っていたのでしょう。二年後、私は他の使節三人と一緒に、ヴァリニャーノ神父に連れられて、ローマに向かいました。木村神父はセミナリヨを出て、臼杵《うすき》のノビシアド、修練院に行き、二年間ラモン神父の指導を受けたと聞いています」

「ラモン神父ですか。知っとります」

音蔵は懐《なつ》かしさに思わず言ってしまう。「ここで会ったこつがあります。私がまだ二十歳そこそこの頃です」

「そうでしょう。博多のレジデンシアに七年間おられましたから。あのお方は、実に学識豊かな神父でした。残念ながら千六百十一年（慶長十六年）、病気のために六十二歳で長崎で亡くなられています。

ともかく、木村神父がイエズス教の教理にも詳しくなったのは、ラモン神父の薫陶《くんとう》の賜物《たまもの》だと思います。ノビシアドを出て修道士になり、都に送られました。しかし千五百八十七年（天正十五年）、関白秀吉殿が伴天連《ばてれん》追放令を出したため、木村神父は有馬領に戻り、島原近くの三会《みえ》で布教にあたりました。

千五百九十年（天正十八年）、ヴァリニャーノ神父と私たち使節は八年ぶりに長崎に帰り着きました。ヴァリニャーノ神父は、日本人の神父の養成が肝要だと考え、天草のコレジョを充実させたのです。木村神父はそこに送られて学業を深め、次にマカオのコレジョに送られました。マカオに五年留まり、長崎に戻ったのは千六百年（慶長五年）です。

そして翌年長崎で晴れて神父に叙階《じょかい》されたのです。私がマカオのコレジョに行ったのはその年ですから、ちょうどすれ違いでした。この最初の日本人神父の誕生は、ヌンシオ・ザビエル師が日本に来て五十三年目でした」

「五十と三年ですか」

音蔵は溜息をつく。長い年月のようでもあり、逆に短いようでもある。しかしそのわずか二十三年後の今、国中の聖職者のほとんどは、国外に追放されるか殉教してしまっていた。誰が予想した激変だろう。

「木村神父はまず天草の布教に従事します。その頃の領主は小西アグスチノ行長様でもあり、各村々に教会や聖堂が建てられました。

関ヶ原の戦いのあと、天草は唐津領の飛び地になりました。領主の寺沢広高殿は当初は、イエズス教に寛容でした。木村神父は河内浦《こうちのうら》を拠点にして、布教に専念しました。

ところが寺沢殿は四年後に方針を変え、弾圧に転じます。それで木村神父は志岐《しき》の教会に移り、さらに豊後に行き、島原の加津佐《かづさ》に戻りました。

加津佐には、イエズス会のコレジョと印刷所がありました。不幸にも有馬プロタジオ晴信様の継嗣《けいし》有馬ミゲル直純《なおずみ》様が、大公儀の通達に応じて、突然聖職者の追放に踏み切ったのです。島原、有馬、口之津で処刑が続き、各地の教会は閉鎖されます。やむなく宣教師は長崎に逃れました。それが千六百十二年（慶長十七年）でした」

淡々と話す中浦神父に、音蔵はいちいち頷く。聖職者たちが迫害を逃れて、村から村へ移動する光景が眼に見えるようだった。移り住むのには身ひとつではいけない。

いろいろな聖具もあれば、絵画や印刷物、その機械も動かさなければならないのだ。

「ただ木村神父だけは、大村領と肥前領の境にある不動山《ふどうやま》に留まりました。実は、大村バルトロメウ純忠《すみただ》様の継嗣である大村サンチョ喜前《よしあき》様も、江戸からの命令で弾圧に乗り出したのです。しかし弾圧下でも信者は生き延びます。信者のいる所には、宣教師が行かねばなりません。不動山は大村領の外にあるものの、峠を越えると彼杵《そのぎ》へも大村にも行けました。

ところが、音蔵様も知ってのとおり、千六百十四年二月（慶長十八年十二月）に、大公儀が全国に切支丹禁令を出して、日本国中の神父と修道士、同宿や主な信者は長崎に集められます。不動山の小さな聖堂も壊され、木村神父も長崎に送られました。木村神父は長崎からも密《ひそ》かに不動山に戻り、信者の家を訪れていたようです。千六百十四年の十一月（慶長十九年十月）、長崎に集められた宣教師や信者は、全員マカオとマニラに送還されます。長崎の西にある福田港からマカオ行きの船三隻《せき》と、マニラ行きの船二隻が出帆しました」

「聞いとります」

音蔵は重々しく顎《あご》を引く。

「そんな混乱のなかで、居残りに成功した聖職者が三十人近くいました」

「中浦神父様もそんとき残られたとですね」

音蔵が訊く。

「残りました。私は幸い長崎では顔が知られていなかったのです。残った神父十八人、修道士九人のうちのひとりです。残念ながら、ローマに一緒に行った原マルチノ神父は、長崎滞在が長く、顔を知られていたので、マカオに出、今もそこに留まっています」

音蔵が子供の頃、この家で四人の使節が小休止したことは、まだ記憶の底にある。あの四人のうち二人は、立派な神父になったのだ。音蔵は自分より少し年上の中浦ジュリアン神父を畏敬《いけい》の眼で見つめた。

「話を木村神父に戻します。日本に残った異国人の神父は、ポルトガル商人に変装していました。それで活動の場は港町に限られます。いきおい、それ以外の村々の担当は、私たち日本人神父の役割になりました。木村神父は、ずっと長崎とその周辺の信者たちを訪問し続けました。

そして三年前の千六百二十一年（元和七年）、ある信者の屋敷に身を潜めていたとき、奉公人が長崎奉行所に密告したのです。奉行所は、賞金をつけて密告を奨励していました。奉公人は自らも信者だったのですが、金の力には勝てなかったのでしょう。

匿っていた主人は捕縛され、財産も没収されました。木村神父は訊問《じんもん》のあと、大村の切支丹牢に送られました。そこには既に十七人の宣教者たちが押し込められていました。横二十尺、縦十四尺の小さな牢ですが、竹壁で藁葺《わらぶ》きです。竹の壁は隙間《すきま》があるので、鳥籠《とりかご》と同じです。雨風、雪が容赦なく吹き込みます。

この牢に次々と聖職者が送られて来たので、最後には二十五人に増えました。寝るときも、莚《むしろ》の上でぎゅうぎゅう詰めです。それでも夜間に番人たちの眼を盗んで、信者たちが聖具をさし入れしてくれたので、ミサを毎日あげられました」

「牢屋でミサですか。それも毎日」

音蔵は息をのむ。

「スピノラ神父の指導で、決まった時間に黙想をしたり、祈りを捧げたりして日課を決めていたようです。牢屋が修道院になっていたのだと思います」

中浦神父が淡々と述べる。「そんな獄中生活を一年続けたあと、大公儀から死刑の通達が届いたので、長崎奉行は大村の囚人を長崎に移送するように命じました。二十五人は衛士《えいし》の護送で海岸まで下り、舟で大村湾を渡ったあとは、陸路で長崎の浦上まで連行されました。全員首に縄をかけられて、ひとりずつ馬に乗せられました。馬に乗った組頭が一行を先導し、その後ろに二十人の槍持《やりもち》と、二組の弓取りが続きました。

囚人の両側は三百人の衛士が守り、しんがりは三人の組頭とその兵卒が務めたのです。このものものしい警固も、途中で信者たちが襲撃するのを恐れたからです。

実際は、襲撃するどころか、多くの信者が道端に駆けつけ、最後の別れを惜しんだのです。ひとりだけ信者の百姓が、馬上の木村神父に近づき、包丁で靴から革を一片切り取ろうとしました。形見にするつもりだったのでしょう。しかし護衛の兵に捕えられ、後日、家族ともども、大村の山中で処刑されました」

その百姓は、木村神父が授洗された男に違いない。家族までも処刑するところに、大公儀の冷徹さが出ている。

「囚人の一行は、鈴田の牢を出て三日後、夕刻に浦上に着きます」

中浦ジュリアン神父が続ける。「雨が降り始めたので、囚人たちは竹矢来の中ではなく、近くの民家に分散させられ、夜を明かしました。

翌九月十日の朝、一行は浦上を出、山沿いの道を辿って西坂に着きます。そこに小さな半島が長崎湾に突き出ています。ちょうど二十五年前、二十六人が殉教した場所です。そこには大きな竹矢来が作られ、中に二十五本の柱が立てられていました。柱のまわりには、ぐるりと薪《まき》が積み上げられていました。

一行はしかし、一刻《いっとき》ばかり待たされました。長崎で宣教師を匿った信者と家族も、処刑されることが決定されたからです。長崎桜町にある牢に入れられていた三十人が、処刑場に到着する頃には、周辺にはもう三万人もの信者、見物人が集まっていました。それぞれの十字架に、まず大村の囚人のうち、宣教師に宿を貸した四人が縛りつけられました。そのあとが、二十一人の神父や修道士、同宿たちです。イエズス会が八人、ドミニコ会が九人、フランシスコ会が四人です」

宣教師はイエズス会だけでなく、他にも別の会があることは、音蔵も聞き知っていた。とはいえ、イエズス会以外でも十三人もの犠牲者を出しているとは意外だった。

「二十五人のうち二十二人が柱に縛りつけられたとき、桜町から連れて来られた一行が到着して、竹矢来の中に入れられたのです。信者たちはそれぞれ、知っている神父や修道士に駆け寄って、久々の再会を喜び合いました。

その中に、幼児を抱えた女もいました。亭主がスピノラ神父に宿を貸していたために、妻と子が捕えられたのです。夫のほうは既に桜町の牢で斬首《ざんしゅ》されていました。

イザベルという教名を持つその女は、子供を抱き上げて、これが神父様に授洗された息子のイナシオですと知らせました。乳《ち》のみ児《ご》だった子供は、よちよち歩きまでできるように成長していたのです」

「その子供も殉教したとですか」

絞り出すような声で音蔵は確かめる。

「息子だけ残すのは忍び難《がた》かったのでしょう。母子ともども殉教する道を選んだのです。スピノラ神父は頷き、一緒に天に昇ろうというように、天を指さしました。

他にも子供を連れて来た信者がいて、子供は全部で十二人いました。それは斬首された三十人の数の中にははいっていません」

返事を聞いて、音蔵は戸惑って泣き出す子供たちの様子を思い浮かべる。矢来の外にいる大勢の見物人と、目の前の十字架を見て、子供たちは事態が容易ならないことを悟ったに違いない。あとは親にすがって泣くだけだ。

「刑吏たちは、まずその泣き叫ぶ子供から、次々と首を切り落とし、次に大人たちを斬首していきました。別の刑吏たちが、ころがった首を、柱の前に作られた台の上にひとつずつ並べました。あたかも、お前たち宣教師のせいで、哀れな信者が殺されたのだと見せつける態度でした。

ひとりが首を刎《は》ねられるたびに、見物人の多くが手を合わせて、祈りを捧げました。その頃には、処刑場の下の海にも、信者たちの乗った舟が何十隻も集まっていて、祈りは丘と海から響いてきたのです」

おそらく中浦神父は、見物人の中に紛れて一部始終を見つめていたのに違いない。

伝聞では、ここまで詳しく語れるはずがなかった。

「全員の首が台の上に並んだところで、薪に火がつけられました。薪は、柱のすぐそばではなく、二間ばかり離れた所に積まれていました」

「すると、焙《あぶ》り焼きですか」

音蔵はのけぞる。神父が頷いた。

「十字架に縛っている縄も、わざと緩くして、逃げようと思えば逃げられるようになっていました。ひとりでも逃げ出せば、公儀の思うつぼになります」

ここに至って逃げ出す聖職者がいるはずがない。それこそ公儀が信仰の強さを見くびっている証拠だった。

「そのときスピノラ神父が、聖書の一篇を唱えはじめました。すると、囚人の全員がそれに唱和したのです。それが終わると、スピノラ神父は次の一節を高らかに唱えました。

——ちちよ、ときがきました。

——あなたのこが、あなたのえいこうをあらわすようになるために、こにえいこうを
あたえてください。

——あなたは、こにすべてのひとをしはいするけんのうを、おあたえになりました。

——そのために、こはあなたからゆだねられたひとすべてに、えいえんのいのちをあたえることができるのです。

——えいえんのいのちとは、ゆいいつのまことのかみであられるあなたと、あなたのおつかわしになったイエズスをしることです。わたくしは、おこなうようにと、あなたがあたえてくださったわざをなしとげて、ちじょうであなたのえいこうをあらわしました。ちちよ、いま、みまえでわたくしにえいこうをあたえてください。

——せかいがつくられるまえに、わたくしがみもとでもっていたあのえいこうを。


しかしその説教が終わるか終わらないうちに、薪は一斉に火を噴きはじめました。殉教者たちは顔をしかめるでもなく、祈りを唱え、石のように動きません。スピノラ神父はずっと天を見つめ、木村神父は見物人たちに微笑《ほほえ》みかけていました。中には早く死ぬために、体を火に近づける神父もいました。

半刻して、最初にこと切れたのはスピノラ神父でした。老齢でもあり、病身だったからでしょう。最後に息絶えたのが木村神父で、さらに半刻が経《た》っていました。もう立っておられないのか、膝《ひざ》をつき、頭を深くさげて、まるでお辞儀をするような姿勢で昇天されました」

中浦神父が深々と息をつく。音蔵も衝撃のあまり口がきけない。

「薪が燃えつきると、見物人たちは竹矢来を押し倒して、殉教者の遺体や柱を持ち去ろうとしました。役人たちは必死でそれを追い払い、刑場の隅に掘った大きな穴に、柱や遺体を投げ込みました。薪も同時に投げ込んで、すべてを灰にするまで、一刻がかかりました。それでも見物人の数は減りません。みんな、殉教者たちの灰を持ち帰ろうとしていたのです。

それを知っている役人たちは、すべてが焼き尽くされたあと、灰を残さず俵に詰め、船まで運びました。そして岸から遠い海中に撒《ま》き散らしました。聖遺物は誰の手にも渡らなかったのです」

「そうでしたか」

音蔵はそれ以上言葉が継げない。

「この年は、他にも大村や平戸でも斬首や火刑がありました。全部で殉教者の数は百人を超えています。

そして去年の十二月にも、江戸で大殉教がありました。捕えられたのは、イエズス会のアンジェリス神父と、シモン遠甫《えんぽ》修道士、フランシスコ会のガルベス神父の他、信者四十七人です」

「江戸にも神父様がおられたとですか」

取締りの厳しい大公儀の膝元にも、宣教師がいるなど、音蔵は信じられない。

「アンジェリス神父は、東北に潜み、その二年前に江戸に移り住んでいました。捕えられたのは、原ジョアン主水《もんど》という武家の従者の密告があったからです。

この従者は博徒《ばくと》で、金は喉《のど》から手が出るほど欲しかったのです。褒賞金《ほうしょうきん》目当てに、他の博打《ばくち》打ちとともに主人を訴え、そこから芋づる式に、他の信者が捕えられました。ガルベス神父は鎌倉で布教していたのですが、その宿主一族も一緒に捕縛されました。新しく将軍になった家光殿は、五十人全員に火焙りの刑を命じました。刑場になったのは芝という場所で、小高い丘や原っぱには、見物人が押し寄せました。江戸に参勤していた大名たちも、従者とともに見に来ていました。

神父二人とジョアン主水様だけが馬で、他の四十七人は歩いて刑場に行き、五十本の柱の前に立たされました。はじめに四十七人のみが柱に縛りつけられ、薪に火がつけられます。馬上の三人はそのままで、信者たちが火に焙られるのを見ろという見せしめです。

炎が上がりはじめると、アンジェリス神父は、こう言ったのです。〈デウス・イエズスこそがみちであり、しんりであり、いのちである。イエズスをとおらなければ、だれもかみのくにには、いけない〉。

体を焙られながら、信者たちは声の続く限りアベ・マリアと唱え続けました。誰ひとり悲鳴をあげず、苦しみの表情もうかべませんでした。

四十七人が絶命したあと、三人が馬から下ろされ、柱に縛られました。薪が燃え出すまで、三人はお互いに励ましの言葉をかけ合いました。炎が立ち昇ると、アンジェリス神父は、体を前のめりにさせました。それは体を炎に近づけようとするようでもあり、炎の向こうの見物人に説教をしようとするようにも見えました。最後まで何かを訴え続け、ついに崩れ落ちました。その脇で、ジョアン主水様が炎を抱《だ》くように前傾姿勢を保ち、柱とともに地面に倒れました。三番目に絶命したのは、ガルベス神父で、迫り来る火炎《かえん》に身じろぎもせず、死んだあとも柱にもたれて立っていました。

この五十人の潔《いさぎよ》い死に様《ざま》は、見物人に深い感動を与えました。それまでの阿鼻叫喚《あびきょうかん》の処刑とは、全く違っていたからです。

江戸では、その後も処刑は続いています」

中浦神父が言い終え、静かに茶碗《ちゃわん》を手に取った。

「そうすると、もう国内に残っとられる宣教師は数少なかですね」

まさか目の前の中浦神父だけではないはずだった。

「少ないながらもいます。日本人神父だけでも、イエズス会に私を含めて七人、フランシスコ会に二人います。その他にも、ドミニコ会とアウグスチノ会に、それぞれ二、三人がいるはずです」

そうすると、まだ日本人神父が十人以上は潜伏しているのだ。

「異人の神父はどげんですか」

「イエズス会では、アダミ神父がまだ陸奥《むつ》と出羽を担当しています」

音蔵を信頼しているのだろう、神父は隠さずに答えた。

「アダミ神父は、今東北におられるとですか」

黒い髪と黒い髭《ひげ》を持つアダミ神父には、五年ほど前に会っていた。力強いしゃがれ声を思い出す。

「アダミ神父は、柳川の教会が閉鎖されたあと、長崎に呼び戻され、あの宣教師追放令でマカオに渡りました。しかし四年後に、日本に戻りました。いつも連れ添う加藤イナシオ修道士とともにです。しばらく天草にいて、肥後や筑後も担当していたので、その折、こっちに来られたのでしょう」

「そうです。加藤修道士が一緒でした」

「東北でも一緒のはずです」

従者に日本人の修道士がついているとはいえ、異人の神父が禁教の地に潜むなど、どんなに困難が伴うのか。おそらく、死を覚悟で匿っている信者がいるのに違いなかった。

話が一段落したのを見てとったのか、きよが顔を出し、夕餉《ゆうげ》の仕度《したく》が整った旨《むね》を知らせた。

「食事は、子供たちも一緒にしてよかでっしょか」

あるいは、これが中浦ジュリアン神父との最後の出会いになるような気がして、音蔵は申し出る。

「願ってもない僥倖《ぎょうこう》です」

中浦神父が微笑む。

神父を上座《かみざ》にして、円坐に膳《ぜん》を並べ、神父の正面に留蔵ととせ、発蔵とりつが坐《すわ》った。もう留蔵が十八歳、とせが十六、発蔵が十四、りつが十一歳になっている。それぞれの洗礼名が、ロレンソ、コインタ、アンドレ、マセンシアであることを神父に教える。

「食前のお祈りをしましょう」

箸《はし》をとる前に神父が提案する。食前に祈りを口にするのは久しぶりだった。禁教が行き渡ってからは、黙って手を合わせるだけにしていたのだ。

祈りがすむと、神父はまず山芋のとろろ汁をうまそうに飲み、干した串《くし》焼きの鮒《ふな》に頭からかぶりつく。そして大根の煮付にも箸をのばす。ひとつひとつの食い物を味わい尽くすように、何度も嚙《か》みしめては目を細めた。

「神父は、最初ここに来られたとき、ローマからの帰途だったとですね」

どうしても四人の使節の話が聞きたくなって、音蔵は問いかける。ヴァリニャーノ神父に連れられた四人の使節は、音蔵より七、八歳年上だった。

「巡察師のヴァリニャーノ神父に引率されて天正十年の千五百八十二年、私たちは長崎を出ました。マカオを経由してインドのゴアを通り、ポルトガルのリスボンに着いたのは、長崎を出てから二年半後です。そして半年後、ローマに到着して、法王のグレゴリウス十三世に謁見《えっけん》がかないました」

四十年前を回想するように、神父が眼を宙に浮かす。「グレゴリウス十三世は、グレゴリウス暦を定めた方で、謁見がかなったときは、もう高齢でした」

留蔵たち四人が眼を輝かせて、神父の話に聞き入っている。

「遠方からの使節に、法王様はさぞ喜ばれたでしょう」

きよが訊《き》く。

「実は、四人の使節の中で、私は最も位が低かったのです。それで正使の伊東マンショ、千々石《ちぢわ》ミゲル、副使の原マルチノの三人だけが、法王様に謁見がかなったのです」

「そうすると、中浦神父は法王様に会えなかったとですか」

意外に思って音蔵が問い質す。

「いえ、私たち使節は表向き、三人でなければならなかったのです」

「三人ですか」

「私はもともと補欠のようなものだったのかもしれません。四人が船旅の途中で命を落とす事態も予想されます。そのときの補充分が、たぶん私でした。それに、伊東マンショと千々石ミゲルは正使で、副使の原マルチノは四人の中で最もローマの言葉に優れていました。セミナリヨでも、長崎を出てローマに着くまでの間も、私たちは毎日ラテン語の習得に励んでいました。私は一番ぼんくらでした」

笑いながら中浦ジュリアン神父が言う。

「使節はどうして表向き三人でないと、いかんかったとでっしょか」

訊いたのは留蔵だった。中浦神父がいわばのけ者にされたのに、腹が立ったのだろう。

「よくは知りませんが、イエズス教を慕《した》って東方から来る王子は三人で、馬に乗っているという言い伝えがあったようです。

そのため私は、三人が馬に乗って大行列に加わる前に、ひとり馬車に乗せられ、裏通りを法王庁に向かいました。ローマの市民はこぞって大通りに出ていたので、裏通りは馬車も人もいません。すぐに法王様の住まわれる宮殿に着き、裏口から法王様の部屋に直行しました。グレゴリウス法王は、私を手招きしてしっかりと抱きしめました。そして、病気は大丈夫かと私に訊いたのです。

それで私は、自分が病気にされているのだと気がついたのです。『はい、このとおり元気になりました』と私が答えると、法王ははらはらと涙を流されました。そして『遠い所から、よくぞ来てくれた。どうか無事に帰って、そなたの国にイエズスの栄光を伝えてくれ。私はもうすぐ、天に召される。そのときは、天からそなたの姿をいつまでも見守っている』と言われました」

感極まってか、神父の目が赤味を帯び、音蔵は胸を衝《つ》かれた。

「法王様はどげな所に住んでおられましたか」

不躾《ぶしつけ》な質問をしたのは、次男の発蔵だった。普段は無口なのに、ローマの法王と聞いて問わずにはおられなかったのだろう。

「何の飾りもなく、壁にイエズスの十字架が掛けられ、窓際《まどぎわ》にマリアに抱かれた幼いイエズスの像が置かれていました」

「たったそれだけ」

発蔵が驚いて、口をつぐむ。

「これはあとで、三人から聞きましたが、法王様の宮殿に続く礼拝堂、そして大聖堂は、この世のものとは思えない豪華さだったようです。特に法王様が迎えて下さった礼拝堂の天井画は、目も眩《くら》むばかりの美しさで、まるで天上にいる人々を見るようだったと言っていました。私たちが到着する七十年ほど前、ミケランジェロとかいう大画家が絵筆を執って、四年かかって描いたものらしいです。

私は大聖堂を、外から見ることができました。それはそれは石造りの大きな建物で、奥に丸屋根が高々とそびえています」

聞いていて、音蔵は中浦ジュリアン神父が、他の三人の使節とは完全に別の扱いを受けていたのだと思い知る。

「私がグレゴリウス法王様の居室を出て、宿舎に戻るとき、三人の使節が宮殿に向かうのを路地の陰から見ることができました。馬車の従者が気を利《き》かせてくれたのです」

神父が目を輝かす。「行列の先頭は、着飾った馬に乗った兵隊、その後がやはり飾りをつけた小馬で、赤い頭巾《ずきん》をかぶった従者が乗っていました。さらに七、八十人もの位の高い聖職者、そして深紅の長衣の従者、さらに百人以上はいる衛兵が続きます。衛兵のしんがりに、鼓手が十人ばかりいて、胸から下げた小太鼓を打ち鳴らしていました。

そしていよいよ、三人が馬に乗って現れました。三頭の馬は、黄金の刺繍《ししゅう》のされた黒い厚布が掛けられ、先頭が伊東マンショ、次が千々石ミゲル、そして原マルチノでした。三人は、白い羽根と金飾りのついた灰色の帽子をかぶっています。体にぴったりした白い衣には、さまざまな色の糸で花鳥が描かれていました。首にも長い襟巻きをして腰に帯を巻き、そこに刀をさしています。各馬の左右に、やはり高い位の聖職者、その外側が護衛の兵でした。そのあとに、通詞を務めるメスキータ神父が従っていました」

「ヴァリニャーノ神父は、おられなかったのですね」

「巡察師のヴァリニャーノ神父は、インドでの布教のため、ゴアに留まったのです。

あとは和語のできるメスキータ神父が私たちの世話役でした」

神父が音蔵の問いに答える。「一行がちょうど宮殿前の橋を渡るとき、後方の城から祝砲が鳴り響きました。その数、百五十以上でした。それが鳴り終わると、今度は正面のバチカン宮殿から祝砲が鳴り出しました。そのあと、後の城から妙なる楽《がく》の調べが届きました。

いよいよ行列が大聖堂前に着きかけたとき、宮殿の警護隊が、一斉に銃を空に向けて撃ったのです。三人の馬がいよいよ広場にはいったとき、銃声がまた十二発響き渡りました。私が見たのは、それだけです」

神父の口調には、羨望《せんぼう》も悔しさも感じられなかった。苦労して四人一緒にローマに着き、ひとりだけのけ者にされていれば、恨みが残るのが通常だろう。

「法王グレゴリウス十三世への謁見の様子については、あとで原マルチノから聞きました。まず大友フランシスコ宗麟《そうりん》様の書状、ついで有馬プロタジオ晴信様の書状を、メスキータ神父が通詞して読み上げたそうです。

三人はイエズス教と法王様に、心よりの信仰と服従を誓うために、はるばる東方から赴いたと、学識豊かな神父が述べると、法王様は流れ出る涙をぬぐわれなかったといいます。そして三人をかわるがわる抱きしめました」

中浦ジュリアン神父が、音蔵たち六人を見回しながら言った。

「よかったですね」

きよが感激した面持ちで言った。

「グレゴリウス十三世は、三人の使節が謁見して二十日も経たないうちに昇天されました。八十三歳でした。この知らせを聞いて、私は法王様がやはり死期を悟っておられたのだと思いました。私を抱擁したとき、間もなく天に召されると、確かにおっしゃったのですから」

神父の口調が再び湿り気を帯びた。「あとで聞くと、亡くなる前にも私の病気のことを心配しておられたそうです。私は病気でも何でもなかったのですけど。

葬儀が終わると、新しい法王を選ぶための議決が行われました。およそ五十人の位の高い神父様たちがひと所に集められ、各小屋に幽閉されます」

「お互いに話し合いはできんとですか」

音蔵が意外に思って訊く。

「できません。それぞれが法王にふさわしい人の名を書いて係に渡します。もちろん誰が誰に票を入れたかは分かりません。ひとりが三分の二以上の票を得るまで、何度も投票は繰り返されます。四日後の三回目の投票で決まったのが、シクストゥス五世でした。この方は、貧しい庭師の息子だと聞いています」

「庭師の息子が法王になれるとですか」

留蔵が箸をとめて神父を見つめる。そういえば、自分の先祖は武家であり、庭作りにも長《た》けていたと聞いている。

「身分は関係ありません」

神父が静かに首を振る。「新法王の即位式は、最終選挙の五日後に行われ、その主賓として三人の使節が臨席しました。三人は旗を担《かつ》ぎ、即位の場では、伊東マンショが、法王が手を洗う際の水を注ぐ大役を担《にな》いました」

「中浦神父は、まだ病気にされていたとですね」

きよがたまりかねたように問う。

「はい。もうローマに着いてから、ひと月以上も私は病気でした」

神父が笑う。「でもそれを不憫《ふびん》に思った身分の低い神父がいて、馬車で時々外に連れ出してくれました。そのおかげで、他の三人よりは身近にローマを見ることができました」

「どげな所ですか、ローマちいうのは」

発蔵が身を乗り出すようにして尋ねた。

「二千年から千年前に栄えた古い国の遺跡が、あちこちに残っていました。そのどれもが巨大な石造りです。人と人を戦わせたり、獣と人を戦わせたり、船と船を戦わせる劇場は、人の背丈の三十倍から四十倍の高さです。見物人は五万人だと聞かされました」

「劇場の中に船を浮かべるとですか」

きよが驚く。

「にわかには信じられませんが、水を張って船を浮かべたようです。そんな水を遠くの山から引いて来る水路も、腰を抜かすほどの高さで、何里もまっすぐ建造されています。石造りの風呂場《ふろば》も広くて、百人が一緒にはいれるほどです。道は石畳みで、降った雨はことごとく下に沁《し》み込み、ぬかるみにはなりません。神殿も柱だけが残っていました。大樹よりも太くて高く、どうやって立てたのか、またどうやってその上に屋根を造ったのか、分からないことだらけでした。案内した神父も、知らないと言っていました」

聞いていて音蔵たちは溜息《ためいき》をつく。二千年も千年も前に、そんな建築ができたなど、信じ難い。しかし今目の前にいる中浦神父の眼は、確かにそれを見たのだ。

「話を新法王の即位に戻すと、即位式の四日後、第二の式典がありました。ローマの市内を、大行列を成して、大聖堂からもうひとつの古い大聖堂まで歩くのです。この式には、私も出席するように言われました。ひと月以上も表舞台に立たされていないのを、新法王が不憫に思われたのか、あるいはもう病気が癒《い》えたとみなされたのでしょう」

「よかった」

音蔵は思わず言ってしまう。

「この行列は、色とりどりの旗が集まっていました。最前列では、鎧《よろい》と兜《かぶと》の騎馬兵たちが露払いをし、そのあとに何人もの護衛兵の旗手たちが旗と花環《はなわ》を掲げて進みます。その次は、きらびやかに飾られた十二頭の馬と、緋色《ひいろ》の衣をまとった馬丁たちです。その後は貴人たちが馬に乗って続き、その後ろが十字架と、聖体を納《おさ》めた聖櫃《せいひつ》です。もちろん行列の中心は、新しい法王様でした。白馬に緋色の馬覆《おお》いがかけられ、法王様も、緋色の肩掛けを身にまとっています。その両脇に、三人の使節が白馬に乗り、やや遅れて私も白馬に乗って続きました」

「ようやく二回目の式典に、参加できたのですね」

安堵《あんど》を覚えて音蔵は確かめる。

「はい、本当に嬉《うれ》しかったです。一連の式のあと、私たち四人はローマの貴人に列せられました。私たちだけでなく、子孫もです。残念ながら、私には子孫がいないので何にもなりません」

神父が微笑む。「それに加えて、法王様からイエズスの衛兵の資格も与えられました。もちろん、私たちを送り出した三人の殿、大友宗麟、大村純忠、有馬晴信様それぞれに、金銀細工の剣と、真珠をちりばめたかぶり物が、返書を添えて贈られたのです。さらに大友フランシスコ宗麟様には黄金の薔薇《ばら》、大村バルトロメウ純忠様には十字架のはいった聖遺物函《はこ》、有馬プロタジオ晴信様には華麗な教書が授けられました。

そして日本のイエズス会のために、きらびやかな聖具一式と帰りの旅費が贈られたのです。すべてが高価な贈物でした。

ローマを出発したのは、ローマに着いて二ヵ月半くらいあとでした。しかしそれからが大変です。ローマ法王を支えるいくつもの王国から招かれ、それぞれの町を訪問しなければならなかったのです。その数は十近くありました。各王国には十日は滞在しなければならなかったので、ポルトガルの港を出たのは、ローマを出て十ヵ月後です」

聞いているだけで、体の疲れを感じるような旅程だった。四人の使節が若かったからこそ、長旅に耐えられたのだ。

「港を出て一年で、インドのゴアに着きました」

「船旅が一年もかかるとですか」

留蔵と発蔵が共に驚く。

「はい。ゴアで巡察師のヴァリニャーノ神父と再会しました。そしてここでも、大歓迎を受けたのです。ゴアには十一ヵ月留まりました。ゴアからマカオに渡り、そこにまた一年半滞在します。そしてついに日本に辿《たど》りついたのが、今から三十四年前です。使節の旅は、全部で八年五ヵ月かかっています」

「八年半」

溜息をついたのは、きよだった。四人には母親がいたはずであり、その母たちの心配が身につまされたのに違いない。

「しかし着いたとき、既に関白秀吉殿の伴天連追放令が出ていたとですね」

たまりかねて音蔵は訊く。

「追放令は、私たちがマカオに着いたときに知らされました。同時に、大村バルトロメウ純忠様と大友フランシスコ宗麟様の死去も伝えられました。それで、インド副王の使者となったヴァリニャーノ神父は、日本に一刻も早く着くべきだと考えられたのです。でも多くの贈り物を携えていたので、大型の定期船が来るのを待つしかなかったのです。

長崎の港に着いたときは、どこを見渡しても見物人だらけでした。翌日には、大村純忠様の跡継ぎである大村サンチョ喜前《よしあき》様が来られ、次の日には有馬プロタジオ晴信様が面会に見えました。

もちろん私たち使節の親類縁者もやって来たのですが、お互い見分けがつきませんでした。原マルチノの両親と兄もお互い誰が誰か分からず、ひとりっ子だった千々石ミゲルの母も、四人のうち誰がわが子だか分からなかったのです。遅れてやって来た伊東マンショの母も同じでした。私の両親は既に亡《な》くなっていて、叔父と伯母が来てくれました。やはり双方とも、お互いを見分けるのに時間がかかりました」

「ご両親は亡くなられていたとですか」

きよが訊く。

「八年半の歳月は、そのくらい長かったのです」

神父が目をしばたたく。「そして長崎から小倉に陸路で行く途中で、ここを訪れたのです。ヌンシオ・ザビエル師の遺品が壁に掛けられているのを見て、仰天しました。ザビエル神父の布教の光が、こんな片田舎にも届いているのかと、びっくりしたのです」

「ローマの大聖堂と比べると、ここは掘立小屋《ほったて》ですけん、驚かれたでっしょ」

　音蔵が言う。

「いいえ、ローマ帰りの私にとっては、ここも大聖堂に見えました」

　神父の真顔に、音蔵は思わず居住いを正した。「ザビエル師の遺品は、ローマのイエズス教会にはあっても、大聖堂にはありません。それで、ローマで買ったロザリオを、傍に置いていただこうと思ったのです」

「あのロザリオ、今でも大切にとっとります」

　音蔵は答える。今朝まで人知れず隠匿《いんとく》していたとは到底言えなかった。

「峠を越えて小倉に着き、そこから下関まで船で渡りました。そこで先に到着していた船に乗って、播磨《はりま》の室津《むろつ》で正月を迎えました。ここで小西アグスチノ行長様に会えました。その後、関白殿の通知が届き、大坂に向かったのです。途中の高槻《たかつき》の領地は、以前は高山ジュスト右近《うこん》様の領地でした。しかし右近様と全家臣団が追放され、教会もすべて破壊されていました。ここで、私たちは、驚くべき体験をしたのです」

「どげなこつが起こったとですか」

　音蔵は身を乗り出す。

「百姓たちが群を成して、私たちに会いに来たのです」

「信者たちですか」

「そうです。領主の高山様や家臣はいなくなり、新しい領主がイエズス教を弾圧しているにもかかわらず、村々には信仰が生きていました。聞くと、百姓たちの結束は、信仰と同様に堅く、これ以上弾圧すれば、百姓たちがこぞって逃げ出すことを、領主は恐れたようです。それで黙認を決めたと見られます」

「黙認ですか」

「昨年、三潴《みずま》郡の町原《まちはら》村で、百姓全員が村から逃亡したのはご存知ですね」

「あれは、ほんなこつですか。大庄屋の間では噂《うわさ》になっとります」

「公儀としても表沙汰《おもてざた》にはできないのでしょう。有馬豊氏公が久留米に移封になって間もない時期の失態ですから。そのひと月後には、隣の上妻《かみつま》郡の椿原《つばはら》村でも、百姓七十人が肥前島原の領内に逃散《ちょうさん》しています。これも大っぴらにはなっていないはずです」

「それは知りません」

音蔵は首を振る。

「百姓に逃げられては、公儀は立ちゆかないのです。高槻でもそうだったに違いありません。真面目《まじめ》に田畑の仕事に精を出し、物成《ものなり》をきちんと納める百姓は宝物なのです。

ですから信仰を捨てていないと思われても、お上としては黙認していたのでしょう。そして高槻では百姓たちも、自分たちの村には、異教徒は誰ひとり入れないようにしていました。これで信仰が保たれていました」

神父は頷《うなず》いて先を続ける。「ヴァリニャーノ神父に会うために、高山ジュスト右近様はわざわざ加賀からやって来られました。二人の様子を見て、私はこの右近様に真の信仰者の姿を見ました。他の領主たちが、関白の威光を恐れて信仰を捨てたのに、右近様は信仰のほうを選ばれたのです。だからこそ、高槻では信仰が百姓までも、しっかりと根づいたのだと思いました。

船で淀川を鳥羽まで上り、そこからは馬と輿《こし》でした。都に着くと、ヴァリニャーノ神父以下の聖職者は関白殿の屋敷、私たち使節は小西行長様の屋敷に泊まりました。都に着いてひと月経った頃、聚楽第《じゅらくだい》という屋敷で謁見がかないました。ヴァリニャーノ神父が、インド副王から関白殿に宛《あ》てられた親書を読み上げ、関白殿は添えられた和文に眼を通されました。宴席のあと、私たち四人は楽器を演奏したのです」

「笛や太鼓ばですか」

それまで黙って聞き入るばかりだった長女のとせが訊いた。

「いえ、ローマの楽器です。何本もの弦を張ったハープ、指で押して音を出すクラヴォ、張った弦を弓でかき鳴らすヴィオラ、三味線に似たリュートの四種です。私の担当はリュートで、四人とも帰りの船の中で毎日稽古《けいこ》を積み、ゴアでもマカオでも練習しました。ですから出来映えはよかったはずで、関白殿もいたく喜び、最後にはこれが欲しいと言い出されました。ヴァリニャーノ神父にとっては、聖具と同じく貴重なものだったのですが、断れば機嫌を損うので、やむなく贈呈品の中に加えました。

この会見のあと、私たち一行は、三年前に完成していた聚楽第の内部を見学しました。これは関白殿の姉の子である秀次殿の居城《きょじょう》になっていました。この建物の豪華さには、私たち使節ばかりでなく、ヴァリニャーノ神父以下の宣教師、同行のポルトガルの商人たちも、驚嘆していました。何しろ、すべての部屋が金箔《きんぱく》を張られていたのです」

「そげんしますと、使節の一行は関白殿に大歓迎されたとですね」

念のために音蔵は質問する。

「関白殿は、ヴァリニャーノ神父に、次のポルトガル船が来るまでは、日本国内のどこにいてもいい、その間にインド副王への返書と贈物を届けると言われました。これがすぐに広まり、私たちの宿舎にはひきもきらず、信徒や、大名たちが訪れたのです。この熱狂ぶりを懸念《けねん》したのが、小西行長様と高山右近様でした。巡察師と使節の帰国で、信仰の灯が再び燃え上がれば、関白殿は手のひらを返すように、さらなる弾圧に転じると助言されたのです。ヴァリニャーノ神父は同意され、それまでずっと都に潜伏していたオルガンティノ神父も早々の退却を勧めました。それで急ぎ長崎に戻ったのです。

あとで届いた関白殿の返書には、イエズス教布教のためには何人も日本に来てはならないと、はっきり書かれていました」

「やっぱりそげんですか」

音蔵は肩をおとす。禁教はもうそのとき揺ぎない大公儀の方針になっていたのだ。

「それでも長崎に戻ったあと、有馬晴信様は私たちの歓迎の式典を催してくれました。島原に残されていた教会で、私たちは法王から贈られた衣裳《いしょう》を身に着け、ミサに臨みました。ヴァリニャーノ神父が祈りと説教をしたあと、晴信様に法王の贈物を進呈しました。頭には帽子、金の聖十字架と銀鞘《ぎんざや》の剣、そして法王の教書を両手にしたとき、晴信様はそれはそれは喜ばれました」

その晴信様がおよそ二十年後、大公儀によって国を追われ、客地《かくち》で自死させられたのは、音蔵も知っている。

「城での歓迎会をすませたあと、私たちは四人ともイエズス会にはいる宣言をして、天草にあったコレジョにはいり、学んだあとマカオに送られ、再び日本に戻って来ました」

「その四人のうち、今日本におられるとは、中浦神父様だけですね」

きよが確かめる。

「正使だった伊東マンショ、副使だった原マルチノと私は、今から十六年前に神父に叙階されました。伊東マンショ神父は、まず細川忠興様が新しく城を築いた小倉に赴任しました。そこを拠点に、東は長門《ながと》、周防《すおう》にまで布教に出かけました。南の方は、自分の出身地である日向《ひゅうが》の飫肥《おび》に足を運んでいます。そこにはイエズス教の信徒がいたからです。ところが領主の細川様は、大坂でガラシア珠《たま》夫人が悲劇の死を遂げたあと、少しずつ信徒弾圧に転じて、教会を閉鎖していったのです。これと前後して上長だったセスペデス神父が急死され、伊東神父は長崎に引揚げ、千六百十二年に亡くなりました。享年《きょうねん》四十一でした。

原マルチノ神父は、誰もが認める才能の持主でした。ポルトガルのリスボンを出、モザンビークで冬を越し、ようやくゴアに到着したときの歓迎会で、ラテン語で演説をしたほどです。ですから神父に昇格したあとは、ローマまで往復ずっと一緒だったメスキータ神父を助けて、種々の書物の刊行を成し遂げました。

私たち使節が持ち帰った品々の中で、最も貴重だったのは、たぶん印刷機だったと思います。木版に彫って刷るのではなく、鉛で作った文字を組み立てて版を作り、その上に紙を置き、上から圧力をかけて印刷する大きな道具です。初めは島原の加津佐《かづさ》、次に天草に運ばれ、最後は長崎に置かれていました」

中浦神父が咳《せ》き込み、慌《あわ》てて茶を口にした。

「原神父は、メスキータ神父とともに、信仰の書を次々と和訳して、出版したのです。しかし、例の宣教師追放令で、印刷機とともに原神父もマカオに渡りました。今もマカオに留まっています。本当は、一刻も早く日本に戻りたいのでしょうが、おそらくマカオの上長たちが、引きとめているのでしょう。それほど原神父は、イエズス会の宝物なのです」

「もうひとりの使節は、どうされとりますか」

留蔵が訊いた。

「千々石ミゲルは棄教しました。その消息も分かりません。ひと頃、長崎に住んでいるという噂もありましたが、今は生死さえもはっきりしません。思うに、マカオで研《けん》鑽《さん》を積む選考に漏れたのが遠因のような気がします」

中浦神父が悲しそうに眼を伏せる。そこに、苦難を共にした四人のうちひとりが信仰を捨てた無念さを、音蔵は読みとる。

「というわけで、四人のうち日本に残っているのは、一番ぼんくらだった私のみになってしまいました」

中浦神父が泣き笑いの表情になる。

音蔵は言葉が継げない。ローマまで赴き、そこの貴人に列せられた四人のうち、三十九年後には、たったひとりが潜伏しながら布教する事態になってしまったのだ。何という変わりようだろう。

その栄光と忍従の落差を、目の前にいる中浦神父は肌で感じ続けたのだ。苦難の日々は、神父の皺《しわ》の多い顔と、ごつごつした手が物語っていた。

「あのう、同宿《どうじゅく》のペドロ岐部様は今どげんしておられますか。秋月で殉教した、マチアス七郎兵衛という方の遺骨を掘り出した帰り、ここに立ち寄られました。十年前です」

「ペドロ岐部は、私がマカオで三年の学業を終えて長崎に戻ったとき会いました。ちょうど有馬のセミナリヨでの学業を終え、イエズス会に入会して同宿になった頃です。その数年後、上長の命令で秋月に行き、遺骨を持ち帰りました。長崎の墓地に葬《ほうむ》ったあと、追放令が出ていたので、遺骨の一部だけが船に積まれました。ペドロ岐部が長崎を出たのはその半年後です。まずマニラに行き、マカオに渡り、そこからインドのゴアに行ったところまでは分かっています。その後の消息は不明です。ローマに行きたいと言っていたらしいですが」

「ローマですか」

音蔵は息をのむ。いくら何でも、それは無謀な企てだろう。

「本当に長々と話し込んでしまいました」

神父が詫《わ》びる。「もう二度とこんな話をすることはないと思います。これまでも、話をする機会はありませんでした。お開きにしましょうか」

神父がそう言ったのも、次女のりつがうとうとしはじめたからだった。もう膳の上の食べ物もなくなっていた。

座敷に床をのべて神父に休んでもらい、音蔵たちもそれぞれ寝所に退出した。

しかし音蔵は容易に寝つけない。きよも同じらしく、寝息が聞こえてこなかった。

「中浦神父の頭の中には、わしたちの想像を超えるもんが詰まっとる。そんなお方が、今ひとつ屋根の下で寝ておられるとは思えん」

思わず言ってしまう。

「ほんにそげんですね。マカオやゴアだけでもどげなとこか分からんのに、ポルトガルやローマですけんね。法王様と口をきかれた方が、あたしたちと口をきかれたとですから」

薄闇《うすやみ》のなかで、きよが述懐《じゅっかい》する。「ばってん、これから先がどげんなるとでっしょか。いえ、あたしたちじゃなく、神父様がです」

訊かれても音蔵には答えようがない。このまま信者の家から家へと布教をしてまわるしかないのだ。その信者の数は、減っていくばかりで、増えることはもうなかろう。仮に、仮にでの話だが、棄教した信者が神父を公儀に訴え出ないとも限らない。

きよの溜息が聞こえ、いつの間にか寝息に変わる。それを暗澹《あんたん》として聞いているうちに、音蔵も眠りに落ちた。

翌朝、朝餉が終わると、中浦神父がミサをあげてくれた。もちろんそのとき音蔵は、かつて神父の持ち物だったロザリオを使ってもらった。ロザリオを手にすると、神父は音蔵が床の間にかけた絹布《けんぷ》に、しばし見入った。

「音蔵様、この家は、日本の聖地です」

振り返って神父が言う。「日本のどこを探しても、ヌンシオ・ザビエル様の遺品がある場所はありません。本来なら、ここに大聖堂を建ててもよいくらいです」

「それは畏《おそ》れ多いこつ」

座敷には、家族ばかりでなく、荒使子《あらしこ》たちにも集まってもらっていた。それぞれがロザリオを手にしている。

コンタツを唱え終えて、神父が小さな金の十字架を恭《うやうや》しく掲げた。音蔵たちは首を垂れる。

――私は世の光である。私に従う者は、闇の中を歩むことなく、命の光を持つ。なぜなら、私に従う者は光の子だからだ。

〈光の子〉という言葉が、またしても天啓《てんけい》のように音蔵の耳に響く。

ミサを終えると、神父はロザリオを音蔵に返し、さっそく身仕度を始めた。白装束から、来たときの行商人の恰好《かっこう》に戻った。音蔵がさし出した銀十枚の包みが、これから先の難儀《なんぎ》の旅にはいくらか役立つはずだった。

人払いをして、音蔵は神父に最後の質問をする。どうしても訊いておく必要があった。

「私たちは、どげんして教えば守るべきでっしょか」

問いかけに神父は音蔵を直視する。

「殉教してはいけません。殉教は私たちだけで充分です。たとえひとりの聖職者が殉教しても、そのあとから百人、千人の聖職者がやって来ます。そして信者のいる所には、必ずや足を運び、祝福を与えます。信者は、何としてでも信仰を守ればよいのです」

神父が何としてでもと言ったとき、音蔵は神父から聞いた高槻の百姓たちを思い返す。領主の高山ジュスト右近殿が追放されたあとも、日々田畑で汗を流し、新領主は信仰を黙認するしかなかったのだ。

「私のあとに、必ずや新しい神父がやって来ます。十年後がだめなら二十年後、二十年後がだめでも、五十年後、いや百年後、二百年後にでもです」

「二百年後」

音蔵は呆気《あっけ》にとられる。しかし中浦神父の目は真剣だった。ローマを見た神父の頭のなかでは、百年や二百年などほんの一瞬なのかもしれなかった。

「是非とも今村にも立ち寄って下さい。そこの庄屋はこの高橋組の村々では、一頭地《いっとうち》を抜く光の子です」

音蔵が言うと、神父は顔をほころばす。

「是非とも」

音蔵は荒使子を呼び、先導するように命じた。

三 証文 寛永七年（一六三〇）一月

中浦ジュリアン神父が去ったあとの四年間、公儀による表立っての取締りはなかった。庄屋を集めての会合でも、音蔵はことさら禁教については言及しなかった。庄屋を集めての席で、懸念された道蔵の布教についても、音蔵の耳にははいらない。

道蔵と居残って話すこともなく、むしろ一番先に退席するのが道蔵だった。

とはいえ、今村の百姓たちが、七日に一度は判でおしたように仕事を休んでいるのは、もはや周知の事実になっていた。密《ひそ》かに暦をつけている音蔵が調べると、骨休みの日は正しくドミンゴの日に当たっている。イエズス教の休息の日を守っているのは明らかだ。

寛永年間になって、大きな旱魃《かんばつ》も冷害もなく打ち過ぎたのに、寛永六年は苦難の年になった。

田植えのあと稲は順調に生育したものの、夏の暑さが今ひとつで、八月になると気温が下がった。出穂《しゅっすい》した実の多くは熟さず、空穂《からほ》が増えた。九月になると、蝗《いなご》が大挙して発生し、昼間でも、稲穂をかじる音がするまでになった。

百姓たちは子供たちまで総出で、素手や網、笊《ざる》を手にして蝗を捕獲する日々が続いた。幸い蝗の姿は九月中には消え、ようやくひと息がつけた。しかし減収はもはや明らかだった。藁《わら》の質さえも悪く、米俵まで腰の弱いものになってしまった。

庄屋たちからは、秋物成《ものなり》の減免の願いが出され、音蔵も郡《こおり》奉行にその旨を申し入れた。しかし、秋物成、菜種《からし》や煙草《たばこ》などの夏物成とともに、従来通り三割七分の納入は曲げられないという冷たい返事が届いた。

三割七分は収穫高に応じてのものであり、不作の年は、百姓公儀ともにその痛みを分かち合わねばならない。ある意味で仕方ない措置ではあった。他の領では、年貢率《ねんぐりつ》ではなく、豊作凶作にかかわらず年貢高が決められている所もあると聞く。この場合、豊作の年は百姓の取り分が増えるものの、凶作のときは、取り分が大幅に減る。公儀にとっては年貢高が一定しているので都合がよい反面、百姓は凶作の年は何もかも放り出して、離村したくなる。

三割七分は受忍《じゅにん》すべき処置かもしれなかった。

ようやく年貢納めが一段落した頃、それまで達者とばかり思っていたきよが寝込んだ。背中にいつも痛みがあると言い、顔色も悪い。大庄屋の内儀《ないぎ》として、苦労を重ねてきた疲れだろうと、音蔵は解してゆっくり休ませた。幸い長女のとせが、妹のりつと共に家事を手伝い、女の荒使子たちを喜ばせた。

しかし十日過ぎても、きよは床から起き上がれず、音蔵は医師を呼ぶことを決めた。つい最近、本郷《ほんごう》村に久留米の城下から移り住んだ医師がいると、きよの実家から聞いていたのだ。

小雪まじりの寒い日、荒使子を使って呼びにやらせた。年の頃は四十歳前後で、物静かな医師だった。とせが用意した木桶《きおけ》の湯に両手をじっと浸しながら、細かく症状の経過を訊いた。やがて手が温《ぬく》もった頃、きよの脈をとり、舌を見、背中から腹を触診した。

「疝痛《せんつう》でっしょ。きよ殿は、あまり水を飲まれんですね。舌も唇も乾いとります。そして」

医師はきよの手をとる。指先で皮膚をつまみ上げて放した。

「皮膚の戻りが遅かでっしょ。五臓六腑《ろっぷ》が干上がっとります」

医師がきよに言い、音蔵の方を向く。「治療は、よく水か茶ばとることです。そして痛みがひどかときは、これば飲んで下さい」

医師は持参した竹籠《たけかご》の蓋《ふた》を取った。驚いたことに、中は二重になっていた。上段には器具、下にさまざまな丸薬と粉薬が入れられている。おそらく竹細工師に特別に注文した籠だろう。

医師が音蔵に丸薬を手渡して、竹籠の蓋をした。音蔵が眼をとめたのは、蓋の裏側に書かれた模様、いや文字だった。ザビエル師の絹布に書かれた文字と同じとしか思えない。

「青木寿庵殿、それは？」

音蔵が声を低めて訊く。

「私なりの祈りの言葉です」

「祈りですか」

「そげんです」

医師が頷く。「医業もつまるところ祈りですけん」

音蔵は部屋の中を見渡す。きよととせがいるだけだった。

「寿庵殿は、もしかして信徒ではなかですか」

問う音蔵の顔を、医師は数瞬見つめ続けた。

「はい。寿庵というのも、私の教名です」

「ジョアンですか」

医師が頷いた。

「青木ジョアン長右衛門です」

「そうでしたか」

音蔵は思わず医師の手を握る。「よくぞこの高橋組に移って来られました」

「久留米領内では、ここそが住むべき所と心得とりました。大庄屋殿が寛大であるこつは、城下まで届いとります」

「まさか」

音蔵は思わず背筋を伸ばす。イエズス教に寛大という噂が立つなど、決して喜ぶべきことではない。

「いえ、公儀の耳に届いとるのではなく、城下に残る信者の間で、ささやかれとるとです。私が城下を出ようと決心したのは、家臣の間で踏絵が始まったからです」

「踏絵ですか」

初めて耳にする言葉だった。

「イエズスの姿を描いた銅板です。これを踏むかどうかで、信者を見分けるやり方で、昨年、長崎奉行が始めとります。今年になって有馬の殿様にもそれが下付《かふ》され、まずは家臣の間で試されたとです。私が懇意にしとった船奉行だったお侍は、どうしても踏むこつができんで、領内から追放されました」

「一族郎等《ろうどう》ともどもですか」

「本人だけです。内儀や跡取り息子以下は咎《とが》めも知行《ちぎょう》の召し上げもあっとりません。見せしめでっしょ。そのお侍、島原の知人を頼って出立《しゅったつ》され、音信は不通のままです」

寿庵が首を振る。「まずは上級の家臣から始められ、今は下級の侍が踏絵で試されとります。いずれ城下の主だった商家の主人が、公儀に呼びつけられるはずです。そしてそん次が、地方《じかた》の大庄屋、庄屋になるこつは間違いなかはずです。それを見越して、私は本郷に転居を決めたとです。幸い知り合いがおりましたから」

「踏絵がここまで来たときは、どげんされますか」

他人事《ひとごと》ではなく、音蔵は訊《き》かざるをえない。

「まだ決めとりまっせん。イエズス様の姿を彫ってはあるものの、たかが銅板という気もしますが。しかし、いずれ取締りが厳しくなるのは、間違いなかです」

寿庵が重々しく言う。「ばってん、こうやって大庄屋殿と面晤《めんご》ば得るこつができて、よございました。こっちのほうは毎日飲ませる煎《せん》じ薬で、御内儀には、よく効くと言いきかせました」

医師はここで口許《くちもと》をゆるめる。「実は、私がジョアンという教名をいただいたのは、久留米に一時期おられたモウラ神父からです」

「モウラ神父なら覚えとります。ここにも見えました」

「当然そうでっしょ」

医師が微笑する。「そのモウラ神父から言われたとです。薬を与えるとき、それだけというのは大きな間違いです。医師たるもの、心のすべてを差し出さなくてはなりません――。そげん言われました。今に至るまで、そこまではできとりませんが」

「いえいえ」

「とにかくこの薬で御内儀の具合いが改善しなければ、どうかまた呼んで下さい。すぐに駆けつけます」

寿庵は、煎じ薬の作り方を書いた紙を音蔵に渡して帰って行った。

とせは荒使子の手助けで、一日三度、たんぽぽの根とすいかずらの葉と茎を煮出して、きよに与えた。四、五日してきよは床上げが可能になった。音蔵はその旨《むね》の礼状を記し、銀一枚を添えて、荒使子を本郷に走らせた。

翌寛永七年の正月、新年の挨拶《あいさつ》で城下の郡奉行の屋敷に向かった。

城下は、有馬豊氏公が転封《てんぽう》になって以来、年毎《としごと》に賑《にぎ》わいを加えていた。しかしまだ城の改修は端緒についたばかりだ。

郡奉行の屋敷も、ようやく最近藁屋根が瓦葺《かわらぶ》きに替えられたらしかった。新しい屋根つきの門をくぐると、小さな築山《つきやま》を持つ庭が左手に見える。音蔵の目からしても、品のよい庭には見えなかった。

郡奉行は二年前に交代したばかりで、まだ三十をわずかに越えたばかりだった。

三人の大庄屋は座敷に通されて、郡奉行と相対する。

「そなたたちの日々の務め、ご苦労である。昨年の秋物成の年貢納めも、滞りなく終えて、安堵《あんど》している。本年も、これまでどおり精進してもらいたい」

前置きをして郡奉行が、表情を引き締める。「そなたたちも周知の如《ごと》く、豊氏公が福知山から久留米に転封されてちょうど十年が経《た》つ。豊氏公は大公儀に並々ならぬ恩義を感じておられ、江戸における施策は、他領よりもいち早く領内に取り入れることを旨としておられる。ところがこれまで大公儀の禁教令が、領内において、充分に尽くされていない観があった。豊氏公はそれを懸念され、今年以降は、領内津々浦々まで、大公儀の達示《たつし》を徹底する旨を下された。ついては、まずはそなたたちの手を借りて、領内に潜んでいる切支丹をすべて改心させたい。何年かかるかは分からんが、まず手始めとして、配下の庄屋たちに命じて、各戸毎に切支丹改めの証文を取ってもらいたい。虚偽の証文が出れば、その村の庄屋、ならびに大庄屋の罪が問われることになる」

郡奉行が三人をかわるがわる睨《にら》みつける。ついに来たかという思いで音蔵は眼を伏せた。

「何か不明の点でもあれば、遠慮せずに言ってみよ」

郡奉行のひとことで、岩田組の大庄屋が口を開いた。

「仄聞《そくぶん》するところによりますと、御武家様に対しては、踏絵ちいうもんをさせてあるそうですが、これはいずれ百姓たちにも行き渡るとでっしょか」

「もう踏絵について噂が届いているか」

郡奉行が苦笑いする。「そなたたちも知ってのとおり、城内には豊氏公が入府《にゅうふ》されるより以前の古い家臣もいる。田中公、その前の小早川公は切支丹容認の施策をとられていたと聞いている。そうした切支丹の家臣を追放するために、豊氏公が長崎から早々に導入されたのが踏絵だ。いずれこれも、一、二年のうちに地方のほうに行き渡るはずである。その前に、まずはそなたたちの手で証文を集めてもらいたい」

郡奉行はそう言い置いて、大庄屋たちからの手土産を受け取った。音蔵が手土産に選んだのは、絹の織物一反で、本郷の織物屋で求めた逸品だった。

他の大庄屋たちの手土産は、鴨《かも》の干肉だったり、瓜《うり》の酒粕漬《さけかすづけ》だったりした。

「うちの組にはもうひとりの切支丹もおらんので、雑作《ぞうさ》なかですが」

屋敷の出がけに岩田組の大庄屋が言った。音蔵はにわかには信じられない。親戚《しんせき》の板井家はまだ信徒のはずだった。

もうひとりの大庄屋は沈うつな表情を隠さない。やはり音蔵と同じ難題をかかえているのに違いない。

しかし音蔵は、自分が他二人の大庄屋とは根本が違っていることを改めて感じる。証文の次には、踏絵がやがて村々まで広まってくるだろう。踏絵の次にも、別の方法が考案されるに違いなかった。

他の大庄屋が一夜の宿を城下にとる余裕があるのに対して、音蔵は茶屋で待たせていた留蔵を伴《ともな》って帰路につく。

若輩と思っていた留蔵も、いつの間にかもう二十四歳になる。これから数年のうちに、家督を譲る日が来るに違いない。しかしそれは決して軽くならない重荷を、留蔵の背に担《にな》わせることに他ならなかった。

「郡奉行様から何か達示があったとですか」

音蔵の胸中を察したのか、留蔵が訊いた。

「庄屋たちに、証文ばとってもらわんといけんようになった。戸主毎にイエズス教の信徒じゃなかという証文」

「そりゃ難儀《なんぎ》ですね」

「お前は知らんと思うが、いずれ踏絵ちいうもんも課せられる」

「何ですかそれは」

「イエズス様の姿を彫り込んだ銅板を、裸足《はだし》で踏みつけることになる」

「踏みつけるとですか」

留蔵が顔をしかめる。

「それで信徒かどうかを見分ける」

留蔵はその光景を思い浮かべたのだろう、黙り込んだ。

「その踏絵のあとも、お上はいろいろ方策ば考えてくるち思わるる。どげんなるかの」

音蔵はひとりごちる。留蔵は重荷を背負わされたように黙ったままだ。

並んで歩きながら、音蔵は中浦ジュリアン神父の言葉を思い出す。

――ひとりの聖職者が殉教しても、そのあとから百人、千人の聖職者がやって来ます。

――信者がいるところには、必ず聖職者が訪れる。百年後、二百年後にも。

もうひとつ中浦神父が言及したのは、高槻《たかつき》の百姓たちのことだった。遅滞なく従順に年貢を納《おさ》めさえすれば、公儀はそれ以上詮索《せんさく》しない。公儀が最も恐れるのは、一村こぞっての逃散《ちょうさん》であるのは疑いを入れなかった。

しかしその方便が、高槻領と同じくこの久留米領でも通用するのだろうか。一種の賭《か》けのようにも見える。他に策があるのか。

歩きながら、音蔵は息子の留蔵に問いかけたい気がした。若いなりに何か妙案を思いつくかもしれなかった。

とはいえそれはあくまでも弥縫《びほう》策に違いなかった。成功するとは限らない。うまくいかなければ、言い出した留蔵に負担が生じる。

ここは自分で切り抜けるしかないと、音蔵は確信する。自分の代でこの件にはけりをつけるべきなのだ。

屋敷に帰りついてからも、音蔵の呻吟《しんぎん》の日は続いた。なるべく早く庄屋たちを集めて、郡奉行の通達を知らせる必要があった。しかしこちらの肚《はら》が決まらないうちに集まってもらっても、突き上げをくらうだけだろう。

逡巡《しゅんじゅん》しているうちに十日が過ぎ、二十日も経とうとしているときに、板井村の得十郎が単身で訪問して来た。

妹のりせも、子供たちも健在だと報告したあと、得十郎は音蔵と二人きりになったときを見計って、声を低めた。

「郡奉行様の達示は、もう各庄屋に通知されたとですか」

得十郎から訊かれて音蔵は首を振る。

「岩田組ではどげんでしたか」

「つい五日前に、大庄屋の家に呼ばれました。幸い大庄屋は、もう岩田組には信徒はおらんと思っとるようです」

「それでどげんされました」

「私も証文を作っとる最中です。戸主をひとりひとり呼び、信徒ではないという文面の左に名前を書かせ、そん下に血判をさせとります」

「血判ですか」

「血判の必要はなかでっしょが、うちの村ではそうしとります。全部が終われば、末尾に相違ないと書いて、私の血判をするつもりです」

「板井村にも信徒はおるとでっしょ」

「おります、ここに」

得十郎が笑い、自分の胸を指さす。「これしか生き延びる道はなかち思っとります。さらに詮議をされたときは、そんとき考えます」

「証文集めの次は、公儀は踏絵を考えとるようですが、大庄屋殿はそのこつは言われましたか」

「踏絵ですか。聞いとりまっせん」

得十郎が訝《いぶか》る。

「銅板にイエズス様の御姿を彫らせたもんば、踏ませるとです。まずは家臣から始められとるらしかです。古い家臣の中にはそれを踏まなかった御武家もいて、領外追放になっとります。いずれ地方の百姓にもそれが課せられるはずです。長崎奉行が考案したやり方のごたるです」

「汚《きたな》かですね」

得十郎が顔をしかめる。「そんときはそんときで、どげんするか考えまっしょ」

得十郎の返事には迷いがなかった。音蔵は自分の行く道をさし示されたような気がした。もしかしたら得十郎の訪問も、そのためなのかもしれなかった。

「そいで、私が懸念しとるのは、今村の義兄《にい》さんです。どげんされるでっしょか。曲がったこつはせん人ですけん」

「まさか道蔵は、もう岩田組あたりには足を運んどらんでっしょね」

「そうでもなかです」

得十郎が困惑の顔を横に振る。「大保《おおほ》の以前の信者の家を訪れて、もとの信仰に戻るように説いたちいう話も伝わっとります。そん家はもう潔《いさぎよ》く棄教しとるとにです。そん他にも、用丸《ようまる》組にも、こっそり顔を出されとるようです」

「知りませんでした」

音蔵は急に胸が波立つのを覚える。

「誰かがこれをお上に訴えでもすれば、大変なことになると、心配しとるとです。道蔵殿に咎めでもあれば、音蔵様にもとばっちりがかからんとも限らんし――」

「かかるでしょうな」

音蔵は腕組みをする。「かといって、弟は私の諫《いさ》めなど、聞く耳はもっとらんですけ」

「道蔵殿が聞くのは、天の声ばかりですけんね。そこが道蔵殿のよかとこではありますばってん」

得十郎も腕を組む。「弱りましたな。どげんしますか」

「最悪のこつば、覚悟するしかなかでっしょ」

「最悪のこつと言うと」

得十郎が怯《おび》えた眼を向ける。

「打ち首になるか、領外に追放になるか」

「そうなると、道蔵殿ひとりではすまず、音蔵様にも何か裁きが来んでっしょか」

「そんときはそんときです。兄と弟、大庄屋と庄屋の間柄ですけん、何の咎めもなかちいうこつはなかでっしょ。しかしまあ、打ち首にはならんでっしょ。大庄屋取り潰《つぶ》しか、所払いでっしょ」

言ってから、音蔵は内心で身震いを覚える。先々代から受け継いだ大庄屋の務めを、自分の代で終わらせるなど、申し開きできることではない。しかも妻子と荒使子たちまで路頭《ろとう》に迷わすのだ。

「弱りましたな」

得十郎が溜息《ためいき》をつく。

「仕方なかです」

音蔵がぽつりと返す。自分の無策ぶり、無力さがつくづく情なかった。

「私が帰りがけに、道蔵殿のところに寄ってみまっしょ。岩田組での措置ば説明して、いずれ高橋組でも同じような証文ば提出せにゃいかんようになると言いまっしょ。そん上で、ここは目立つこつは控えたがいいようにありますと、それとなく伝えまっしょ。道蔵殿がせめて目立つこつばせんでおかるるなら、抜け道はあるとですけん」

「すんまっせん」

音蔵は頭を下げる。「ほんに兄として面目なかです」

「いえ、こういうこつは、兄から弟に諭《さと》すのでは、話がこじれます。大庄屋から庄屋ちいうのも、却《かえ》って角が立ちます。私のほうからそっと耳打ちするのが、一番の手立てです。ここに立ち寄ったこつは言いまっせんので、そこは口裏ば合わせとって下さい。ほんに長居しました」

得十郎は立ち上がる。手土産を持たせるわけにもいかず、音蔵は何度も礼を述べ、玄関先まで見送った。

庄屋たちを集めて公儀の達示を伝えたのは五日後だった。はたして庄屋たちの反応ぶりは十人十色だった。庄屋自身が棄教して、村にひとりの信者ももたない下川《げかわ》村や平田村の庄屋は、穏やかな顔で顎《あご》を引く。

逆に庄屋も信者であり、多くの信徒を抱える春日《かすが》村や鵜木《うのき》村、小島《おしま》村、高樋《たかえ》村の庄屋たちは苦渋の表情だ。

音蔵は、いつものように右後ろに坐《すわ》る道蔵をさり気なく見やる。苦渋の顔ではない。静かな表情で、こちらを見ていた。

「ともかく、棄教したという文面のあとに戸主の名ば書き連ね、それぞれの認めの印ばつけ、最後に、以上相違ないという庄屋の認めがあればよかです。意志の固かこつば示すために、血判にするのもひと工夫かもしれまっせん」

音蔵は当り障《さわ》りのない言い方をする。

「俺は信者だから血判はせんち言う戸主がおったら、どげんなりますか」

「どげんもこげんも、たぶん庄屋殿と共に呼び出しがあって、裁きを受けるこつになると思います」

音蔵はわざと他人事のように答える。

「裁きの内容はどげんなりますか」

小島村の庄屋が訊く。

「入牢《じゅろう》させて詮議の上、棄教せんときは打ち首か所払いでっしょ」

「家族はどげんなりまっしょか」

「妻子までの打ち首はなかと思います。領内からの追放ではなかでっしょか」

音蔵はあくまで平静さを装《よそお》う。

「庄屋が虚偽の証文ば作った場合は、どげんでっしょか」

今度は高樋村の庄屋が訊く。他人事ではなく、切羽詰《せっぱつま》った疑問なのだ。

「虚偽が判明すれば、やはり問い詰めがあるでっしょ。棄教ば迫られ、せんときは、やっぱり打ち首か、所払いになるのじゃなかでっしょか」

「そんなら、右にも左にも行けんではなかですか」

春日村の庄屋が悲鳴に近い声をあげた。

「だから、ここは、みんなが打ち揃《そろ》って右の方に行けばよかとじゃなかですか」

一同を鎮《しず》めるように言ったのは安永村の老庄屋だった。信者だったのが、今では棄教のほうに傾いたという噂《うわさ》があった。

「大庄屋殿、どげんでっしょか」

老庄屋から念をおされて音蔵も口を開く。

「打ち揃って同じ方向に行けば、公儀も口出しはできんと思います。一心不乱に働く百姓に、公儀は文句は言えまっせん」

またしても音蔵の頭に、高槻の百姓の姿が浮かんだ。こんな隔靴掻痒《かっかそうよう》の言い方しかできない自分が情ない。

「それからもうひとつ、証文のあとに、公儀は踏絵ちいうもんを持ち出してくるはずです」

音蔵は言い、踏絵がどういうものかを説明した。庄屋たちが互いに顔を見合わせる。

「そんときはそんときで、また考えまっしょ」

一座を見回しながら、音蔵はなるべく明るい声で言った。「そいじゃ、証文の件、しかと頼み申します」

散会しようとしたとき、後方で道蔵が立ち上がるのが見えた。異議を持ち出すのではないかと思い、音蔵は顔を曇らせる。

「みなさんお揃いの場で、お知らせしときます。今村の庄屋は、明日から倅《せがれ》の鹿蔵《しかぞう》に交代します。よろしゅうお頼み申します。大庄屋殿には事前の相談もせず、申し訳ございません」

道蔵が一気にしゃべり、音蔵に向かって頭を下げた。そこへ、きよが鹿蔵を案内して来る。何ヵ月か見ない間に、がっしりした体軀《たいく》の若衆になっていた。

音蔵は手招きして、一同の前に坐らせた。居住いを正して鹿蔵が深々と頭を下げる。

「明日から庄屋の家督を継ぐ平田鹿蔵でございます。見てのとおり若輩でございますが、今村の百姓のため、ひいては高橋組のため、この身を捧《ささ》げるつもりでございます。どうぞ、父道蔵同様、末長いご交誼《こうぎ》ご教導をお願い致します」

庄屋たちに口上を述べたあと、今度は音蔵に向き直って低頭する。「大庄屋様におかれましても、今村の若庄屋に、これまで以上の薫染《くんせん》のほど、お願いたてまつります」

思いがけない礼の尽くし方に、音蔵は胸を衝《つ》かれた。これまで鹿蔵とは、挨拶程度の言葉しか交わしたことがない。知らないうちに、跡取りとしての十全の躾《しつけ》を受けているのが見てとれた。

音蔵はきよを呼んで耳打ちし、祝いの樽酒《たるざけ》を開けるように指示した。十日ほど前、きよの実家から樽酒が届けられ、手をつけずにいたのだ。簡単な肴《さかな》くらい、すぐに用意できるはずだった。

さっそく持ち込まれた酒樽に、一同が歓声をあげる。音蔵は道蔵を呼び、親子二人で蓋を打ち破らせた。きよを助けて、留蔵と発蔵、とせも茶碗《ちゃわん》や肴を配った。

小皿に盛られたのは、らっきょう漬だった。歯ごたえといい、味といい申し分なく、音蔵は毎日ひとつ食べるのを楽しみにしている。

小柄杓《こびしゃく》で酒をついでやっている道蔵と鹿蔵も嬉《うれ》しそうだ。きよが酒をついだ茶碗をさし出す。ちびりとひと口飲む。思えばもう何ヵ月も酒を口にしていない。重苦しい日々が続き、飲む気にはならなかったのだ。

庄屋たちも、証文のことを忘れて笑顔で談笑している。これでよかったと、音蔵は目を細めた。

しかしこの安堵が一時のものだという不安が襲《おそ》ってきて、顔をしかめる。それから先は、庄屋たちから入れ代わり立ち代わり酒を注《つ》がれ、いくら飲んでも酔いは回ってこなかった。

四 磔刑《たっけい》 寛永八年（一六三一）一月

その後十日ほどの間に、大方の各庄屋が証文を持参した。寛永七年二月になって、今村の鹿蔵が訪れ、思い詰めた顔で証文をさし出した。

今村の百姓の戸主五十七人の名前が連ねられ、その下に血判がおされている。最後に庄屋として鹿蔵の署名と、やはり血判があった。

前庄屋の道蔵の名がどこにもないのは、もはや戸主ではなくなったからだ。血判を用いたのは、あるいは板井得十郎の勧めだったのかもしれなかった。

「ほんにご苦労じゃった」

音蔵は労をねぎらう。

「二、三日のうちに父がうかがうと思います」

「ほう、何の用件で」

訊いたあとで音蔵は後悔する。もう大庄屋と庄屋の関係ではなく、兄弟に戻ったのだから、用事がなくても顔を出すのは当然なのだ。

「折り入っての願い事があるようです」

相変わらずの暗い表情で鹿蔵が答える。

「何かあったとか」

「いえ、父がすべて申し上げると思いますので」

鹿蔵は答え、一礼して出て行った。見送る暇も、手土産を持たせる余裕もなかった。


道蔵が顔を出したのは、二日後の昼過ぎだった。

「さあ上がれ上がれ」

音蔵は上機嫌で座敷まで案内する。二人だけで向かい合うのは初めてではないにしても、何十年か振りだった。

「今村の証文は確かに預った。鹿蔵にとっては、重か初仕事じゃったろうが、ようやってくれた。あと残りは一ヵ村だけになった。揃い次第、郡奉行に届けに参る」

音蔵はどこかほっとしながら道蔵に言う。

「実はそんとき、訴状ば書いてもらいたかとです」

音蔵を直視しながら道蔵が言った。

「何の訴状ば？」

「今村の前庄屋が、どうしても棄教しないと言い放ち、あまつさえ、これからも布教を諦《あきら》めんと言い張っているので、極刑でもって咎めをしていただきたい、そげな訴状です」

「道蔵」

思わず音蔵は腰を浮かす。「何ば言うとか、お前は。高橋組が全員で右の方に向かって行けば、どこからも噂は立たず、告げ口もされんと、先日申し合わせたばかりじゃろが」

「それじゃ、足らんと私は思うとです」

道蔵が静かに言う。「高橋組の百姓は全員棄教したばってん、ひとりだけ不届き者がいる。この不届き者をどうか成敗して下さいと、大庄屋、そして今村の庄屋が訴えることによって、公儀の眼はがらりと変わるはずです。もうこれ以後、いらぬ詮索はせんようになるでっしょ。高橋組に限っては信用できるち、公儀は思うでっしょ」

「しかし兄が弟ば、どげんして訴えらるるか」

音蔵は声を荒らげる。

「兄が弟を、大庄屋が前庄屋を訴えるからこそ、公儀は信用するとです」

背筋を伸ばして道蔵が答える。「もう倅も父親を訴えることに決めとります」

「鹿蔵が」

それで納得がいく。証文を持参したときの思い詰めた顔は、それが原因だったのだ。親と子の間で、どれほど激しいやりとりがあったのだろう。

「この先、公儀は踏絵その他の難題ばふっかけてくるでっしょ。ばってん、そんときでも、あの高橋組の百姓たちは信用できるち、初手《しょて》から決めてかかるでっしょ。そん先、欺《あざむ》くのは容易になります。これで、今村をはじめとして他の村も、あと五十年、百年、いや二百年は安泰です」

「それは人身御供《ひとみごくう》と同じじゃなかか」

言い返す音蔵の声は掠《かす》れていた。

「ひとりが死んだおかげで、高橋組の惣《そう》百姓がこの先ずっと、安らかに信徒でおらるるとです。そりゃ、百年か二百年後、いや五十年後には、たぶん棄教する百姓もおるでっしょ。しかしその百姓が、棄教せん百姓ば公儀に訴えるこつは、もうせんでっしょ。一心不乱に領地ば耕作しとる百姓に、後ろ指をさすのはむつかしかです。公儀も、そげな百姓は宝物に思うでっしょ」

道蔵が諄々《じゅんじゅん》と説く。音蔵が口をはさむ隙《すき》はなさそうだった。

「私は、六年前に会った中浦ジュリアン神父の言葉をよく思い出すとです。命なら棄《す》てる用意はできている、心の中の信仰は捨てるわけにはいかない、そげん言っとられました。

それに、私がこんまま生きとれば、高橋組以外の村々から、必ず訴人が出るでっしょ。あげん布教に駆けずりまわっている男が棄教するはずはなか、今村をはじめとして高橋組の証文は怪しか。そげな訴状が公儀に届けば、それこそ厳しか詮議が始まるでっしょ」

道蔵が言い募るのを、音蔵は息を殺して聞く。こんな風にして、道蔵はわが子鹿蔵を説き伏せたのに違いなかった。

「兄さん、よかでっしょか」

道蔵がじっと音蔵を見る。胸の内をさらけ出して、二人で対峙《たいじ》したのはこれが初めてだ。兄弟初めてのやりとりで、兄が弟を告訴する結果になるなど、何たる不幸か。

音蔵は返す言葉が見つからない。

「この世で最後のお願いです。神に召されたあとは、十六年前、秋月で処刑された岡部マチアス七郎兵衛様と一緒に、今村と高橋組のイエズス教徒たちを見守り続けます」

道蔵が蒼《あお》ざめた顔で言い継いだとき、音蔵ははたと思い当たる。弟はこの十六年間というもの、マチアス七郎兵衛様のことを片時も忘れていなかったのだ。あの斬首《ざんしゅ》の光景を常に胸に抱いて、遠くの村々まで教えを説きに出かけていたのに違いない。

「どうかお願いします。人間には命より大切なものがあるとです」

道蔵が畳に手をつき、頭を深々と下げたとき、音蔵の目から涙が溢《あふ》れだす。

「命より大切なものがあるとか――」

音蔵は絞り出すように言う。命より大切なものとはデウス・イエズスへの帰依《きえ》だろう。

もうとめるすべはなかった。高橋組の百姓全員が右の方に歩んでいるとき、ひとりだけ反対方向に進む男がいる。それが弟だった。しかしそれは、右に進む百姓すべてを救う唯一《ゆいいつ》の方法なのだ。

「よかろう」

道蔵が顔を上げたとき、音蔵は掠れ声で言った。涙はまだとまらない。

「ありがとうございました」

また道蔵が頭を下げる。「ほんに長いこつお世話になりました」

そう言って、蒼白《そうはく》の顔のまま立ち上がり、悄然《しょうぜん》と部屋を出た。

音蔵は涙を拭《ぬぐ》い、あとを追う。不審に思って出て来たきよにも、道蔵は無言で頭を下げ、草履《ぞうり》をはく。

見送り不要だと、きよに目配せして音蔵は門まで道蔵を追った。

しっかりした足取りで遠ざかる道蔵の後ろ姿を眼に焼きつける。また涙が出て来て、周囲が霞《かす》む。

角を曲がる前に、道蔵が振り向く。兄の姿を認めて、弟がまた頭を下げるのを、ぼやけた視野の中で見届けた。

気がつくと、座敷の縁側に坐り、庭を眺めていた。先々代が手を入れたという庭の奥に、南天がまだ赤い実をつけていた。右馬助《うまのすけ》という先々代によってこの地に根づいたイエズス教は、先代のときに炎のように燃え上がり、今自分の代になって陰りはじめている。このままいけば炎は消え、いずれは埋《うず》み火になってしまうだろう。その埋み火も、時々息を吹きかけて炭を足さなければ、灰に帰す。

弟の命は、埋み火に吹きかける一陣の風なのかもしれなかった。その息吹《いぶ》きとしての風は、人々の記憶にとどまる限り、ずっと吹き続ける。埋み火は消えずに、生き延びられるのだ。

「あなた、道蔵殿に何かあったとですか」

きよが後ろから声をかけた。

「いや、ちょっと込み入った話があった」

音蔵は答える。告訴状のことは一切誰にも言うまいと決めていた。おそらく今村の新庄屋鹿蔵もそうするに違いなく、訴状だけを郡奉行《こおり》に届け出るはずだった。

音蔵が十六ヵ村の証文に訴状を添えて、郡奉行に提出した十日後、道蔵が吟味のために捕縛《ほばく》された。その噂はすぐに高橋組の村々に伝わり、組全体が喪に服するように暗くなった。誰もが無駄口をたたかず、道端での立ち話もなくなった。捕縛された道蔵の処遇がどうなっているのかも分からない。おそらく、転ばせるために次から次に拷問《ごうもん》を受けていると思われた。そして翌寛永八年の元旦《がんたん》早々、公儀の触れが回覧された。今村前庄屋道蔵の処刑の高札《こうさつ》が立てられたのは、一月十五日だった。

処刑の場は、本郷《ほんごう》村の南、流川《ながれこ》だった。秋月から流れ下る小石原《こいしわら》川の下流であり、マチアス七郎兵衛様の斬首の場からは、二里半の距離でしかなかった。

一月十八日、早くもその原っぱに十字架が立てられたと聞き、音蔵は処刑が斬首ではなく、磔刑《たっけい》であることを知った。

公儀としては、磔刑のほうが見せしめになると判断したのに違いない。

高札の掟書《おきてがき》によれば、処刑の執行は一月二十日巳《み》の刻（午前九時）であり、高橋組の百姓たちのみならず、用丸《ようまる》組、岩田組の百姓、さらには筑前の村々からも人が集まった。音蔵もきよと二人の息子を伴って、流川に向かった。とせとりつの娘二人は家に留めおいた。

音蔵たちが現場に着いたとき、既に五、六百人の見物人が集まり、その数は刻一刻増えつつあった。

見物人の中に得十郎とりせ夫婦がいて、こちらに気づいて近づいて来た。りせと会うのも久しぶりだった。

「こげなこつになるとは、思いもよりませんでした」

得十郎が頭を下げる。

「兄さんが不憫《ふびん》です」

りせは泣き腫《は》らした顔をしていた。他の庄屋たち同様、得十郎とりせも音蔵の訴状については当然知らないようだ。

妹に悔《く》やみを言われても、音蔵には返す言葉がない。弟を磔刑にまで追い込んだ一因は自分にあった。それを知っているのは公儀と鹿蔵のみだった。

その鹿蔵たちの姿を探したが、見当たらない。今村の百姓たちの数十人は、十字架のすぐ近くに陣取っていた。しかし鹿蔵や妹二人はそこにはいない。

ほどなく、後方からどよめきのようなものが起こる。役人が人払いをして道をあけていた。その通り道に役人が素早く綱を張った。同じく十字架の周囲にも綱が張られ、役人がずらりと並び、見物人に睨みをきかせた。

やがて馬上の郡奉行を先頭にして、警固の役人が五十人ほど姿を見せた。

その後方に、役人に引っ立てられた道蔵がいた。見違えるくらいに痩《や》せさらばえ、目も凹《くぼ》んでいる。白装束ながらも、元結《もとゆい》が切られてざんばら髪だ。この寒空なのに裸足だった。凍えているのか、体を支える力も失《う》せているのか、ひょろひょろした足取りだ。後ろ手に縛られているので、石を踏みつけるたびに重心を失ってよろめく。よく見ると、両の足の爪《つめ》がない。爪剝《は》ぎの拷問にあったのに違いなかった。

それでも道蔵は、凹んだ目でしかと前方の十字架を見据えていた。まるでそこに行き着くまでは倒れないぞという、鬼気迫る表情だ。

道蔵を囲んで警固する三十人くらいの役人の後ろに、鹿蔵と妹のつやときくが従っている。すぐ後方で今村の百姓たちが十人程で棺《ひつぎ》を担《かつ》いでいた。道蔵の妻のたみがいないのは、夫の死を見るにしのびなかったのだろう。

見物人が息を殺して見守るなかで十字架が倒され、道蔵が縛りつけられる。再び十字架が立てられたとき、道蔵は初めて見物人のほうに眼を向けた。両手を広げたまま、まるでひとりひとりに別れを告げるように、ゆっくりと首を巡らす。

音蔵の姿が眼にはいったのか、しばらく道蔵の視線が動かない。

「兄さん、あとは頼みました」

あたかもそう言うように、道蔵が少し頭を傾けた。

そして最後に、斜め下に置かれた棺と三人の子に眼をおとす。父親の最期《さいご》の姿を見届けておけというように、しばし睨みつけた。

そのあとは顔を天に向け、何かを祈るように唇を動かし続ける。二人の仕置人が十字架の両脇《りょうわき》で槍《やり》を構えたときも、道蔵の顔は曇天を仰いだまま、口は祈りの言葉を唱えていた。

ひとり馬に乗ったままの郡奉行は、血の気の引いた顔をしていた。おそらく磔刑を命じ、目撃するのは初めてなのだろう、異様な気配に馬が騒ぐのを、必死で抑えている。

郡奉行の片手が上がると、右側の仕置人が気合もろとも、槍先を道蔵の脇腹から反対側の肩先まで突き上げた。

道蔵はそれでも顔を天に向けていた。しかしもう唇の動きはない。そして第二の槍が体を貫いたとき、ようやく頭《こうべ》を垂れた。

白装束がみるみる血に染まり、爪のない足先をつたって流れ落ちる。二本の槍が引き抜かれると、道蔵の体はもう動かなかった。

いたたまれなくなったように、早くも郡奉行がきびすを返した。役人たちだけがしばし居残り、十字架をそのままにして退出する。そのときには、百姓たちがあちこちで十字を切っていた。手を合わせて、十字架を拝んでいる者もいる。

やがて今村の百姓たちが十字架を倒しはじめる。道蔵の体を十字架から解き放して、遺体を棺に入れた。その瞬間、道蔵に別れを告げようとして、何人もの百姓が押し寄せた。泣き腫らした顔で遺体を拝み、また涙を流す。

「最後の別ればしまっしょ」

呆然《ぼうぜん》としていた音蔵に、得十郎が言った。確かにそうだった。最後の別れはしたつもりだったが、もう一度、弟の死に顔を、眼に焼きつけておきたかった。

百姓たちが、大庄屋殿どうぞというように道をあけてくれた。棺の脇に立っている鹿蔵が音蔵に気がついて頭を下げた。

「ほんに辛《つら》かこつ」

鹿蔵をねぎらう。

「これが父の本懐《ほんかい》でした」

鹿蔵が気丈な声で答えた。妹のつやときくは、手拭いを目に当てたままだ。

「兄さん、道蔵兄さん」

得十郎に肩を抱かれたりせが、棺に取りついて叫ぶ。

立ちつくす音蔵たちの横からも次々と百姓たちが近寄り、十字を切ったり手を合わせたりした。眼を上げると、遠くにも同じような仕草をする百姓たちがいた。その中に、音蔵は本郷村の医師青木寿庵の姿を認める。一部始終を見届けましたというように、ひとり天を仰いでいた。

「もう行きますけん」

鹿蔵の目配せで、今村の百姓たちが棺に蓋《ふた》をして、六人で担ぐ。

いつの間にか、十字架も縄も誰かに持ち去られていた。隠れた信者たちが遺物にするのに違いない。

歩き出したとき、西の空が暗くなり、やがて雨がぱらつきだす。

「イエズス様も泣いておらるる」

今村の百姓のひとりが言った。

「西の方じゃ、もっと降っとるけ、今頃役人たちは大慌《おおあわ》てですばい」

「郡奉行も、こりゃたまらんと、自分だけ馬を走らせて館《やかた》に逃げ帰っとるところでっしょ」

口々に百姓たちが言う。

そのうち、大降りの雨になり出し、頭から草履の先までずぶ濡《ぬ》れになる。冷たさが体に沁《し》み入る。しかし誰ひとり急ごうとしない。これが今日にふさわしい雨だと思ったとき、初めて涙がこみ上げてきた。不思議に涙だけは温い。家に帰りつくまで、誰にも気付かれずに泣けるだけ泣けると音蔵は思った。

五　ペドロ岐部神父　寛永十二年（一六三五）三月

道蔵の磔刑《たっけい》のあと、音蔵はめっきり体の衰えを感じた。余命も残り少ないと観念した矢先、きよのほうが再び病床についた。本郷村の青木医師に三日にあげずに来てもらったのも空《むな》しく、寛永八年の冬、息を引きとった。まだ四十半ばの若さだった。

翌年の夏、得十郎の許《もと》に嫁《とつ》いでいた妹のりせの急逝《きゅうせい》の報が届いた。こちらも享年《きょうねん》四十九での昇天だった。

これで同胞三人のうち、命永らえているのは長子の自分だけになっていた。りせの死後、夫の得十郎が家督《かとく》を息子の発太郎に継がせたのを知り、音蔵も大庄屋職を長男の留蔵に譲りたい旨《むね》を郡奉行に届けた。願いは認められ、二十六歳の留蔵が高橋組の大庄屋になった。あとは、早々に身を固めるだけだったが、その前に発蔵をどこかに婿《むこ》入りさせ、とせ、さらにはりつを嫁がせなければならない。隠居となった今でも、音蔵には残された仕事があった。

音蔵の頭にあったのは、青木寿庵医師の子女だった。父に従って時々、きよの病床を訪れたのが、長女のといだった。器量といい、立ち振舞いといい申し分なかった。

とはいえ、青木家には息子がおらず、といにはどこかの医家から入婿をさせる思惑があると察せられた。

留蔵にといの話をすると、顔を赤らめた。留蔵も、といを何度か見かけていて、問うと、相手が諾であればとさらに顔を赤くした。音蔵は先方に直接打診することを決めた。仲人《なこうど》を立てるより、この眼でといの反応を確かめてみたかったのだ。

寛永十二年三月二十日の朝、家を出た音蔵は本郷村の青木宅を訪れて、自分の意向を素直に述べた。寿庵医師は即答を避け、ひと月の熟考期間を逆に願い出た。もっともな返事であり、音蔵は半ば安堵して医師宅を辞去した。

帰りがけ、音蔵は四年前に道蔵が命を落とした流川《ながれこ》で足をとめた。この四年というもの、月命日の二十日には、天候の許す限りここに足を運んでいた。

道蔵の墓は、今村のはずれにあって、遺骸《いがい》もそこに埋められている。しかし今は、かつての大庄屋としてそこに腰をかがめて拝むのは、はばかられた。

それよりも、十字架上の道蔵と眼を合わせ、弟が昇天した場所は、この流川に他ならない。道蔵の魂に出会えるのは、この場所のような気がした。以来、ここにたたずむと、なぜか心が清められる。

死に追いやって申し訳なかったという悔恨に対して、「兄さん、それでよかったとよ」と、天から道蔵が言ってくれている錯覚にとらわれるのだ。

ここに立ったいろいろな日を、音蔵は思い浮かべる。かんかん照りのときも、寒さに凍えそうになるときも、あるいはちょうどあのときと同じように、帰途突然の雨に濡れねずみになった日もあった。

三月二十日の今日は、寒さもすっかりなくなり、初夏の日射《ひざ》しさえ感じる。空には蜂《はち》の巣のように、所々に穴のあいている雲が広がっている。その向こうから、道蔵がこちらを見やっているようにも思えた。

しばし空を見上げたあと、道に戻ろうとして、ゆるい坂道の先に人がいるのに気がつく。本来なら、こんな所にいるのを誰かに見られたくはなかった。

しかし人影は百姓ではなく、旅商人のようだった。背が高く、笠《かさ》をかぶり、葛籠《つづら》を背負っている。訝《いぶか》りながら近づいて行くと、男が小さく会釈《えしゃく》をした。年の頃は五十少し前だろうか、頭髪に白いものが混《こん》じていた。見覚えなどない。

「あのう、平田音蔵様ではございませんか」

「いかにも、そげんです」

憮然《ぶぜん》として音蔵は答える。

「岐部《きべ》でございます。おなつかしゅうございます」

笠の下の顔をほころばされて、音蔵は戸惑い、記憶をたぐった。

「ペドロ岐部様でっしょか」

驚きが口をついて出る。初めて会ったのは、父親が亡《な》くなった時だ。最後に会ったのは、二十年以上も前秋月で処刑されたマチアス七郎兵衛様の骨を拾って、長崎に運んで行く途中だった。

「ご無事でしたか」

訊《き》きながら、音蔵はあたりを見回す。幸い遠くの畑に人が出ているだけだった。

「日本に戻られたとですね」

音蔵は畳み込む。

「戻りました。もう五年になります」

「五年」

音蔵は驚く。この禁教下で五年もの間、潜むことができたのだ。笠も行商人の出立《いでた》ちも、そのためのものだろう。

「どうぞ、うちに寄って下さい」

「ご迷惑にはなりませんか」

「迷惑など」

音蔵は激しく首を振る。聖職者が迷惑などという言葉を口にすること自体が悲しかった。

「ばってん、一緒に歩かんがよかです。私が先に帰っときますから、遅れて門をくぐって下さい。すぐ分かるようにしときます」

「ありがとうございます」

「ほんに嬉しかです」

音蔵は笑みを返して帰路につく。振り返ると、ペドロ岐部は道端に立ったまま、道蔵が十字架にかけられた場所をじっと見つめていた。その立ち姿はまさしく聖職者そのものの姿だと音蔵は思う。

急いで家に帰るなり、音蔵は留蔵たちに来客の準備をするように命じた。

「行商のなりをした岐部ちいう人が見えたら、離れのほうに案内してくれ。夕餉《ゆうげ》もそっちでとって、ひと晩泊まってもらう」

いずれ子供たちには会ってもらうつもりで言った。

四半刻《しはんとき》して発蔵がペドロ岐部を案内して来た。間を置かずに、とせが茶を運び、荒使子《あらしこ》が水を張った桶《おけ》と手拭いを持って来る。

「ほんによう来て下さった。ここなら気兼ねなく話せますけん」

改めて音蔵は頭を下げた。「ばってん、よくあげな場所で行き合いました。天の導きとしか思えまっせん」

「実はここに来る前に、板井村に寄りました。十五年以上も前、筑後で殉教された板井パウロ次郎兵衛という方の出が、板井村と聞き及んだので、あるいはまだ信仰を守っておられるのではないかと思い、訪《たず》ねたのです」

聞いていて音蔵は胸が塞《ふさ》がる。かつての信者を訪れるにしても、今は用心しなければならないのだ。

「得十郎殿に会えましたか」

「会えました。そこで、本郷で処刑されたアンドレ道蔵様の話を聞いたのです。墓は今村にあるということでしたが、そこには日のあるうちは参れません。せめて処刑の場所に行って、祈りを捧げようと思ったのです。ちょうどそこに、たたずんでいるお方がいるので、びっくりしました。ひょっとしたらと思い、立ちつくしていました」

「今日二十日は月命日ですけん、できる限り行くことにしとるとです。私も、弟の墓には大っぴらには行けまっせん。こげな情けなか時勢になってしまいました」

思わず涙ぐむ。この頃は何かにつけ涙もろくなっていた。

「そうでしたか。でも、今日のうちに大庄屋様のところに寄ろうとは考えていました。

板井村の得十郎様から、あそこは大丈夫と聞いていましたから。しかしそれでも堂々という訳には参りません。夜が更《ふ》けてからと思っていました」

「行商人の恰好《かっこう》をされとりますが、葛籠の中は何ですか」

「私は紙商人です」

「そんなら中は料紙。そりゃ珍しか」

音蔵は驚く。「ばってん、実によか考えです」

普段、音蔵が紙を求めるのは久留米の城下であり、何かのついでの時には必ず立ち寄る紙屋があった。

「料紙だと、私も書きものに使えますし、さして怪しまれません。葛籠の底は二重になっていて、見つかってはいけない聖具などは、そこに入れています」

「ばってん、重かでっしょ」

「重荷には慣れています。二十八で日本を出てから、重い荷はずっと背負っています」

ことなげに言ってのける。

「岐部様、いくつになられましたか」

「四十九になりました」

音蔵は頭のなかで素早く計算する。日本に戻ったのは五年前と言ったので四十四歳のときだ。そうすると十六年を異国で過ごしたことになる。

「あの追放令で長崎を出られたこつは人づてに聞いとりました」

「はい、長崎からマニラに行き、すぐにマカオに渡りました。翌年、マカオを発《た》ってゴアに向かい、半年後ようやく辿《たど》り着きました。そこから、エルサレムを目ざしました」

「エルサレム？」

聞いたことがない地名だった。

「イエズス教の聖地です。そこはイエズスが歩き、布教し、十字架にかけられ、甦《よみがえ》った土地です。それをこの眼で見てみようと思ったのです。まだ日本人の誰ひとり行ったことのない所でした」

「路銀《ろぎん》はあったとですか」

たまらず音蔵が尋ねる。かつての中浦ジュリアン神父たち使節とは違って、ひとりの旅のはずだ。

「ありません。ですから水夫《かこ》としてポルトガルの大きな船に乗り込みました。働けば食べさせてもらい、旅も続けられますから」

「水夫ですか」

音蔵は呆《あき》れる。聖職者が櫓《ろ》を漕《こ》ぐなど信じられない。

「岐部の祖先は、豊後国東《くにさき》の水軍衆でした。私も小さい頃から舟を漕がされました」

笑みさえ浮かべてペドロ岐部は答える。「ペルシアの港に着いたあとは、行商人の一団に雇われました。荷を運ぶのは、馬と牛を合わせたようなラクダという家畜です。行けども行けども、見渡す限りの砂地ですから、水もありません。ラクダだけは、水なしで何日も進めます。そうやってバスラ、バグダードを通り、ダマスカスに到着しました。ラクダの数は三千頭、一日で進む距離はせいぜい六、七里です」

知らない土地の名が、次々と音蔵の耳に届く。問い質《ただ》しても、どうせ分かるはずのない遥《はる》か遠くの異国の地そのものが、ペドロ岐部の辛酸《しんさん》を物語っていた。

しかしそのラクダの数が三千頭というのは想像を絶する。しかも一日の旅程が六、七里だとすれば、人の歩む速さとさして変わらない。ペドロ岐部はそのラクダに連れ添い、重い荷を担いだのに違いない。あたりは見渡す限りの砂地というから、おそらく雨の降らない、焼けつくような日が延々と続くのだ。

「砂の中の旅は三ヵ月かかりました。終点のダマスカスが近くなると、砂嵐《すなあらし》が吹き荒れました。細かい砂が舞うので目も開けられません。そんなときは動かず、嵐が去るのを待つだけです」

ひと息ついて、ペドロ岐部は茶を飲む。「ダマスカスからはひとり旅になりました。懐《ふところ》には給金があったので、あとは西へ西へと歩くだけでした。山を下り、川沿いに歩けば、目ざすガリラヤという湖に着きます。ひたすら歩きました。木陰があり、道端には秋の草花も咲いています。それまでの砂地の旅が嘘《うそ》のようでした。

岸辺の道を進んで、イエズスの育ったナザレの町に踏み込んだときは、思わず膝《ひざ》をついて、大地に唇を当てました。あとはエルサレムに続く街道を歩き続けるだけです。エルサレムを囲む城壁の門をくぐったのは、ダマスカスを出て、ひと月後でした」

聞きながら音蔵は、目の前のペドロ岐部を畏怖《いふ》の眼で眺める。イエズスの生きた地に足を踏み入れた日本人が、今ここにいるのだ。にわかには信じられない。

「エルサレムとは、どげな町ですか」

「丘の上に広がる、とてつもなく広い石造りの町です。肌の色も、目の色も、髪の色も違う、いろいろな人間が集まり住んでいる町です。

幸いエルサレムには、フランシスコ会の修道院がありました。そこに宿を求めると、快く受け入れてくれました。十三歳のときからずっと学んできたラテン語が役立ちました。

その修道院を拠点にして、毎日のように市の内外を歩きました。イエズスが生まれたベツレヘムにも行き、イエズスが十字架を背負って歩かされた悲しみの道も辿りました。イエズスが十字架にかけられた丘に立ったときは、感激で胸が張り裂けそうでした」

「そうでっしょな」

音蔵は頷《うなず》く。イエズスが磔刑にされた地に立ったペドロ岐部が、道蔵が十字架に縛られた場所にもたたずんでくれたのだ。道蔵も天上でどんなに喜んでくれているだろう。

「修道院の中では、聖書の講義や瞑想《めいそう》など、日課が休みなく組まれています。その修練の日々は、マカオやゴアにいるときとは異なり、すべてが体に沁み込むようでした。

そこで半年を過ごし、翌年の二月にエルサレムを出ました。エルサレムの近くには二つの港があり、そこには、イタリアのヴェネチアとの間に、巡礼船が往来していました。私は巡礼船の水夫として雇われ、漕手として船に乗りました。三月に港を出た船は、あちこちの港に立ち寄り、ヴェネチアに着いたのは四月末でした。

ヴェネチアからは陸路で南下します。幸い大きな町には必ず教会があり、そこに泊まり、食も得ることができました。ローマに着いたのは二ヵ月後です。ローマの北にある門から市内にはいったときも、石畳に唇をつけました。長崎を出たのが千六百十四年の冬でしたから、旅は五年と三ヵ月を要しました」

「五年ですか」

音蔵は唸《うな》る。十年ほど前に、中浦ジュリアン神父から若いときのローマ詣《もう》での話を聞いたとき、呆気《あっけ》にとられたのを思い出す。あれも、長崎を出てローマに着くまで三年かかったはずだ。

とはいえ、ジュリアン神父たちは通詞役の神父や案内人、従者に囲まれてのいわば豪華な旅だった。ペドロ岐部の場合は全く違う。何もかもひとりでこなさなければならない。五年の歳月の重みを、音蔵は畏敬の念をもってかみしめる。

「ローマには何年おられたとですか」

「ちょうど二年いました。最初はローマのセミナリヨにいて、しばらくして、イエズス会の本部であるイエズス教会に赴きました。そこで、秋月の殉教者、マチアス七郎兵衛様の指の骨を、聖遺物として捧《ささ》げたのです」

「えっ、あのときの七郎兵衛様の指ば、ずっと持っておったとですか」

「秋月で掘り出した遺体は、長崎の教会墓地に埋葬し直したのですが、指の骨だけはずっと肌身離さず持っていました」

何という強靭《きょうじん》な信仰心なのか。音蔵は二の句が継げない。

「その教会で髪を剃《そ》り、いくつかの教会をまわり、ひと月足らずで神父に叙階《じょかい》されました」

「そうですか、とうとう神父になられましたか、しかもローマで」

音蔵は思わず快哉《かいさい》を叫ぶ。

「その五日後、イエズス会に入会することを許されたのです。三十四歳のときで、有馬のセミナリヨにはいったときから二十一年が経《た》っていました。その後、修練院のノビシアドにはいって二年間、神学を学びました」

岐部神父の口調はあくまで淡々としている。

「ローマの修練院で学んだ人間など、あとにも先にも、岐部神父だけじゃなかですか」

感嘆の念で音蔵が問う。

「いえ、翌年、美濃《みの》ミゲルという神父と一緒になりました」

「その方は、どげんやってローマに来たとですか」

「初め高槻《たかつき》のセミナリヨにはいって、禁教令が出されると、神父の勧めでインドのゴアに送られたそうです。そこからポルトガルに渡り、学問所で四年間学んで修了証を得てから、ローマの修練院にはいった人です。私より三つ若いのに、学識に秀《ひい》でた方でした」

「その方はどげんなりましたか」

「私が修練院を出たあともずっとそこで学び、神父に叙階後、日本に戻るため再びリスボンに行き、病気を得て亡くなったそうです。本当に惜しい方でした。二人一緒に、サン・ピエトロ寺院で、イエズス会の創始者ロヨラ師と、あのザビエル様が聖人に列せられる式典に臨んだのは、かけがえのない思い出です。あのとき、二人でまた日本に帰って、布教に努めようと誓い合ったのですが――」

岐部神父の顔が曇る。「それからもうひとり、私が修練院を去った翌年、入れ違いに修練院にはいった小西マンショという人がいます。会ったのは、リスボンで船を待っていたときです。あの小西行長様の孫で、私よりひとまわり以上若く、まず有馬のセミナリヨで学び、追放令で他の神父や修道士と一緒にマカオに渡ったそうです。そこでさらに学んだあと、ローマで修練を積むためにポルトガルに渡っていたのです」

「その方は、どげんなりました」

また音蔵は訊かずにはいられない。

「ローマの修練院で二年間研鑽《けんさん》したあと、大学校にはいって神学を学び、神父に叙されました。そして四年後にローマをあとにして、リスボンに戻り、ゴア、マカオを通ってマニラに着いています。他のイエズス会やドミニコ会、フランシスコ会の神父と一緒に、まず薩摩そして長崎に着いたのが、二年前です。ローマから長崎に帰るまでに五年を要しています。全員が頭を剃って中国人になりすまし、乗った船も中国船でした」

「そうすると、その方も含めて、今何人かは日本にいて布教されとるのですね」

「何人かはすぐに捕まり、残りの何人かがまだ日本にいるはずです。詳しいことは、私にも分からないのです」

岐部神父が声を低める。「マニラから一緒に薩摩に着いた斎藤パウロ神父は、そのまま薩摩に残って布教していましたが、最後は天草の志岐《しき》で捕まりました。追放令でマカオに渡ってから、十年あまりそこで修練を積み、神父になった方です」

「捕まったらどげんなるとですか」

胸が苦しくなるのを抑えて、音蔵は訊く。いつか聞いた火焙《ひあぶ》りの刑の光景が脳裡《のうり》をかすめた。

「斎藤パウロ神父は長崎に連行されて、もうひとりのフェルナンデス神父と一緒に処刑されました。フェルナンデス神父は、追放令のあとも日本に潜んで、都周辺から広島あたりにかけて、布教をしていた方です」

「やっぱり、最期は火焙りですか」

問う声がひきつっていた。

「いえ、穴吊るしの刑です」

神父が目を見開く。「斬首は瞬時に命が絶えます。磔刑も似たようなものです。火焙りの刑も一刻《いっとき》もあれば絶命します。それでは苦しみが短かすぎるので、長崎奉行が考え出した拷問が穴吊るしです。

地面に六尺の深さ、径三尺の丸い穴を掘り、莚《むしろ》と縄でぐるぐる巻きにした罪人を、両足を縛って逆さ吊りにするのです。真ん中に穴の開いた板を二つ割りにして、腰を挟んで、これが穴の蓋になります。血が頭に下がってくるので、両のこめかみに錐《きり》で穴を開けておきます。水も食い物もありません。

たまりかねて棄教した者は、引き上げられます。棄教しない者は、そのまま捨て置かれます。死ぬまでに、短くて半日、長くても五、六日といわれています」

音蔵は声も出ない。蛇の生殺しにも似た殺害法だった。

「そうするとまだ捕えられていない小西神父は、どこかに潜伏されているのですね」

「たぶん大坂から都あたりにかけてでしょう。高槻が故郷ですから、やはりその周辺に住む信者に匿《かくま》われているはずです」

「ご無事だとよかですね」

音蔵は祈らずにはいられない。「十年ばかり前、ここに中浦ジュリアン神父が立ち寄られました。岐部様のこつば聞いたのもそんときです。あの方は、まだどこかにおられるとでっしょか」

問いかけに、岐部神父はのけぞるようにして背筋を伸ばした。

「三年前、小倉で捕まりました」

「小倉におられたとですか」

音蔵は驚く。小倉といえば、冷水《ひやみず》峠越えで三日もあれば辿りつける。この二、三日の行程が、中浦神父にとってはにわかには行けない距離だったのだ。あるいは、豊前や筑前に残る信徒をまわるのに必死だったのかもしれない。

「捕縛《ほばく》されてすぐ長崎に送られました。そこには、既に捕われていたイエズス会のアダミ神父とソウザ神父、フェレイラ神父、二人の修道士、そしてドミニコ会のサント神父と日本人修道士ひとりがいました。全部で八人です。

中浦ジュリアン神父は、その拷問に四日間耐えて昇天されました。六十三歳でした」

「そげな、むごかことに」

音蔵は呆然とする。六十三歳の老身でありながら、逆さ吊りされて四日間も耐えるなど、自分には考えられない。中浦ジュリアン神父の強靭な意志と体があってこそだろう。今、手許にあるロザリオが中浦神父の遺品になってしまっていた。

「一番若かったサント神父は、九日間生きておられました。他の五人もその間に絶命しました」

岐部神父が静かに言う。まるで七人の死を悼《いた》むかのような声だった。

「殉教者は全部で八人じゃったのではなかですか」

不審に思って音蔵が尋ねる。

「ひとりだけ、転びました」

呻《うめ》くように岐部神父が言った。

「転んだ者がおったとですか」

音蔵は驚く。信仰が足りなければ致し方ないのかもしれない。わが身のほうが大切な聖職者がいても不思議ではない。

「転んだのはフェレイラ神父です。イエズス会の管区長代理の職にありました。その前の管区長だったパシェコ神父が火焙りの刑にあったあと、コウロス神父が再度管区長になり、このコウロス神父の病死後、フェレイラ神父が管区長代理を務めていたのです」

「そげなこつですか」

管区長代理といえば、修練を積んだ神父であるはずだった。

「今は、沢野忠庵《さわのちゅうあん》と名乗り、長崎奉行の下で目明かしの通詞として働いています。どこにどういう神父と修道士が潜んでいるかも、奉行所に報告しているはずです」

「それは痛かったですね」

「このことは、もう今頃、ローマのイエズス会本部に伝わっているはずです」

岐部神父の声はあくまで静かだ。「今後、続々と神父が日本を目ざしてやってくるはずです」

「日本に来るとですか。そりゃもう、危なかです」

思わず音蔵が言う。

「危なくても、来るはずです」

「無謀な」

答えてから音蔵は胸が熱くなる。首尾よく日本に辿り着いたとしても、その神父たちは言葉が通じないはずだ。通じなければ、誰か日本人の手を借りなければならない。

そして手を貸した日本人は、必ず咎《とが》めを受ける。いや、ひと月ぐらいの潜伏は可能かもしれない。しかし年余の潜伏は不可能と言っていい。

「私も無謀だと思います」

岐部神父が悲し気に頷く。「無謀と分かっていても、来ると思います」

教「ばってん、それは」

言いかけて音蔵は口をつぐむ。神父が日本に来れば来るほど、日本人信者のほうに罪人が出る。それは明らかだった。平たく言えば、痛し痒《かゆ》し、いやもっと言えば、はた迷惑になるのだ。

しかし、そんなことは目の前にいる岐部神父には言えなかった。

「夕餉はここで取ってもらいますけど、そん前に、お祈りばしてもらえんでっしょか。子供たちば呼びますけん」

守「それは主も喜ばれます」

神父が顔をほころばす。「あのザビエル師の絹布《けんぷ》も見せていただけますね」

神父が言った。

「あれは、もうここにはありまっせん。甥《おい》の鹿蔵に渡しました。死んだ道蔵の息子で、今村の庄屋を継いどります。私が持っとくよりか、よかと考えたからです。明日の朝、甥の所に寄ってもらおうと思っとります。鹿蔵がどげん喜ぶか。

ばってん、今、手許に、以前岐部様からいただいた木彫りと、中浦ジュリアン神父から貰《もら》ったロザリオはあります」

「中浦ジュリアン神父のロザリオですか」

神父が驚く。

「はい。四人の使節の一員としてローマに行き、帰国して大坂に上《のぼ》らるるとき、ここに立ち寄られたとです。巡察師の神父様も一緒でした」

「それはヴァリニャーノ神父でしょう」

「確かそういう名前でした。中浦神父はザビエル師の絹布を眺め、自分のロザリオば一緒に置いてくれと言って、父に渡されたとです」

「そのロザリオを見せていただけますか」

岐部神父が訊く。

「ちょっと待っといて下さい」

音蔵は慌《あわ》てて主屋の納戸《なんど》に行く。実を言えば、そのロザリオも岐部神父の木彫りも、いずれは今村の鹿蔵に譲るつもりでいたのだ。

二つともすぐに出せないところに、信徒としての自分の迷いが表われていた。離れに戻って、冷汗を感じつつ、ロザリオと木彫りを岐部神父の前にさし出す。

「確かにこれはローマで作られた物です」

ロザリオを手にして岐部神父が言う。「今となっては、中浦ジュリアン神父の、これは遺品です。どうか大事にされて下さい」

神父はマリア像も手にする。

「これもよくできとります。マリア様の表情がよかです」

音蔵が言う。素人《しろうと》の域を超えた出来映えであるのは確かだった。

「いえ、恥ずかしい限りです。自分で彫るなど、若気《わかげ》の至りでした」

「いえいえ、これも大切にさせてもろうとります」

末代まで伝えさせていただきます、と言えない自分が情なかった。

「このロザリオでお祈りをさせてもらっていいでしょうか」

「どうぞ、どうぞ、願ってもなかこつです」

「明日の朝は、暗いうちにここを出ようと思っています」

「いったい、これから先、どこに向かわれるとですか」

音蔵は声を低めて訊く。

「音蔵殿だから言えますが、仙台に向かいます」

「仙台ちいうと、江戸よりずっと北じゃなかですか。そりゃまたどうして」

「仙台の伊達政宗《だてまさむね》殿が、かつて使節をローマに送っています。同行したのはフランシスコ会のソテロ神父です。そのくらい仙台には、もともと信者が多いのです」

淡々と神父が答える。

「ばってん、今はもう違うでっしょ。使節がローマに行ったとは、何年前ですか」

「今から二十年以上前です」

「その頃と今では、世の中が変わっとります。伊達政宗公にしても、もはや以前の政宗公とは変わっとるはずです」

音蔵はかぶりを振る。このご時勢、日本国中例外はないのだ。

「それでも、信徒はいると思うのです」

岐部神父の眼が強い光を帯びた。

「それはそうでっしょが」

確かに隠れた信徒はいるに違いない。それはこの筑後と同じだ。

「信徒のいるところ、私たちが行くのは、天から与えられた務めです」

「ばってん、仙台領は遠か所です。どげんやって行きなさるか」

どこか不吉なものを感じて、音蔵は食い下がる。

「大庄屋殿、私はエルサレム、そしてローマまで行った人間です。伊達領がいかに遠いとはいえ、ローマまでの道程《みちのり》の十分の一以下でしょう」

神父が微笑する。「何が起ころうとも、私の体も心も、すべて神からの贈物です。最期にはお返しすることになっています」

そこまで言われると、音蔵にはもう反論できない。

おそらくペドロ岐部神父と一緒に捧げる祈りは、今日今夜が最後になるに違いなかった。音蔵は立って、家人たちを呼びに行く。

部屋に戻った音蔵はペドロ岐部神父の前に坐《すわ》った。どうしても訊いておかねばならないことがあった。

「これから先、私たちはどげんして信仰ば守っていけばよかでっしょか」

神父が改めて音蔵を正視する。

「殉教はいけません」

神父が首を横に振る。「殉教するのは、私たち聖職者だけで充分です。あなたたち信徒は、生きてデウス・イエズスの願いを、この世で実行するのです。何としてでもです。何としてでも——」

最後のところで、ペドロ岐部神父の目がすっと赤味を帯びた。

六　嘱託銀　寛永二十年（一六四三）一月

例年にない寒さが、この五日間で嘘のように緩《ゆる》んだ。縁側の日だまりに坐った鹿蔵は、自分で作成した暦に筆で印を入れていく。

十二年前に磔刑《たっけい》で昇天した父から、概要は教わった暦の作成も、この一、二年はおろそかになっていた。

八年前、まだ日の上がらないうちに来訪してくれた、ペドロ岐部《きべ》神父の助言が鹿蔵の心を軽くしていた。

「厳格に教会暦を守る必要はありません。要は日々の祈りです」

神父はそう言って慰め、代わりに簡便な暦の作り方を教えてくれた。

その際、基本となるのは冬至だった。年毎《としごと》の暦から冬至を割り出したあと、その日から三日後をデウス・イエズスの誕生日とする。その五十六日後から、悲しみの節にはいる。その期間は四十六日であり、喪に服したような生活を続ける。以後は七日毎に、日々の暮らしに節目をつける。七日目は休息の日「ドミンゴ」として、田畑の仕事を休む。その繰り返しだ。

七日毎の暮らしのうち、第一日から三日目、そして五日目はなるべく鳥獣の肉を食べないようにし、四日目と六日目、七日目は食べてはいけない。この繰り返しで一年を終えるのだから、殉教した父の道蔵から教えられた暦よりは至便だ。この先、何十年か今村の百姓たちはこの暦を使い続けられるはずだった。

　あのとき、別れ際《ぎわ》にペドロ岐部神父が言い残した言葉は、その声色とともに鹿蔵の胸に刻まれている。従弟《いとこ》の発蔵に伴われて、まだ夜が明けやらぬうちに訪《おとず》れた神父は、既に亡父道蔵の墓に詣でていた。聞くと、前の日、流川《ながれこ》で処刑された場所にも足を運び、そこで偶然に伯父の音蔵殿に出会ったらしかった。

「いずれ、いつの日か、アンドレ道蔵殿の墓の上に、教会が建てられます」

　岐部神父は確かにそう言ったのだ。そして今は家宝とみなしているザビエル神父の絹布を両手におしいただき、天を仰いで口の中で長い間祈りを捧げた。

　別れ際に、いくらかの銀を包んでさし出したとき、音蔵伯父から充分ないただき物を貰ったと言って、一度は辞退された。しかし、伯父は伯父、これは亡き父からのはなむけと思っていただきたいと鹿蔵が言って、ようやく受け取ってくれた。

　鹿蔵はこれから神父がどこに行くのか、気になって仕方なかった。訊くと、言葉を濁して語ってはくれなかった。それはそうだろう。どこへ行くにしても、秘密事《ひみつごと》に違いないのだ。

ようやく東の空が明るみはじめて、神父は腰を上げ、出立《しゅったつ》した。行商人のなりをしたその後姿に、鹿蔵は心の内で手を合わせた。

あれから八年経ったものの、岐部神父の消息は聞かない。この沙汰《さた》がないことが吉《きっ》事《じ》なのかもしれなかった。

いつの日か、亡父の墓の上に教会が建つだろうという岐部神父の言葉は、今となってはもはや信じ難《がた》かった。

あれから二年後、島原と天草で信徒の一揆《いっき》が起こった。結集した百姓と浪士《ろうし》の数は四万と聞いている。大公儀の命で、九州の諸大名は兵と人馬を仕立て、一揆軍の立て籠《こも》る原城に向かった。城を取り囲む公儀の軍勢は合わせて十二万、籠城《ろうじょう》軍の三倍に達した。

もちろん高橋組、そして今村にも、人馬の拠出《きょしゅつ》の命令が届いた。鹿蔵は村で最も屈強な百姓三人を選び、馬一頭を仕立てて久留米城下に向かわせた。

あとで聞くと、他の村では、なるべく病身のそれも齢《よわい》四十近い百姓が選ばれていたという。たとえ戦役で命を落としても、さして村に害が及ばないようにする策が講じられていたのだ。

そうやって領内で集められた百姓はおよそ千人、馬は百頭に達していた。幸い、今村から送った若い百姓三人と馬一頭は、三ヵ月後に無事帰って来た。しかし同じ高橋組の村でも、春日《かすが》村と小島《おしま》村では百姓ひとりずつが鉄砲傷で死に、鵜木《うのき》村の馬が矢傷を負った。馬は帰村して間もなく死んだ。公儀からの見舞金は何もなかった。

一揆のすさまじい戦いは、戻った三人の百姓から聞くことができた。島原近くの百姓たちも、原城の兵糧《ひょうろう》攻めには駆り出されていたらしかった。それによると、前領主有馬晴信様が失脚して斬首《ざんしゅ》されたあと、領地はしばらく大公儀預りになった。その後入府した新領主は、イエズス教徒を徹底して根絶やしにしたという。

手の指を切り落とし、それでも転ばなければ、火焙りや磔刑は言うに及ばず、絶壁から岩場に突き落とした。柄杓《ひしゃく》で熱湯を少しずつ頭からかけ流したり、煮えたぎる雲仙地獄に投げ込んだりした。さらには裸にして縄で縛りつけ、厳寒の海に投げ込み、沈めては引き上げ、棄教を迫った。拒むとそのまま沈められた。指を切り落とされた信者の中には、額に切・支・丹の焼きごてをあてられて放免された者もいるという。見せしめのためだ。

加えて、新領主は五層の天守閣を持つ島原城の築城の普請《ふしん》に、百姓を駆り出した。それと前後して、寛永十一年（一六三四）から始まった凶作と飢饉《ききん》は三年間にわたって続いた。筑後領では幸い餓死者までは出さなかったものの、天草では餓死が相継ぎ、押入り強盗が絶えない世情だった。

一揆は、止《や》むをえない、百姓や浪士たちの公儀への反逆だったのだ。

一揆勢は、もともと有馬晴信様の支城であった原城に立て籠った。本来なら、難攻不落といわれた有馬氏の本拠日野江《ひのえ》城のほうが、防備には適していたはずだが、一揆勢は海に突き出た原城のほうを選んだ。

寛永十四年の十二月八日に、大公儀側の総攻撃が開始された。しかし早くも、翌年一月一日、大公儀が遣わした征討使の板倉重昌《しげまさ》殿が、一揆軍の鉄砲玉に当たって討死にした。これと前後して、大公儀は、肥後の細川、肥前の鍋島、筑後久留米の有馬、筑後柳川の立花、筑前の黒田の各領主へ出陣を命じた。

ここで新たに江戸より派遣された上使の松平伊豆守信綱《のぶつな》は、兵糧攻めに戦術を転じた。一揆側と大公儀側との交渉は、主に矢文で交された。一揆側からの矢文は、これは大公儀への抗議ではなく、イエズス教の容認を願うためのものだという内容だった。当然ながら、松平伊豆守はこれを拒否した。

そこに到着したのが、有馬晴信様の嫡男《ちゃくなん》で、日向《ひゅうが》延岡に転封《てんぽう》になっていた有馬直純《なおずみ》殿だった。一揆側に加担していると思われる、元有馬家中の浪士たちに働きかけるた

め の文面を、松平伊豆守の了承のもとで作成した。矢文は、久留米勢と柳川勢、肥後熊本勢から、それぞれ五本が城内に射込まれた。

矢文の内容は、互いに使者を出して交渉しようというものだった。実際、籠城している有馬家の旧家臣と、鎮圧に加わっている延岡有馬家の家臣が城内で交渉したものの、主張の溝は埋まらなかった。

そのうち城内からの落人《おちうど》が目立ちはじめ、久留米勢の陣地でも三名が捕縛《ほばく》された。おのおの水汲みや薪《たき》取《ぎ》りを口実に城外に出、そのまま投降していた。ひとりは、鉄砲を一丁盗み出し、一揆勢に加わったのは強制されたからだと弁明した。聞くと、城内は兵糧が底をつきかけ、一日一食、それもわずかな量らしかった。

二月にはいると落人の数は増え、久留米勢に投降した者だけでも八十人に達した。二月下旬になると、一揆勢は闇《やみ》に紛れて城から出、夜討ちをかけるようになった。久留米の陣営でも死傷者が出たものの、三名を生捕りにできた。詰問《きつもん》された浪士は、餓死するよりは打って出る戦術に転じたと白状した。城内には既に米はなく、豆や胡麻《ごま》を食べ、夜間に城下に出て海草を採り、それを食の足しにしているということだった。

総攻撃は、二月二十七日の未明、肥前鍋島勢の先駆《さきが》けから始まった。遅れじと久留米の軍勢もそれに続き、ほとんどの陣営が、城内になだれ込んだ。またたく間に、城内の至る所が阿鼻叫喚《あびきょうかん》の戦場になった。逃げ惑う女子供は容赦なく斬《き》られ、館《やかた》に火が放たれた。斬られるよりは焼け死にを選び、両手にロザリオを捧げ持って火の中に逃げ込んだ婦女子が相当数いたという。

そうやって焼死した以外の者は、すべて斬首され、首が城内の至る所に並べられた。胴体のほうは濠《ほり》に投げ込まれて山積みにされた。一揆勢が持っていた聖具やロザリオ、メダイの類《たぐい》は、燃え盛る炎の中に放り込まれた。

「首が全部天に向けて並べられたさまは、ちょっともう忘れられまっせん。メダイを口に噛《か》んだままの首もありました。打ち首さるる前にメダイを口に含んどったとでっしょ」

「首なし死体ば、泣きながら火の中に放り投げたとです。ばってん涙を見せると、おかしかやつと思わるるので、じっとこらえとりました」

「ロザリオがひきちぎられ、土足で踏みにじらるるのを見るのは辛《つら》かったです。それば持っとった人は、それば撫《な》でながら毎日祈っとったとでっしょ。鉛弾を溶かして作ったクルスも、あちこちで見かけました」

三人の百姓は、それぞれに唇をかんだ。

討伐軍の死傷者は、一万二千を数えたという。ほぼ一割が死ぬか手傷を負った勘定になる。いかに一揆軍の抵抗が死にもの狂いだったかが分かる。

「これから先、大公儀、公儀の締めつけはいよいよ厳しくなるじゃろな」

鹿蔵は溜息《ためいき》をついた。

「庄屋様、そいであっしは思ったとです」

三人のうちでは一番年長の茂助《もすけ》が言った。「もう公儀には金輪際《こんりんざい》、たてつかんこつです。勝ち目はなかけ、大人《おとな》しゅうしとくに限ります。大人しゅうしとけば、いかに公儀とて、あっしたちの心の内までは手が出まっせん。島原からの帰りがけ、三人とももども、そげん言い合ったとです」

鹿蔵は頷く。確かに公儀は、こっちの手足は縛ることができても、胸の内までは縛れないのだ。

翌年、大庄屋だった音蔵伯父が病《やまい》の床についた。従弟である大庄屋の留蔵と、本郷《ほんごう》村の医師青木寿庵の長女といの祝言《しゅうげん》が急がれたのはそのためだった。祝言の翌月、今度は留蔵の弟である発蔵が青木家に養子として迎えられ、次女のみつと夫婦になった。

留蔵の妹二人、とせとりつは既に他家に嫁《とつ》いでいたから、伯父は四人の子供たちがすべて縁づいたのを見届ける形で他界した。享年《きょうねん》六十一だった。

父の道蔵が磔刑にあってひと月後に、伯父から呼ばれ、ザビエル師の絹布を渡されたときのことは鮮明に覚えている。

「この絹布はもう、わしが持っとくより、お前が持っとくほうがふさわしか。死んだ道蔵の魂と思って、代々受け継いでくれ。よかな、頼む」

伯父から頭を下げられ、鹿蔵も思わず後ろに下がり、畳に額をつけた。

その絹布は今、倉の床下に隠している。壺《つぼ》の中に入れているので、たとえ火が倉に移ったとしても、焼け残るはずだ。

あの絹布の由来は、亡《な》き父から聞かされていた。父の祖父にあたる一万田右馬助《いちまだうまのすけ》が、大友宗麟《そうりん》公から下付《かふ》され、その養子である久米蔵に受け継がれたものだ。本来なら代々大庄屋が守っていくべき品なのに、伯父が今村の庄屋への譲渡を決めたのには、深い思慮があったのに違いない。

絹布は、死んだ父の身代わりなのだと鹿蔵は思う。父は死んだが、絹布は死なずに、この今村の庄屋、そして村人たちをじっと見つめ続けていてくれるのだ。伯父もそう考えたはずだ。

絹布については、墓の前で父に伝えた。本来なら父の墓には毎日でも詣でたかったが、月命日に限ることにした。日参すれば公儀にいらぬ疑いをかけられる恐れがあった。

しかし村人たちは違う。野良《のら》に行くついでに、あるいは帰途にちょっと立ち寄っては、手を合わせてくれる。墓の前に毎日必ず一度は人影がある。一面ではそれがありがたく、また一面では公儀に怪しまれないかという懸念《けねん》は消せなかった。

島原の役の二年後、鹿蔵はようやく嫁を迎えた。これも母のたみのたっての願いを受け入れての結果だ。鹿蔵にはためらいがあった。

この今村に嫁いで来るからには、よほどの覚悟がいる。心の奥底までのイエズス教信徒でなければ務まらない。しかもその親族も、こぞって信者であることが条件だ。

母が見つけてくれた相手は、板井村の庄屋発太郎殿の娘なつだった。亡父の道蔵と、板井家の前庄屋の内儀《ないぎ》は兄妹《きょうだい》だったから、なつは従兄《いとこ》の子供に当たる。まだ十五になったばかりだった。

鹿蔵がなつと会う前に婚姻を心決めしたのは、その若さゆえだ。自分の年齢の半分くらいの少女であれば、信仰を深めるのはこれからなのだ。庄屋の内儀としての働きを覚えてもらうと同時に、自分が学び、信仰しているイエズス教についても、教え諭《さと》せばよかった。

婚姻の儀は、ごくごく内輪でした。仲人《なこうど》役は大庄屋の留蔵殿に頼んだ。板井家の面々、自分の妹二人とその夫である春日村と鵜木村の庄屋、その他の顔ぶれを眺めて、鹿蔵は安堵《あんど》した。イエズス教がそれぞれの村で息づいているのを確かめられたからだ。ロザリオこそ取り出さなかったものの、全員が袖《そで》の中にそれを持っているはずだった。

鹿蔵は思い切って、床の間にザビエル師の絹布を掲げた。注釈は加えないのに、誰もがその前で目を見張り、祈りを捧げた。

特に大庄屋の留蔵は、絹布の前に立ちつくし、袖の中でロザリオをまさぐり、短くコンタツを唱えているように見えた。代々家に伝わってきた絹布に、最後の別れを告げているかのようでもあった。

新妻のなつは愛くるしい顔立ちで、鹿蔵が驚いたほどイエズス教の教義を教え込まれていた。手を取り足を取って、信仰を伝えなければならないと覚悟していた鹿蔵には、嬉《うれ》しい誤算といえた。

結婚して二年後になつは身籠《みごも》り、男児を産んだ。その前から体調を崩していた母のたみは、その孫を抱き、満足したように息を引き取った。その墓は、亡父のすぐ脇《わき》に小さく建てている。

現在、長男の又助はよちよち歩きをしている。洗礼名はジュリアンとつけた。もちろん中浦ジュリアン神父にちなんでの命名だった。中浦神父については鹿蔵もよく覚えている。少年の頃に四使節に選ばれ、ローマまで行ったとは思えない素朴な人柄だった。目の前にいる神父が、ローマの大聖堂、そして法王様を見、その記憶を胸に秘めているのだと思うと、こちらの身が震えた。

伯父の音蔵は、その中浦神父が穴吊るしの刑にされたのだと話してくれた。責任のある地位にあった異国のある神父は、苦しみに耐えられず、わずか三刻《みとき》で転んだらしかった。今では大公儀の側に寝返り、名前も日本名に変え、信徒取調べの目明かし役を務めているという。それに対し中浦ジュリアン神父は絶命するまで、四日間を敢然《かんぜん》と耐えたのだ。逆さ吊りの暗闇の中で、きっと神父はかつて歩いたローマの町並、法王様と交した会話を思い浮かべていたに違いない。

その神父がなめた辛酸《しんさん》、そして亡父の苦しみに比べれば、これから先、今村の住民にふりかかる苦難など何ほどのこともない。

島原の役から生還した茂助たちがいみじくも言ったように、大公儀、公儀には表面上、たてつかなければいいのだ。公儀とて、心の中までは縛ることができない。

幸い、今のところ村人たちは日照りや虫害、水涸れの年でも、音をあげずに田畑に出、這《は》いずりまわっている。夜は夜で、遅くまで夜なべを怠らない。

田植えの際も、他の村ではてんでんばらばらに苗を植えているのに、今村では村民総出で、水の流れの上の方から植えていく。苗が植わったあとの列の整い具合にしても、今村の田は一目瞭然《いちもくりょうぜん》だった。まるで定木《じょうぎ》を当てたようにまっすぐで、しかも苗の育ちがよかった。

年貢を納めるときの米俵も、大庄屋の屋敷の庭に積み上げたとき、見分《けんぶん》の下奉行から誉《ほ》められたほどだ。他の村の米俵は、とても大坂まで、さらにはそれから先の江戸屋敷までの運搬には耐えられなかった。唯一《ゆいいつ》今村の米だけ、江戸に着いたとき無傷だったと、名指しで言葉をかけられた。

それを村人たちに伝えると、翌年から特に念入りに供出する米を選び、米俵も非のうちどころのないように編み出した。

聞くところによると、江戸屋敷でもやはり郷里の米を食したい要望があるようだった。江戸で買い求める米はまさに玉石混淆《こんこう》で、海のものとも山のものとも評しがたいらしい。そこへいくと、今村の米は間違いなく筑後の土の香がすると、江戸屋敷に詰めるお侍たちにも評されているという。これは大庄屋の留蔵殿が郡《こおり》奉行から聞かされた話だというから、間違いない。

勤勉な村人たちは、日繰《ひぐ》りの暦はよく守り、六日おきに訪れる主日《しゅじつ》のドミンゴの日は、骨休めにしている。他の村でも、この日に田畑にも出ず、納屋《なや》で莚編みもしていない百姓は、信徒に違いなかった。というのも、ペドロ岐部神父が教えてくれた簡便な暦は、村人を通じて他の村の信徒たちにも伝えられているからだ。

今村の庄屋を継いで、それまで亡父が担《にな》っていた洗礼の儀式も鹿蔵が引き受けるようになった。

赤子が生まれると、数日後に父親が洗礼を頼みに来る。鹿蔵は翌朝、上下《かみしも》を身につけ、朝一番に汲んだ井戸水を、真新しい竹筒に入れて、赤子が来るのを待つ。

赤子を抱いた父親と祖父、あるいは親族のひとりが付き添ってやって来る。鹿蔵は、かつて父がしていたように、「われ、父と子と聖霊の御名《みな》によって汝《なんじ》を洗う」と唱え、赤子の額を水で洗う。そのあと竹筒の水で指を清めて、赤子の胸と目、耳、鼻、口に十字を切った。洗礼名を与えるのも鹿蔵の役目だった。亡父が残した書付《かきつけ》を参考にして、霊名《れいめい》を選んだ。

それが終わると、洗礼日のために特に床の間に掛けたザビエル師の絹布に向かって、赤子の父、付き添いの祖父とともに主の祈りを捧げた。

——天にまします我らの父よ。願わくば、御名をあがめさせ給《たま》え。御国《みくに》を来たらせ給え。御心《みこころ》の天になるごとく、地にもなさせ給え。我らの日用《にちよう》の糧《かて》を、今日も与え給え。我らに罪を犯す者を、我らが赦《ゆる》すごとく、我らの罪をも赦し給え。我らをこころみにあわせず、悪より救い出し給え。国と力と栄えとは、限りなく汝のものなればなり。アーメン。

主の祈りをすませたあとは、妻のなつや荒使子《あらしこ》も呼んで、一同で使徒信経を唱えた。

――万事かない給う天地を創《つく》り給いし御親デウスの独り子、我らが御主イエズス、すなわち聖霊によりて宿り、処女マリアより生まれ、ポンシオ・ピラトの管下にて苦しみを受け、十字架につけられ、死して葬《ほうむ》られ、古聖所より下りて、三日目に死者のうちより甦《よみがえ》り、天に昇りて全能の父なる天主の右に座し、かしこより、生ける人と死せる人とを裁かんために来たりたもう主を信じ奉《たてまつ》る。我は聖霊、聖なる公教会、諸聖人の通功、罪の赦し、肉身の甦り、終わりなき命を信じ奉る。アーメン。

その次は天使祝詞だ。

――めでたし、聖寵《せいちょう》満ち満てるマリア、主、御身《おんみ》とともにまします。御身は女のうちにて祝せられ、ご胎内の御子イエズスも祝せられ給う。天主の御母聖マリア、罪人なる我らのためにも、今も、臨終のときも祈り給え。アーメン。

なぜだか分からないが、幼い頃から鹿蔵はこの部分の祈りが好きだった。父の道蔵のあとについてこの文句を唱え始めたのは、三、四歳の頃だろうか。もちろん最初は何の意味か皆目分からない。

しかし父について仮名や千字文を覚えていくうちに、祈りの内容が少しずつ明らかになっていった。そしていつか父が見せてくれた絵の中に、幼いイエズスを抱くマリアの姿を見たとたん、納得がいった。

それ以来、十字架上のイエズスよりも、マリアの姿のほうが身近になった。磔刑にあっているイエズスの像は、余りにも厳しすぎる。特に亡父の処刑の一部始終を目撃してからは、イエズスの最期《さいご》の光景は思い出すのにも苦痛が伴った。

それよりは、あらゆる地上の苦難を見届けているような、マリアの微笑のほうが、何倍も心の安らぎを与えてくれるのだ。

天使祝詞のあとは短く栄唱《えいしょう》を口にする。

――願わくば、父と子と聖霊とに栄えあらんことを。初めにありしごとく、今もいつも世々に至るまで。アーメン。

次が信仰の祈りだ。

――イエズスよ、あなたの秘蹟《ひせき》によって勇気づけられた我らが、迷うことなく天の住まいに辿《たど》り着けるよう、マリアと共に新しき歩みを始めさせ給え。我らが光の子となるために、光のある方に歩かせ給え。

祈りを捧《ささ》げている最中に、赤子が泣き出すこともある。そんなときは祈りを短くして、早目に切り上げる。とはいえ、たいていの赤子が最後まで大人しくしていてくれるし、なかには笑いを返してくれる子もいた。

こうした行為が公儀の耳にでもはいれば、すぐにでも奉行所に呼び出され、咎めを受けるのは確実だった。その場合、庄屋の職は召し上げられ、処刑され、妻子は所払いになるのは必至だ。

しかし今のところ、そんな気配もない。今村の百姓たちが口を固く閉ざしてくれているおかげだ。

鹿蔵がつい二の足を踏みたくなるのは、他村から受洗の願いが出されるときだ。しかしこれを拒めば、イエズスの教えは広まらない。いずれは尻《しり》すぼみになっていく。それは本意ではない。

受洗させる行為は、いわば薄氷を踏むのと同じで、いつ氷が割れて冷水のなかに陥落するか分からない。氷が割れるか割れないかは、天のみぞ知るで、もはや鹿蔵の力が及ぶところではない。

おそらくこの先、薄氷を踏む思いは、生ある限り続くに違いない。そののっぴきならない気持が、祈りを捧げる自分の声を真剣なものにしていた。いわば、命と引き換えに祈りの言葉を発しているのだ。

しかし見方を変えれば、鹿蔵から洗礼名を授けられた赤子も、鹿蔵と同じ十字架を背負わされていることになる。洗礼名を持ったイエズスの信徒であると、誰かが告訴すれば必ずや咎めを受ける。しかもその洗礼名は、自分が右も左も分からない赤子のうちに授けられたのだから、考えてみれば迷惑千万なのかもしれない。

そう考えると、自分がしている行為は途方もなく重大な意味を持っている。罪人が額に焼きごてを当てられるように、自分は赤子に洗礼という焼きごてを捺《お》しているのだ。額の焼き印は、他人にも分かる。しかし洗礼の焼き印は、隠そうと思えば隠せる。せめてその違いが救いだ。

もし赤子が成長して、イエズス教の信徒の道を捨てるのであれば、それはそれでいい。しかし捨てたあと、中浦ジュリアン神父と同じ穴吊るしの刑で棄教した何とかとという異人の神父のように、目明かしの側に立つとすれば、信徒は芋づる式に公儀によって裁かれる。一番に裁かれるのは霊名を授けた庄屋であり、当人の親だ。棄教したとしても、親を訴え、庄屋を訴えるかどうかは、本人の胸三寸にある。

ともあれ、どう考えを巡らせても、自分の行為が生死を左右する重みを持っているという結論に辿りつく。

洗礼をするたび、鹿蔵の脳裡《のうり》に、まだ見たことはない穴吊るしの様子と、父親の磔刑の光景が思い浮かぶのはそのためだろう。

父の道蔵同様に、自分も十字架にかけられる覚悟はできているかと、よく自問する。たぶん父のように泰然と昇天するのは無理だろう。泣き叫ぶまではいかなくても、蒼《あお》くなって、ぶるぶる震えながら、槍《やり》が脇下に突き刺さるのを待っているに違いない。

父がそうしたように、天を見上げる余裕など、自分にはおそらくなかろう。両手が縛られているため、合掌はできない。しかし最期の力を振り絞り、こう言い続けるのは確かだ。

——デウス・イエズス様、あなたから授かったこの体をお返し致します。両手両足は縛られ、両脇には穴を開けられた体にはなりましたが、生を受けてこの方、私はあなたのものでした。全身全霊で、あなたの筆先であろうと努めました。哀れな体になってしまいましたが、血の一滴まであなたのものでした。

〈お前もわたしも、神の手の中の小さな筆なのだよ〉。これは父の道蔵が、母親からよく言いきかせられた言葉だったらしい。〈お前も、神の手の中の小さな道具になるのだよ〉と、物心ついた頃から、父は母親から言いきかせられたという。

おそらく父は、十字架上で絶命するとき、母親から教えられた言葉を思い出していたに違いない。

――デウス・イエズス様、私は自分の一生をあなたの筆先として使いました。今、使い切って、あなたの許《もと》に参ります。

これから先、自分が何年生きるかは分からない。しかし生きる限り、神の筆先でありたい。この体も心も神からの授かりものだから、最期に体をお返しする際、せめて悔いのないようにしたい――。

それが辿りついた結論だった。

とはいえ、この結論を村人たちに押しつけるわけにはいかない。あくまでも百姓ひとりひとりが、胸の内で思い至る事柄なのだ。

村人たちが守るべき掟《おきて》としては、亡き父から受け継いだ十の戒めがあった。これこそは、イエズス教徒であれば誰もが順守しなければならない戒律《かいりつ》だった。

第一　御一体のデウスを敬い奉るべし。
第二　尊き御名にかけて、空《むな》しき誓いすべからず。
第三　どみんごの祝日を守るべし。
第四　父母に孝行尽くすべし。
第五　人を殺すべからず。
第六　邪淫《じゃいん》を犯すべからず。
第七　偸盗《ちゅうとう》すべからず。
第八　人に讒言《ざんげん》をするべからず。
第九　他人の妻に邪念抱くべからず。
第十　他人の宝をみだりに望むべからず。

少くとも今村では、父の代からこの十ヵ条が当然の如《ごと》く守られ、村の見えない掟になっていた。
考えてみればこの十ヵ条の戒めは、イエズス教の信徒でなくとも、人である限り守るべき掟だった。すべての村人がこれを守る限りにおいて、その村の安寧《あんねい》は約束されたも同然だった。

こうして寛永二十年の正月を無事に迎えることができ、二日には羽織袴《はおりはかま》で大庄屋に年始の挨拶《あいさつ》に行った。十六人いる庄屋のうちでも鹿蔵は最も若輩で、いつも末席に坐った。そこから見る従弟の大庄屋留蔵殿は、二歳年下にもかかわらず、もう充分の貫禄《かんろく》が備わっている。大様《おおよう》に身を構え、各庄屋の年始の挨拶を受け、進物を受け取る。代わりに大庄屋からの引出物も、庄屋に手渡す。

今年鹿蔵が持参したのは、妻のなつが丹精こめて機織《はたお》りした絹の反物だった。なつは嫁に来る前から、板井村一番の機織り上手と言われていたらしく、蚕《かいこ》を飼い、絹糸を紡《つむ》ぎ出すまでの手順にも長《た》けていた。嫁入り道具の中に、織り機がはいっていたのも、そのためだった。

大庄屋からの引出物は例年酒の角樽《つのだる》だったのが、今年は珍しく砂糖に変わっていた。これこそ貴重な品で、なつの喜ぶ姿が眼に見えるようだった。砂糖が入手できたのは、多分に、内儀であるといの実家で、医師の青木寿庵のつながりかもしれなかった。

青木寿庵の家に婿《むこ》入りした従弟の発蔵殿も、この頃では義父の代診を務めるまでになっている。今村の百姓たちも大いに頼りにしていた。

雑煮を振舞われたあと、大庄屋が改まった顔で各庄屋を見回した。

「ほんに正月早々、こげな達示《たつし》をせにゃならんのは心苦しかばってん、暮に公儀から下付された御触書《おふれがき》について、耳に入れときます」

そう言って文箱《ふばこ》を開き、書付を取り出した。各庄屋に一枚ずつ手回しさせる。

「ちょうど今頃、城下にはこれと同じ文面の高札《こうさつ》が立てられとるはずです。嘱託銀《しょくたくぎん》についての定めです」

「嘱託銀」

各庄屋が訝《いぶか》るように口ごもる。書付が全員に行き届いたのを見定めて、大庄屋がさらに続けた。

「嘱託銀については、二、三年前に長崎で始められたと聞いとります。イエズス教の信徒の訴人《そにん》に、褒美《ほうび》を与えるちゅうもんです。初めは銀百枚になっとったのが、少しずつ増額されとると聞いとります。それがとうとう久留米領にも行き着いたとでっしょ。郡奉行様より各庄屋に通達しとくように言われました。職務上、ここにそのまま書付ば回しときます」

鹿蔵は受け取った書付に眼をおとす。明らかに大庄屋の筆跡であり、十六枚を自らの手で書写したものだ。

楷書《かいしょ》での丁寧な筆致に大庄屋の決心のほどがうかがわれた。

定

切支丹宗門は、累年《るいねん》御制禁たり、不審成る者これあらば申し出《い》ずべし。嘱託銀を以下の如く定める。

一、伴天連《ばてれん》の訴人　銀百五十枚
一、いるまんの訴人　同百枚
一、切支丹の訴人　同五十枚
　仍《よっ》て下知《げち》件《くだん》の如し。

寛永二十年一月

奉行

「これば、村の百姓たちに通知するとでっしょか」

訊《き》いたのは春日村の庄屋勝五郎だった。妹のつやが八歳年上の勝五郎に嫁いで十年にはなる。イエズス教の信徒で、春日村の百姓の大半はまだ信者らしかった。

「郡奉行の意向は、そげんなっとります」

大庄屋の留蔵が静かに答える。

「ばってん、そうすると寝た子ば起こすような結果になりまっせんか」

前の方に坐っている鵜木村の庄屋清十郎が問い質《ただ》す。妹のきくの亭主で、もちろん信者だ。

「寝た子ちいうと？」

大庄屋が困惑した顔で訊き返す。

「転ぼうか転ぶまいか、迷っている百姓です」

顔をしかめた清十郎が答える。「そげな百姓が、うちの村には何人かおるとです。他の村でも似たようなもんでっしょ」

「寝た子ちいうと、金《かね》が喉《のど》から手の出るごつ欲しか百姓も含まれるでっしょな」

一座を鎮《しず》めるように口を開いたのは、小島《おしま》村の庄屋長右衛門だ。大庄屋の妹のとせが嫁にはいっていて、高橋組の庄屋の長老格で、意見のまとめ役だった。

「確かに、銀五十枚ちいうのは、太《ふと》か額です。水呑《みずのみ》百姓に成り下がっとる者《もん》には、旱《かん》天《てん》の慈雨のごたるもんでっしょな」

大庄屋の末の妹のりつを嫁に貰《もら》っている、高樋《たかえ》村の庄屋作右衛門が腕組みをした。

「ここに書いてある伴天連とか、いるまんちいうのは、もうこのあたりにはおりまっせんが、表向きはころび者、しかし中味は切支丹ちいうのは、おります。現に、この私がそうですけん」

言い放って一同を見回す。大座敷の中が水を打ったように静かになった。

「ばってん、訴え出た褒美に銀五十枚を貰うたとしても、そげな者は、この高橋組では生きていけんでっしょ」

平田村の庄屋初五郎が野太い声で言い放つ。平田村では、先々代の庄屋の頃から信仰からは遠ざかり、もう村人の大半がイエズス教の信徒ではないはずだ。

「例えば、現に今、作右衛門殿が堂々と心中を明かされましたが、もしそれば訴える者がおったら、この私、初五郎が許しまっせん」

そう言い切って、一座を見回す。何人かの庄屋が黙って頷《うなず》いた。

「鹿蔵殿はどげんされるとですか」

後ろを振り返って訊いたのは、鵜木村の庄屋清十郎だった。妹の夫だから本来なら義弟といえるものの、実際は清十郎のほうが八歳年上なので、義兄として信を寄せていた。

大庄屋の留蔵が鹿蔵を見て、発言を促した。

「今村では、この書付ば惣《そう》百姓に回覧させます。秘密にしとったところで、どこから漏れますけんで、こんままで周知させようち思っとります」

「ほんに、そげんですな」

清十郎が言って頷く。

「分かりました。ここは公儀の意向のとおりにしとくのが、最善の策じゃなかでっしょか」

大庄屋の留蔵が言って、議論は終わり、浅酌《せんしゃく》の宴に移った。

普段ならあちこちで談論風発《だんろんふうはつ》になるはずの座が、最後まで湿ったように静かだった。どの庄屋も、もはや嘱託銀については口にしなかった。

ようやく鵜木村の庄屋から声をかけられたのは、大庄屋の屋敷の門を出てからだ。

「これから先、わしたちの足元の氷は、だんだん薄くなっていきますばい」

きくの亭主の清十郎が何を言っているかは、鹿蔵にもすぐ分かった。

「薄かばってん、もちこたえると思っとります。氷が割れるときは、みんな一緒に池の底に落ちます。池の底が天上でっしょ」

「ははは、さすがは鹿蔵殿、覚悟が違います。全くそげんですな。高橋組の大半が薄氷の上に乗っとると思えばよかですな。そげんなると、嘱託銀が喉から手の出るごつ欲しか者でも、そう簡単には訴えきらんでっしょ」

「そげなこつだと思います」

鹿蔵も合点《がてん》がいく。「ばってん作右衛門殿が自分は切支丹ですけと、みんなの前で言われたときはびっくりしました」

「私もです。正直一本槍の作右衛門殿らしか言葉でした。しかし平田村の、初五郎殿の言葉には涙が出ました。訴える者があったら許さんと、堂々と言われました。初五郎殿は祖父の時代から、もうイエズス教は捨ててござるが、人の道はちゃんとわきまえておられる」

「平田村では、もう信者はひと握りのはずです。そいでん、信徒でなか者たちも、たぶん庄屋と同じ気持でおるとじゃなかでっしょか。自分たちも父母、あるいは祖父母の時代までは、信徒だったはずですけん。先祖の墓に唾《つば》吐くようなこつは、できんとでっしょ」

鹿蔵は各村の墓の様子を思い出しながら言う。どの墓石も、たとえ表向きは普通であっても、裏や横腹にイエズス教徒である印を彫り込んでいるはずだった。それはあのザビエル師の絹布《けんぷ》に描かれている印であったり、十字架であったり、花十字紋だったりした。さらに名前も、〈る井寸《いす》〉や〈里阿ん《りあ》〉などの霊名を刻んでいる墓もある。そして没年も、例えば慶長十一年と、千六百六年を並記している墓碑もあるくらいだ。現に磔刑にされた父の墓は、太い丸太を縦に割った形の石を寝かしただけのものだが、木口《こぐち》にあたる部分には〈平田安土礼《あんどれ》〉の名とともにグレゴリウス暦での年号と月日が記され、花十字紋も添えられている。

「しかし、これから先、大公儀、公儀ともに、手を替え品を替えて、絞めつけてくるでっしょな」

自分に言いきかせるように清十郎が言う。

「体はどげん絞めつけられても、胸の内だけは自分のもんですけん、公儀は手が出せまっせん」

鹿蔵が答えると、清十郎が顔を向けて大きく頷いた。

七　宗旨人別帳　寛文五年（一六六五）七月

大庄屋の留蔵が病床に就《つ》いたのは、寛文四年から五年に変わってすぐの正月中旬だった。もう今では立派な医師となり、青木家を継いでいる留蔵の弟発蔵が、往診の途中今村の鹿蔵の許を訪れた。

「大庄屋殿は、自分の命が長くないこつば覚《さと》っとるごたるです。それで、鹿蔵殿にちょっと屋敷に来てもらえんじゃろかと言っとりました」

「そげん悪かとですか」

鹿蔵は驚く。

「薬石《やくせき》がきかん病気であるのは間違いなかです。長くて一年、下手すると三ヵ月でっしょ」

暗い顔で発蔵が言う。

「見舞いということにして、行ってみまっしょ」

鹿蔵はそう返事をしたものの、心中は千々《ちぢ》に乱れた。これまでは大庄屋の留蔵に理解があったからこそ、嘱託銀の高札《こうさつ》にもかかわらず、金《かね》に目の眩《くら》んだ訴人《そにん》がひとりも出なかったのだ。銀五十枚といえば、誰にとっても夢のような額だ。銀一枚あれば米が五俵買える。それが五十枚となれば、二百五十俵にもなる。一家の十年分の米代が貰えるのだから、草臥《くたび》れた百姓にとっては、喉から手の出るほど欲しいに違いない。にもかかわらず、この二十年余の間、誰ひとり公儀に訴え出る者がいなかったのは、大庄屋の眼が光っていたからだともいえた。暗黙の掟が、公儀の掟を無にしていたのだ。

大庄屋の留蔵殿が身罷《みまか》るとなれば、その重しがなくなり、訴人があちこちで出るかもしれない。そうなればまたあちこちで磔《はりつけ》のための十字架が立てられるか、斬首の刑場が用意されるだろう。もちろん鹿蔵の命は、真先に消されるはずだ。

二日後、鹿蔵は葛粉《くずこ》を見舞いの品にして大庄屋の屋敷を訪れた。案に相違して、留蔵は床に臥《ふ》してはいなかった。頬のこけた顔で鹿蔵を座敷に迎え入れ、火鉢を挟んで対峙《たいじ》した。

「庄屋殿には、わざわざ来てもろうてすんまっせん。ちょっと話しておかんといかんこつができました」

火鉢に寄りかかるようにして大庄屋が言った。「どうぞこっちに寄って下さい。そのほうが声を張り上げけん分、楽ですけん」

留蔵が手招きした。鹿蔵にとっては、いくら従兄弟《いとこ》同士とはいえ、こんなに近く大庄屋の傍に寄るのは初めてだった。

「弟の発蔵から聞いたと思いますが、大庄屋の職が務まるのも、あと一年がせいぜいでっしょ。そこで、今後のこつについて、鹿蔵殿に伝えておかねばならんと思うて来てもらったとです」

留蔵が間をおきつつ言う。近くから見る大庄屋の顔色は、いかにも悪かった。

「そげん弱気になられると、体には却《かえ》ってよくなかです」

「いや、自分の体ですけ、分かっとります」

大庄屋が寂し気に笑った。「実は、年始の挨拶で城下の郡奉行様の屋敷に行った折、宗旨人別帳《しゅうしにんべっちょう》の話が出たとです」

「宗旨人別帳ちいうと」

鹿蔵が訊き返す。

「切支丹の改めを毎月一回するちいうこつです。この高橋組では、大半が宗門転び者《もん》になっとります」

「今村では、私も含めて全員が表向き転び者になっとります」

「そればより厳しく見分《けんぶん》する、ちいうこつでっしょ。そげんなると、表向きば厚くして、裏向きはできる限り目立たんようにせねばならんち、いうこつです。これは難しか道でっしょが、そげんするしか策はなかです」

「確かに」

鹿蔵が頷く。

「私のあと、大庄屋は息子の力蔵《りきぞう》に継がせようと思っとります」

「そりゃ結構なこつでございます。力蔵殿なら間違いなかです」

長男の力蔵は身の丈六尺の偉丈夫《いじょうふ》で、まだ二十五歳にもかかわらず、貫禄が備わっていた。鹿蔵の跡継ぎになるひとり息子の伝蔵《でんぞう》とは大違いだった。又助は元服後伝蔵と改名していた。命名したのは鹿蔵で、何とかデウス・イエズスの教えを子孫に伝えて欲しいという願いをこめたのだ。

「そいで話というのは、力蔵はもう隠れ信徒にはならんと言うとです。表向きは仏教徒にしてちゃんと寺詣《てらまい》りもし、裏ではイエズス教を信じるのは面従腹背《めんじゅうふくはい》そのものだと言いよります」

留蔵は困った顔をする。鹿蔵は返す言葉もない。面従腹背というのは言い得て妙だった。

「こと信仰に関するこつですので、私がとやかく言うても、納得しまっせん」

「そりゃ仕方なかです」

背中がうすら寒くなるのを覚えながら、鹿蔵は答える。大庄屋が隠れイエズス教徒を敵視するようになれば、それこそ一大事で、尻に火がついたのも同然だった。

「力蔵には重々言い聞かせとります。高橋組に隠れイエズス教徒がいたとしても、それには目をつぶり、お前自身が公儀に対する楯《たて》になってくれち、頭を下げて頼みました」

留蔵が目を潤《うる》ませたので、鹿蔵は胸を衝《つ》かれた。実際に、大庄屋が痩《や》せた体を息子の前で折り曲げて、懇願《こんがん》している姿が目に浮かんだ。

「そんとき、本郷《ほんごう》の流川《ながれこ》で磔になった叔父の道蔵殿の話を聞かせました。叔父は私の父音蔵に対して、どうかイエズス教徒を見逃してくれ、その代わり、信徒の百姓たちは、何があっても百姓の務めを全うし、物成《ものなり》は遅滞《ちたい》なく納めますと誓わっしゃった。そいで自分だけが転ばんと言うて、いわば人柱《ひとばしら》にならっしゃった。あとは今村を含め、高橋組の他の村でも全員が転び者の届けを出し、公儀もそれを認めらっしゃった。公儀の眼が、こと高橋組に関しては寛大なのは、ひとえに磔刑《たっけい》になった道蔵殿のおかげ。お前の爺《じい》さまである音蔵はそんとき弟の道蔵殿に誓わっしゃった。大庄屋は代々、隠れ信徒ば見逃していく。これば家訓の第一にすると明言された。それば聞いて、道蔵殿は安心し、十字架に昇られた」

そこまで言って留蔵が息をつく。襖《ふすま》が開いて内儀のといが茶を持って来てくれ、頭を下げて退出した。

「自分の弟ば切支丹として公儀に訴えたとき、こげな苦しかこつはなかったと父は言っとりました。あのあと父が懸命に大庄屋を務め上げたのも、実弟道蔵殿に対する贖《しょく》罪《ざい》と思い定めとったからでっしょ。月命日毎《ごと》に何かにかこつけ、流川に行ったりしとりました。ばってん、もっと辛かったのは、父親を訴え出た鹿蔵殿じゃなかったですか」

訊かれて鹿蔵は激しい感情に襲われる。それこそは誰にも言わずに、封印していた悲しみだった。あのペドロ岐部《きべ》神父にも、内心は吐露《とろ》しなかった。

「一番辛かったとは、母のたみだったと思います。一切弱音は吐かんかったとですが、墓参りは毎朝暗いうちにしとりました。父はまず母を説得したあと、息子の私を説き伏せたとです。父の意志はもう固かったので、私は従うしかなかったです。母は流川には行ききらんで、戻って来た棺《ひつぎ》にとりついて泣いとりました。私は、磔の場に行かんこつには村人たちへのしめしがつかんので、流川の刑場には行きましたが」

「よう行かれましたな」

「どげんやって行ったか、どげんして帰ったかは、よう覚えとりまっせん」

鹿蔵は首を振る。「ばってん、父が十字架の上から私を見たのは覚えとります。それから、頭を上げてじっと天ば見つめとったのも覚えとります」

「あんとき、道蔵殿には天上のイエズス様が見えとったのでっしょな。ほんに穏やかな顔をしとられました。それに比べて、馬に乗った郡奉行はまっ青な顔をして、ぶるぶる震えとりました。最期まで見とりきらんで、早々に、逃げるようにして帰って行きました」

「そげんですか」

そんなところまで見届ける余裕は、鹿蔵にはなかった。蠟《ろう》のように白くなった父親の体にこびりつく血を拭《ぬぐ》い、持参の棺の中に納めたのだけは記憶にある。しかしどうやって家に辿り着いたかは全く覚えていない。

家では、棺にとりすがって母がさめざめと泣いた。ほとんどすべての村人が、棺を拝みに来て、鹿蔵に悔やみを述べた。その中で、をもという老女が口にした言葉は胸に響いた。

――道蔵様は村民すべての中に生きとられます。ちょうどイエズス様がみんなの内におられるのと一緒です。

そうなのだと鹿蔵は腑《ふ》に落ちるものがあった。父の体は死んだ。しかし魂はずっと生き続けているのだと思うと、澱《よど》んだままだった悲しみがきらきらと輝き出したのだ。

「あのときを境にして、高橋組の惣《そう》百姓は、転んだとして公儀に届出をしとります。あれから三十四年、公儀も安心して、何のほじくり返しもしなかったのは、実に道蔵叔父のおかげです。そういう意味では、命を投げ出して百姓の信仰ば守ったとつになります」

留蔵が息を継ぎ継ぎ言う。その一言一句が鹿蔵の胸に沁《し》みた。

「ところがこの筑後久留米領は、前領主田中吉政公、忠政公の親子二代の名君を失って以後というもの、災難続きです。福知山から初代の有馬豊氏公が転封《てんぽう》してこらっしゃったのが、四十五年前、その治世は約二十年続き、二代忠頼《ただより》公が受け継がれました。ばってん参勤で上府《じょうふ》の途中、備後塩田浦あたりの船中で、小姓兄弟に殺害されるという前代未聞《ぜんだいみもん》の醜態に相成りました。本来ならここで大公儀の咎《とが》めがあって、お家取り潰《つぶ》しにあうところを、何とか取り成したのは、重臣たちの手柄《てがら》でっしょ。三代目を継いだのが、今の頼利《よりとし》公で、わずか四歳のときです。先代五十歳のとき出生の三男です。長男、次男は相継いで若死にされとるので、お鉢が回ってきての領主です。今ようやく十四歳ですけん、公儀の役を取り仕切っとるのは重臣たちです」

さすがに大庄屋として、留蔵は公儀の内情に通じていた。静かに息を継いで留蔵が言い足す。

「重臣たちは、先代の醜聞を気にして、大公儀の意向ばえらく気にしとると見てよかでっしょ。昨年、大公儀が諸大名に対して、切支丹宗門改役《しゅうもんあらためやく》の設置ば命じ、転び者の名簿作成と高札の書き直しも言い渡したとです。久留米領ではすぐさま寺社奉行を設け、有馬重秀様と稲次正延様がその席につかれとります。その流れでの宗旨人別帳が、今年中には義務づけられるこつになります」

「よう分かりました。新設の寺社奉行が宗門改役になるとですね」

「そげんです。宗門転びの者の名前と年齢ば記した人別帳を作り、もうひとつ、イエズス教は棄教したという誓詞ば、庄屋の家でさせんといけまっせん。誓詞は月に一度、人別帳は年に一度の提出です。女子衆《おなごしゅう》の誓詞は三ヵ月に一度でよく、庄屋の家に来る必要はなかです」

「月に一度ちいうのは、厳しかですね」

「厳しかです」

留蔵が頷く。「人別帳には生まれたての赤子も記さねばなりまっせん。もうこの措置は城下で始まっとります。地方《じかた》でも間もなく正式に通達されるはずですけん、そんつもりで前以《まえもつ》て百姓たちにも言い含めたほうがよかかもしれんです」

「分かりました」

鹿蔵は留蔵の配慮に感謝する。

「これはあくまで表向きの措置ですけん、遅滞なく提出するに越したこつはなかです」

留蔵は〈表向き〉に力を入れ、目を大きく見開いた。「そいで、もう大庄屋跡継ぎの力蔵が、裏向きでも信仰をやめるち言うので、鹿蔵殿に渡したいものがあります。これは私が死んだとき、そっと棺の中に入れてもらってもよかち考えたとですが、それではもったいなか。この世で一番持っとくのにふさわしか人は、鹿蔵殿です」

大庄屋は立って行き、文箱と布包みを持って来る。蓋《ふた》を取ると、中は白いロザリオだった。

「これは父から譲られたもんで、もともとは中浦ジュリアン神父から貰ったロザリオです。ローマで購《あがな》ったものらしかです。珠《たま》は象牙《ぞうげ》でできとります」

「そうでっしょ」

「どうか受け取って下され。もうこの平田家に置いとくわけにはいきまっせん」

留蔵はロザリオを文箱に収め、風呂敷《ふろしき》に包んで鹿蔵にさし出す。

「中浦ジュリアン神父の最期は、鹿蔵殿、聞いとられますか」

「いえ」

鹿蔵は首を振る。父の道蔵と話し込んでいる姿を見たことはあっても、口を利《き》いたことはない。この神父が諸大名の名代《みょうだい》としてローマまで行ったとは信じがたいほど、腰の低い気さくな神父だった。

「父がペドロ岐部神父から聞いたところによると、長崎で穴吊るしの刑で亡《な》くなったそうです」

「あの逆さ吊りで」

そういう苛《か》酷《こく》な刑があるとは鹿蔵も耳にしていた。

「同じ逆さ吊りで隣におった、何とかという異人の神父は、転んだそうです」

「そげんでしたか」

「ですけん、これは、私が墓に持って行くもんじゃなかです。中浦神父の形見と思うて使ってやって下さい。鹿蔵殿のところには、ザビエル師の絹布もあるとじゃなかですか」

声を低めて留蔵が確かめる。

「あります。先の大庄屋殿からいただいたものです」

「そのザビエル師は、ローマで聖人にならっしゃったと、岐部神父が言っとられました。ちょうど神父がローマで修行しとられたときです」

「聖人にですか」

どういう位かは知らないものの、祭壇に崇《あが》めまつられる偉人になったのに違いない。

「そしてこれもです」

留蔵が布包みを開く。中から出てきたのは木像だった。

「これはマリア様？」

「はい。ペドロ岐部神父が若かとき、自らの手で彫られたと聞いとります。これも、もううちには置けまっせん。どうか、貰うてやってつかあさい」

大庄屋が頭を下げる。

「預からせてもらいます」

鹿蔵が押しいただくと、留蔵はようやく安堵《あんど》の顔になった。

「安心しました。これで、これから先、今村の庄屋の家には、ローマゆかりの品が三つあるこつになります。私が言うのも何ですが、どうか末代まで守っていって下されい」

留蔵は火鉢から後ずさりして頭《こうべ》を垂れた。鹿蔵は慌《あわ》てて自分も頭を下げる。

「これで死んだ父にも顔向けができます」

ほっとした顔で留蔵が言った。「ばってん鹿蔵殿には、重か荷物ば背負わせてほんにすんまっせん。公儀は、今後もイエズス教に関する書物や暦など、庄屋を通じて根こそぎ没収するつもりでおります。まさか家捜《やさが》しまではせんでっしょが、慎重であるにこしたこつはなかです」

「心得とります」

鹿蔵が答え、留蔵が頷く。

「あの岐部神父、もう存命じゃなかでっしょな」

話の接《つ》ぎ穂を探すように留蔵が言った。「あんとき、もう五十に手の届く年齢でした。生きとられれば八十です」

「これからどこに向かわれるとですかと、私が訊いたとき、ちょっと首を捻《ひね》っただけで答えられんでした」

「奥州に向かわれるというこつでした」

「奥州ですか」

「二本の足でひとりローマまで行ったお方ですけん、奥州など、すぐそこに思えたとでっしょ。あの神父のこつを思うと、我が身がほんに引き締まります。人間ちいうのは、あそこまで強くなれるちいう例ですけん。鹿蔵殿のおやじさんも、全く同じような人でしたな」

たまりかねたように留蔵が言い、溢《あふ》れ出る涙を手拭いでぬぐった。「すんまっせん。体が弱ると、涙もろくなります」

泣き笑いの従弟《いとこ》の顔を、鹿蔵は尊敬の念で見つめた。

それから半年後、大庄屋が言ったとおり、地方に対して宗旨人別帳の達示《たっし》がなされた。

人別帳にはその年に生まれた赤子までも記さねばならず、鹿蔵は三日かけて今村五十七戸、三百四十七人の人別帳を書き終えた。もちろん全員が宗門ころびの者にした。やっかいなのは切支丹誓詞で、寺社奉行から頒布《はんぷ》された牛王宝印紙《ごおうほういんし》に、村人全員が血判しなければならない。この紙には、でかでかと烏《からす》と宝珠の模様がはいっている。いかにもイエズス教を捨て、仏教に鞍替《くらが》えしたことを確認させる意図が見え見えだった。しかも提出するのは月に一度という煩雑《はんざつ》さだ。女人のみは三ヵ月に一度でよしとされたものの、み月はすぐにやってくる。

この血判には針の先を使った。荒使子《あらしこ》に命じて、針の先がわずかに出ている竹切れを作らせ、各戸に配った。百姓たちはそれを使い、月が変わる毎に血判をおす。それを荒使子に回収させ、鹿蔵が大庄屋のところに持参した。

留蔵は、その年の暮に大庄屋の家督《かとく》を長子の力蔵に譲り、郡《こおり》奉行から承認された。そして翌寛文六年三月、医師である弟の青木発蔵に看取《みと》られながら息を引き取った。

弱冠《じゃっかん》二十六歳で大庄屋の重責を担《にな》った力蔵は、父親から厳しく言い渡されていたせいか、宗旨人別帳にしろ、誓詞血判にしろ、頓着《とんちゃく》なく受け取った。どの村の庄屋に対しても、その大様《おおよう》な態度は変わらず、あたかも、高橋組の百姓には、ひとりたりとも切支丹はいるはずはないという自信に満ちているようだった。

その年の九月、誓詞血判を届けるため、庄屋たちが大庄屋の屋敷に集まった際、力蔵からの達示があった。

「宗旨人別帳といい、誓詞血判といい、日頃の業務が山積みしとる上に、こげな仕事ばさせて、ほんに申し訳なかこつです。これも公儀の要請なので、応じるしかなかです」

そう前置きして力蔵が続ける。「先日、郡奉行からの通達が届いとります。これもまたやっかいなこつですが、なるべく月に一度は寺に参るようにさせろということです。各村が行くべき寺も、このとおり、寺社奉行から郡奉行に下付《かふ》されとります」

力蔵が書付《かきつけ》を掲げて示した。

「月に一度寺に参るちいうても、どげんすればよかとですか」

訊いたのは小島《おしま》村の老庄屋だった。小島村も大半はまだイエズス教の信徒のはずだ。

「僧侶《そうりょ》の話ば聞いたり、仏像の前で手を合わせたり、墓参りでもよかち思います」

微笑しながら大庄屋が答える。それまで各村のはずれにあった墓のうちいくつかは、寺の墓地に移されていた。新しく出た死者の墓は、もうほとんどが、寺の墓地内にあった。

「大庄屋の寺参りについては、寺社奉行によって厳命されとります。ふた月に一度ですす。私のところの寺は、筑後川の向こうの善導寺ですけん、骨が折れます。善導寺のほうでは、私が記帳した分を寺社奉行に届けているごたるです」

善導寺は久留米領のうちでも格式が高く、大庄屋の寺参りがそこになっているのも頷けた。

今村に振り当てられた広琳寺《こうりんじ》の住職とは、鹿蔵はまだ口をきいたことがなかった。道ですれ違ったとき、老住職のほうから先に頭を下げられ、こちらも慌てて会釈《えしゃく》をした覚えがある。今後はそうもいかず、いずれ寺の境内に足を踏み入れるときがくる。しかし、それはできるだけ先延ばししたかった。

「これは私の考えですばってん、言っといたほうがよかち思うて、ここで口にします。近いうちに、寺のほうで、人別寺証文ば寺社奉行に出すようになるでっしょ。村の百姓のうち誰が寺に参ったかを、いちいち住職が公儀に報告するとです。ですけん、各庄屋におかれては、それば頭に置いて、ちょっと寺に近づきになって欲しかです」

力蔵はあくまでも温顔《おんがん》を崩さない。聞きながら鹿蔵は、そこに大庄屋の配慮を感じた。

来月にでも寺に足を運び、住職に会っておく必要があるだろう。鹿蔵はそう心決めする。それが今村の百姓たちを守る一助になるはずだった。

広琳寺は小ぶりな寺で、今村と高橋村、平田村に囲まれるようにしてあった。往還から小道にはいるともう参道になり、こんもりとした森になる。その参道を進むのも、境内に足を踏み入れるのも、鹿蔵にとっては初めてだ。おそらく父の道蔵にしても、同じだったに違いない。今村がまだ田中村だった頃、曾祖父《そうそふ》の市助は、あるいは寺に何度か足を運んだのかもしれない。

広琳寺が何宗かも、鹿蔵は知らない。いやそもそも、寺にどういう宗派があるのかも鹿蔵には分からなかった。

手土産には荒使子が掘って来た三尺近くの自然薯《じねんじょ》を選んだ。秋月近くの山まで行って、掘るのにはえらく苦労したらしかった。あの辺の山はもう筑前領だから、見つかれば咎められる。掘るのも持ち帰るのも、冷や冷やものなのだ。

寺の本堂と廊下続きになっている庫裏《くり》は、百姓家とさして変わらない大きさだった。表戸を細く開けて声をかけると、中から老女の声がした。

「これはこれは庄屋様」

鹿蔵を見て老女が驚く。もう七十近い年齢だろう。白髪を後ろで束ねていた。

「今村の庄屋、平田鹿蔵です。ご住職はおられますか」

腰を低くして訊く。

「はい。本堂の方におるので、ちょっと案内しまっしょ。どうぞ」

老女は外に行きかけてから、思い直したように中にはいり、まずは上がるように言った。

「これは、ほんの手土産ですけん」

自然薯を老女に手渡し、土間に上がる。よく磨きぬかれた床で、少し奥に囲炉裏があった。どこまでも簡素な造りだ。

「こっちです」

案内されるまま、黒光りする廊下を渡る。中庭の南天が赤い実をつけはじめていた。低い声での読経《どきょう》が耳に届く。

薄暗い本堂の中央に住職が坐《すわ》り、お経を唱えていた。八十歳近い老住職だった。その後方で鹿蔵は膝《ひざ》を折る。

「ご老師様、今村の庄屋様が来とらっしゃいます」

老女がすぐ後ろまで行って坐り、呼びかけると読経の声がやんだ。そのまま振り返って鹿蔵と対峙する。

「これはこれはよく見えました。さあさあこっちへ」

住職は坐り直す。老女が座布団《ざぶとん》を持って来て、鹿蔵にさし出す。

「いえいえ、こんままでよかです」

鹿蔵は遠慮し、そのまま板敷きに坐り直した。

「住職の円仁《えんにん》です。ほんに今日はよくいらっしゃいました」

住職が笑顔で言う。年齢に合わない若々しい声だ。

「初めてご挨拶致します。今村庄屋平田鹿蔵でございます。近くにおりながら、今まで寄りつかず、ほんに申し訳なかこつでした」

さんざん初対面の口上《こうじょう》を考えていたのに、口を出た言葉は拍子抜けするくらい単純だった。

「いろいろ事情のあったこつは、重々承知しとります」

住職が頷く。「ほんに今日は、よく参って来られました。今村の村民の中でも、この頃はここに参って来られます。ありがたいこつです」

「もう今村の百姓が来とりますか」

鹿蔵は驚いて訊き直す。

「来られとります。ほんによかこつです」

住職が口許《くちもと》をゆるめる。

「この先も増えると思いますけんで、どうかよろしくお願いします」

胸の内で、いったいどの百姓が率先して寺に足を踏み入れたのかと訝《いぶか》りながら、鹿蔵は頭を下げた。その百姓も、本心から転んだのではなく、表向きを整えるためにいち早く寺詣《てらもう》でをしたはずだった。

「全くこのあたりの百姓には頭が下がります。それは四十年前に、この寺の住持《じゅうじ》になったときからずっと感じとりました」

老住職が言うのを聞きながら、鹿蔵はその長い間、境内に足も踏み入れず、住職とは口も利かなかったのだ。しかもこの寺と今村は、ほんの目と鼻の先ほどの距離しかないのにだ。住職は鹿蔵が黙っているのを見て続ける。

「若い頃は筑前におったとです。どことは言いませんが、そこの百姓とは大違いでした。水に恵まれ、土地が肥えとるのをよかこつにして、百姓たちは、よう遊んどりました。御法度《ごはっと》の博打《ばくち》もはやっとりました。田畑を賭《か》けて、水呑百姓になったり、夜逃げした者もおったくらいです。その博打を、庄屋も大庄屋も大目に見とりました」

「百姓が博打ですか」

鹿蔵はにわかに信じられない。

「博打にはまると、人間が人間でなくなります。蟻地獄《ありじごく》と同じで、抜けられまっせん。ですけん、大昔から博打は御法度にされとるとです。それに比べると、ここは全く違っとりました。いやこれは拙僧だけの感想でなく、高樋《たかえ》の望雲寺《もううんじ》や正円寺《しょうえんじ》、本郷の慶雲寺の住職も等しく思っとるこつです」

老女が姿を見せ、腰をかがめて茶をさし出す。勧められて鹿蔵は手を伸ばす。

「こげな長話をして、ひきとめてよかとでっしょか」

「よかです」

住職が訊いた。このひと言で、鹿蔵は住職に親しみを感じた。

「せっかく見えたとですけん、日頃から思っとるこつば言いたかとです」

住職が微笑し、鹿蔵も頷き返す。「ここの土地は肥えとるとも言えず、痩せてもおりまっせん。水利は、東から佐田川、小石原川《こいしわら》、大刀洗川と三本の川があるものの、流れは細かです。決して恵まれとるとは言えまっせん。ばってん、その流れの一滴も無駄にせんごつ、百姓たちはようやりよります。田植えの時期になると村中総出で、上《かみ》の方から、段々に苗を植え込んで行きます。

ちょっと日照りが続くと、他所《よそ》では村と村の間で水争いが起きるとですが、ここでは四十年間、聞いたこつはなかです。互いに水ば分け合い、足らん分は井戸から汲《く》み出して補い合っとります。その助け合いの先頭に、鹿蔵殿の尊父《そんぷ》、道蔵殿が立っとらっしゃったのは、この眼で何度も見ました。ほんに、庄屋の見本でした。その実兄である大庄屋の音蔵殿も、大庄屋の模範でした。道蔵殿と音蔵殿は、身分の違いもあって、表面上はよそよそしくしてあるようでしたが、心と心はしっかりつながっとりました」

しみじみと住職が言う。住職がそんなところまで見ていたのが、鹿蔵には驚きだった。

「それだけに、道蔵殿があのような死に方をされたときは、音蔵殿は胸が張り裂けるくらい苦しかったでっしょ」

そう言ってから、老住職が鹿蔵を直視する。

「そして、鹿蔵殿、あなたもそれ以上に苦しまれたでっしょな」

こちらを凝視する住職の目が潤むのを見て、鹿蔵はこみ上げてくるものを感じた。あのときの苦しみは、これまで三十五年の間、秘め続けていた。面と向かって指摘されたのは初めてだった。

「あれは仕方なかこつでした。父はそう決めとりました。息子の私が反対するこつは、もうできんでした」

答えながら、鹿蔵は不覚にも落涙する。父親の許に呼ばれて、諄々《じゅんじゅん》と説かれたときのことが脳裡《のうり》に甦《よみがえ》る。

――わしひとりの命で、高橋組の百姓たちの命と信仰ば救えるとじゃけ、こげんよか話はなか。

そう言う父親の顔は静謐《せいひつ》そのものだった。あのとき父は、村民のために命を投げ出すことを覚悟していたのだ。

「実は、道蔵殿は磔刑になる前に、ここに見えられました」

住職が静かに言い継ぐ。

「この寺にですか。まさか」

「ほんなこつです」

住職が顎《あご》をひく。

「何ばしにですか」

「拙僧もびっくりしました。それまでは、道で会ったとき、互いに会釈ばするくらいで、口を利いたこつはありまっせん。それが、わざわざ自分から見えたとです。ちょうど読経ばしとるときで、すぐに上がってもらいました。今、庄屋殿がおられる所に坐ってもらったとです」

「ここにですか」

動転しながら鹿蔵は自分の膝元を見た。

「はい。そして自分は今から御法度のイエズス教徒であるこつば、お上に訴え出る。それでいずれ今村の百姓たちは、広琳寺のお世話になるけんで、その節は重々お願い致しますと言われました」

「そげなこつば頼みましたか」

何から何まで鹿蔵には驚きだった。あの父親はどういう気持で境内に足を踏み入れ、どういう眼で、これらの仏像を見つめたのか。

「それで私は、表向きにでっしょか、と訊《き》いたとです。すると道蔵殿は無言のまま頷かれました。うろたえたのは、こっちのほうです。あれこれ思案した挙句、口をついて出たのは、その教えがどげなものか、教えていただけんでっしょか、ちいう質問でした。すると道蔵殿は、少しばかり考えて、こう言われたとです」

老住職が当時を思い出すように顎を上げ、目を細めた。父はどういう返事をしたのか。鹿蔵は息を詰めて、老住職の言葉を待った。

「自分を、神の手の中の小さな道具にするちいうこつです。私たちは、デウス・イエズスの筆先に過ぎませんから――。道蔵殿はそう答えられました」

「父が日頃から言っとったこつです」

鹿蔵は納得する。

「私はそれば聞いて、仏の教えと瓜《うり》二つだと思いました。人は仏の小さな道具、小さな筆先、人の行いは大河の一滴、しかしその一滴がなければ、海はその一滴分、少なくなる――」

石を積み上げるように訥々《とつとつ》と住職が言う。その〈大河の一滴〉も、父の言い草のひとつだった。

「道蔵殿の返事で、拙僧もああそうだったかと得心《とくしん》したとです。一心に田植えをしている百姓、稲刈りをしている百姓、夜なべで莚ば編んどる百姓。みんなそれぞれが、神の筆先ち思っとる。なるほど今村の田畑に実る見事な作物は、その結実だったと思い至ったこつでした」

「ありがとうございます」

鹿蔵は思わず頭を下げる。

「それで拙僧は答えたとです。よく分かりました。その教えば守りまっしょと。あんときの道蔵殿の安堵した顔は忘れられまっせん。道蔵殿は床に額をつけようとされたんで、両手ばとってそれば制したとです。道蔵殿が泣いとられたので、こっちも落涙してしまいました」

「そげなこつでしたか。全く知りませんでした」

「磔の様子は、先年亡くなった本郷の慶雲寺の住職から聞きました。遠くから処刑の模様を見た住職は、感激しとられました。たったひとりで、この高橋組の苦しみば背負って、仏にならっしゃったと言われとりました。ほんに、道蔵殿という人は、またとなか人でした」

老住職が赤い目をしばたたく。「今でも、道蔵殿の墓の前を通るときは、遠くから合掌するとです。そして胸の内で、約束は守り通しますと唱えとります」

荒使子のひとりから、広琳寺の住職が墓の前で手を合わせていたと聞いたとき、何かの間違いだと思い、一蹴《いっしゅう》していた。本当だったのだ。

「ですけん、あのとき命を賭《と》して道蔵殿が拙僧に頼まれたこつは、以来ずっと三十五年間守り通しとります。今回、鹿蔵殿が見えたのも、そのこつでっしょ」

老住職の眼がじっと鹿蔵に注がれる。

「はい、そのこつで参りました」

改めて鹿蔵は頭を垂れる。

「分かっとります。これは広琳寺の是《ぜ》として、これから後《のち》の住職にも代々守らせていきます。心配なさらず、突き進んで下され」

「ありがとうございます」

「百姓たちのひとりひとり、そして私どものひとりひとりが、大河の一滴、小さな筆先であるのは、あそこもここも、いっちょん変わりありまっせん。ひとりひとりが、よか一滴、よか筆先になればよかとですけん」

住職は言い切る。あそことはイエズス教、ここは仏教に違いなかった。鹿蔵は気抜けのあまり肩で息をしていた。

「よか筆先である限り、公儀もいらん詮索《せんさく》はせんでっしょ。波風立てんでおる限り、この今村はもちろん高橋組の他の村々も安泰だと、拙僧は見とります」

住職が微笑する。「さあ、どうぞお引き取りなさってつかあさい。長話ばしてしまいました」

立ち上がった住職にならって鹿蔵も腰を上げる。中庭の南天の実が、来たときよりも赤いような気がした。

「こげんして、この廊下ば道蔵殿と歩いたときのこつば思い出します。ほんに庄屋殿は、容貌《ようぼう》といい、声色《こわいろ》といい、物腰まで道蔵殿にそっくりです」

住職の声が快く耳に響く。庫裏まで来て、鹿蔵は今一度頭を下げた。

「どうかこれからも、折ば見て、顔を出してもらえると拙僧も嬉《うれ》しかです。そのほうが、よか結果ば生むでっしょ」

腰を折りながら老住職が言った。

八　絵踏み　宝永五年（一七〇八）五月

寛文八年（一六六八）わずか十五歳で久留米領の家督《かとく》を継いだ有馬頼元《よりもと》公は、四十年近く領主を務めたあと、宝永二年の七月に没した。領主を襲継《しゅうけい》したのは、嫡男《ちゃくなん》の頼旨《よりむね》公だった。しかしわずか一年後に急逝《きゅうせい》する。嫡男がなかったため、新たに第六代領主として久留米入りしたのは、有馬則維《のりふさ》公だった。

則維公の実父は石野八大夫則員《のりかず》といい、第四代将軍家綱公に仕えた御小姓組の番士に過ぎず、相模《さがみ》国足柄郡にわずか三百石の知行《ちぎょう》を得ていた。

その庶子が則維公であり、久留米領初代領主の豊氏公の弟である有馬豊長の子、則《のり》故《ふる》の養子にはいっていた。

宝永四年六月、久留米に初入りしたときは、三十四歳だった。知行地の武蔵《むさし》国からはるばる赴任する際、海路で小倉に上陸、長崎街道の筑前六宿《むしゅく》である、黒崎、木屋瀬《こやのせ》、飯塚、内野《うちの》を経て、冷水《ひやみず》峠を越えて山家《やまえ》に至り、最後の原田《はるだ》に辿《たど》り着く。その先は対馬《つしま》領の田代《たしろ》であり、そこからようやく久留米領になる。国境《くにざかい》の乙隈《おとぐま》では、御原郡《みはらごおり》と御井郡《みいごおり》の大庄屋が出迎えの労をとった。

そして松崎宿で一泊したあと、岩田、古飯《ふるえ》、光行《みつゆき》、八丁島を通り、筑後川の宮地の渡しに至る。渡船《とせん》した先には、外様《とざま》の家臣たちが列を成して待ち受けていた。

高橋組の村々の百姓たちも、近くの岩田村や古飯村の百姓たちと一緒に、街道筋に膝をつき、頭を下げて新領主を迎えた。もちろん高橋組大庄屋の平田力蔵も、六十七歳の老齢をおして乙隈まで出向き、間近で一行の久留米領入りを目のあたりにした。

新領主は久留米入国の三ヵ月前、領内の逼迫《ひっぱく》した財政を聞き、家臣に対して倹約令を出していた。新規の出費の抑制、拝借銀《はいしゃくぎん》の禁止、上米《あげまい》の増量、家中奉公人の給銀の制限などだ。

新領主はまた大公儀の施策に関しても忠実であり、それまで徹底していなかった宗門改めにも、厳格な措置を講じるようになった。

入国の翌年宝永五年正月、久留米領内の総踏絵が発令された。いくつかの例外以外は、踏絵御免は家臣とその家族のみで、十一歳以上の男女すべてが対象にされた。

家臣の家来、軽扶持人《かるぶち》、召仕女《めしつかい》については、御目付が踏絵裁判御側《おそば》足軽と踏絵持小者を伴って家臣宅に赴いた。城下の町人に関しては、それぞれの檀寺《だんでら》に集められ、寺社奉行が御目付衆を采配《さいはい》して唐銅《からかね》の絵を踏ませた。

こうした絵踏みの制に先立つこと約二十年、第四代領主有馬頼元公が貞享《ていきょう》四年（一六八七）に出したのが類族改めの制だ。これは転宗者を発端として、その子孫を七代にわたって去就を記す制度で、各村の庄屋がその任にあたった。

例えば、今村の庄屋平田伝蔵の場合、転びの発端者は父親の鹿蔵だった。その父親が転んだと目されているのは、祖父の道蔵が処刑された年であり、鹿蔵は独身で伝蔵はまだ生まれていない。従ってこれは転び後の子とされた。仮《かり》に転ぶ以前に生まれた子がいれば、本人同然とされて、そこが類族の起点にされた。

その類族の檀那寺《だんなでら》、死亡時の処置、埋葬の仕方などを、起点から将来七代先まで記入保存しておくのが類族帳だった。

類族改めの制が大庄屋の力蔵から言い渡されて、今村の庄屋伝蔵が記帳を始めたとき、既に四十代の半ばに達していた。子は四人いて、長男の与蔵はもう嫁を貰《もら》い、孫に千蔵が生まれていた。次男の藤蔵は山村の庄屋に婿《むこ》入りし、長女のいつと次女のいねも嫁《とつ》いでいた。

これを書きながら、類族放れとなる七代先がいったいどのくらい先かを考えたことがある。自分が二代目なので、七代先までは五代ある。一代を二十五年として、五代は百二十五年だ。遠い先のような気がする反面、近いような気もしてくる。

思い出されるのは、父親の鹿蔵が、磔《はりつけ》にされた祖父の道蔵から聞かされた話だった。

中浦ジュリアンという神父が今村を訪れた際、たとえこの村に神父が来なくなっても、五十年後、百年後、二百年後には必ず再訪する、と明言したという。

父の鹿蔵自身も、最後に今村を通ったペドロ岐部《きべ》という神父が、道蔵殿の墓の上には、いつか必ず教会が建つ、と言い切ったのを記憶していた。

神父が再訪するのは、類族放れとなる百二十五年後なのだろうか。そして教会が建つのはそのあとなのだろうか。

いや、そもそも伝蔵には、イエズス教の教会がどういうものかが分からなかった。寺の金堂のようなものか、それとも、領主の城の隅に建つ櫓《やぐら》に似たものなのか、見当もつかない。その教会がこの今村に建つ光景を思い描くと、伝蔵はしばし陶然《とうぜん》となる。生きているうちにこの眼で実見《じっけん》することはかなわないまでも、思い描くのであれば誰にも気兼ねはなかった。そこには、今村の百姓はもちろん、近在の村の百姓たちも、老若男女《ろうにゃくなんにょ》が連れ立って集まって来るに違いない。祭壇には、あの絹布《けんぷ》が掲げられているかもしれない。今は秘匿《ひとく》している絹布が、大勢の信徒たちの眼前に掲げられるときなのだ。

そのとき、これも岐部という日本人神父が手彫りしたマリア様の木像が、そっと隣に置いてもらえるに違いない。

その教会のなかで、オラショの祈りが、声高らかに捧《ささ》げられるようになれば、これも隠し持っている象牙でできているロザリオを、子孫の誰かが手にしているはずだ。ロザリオは、穴吊るしの刑で殉教した中浦ジュリアン神父が、ローマで購入した品だという。

今村の村人たちは、それぞれが父祖から譲られたロザリオを持っている。必ず取り出されるのは、洗礼と葬儀のときだ。

洗礼は、父親の鹿蔵から伝蔵が家督を継いだとき、お授けという言い方に変えた。今村で子供が生まれると、父親がまず庄屋に知らせに来る。その瞬間から伝蔵が水方《みずかた》になる。お授けは原則として、出生から三日以内に行わねばならない。伝蔵はすぐさま断食《だんじき》にはいって、身を清める。一日三回、自室に籠《こも》ってデウス・イエズスに祈りを捧げる。このとき伝蔵が祭壇に掲げるのは例の絹布であり、手にするのは象牙のロザリオだった。

にわか作りの祭壇には、朝一番に汲んだ井戸水を、新しく荒使子《あらしこ》に切らせた竹筒に入れ、赤ん坊とその父親、もうひとりの抱き親が来るのを待った。

抱き親は通常、父親の兄弟もしくは親友であり、その日だけは赤子を抱いて庄屋宅に行かなければならない。泣き続ける赤子もいれば、すやすやと眠っている赤子もいる。しかし、庄屋の屋敷にはいると、不思議に泣きやんだ。

自宅に招き入れると、伝蔵はまず祈禱《きとう》のオラショを捧げて竹筒の水を聖水に変える。そのとき竹筒の脇《わき》に置いた塩も同じく清められる。

このあと伝蔵はザビエル師の青い絹布を取り出して待つ。この瞬間、伝蔵は自分でありながら、自分でない感覚を味わった。

今、この姿を誰かに見られ、公儀に訴えられれば、間違いなく斬首《ざんしゅ》か磔刑《たっけい》だろう。斬首でなければ、見せしめとして祖父の道蔵と同じく十字架にかけられるはずだった。それは赤子を連れて訪れる父親と抱き親にしても同じだ。となると、このお授けは死を賭しての行為に他ならなかった。

しかしこのお授けがなければ、デウス・イエズスの教えが、子孫には伝わらない。仮に百年後、二百年後に再び神父がこの地を訪れたとき、ここは全くの荒野に等しくなる。そう考えると、お授けは、第二の出産と同じだった。水方が第二の母なのだ。母から生まれ、そして自分の手で再びイエズス教徒として出生する。

伝蔵はまた、赤子の運命にも思いを馳《は》せる。お授けを受ける赤子は、この第二の出生により禁制の道を歩かねばならなくなる。御法度の生き方であり、露見すれば、斬首か磔刑が待っている。しかもそのとき、犠牲者は本人のみにとどまらない。両親と抱き親、そしてこの庄屋にも取調べの手は伸び、最後には今村の住民全部がお縄にかけられるだろう。

赤ん坊の行末も、本人の知らないままこのお授けによって、規定される。授けられた霊名《れいめい》とともに、一生、信徒であることを免《まぬか》れない。

仮に途中で、信徒であることを申し出たとする。親族と係累《けいるい》こぞって捕縛《ほばく》される。との詰まりは、芋づる式にやはり今村の村民が一網打尽《いちもうだじん》だ。この恐しい結末が、本人の軽々しい振舞いを戒めているといえる。

しかしこんな今村の薄氷を踏むような状況は、大庄屋とともに、高橋組の村々の寛容さなしでは、とうてい存続は望めない。大庄屋の平田力蔵殿がもはや信徒でないのは、伝蔵も知っている。

とはいえ、伝蔵が宗旨人別帳と誓詞、類族帳を力蔵に提出するとき、力蔵は顔色ひとつ変えない。むしろ微笑を返して頷《うなず》いてくれる。

「いつも伝蔵殿のお務めには頭が下がります。まるで、村全体がひとりの百姓のように動いとりますけ」

村全体がひとりの百姓のようだと力蔵に言われて、なるほどそうかと納得させられた。

農作業はもちろん、公儀から命じられた苦役《くえき》についても、今村の百姓は一致団結して取り組む。大水で崩れた川の土手の修復、往還《おうかん》の補修なども、今村が出す百姓の数は、小村なのにどの村よりも多かった。たとえ三十人の人足が必要だと触れがまわっても、集まる百姓の数は五十人であり、他村の欠員の埋め合わせにもなった。

他の村人たちの寛容な態度も、そんなところから出ているのかもしれない。今村の百姓たちのやる事に対して、あれこれ目くじらをたてないのだ。

凶作の年と、その翌年には、行き倒れの民が必ず今村に辿り着く。どの村にも、不作の年には、他国や他村の民に糧《かて》を与える余裕はない。しかし今村ならどうにかなると言い含めて、まるで駅伝のように追いやるのだ。

実際、そんな飢え死に寸前の病人が今村にはいると、百姓たちは決して追いやりはしない。行き合った村人が自宅に連れて行き、芋粥《いもがゆ》か米粥を与え、回復を待つ。それでも体力が戻らず絶命する者もいる。そんな場合でも、行き倒れの民は村人に感謝し、手を合わせながら死んでいく。弔いには伝蔵が呼ばれて、手厚く棺《ひつぎ》に入れ、五、六人の村人がそれを担《かつ》いで広琳寺《こうりんじ》まで運ぶ。すると和尚《おしょう》が心得たように経を上げて、無縁墓地に葬《ほうむ》るのだ。そんな墓がもう三十は超えている。

幸い回復した病人の中には、その百姓家に雇われて、荒使子として働いている者もいる。伝蔵が記憶しているだけでも、早七、弥助、利助、多郎吉、福松がいるし、女でも、きや、しも、いそがいる。どの男女とも働き者だ。

行き倒れだけでなく、捨子も今村では珍しくない。やはり凶作の年と翌年が多かった。どこの村人が捨てたのかは分からない。村境の道端だけでなく、門付《かどづ》けのように家の前に置かれることもあった。いずれも、泣き声に気がついて、発見した百姓が介抱する。伝蔵の許に届けられる前に、子供に恵まれなかったり、子供に先立たれた夫婦の所に貰い子されていた。藤八とやな夫婦には子供ができずに、どこからか養子を貰う算段をしていた矢先、捨子がもたらされて、大喜びした。その赤子庄市は、もう今では十六歳になって、いい跡継ぎになっている。

捨子の引受け先が決まると、必ず伝蔵の許に赤子が連れて来られる。お授けをして霊名をつけるためだ。

問題は、行き倒れで村に辿り着き、荒使子になった村人で、数年の間、注意深く見守る。ようやく村の生活に馴染《なじ》んだ時点で、イエズス教の教えが諄々と説かれる。そうすると、もうイエズス教徒になるのを拒む者はいなかった。行き倒れ寸前の命を救ってくれたのが、その教えの精神であるのが分かるのに違いない。
もうひとつ伝蔵の重要な役目は、祝言《しゅうげん》だった。男女とも二十歳になると嫁婿選びが始まる。もちろん、相手はイエズス教の信徒でなければならない。しかも同じ血族で四親等以内の同族同士の結婚は、禁止になっている。今村内のみの結婚よりも、他村に残っている信徒から嫁を迎えたり、婿入りするほうが好まれた。幸いまだ高橋組の村々の中には、信徒の家が少なからずあった。友光《ともみつ》村や菅野《すがの》村など五、六村に、昔からの信徒の家が存続していた。高橋組以外でも、同じ御原郡の板井村や三沢村、大保《おおほ》村、用丸《ようまる》村など、十数ヵ所の村々に信徒の家がある。隣の御井郡にも、平方村や光行《みつゆき》村、鯵坂《あじさか》村、赤司村などに信徒の家が点在している。

相手が決まると、今村に三人いる口利き役のひとりが、本人同士の意志を確かめる。二人が納得すれば、三人の貰い人を決める。三人のうちひとりは、相手方の事情に詳しい百姓であって、これが提灯《ちょうちん》持ちになる。三人が相手方の家を訪れるのは、夜でなければならなかった。

相手方の家に着くと、提灯持ちが持参した酒を出して、親子と盃《さかずき》を酌《く》みかわす。これが祝言の同意の証《あかし》になった。

次には親見知りの儀式が控えている。新郎の家で馳走《ちそう》を用意して、昼間、新婦の家を訪れるのだ。両家の三親等までの親類同士が顔を合わせ、婚約が整った旨《むね》を周知させる。このとき、双方で三代糺《ただ》しの書付を作成して、帳方《ちょうかた》に通知しなければならない。

今村でこの帳方を務めるのが庄屋の伝蔵だった。伝蔵は双方の三代紀しを照らし合わせて、先祖の血統を調べ、二人が四親等以内に含まれない間柄であることを確認する。結果は両家に伝えられ、婚約の成立が公表された。

婚約をした二人を庄屋宅に招いて、信徒の結婚生活の心得《こころえ》を諭《さと》すのも、伝蔵の役目だ。婚姻の目的や夫婦の間の務め、相互の助け合い、子供への義務などについて、伝蔵は淡々と口にした。

このとき、伝蔵が必ず最後につけ加えるのは、二つの事柄だった。

「よかな、人がこの世に生まれて来たのは、自分だけのためじゃなか。デウス・イエズスの筆先として、他人のために働くためじゃけな。亭主は女房のため、女房は亭主のために働いてこそ、二人はもう二人じゃなか。二人で一体になる」

伝蔵がそう言いかけるとき、若い二人は神妙に聞いてくれる。とはいえ、二十歳そこそこで、二人がこの言葉の中味を本当に理解するには、無理があることを伝蔵は知っている。真理は必ずしも腑《ふ》におちるとは限らない。真理が分かるのには、歳月が必要なのだ。

禁教の世にもかかわらず、今村が安泰でいられるのは、ひとえにこの利他の心得の由《よし》だと伝蔵は痛感していた。ひとりひとりの村人が、つれあいのため、家族のため、他の村人のために立ち働いている限り、これから先も今村は堅固な城であり続けられる。

最後に伝蔵は二人にこう伝える。

「よかな。イエズス教の信徒は、光の子じゃけ、胸ば張ってよか。この先、どげな艱《かん》難《なんしんく》辛苦が待ち受けていたとしても、光の子じゃけ、デウス・イエズスが天から見てらっしゃる。卑屈になるこつもなか、取り乱して悲嘆にくれるこつもなか。最後には必ず救いが待っとる」

この伝蔵の言葉で、二人の顔は光り輝き、顔を見合わせる。

これを確かめて、伝蔵は二人の右手を取って重ね合わせ、婚姻の誓いをさせた。

「私たちは一体となって、忠節ば守り、決して離れず、相助け合い、相励まし合うこつば誓います」

二人の誓いを聞いたあと、伝蔵は手を握り合わせて、聖水を注ぐ。聖水は、朝一番に汲んだ井戸水に伝蔵が祈りを捧げたものだ。

「我、父と子と聖霊の御名《みな》によって、汝《なんじ》らの婚姻を結ぶ。アーメン」

伝蔵がそう言って、固く握り合った二人の手を解き放つと、今度は三人で唱和した。

――天にまします我らが御親、天において思《おぼ》し召《め》すごとく地においてもあらせ給《たま》う。

日々の御養い、今日我らに与え下さるごとく、我らが咎《とが》も赦《ゆる》し給え、アーメン。

これで伝蔵の役目は終わり、玄関で待っていた親族たちに二人を返した。そのあと新郎宅に両家の親類が集まって祝宴を張った。

宝永五年のはじめ、大庄屋の力蔵から絵踏みについて聞かされたとき、伝蔵はさして驚かなかった。銅板には、イエズスが十字架上で息絶えた姿が彫られているという。すべての村民は各村の庄屋の屋敷に集められ、公儀が派遣した役人の前で、銅板を裸足《はだし》で踏むのだ。

今村の百姓たちは、確かに絵踏みをするのを躊躇《ちゅうちょ》するはずだ。その迷いを見て、役人は隠れたイエズス教の信徒を見分けるのに違いない。

大庄屋の達示《たっし》を聞いた翌日から、伝蔵は今村の村民の家を一軒一軒まわった。

「銅板は公儀が作ったもんですか」

伝蔵の説明を聞いて村の長老とも言うべき亀吉《かめきち》が問い返す。

「元はといえば、大公儀が配ったもんじゃろ。それば原型にして公儀が何十枚か何百枚か、数は知らんが、鋳込《いこ》んどるとに違いなか」

伝蔵が答える。

「その銅板が、何かイエズス教と関係があるちは思えんですが」

亀吉が首をかしげた。

「そこたい。いくらイエズス様の御姿が彫られとるとはいえ、誰もそこに祈りば込めとらん。お授けのときに使う聖水も、祝言の際の聖水も、心からの祈りば捧げとらんなら、ただの井戸水、何ちゅうこつもなか。絵踏みの銅板も、誰も祈っとらんじゃろ。この日本には、ひとりとして神父さんはおらんから、間違いなか。そうなると、いくらイエズス様の姿が彫られとるとはいえ、いっちょん尊《とうと》さはなか。ただの板たい」

「なるほど、庄屋どんの言われるこつは、理にかなっとります」

亀吉がにっと笑う。「村のもんに言うときます。そりゃ、今から絵踏みが楽しみですばい」

あとは亀吉に任せていればよかった。

絵踏みを命じられたのは十一歳以上の男女で、田植えが終わった五月、庄屋の屋敷に今村の百姓が集められた。家で寝ている病人については、あとで御目付が一軒一軒まわって踏ませると達示が届いていた。

やって来た御目付衆の役人は三人で、庄屋とはいえ小ぶりな伝蔵の屋敷には驚いた様子だった。ひとりが縁側の座布団に坐り、庭先に莚《むしろ》を広げさせ、真中に一尺四方の銅板を置いた。

まず踏ませられたのは伝蔵一家と荒使子たちだった。莚の縁で草履《ぞうり》を脱いで、銅板に歩み寄る。両脇に役人が立っていて、確かに踏むのを見届ける。

伝蔵は、右足を上げる前に、銅板にしかと眼を注いだ。なるほど、十字架で絶命したイエズス像であり、各村を巡回してきたためか、突起の部分は磨《す》り減っている。イエズスの顔も見分けられなくなっていた。

こんな銅板が尊いはずはなく、今村の百姓たちの手本だと思い、裸足の右足でぐいと銅板を踏んだ。ひんやりした凹凸の感覚が足の裏で感じられ、一瞬どこかで申し訳ないという観念にとらわれた。しかしそれは表情に出さず、役人のよしという声を聞いて右足をはずす。

次が伝蔵の妻のぶで、表情ひとつ変えずに絵を踏む。さらに伝蔵の息子与蔵と妻のいさ、その長男の千蔵、次男の弥蔵と続く。娘二人は十一歳に満たず、母親の傍で見ているだけだ。庄屋の荒使子五人も、神妙な顔で絵を踏み終わる。

庄屋一家の絵踏みが終わると、伝蔵は宗旨人別帳の写しを手にして、縁側の前に立つ。百姓たちの数が増え、もう門の外に溢《あふ》れ出していた。
十二、三歳の子供たちも、役人を前にして大人《おとな》しくしている。家族毎《ごと》に前に出て、莚に近づく。草履や草鞋《わらじ》を脱ぎ、裸足になる。子供たちは全員が裸足で、薄汚れた足を手でぬぐい、銅板を踏んだ。

そのひとりひとりを伝蔵は帳簿につけていく。絵踏みが終わった者はその場に残らず、帰っていくように命じられていた。

今村五十七軒のうち三十軒ほどが終わって、村民たちは庭の中で列をつくっている。当初の緊張した雰囲気はなくなり、特に子供たちは自分の番が回って来るのを今か今かと待ち構えていた。

もう五十歳を超えた藤八とやな夫婦と一緒にいるのは庄市だ。捨子だったのを二人が貰い受け、立派に育てていた。もう三十七歳になり、貴重な働き手として、村中でも孝行息子の評判をとっていた。

藤八とやなが草鞋を脱ぎ、素足で絵踏みしたのを見届けて、庄市は草鞋のまま莚に上がった。役人が制止する間もなく、庄市は土足で銅板を踏みつけた。まるで川蛭《かわひる》を踏み潰《つぶ》すように、足に力をこめる。その憎々しげな様子に、二人の役人は縁側の上役の顔を見た。

「構わん」

御目付が満足気に頷く。

庄市は晴れ晴れとした表情で莚から降り、養父母を連れて門から出て行く。

伝蔵が洗礼名をディオゴと名付けた庄市は、信心の熱心さで伝蔵を驚かせていた。ロザリオは数珠玉《じゅずだま》で作り、メダイは鉛を鋳込む器用さももっていた。祈りの文句も、置き針で釣った大鰻《おおうなぎ》を庄屋宅に持参したとき、直接伝蔵にこれでいいかと訊いたほどだ。ロザリオは常々野良着《のらぎ》の中に入れていて、時折田畑でコンタツする姿が見えたと聞き、伝蔵も直々に不用心だと注意したこともあった。

庄市のあとから、絵踏みは土足のままになってしまった。泥足のまま莚に上がり、そのまま銅板を踏みつける。草鞋の者も、脱がずに直《じか》に銅板に足をのせた。そんな手荒な絵踏みは他村では見られなかったのだろう、役人二人も呆《あき》れ顔で、御目付は逆に満足顔だった。

村民全員が終わったのを見届けて、伝蔵は荒使子に命じて、桶《おけ》の水を銅板の上にぶちまけさせた。せめて泥だけは洗って、公儀に返さなければ礼を失するからだ。手拭《てぬぐ》いで拭《ふ》き上げて、役人に手渡す。

労をねぎらって御目付に茶を出す際、伝蔵は銀子《ぎんす》の包みも饅頭《まんじゅう》に添えた。

「お役目とはいえ、わざわざのお越し、お骨折りでございました」

腰をかがめて人別帳をさし出す。

「いや、今村の絵踏みにはほとほと感じ入った。よくぞここまで転びを徹底させたものと、見ていて痛快千万」

御目付が満足気に言う。「実は先に広琳寺に行った折も、和尚から今村のこつは聞いとった。今村の百姓はよく寺にも届け物をし、お参りもしてくるるちいう話じゃった。いやよくぞ、ここまでになってくれた」

「ありがとうございます」

伝蔵は恐縮するばかりだ。

「そいじゃ、あとは病人の家ば訪れて終わりだ。はよすませたがよか」

御目付は銀子の包みを懐《ふところ》に入れて立ち上がった。

九　経消しの水　享保《きょうほう》十八年（一七三三）四月

「この分じゃ、今日も降らん」

朝起きて井戸水で顔を洗った岩松は、空を見上げて首を振る。空には無情にも雲ひとつ出ていなかった。

このまま雨が降らなければ、苗田作りさえもむつかしい。昨年の二の舞いになれば、この先どうやって飢えをしのいでいけるのか。岩松は空腹を満たすため、柄杓《ひしゃく》の水を腹一杯飲む。

幸い、家の井戸水だけはまだ涸《か》れていなかった。これも四年前に死んだ父親の嘉吉が、井戸を改修して深く掘り下げてくれていたおかげだ。今村でも、よその井戸は涸れかかったところが多く、畑の作物にかける水にも事欠いている。

享保十七年の去年も、正月明けてから日照り続きで、田植えが危《あや》ぶまれた。三月末になってようやく小雨があり、田植えにはこぎつけたものの、そのあとが悲惨だった。ようやく稲が根づいた頃、五月の声を聞くと雨続きになった。来る日も来る日も雨で、日が射《さ》さない。大雨と小雨は途切れず、五月と閏《うるう》五月の二ヵ月にわたって雨にたたられた。ようやく雨が上がったのは、忘れもしない閏五月二十六日だった。ところが喜んだのも束の間《つかま》、日照り続きとなり、気温が急上昇した。こうなると雨後の筍《たけのこ》と同じで、蝗《いなご》の発生が懸念《けねん》される。城下では閏五月から米が値上がりしはじめていた。

六月になると予想どおり、虫がはいり出した。放っておけば、一両日のうちに稲の茎を食い潰す。どの村も総出で虫取りにかかった。竹笹《たけざさ》で稲を払って虫を叩《たた》き落とす。飛び立つ前にかき集め、米俵に入れる。田一反につき虫一俵にもなった。

この虫退治の先頭に立ったのは、先代の庄屋与蔵殿だった。与蔵殿は還暦になったのを機に、家督《かとく》を息子の千蔵殿に譲っておられた。庄屋には本来の仕事が山積みなので、虫取りを取り仕切ったのは先代だった。

連日の激務がたたったのだろう、虫取りの最中に与蔵殿が倒れられたのは昼過ぎだった。あっと声を上げてそのまま帰らぬ人になってしまわれた。

考えてみると、与蔵殿が父の伝蔵殿から庄屋を継がれたあと、脂《あぶら》の乗りきった十年後くらいから、久留米領は災害続きだった。

正徳六年の六月、享保元年に改元された。イエズス教の暦では千七百十六年のその年、早くも七月には水涸れで、その年は旱魃《かんばつ》になった。明くる二年と三年はひと息つけたものの、享保四年は恨めしいほどの年になり果てた。六月の大旱魃のあと、七月は打って変わって大雨続きになって小石原《こいしわら》川も大刀洗川も氾濫《はんらん》した。家は流されなかったとはいえ、ひと月もの間、田から水は引かず、育ったばかりの稲は大半が根腐れした。筑後川の下流では、半分の家が流された村もいくつか出たと聞く。流される家の上に人が乗り、牛馬までが必死で泳いでいたらしい。人も牛も馬も、海に出てしまえば助かるはずはない。

八月には三度の大風に見舞われた。これでなけなしの粟《あわ》とそばも潰《つい》えてしまった。今村では、風に吹き飛ばされた家も三軒出た。城下では米と麦の値段が急上昇し、乞《こ》食《じき》の数が増したらしい。

大風が去ったあと、庄屋の与蔵殿は、家を一軒一軒回って、被害はどうだったか、食い物はあるか訊いておられた。吹き飛ばされた家三軒は、惣《そう》百姓総出で建て替え、屋根もどうにか葺《ふ》き直した。稲刈りの時期と重なったので、村人は必死だった。どの百姓も腹をすかせていたので、与蔵殿が身銭を切って炊《た》き出された粟飯やひえ飯、そば粥などは涙が出るほど嬉しかった。粟、ひえ、そばなどは、麦や古米と一緒に、与蔵殿が凶作に備えて蔵にしまわれていたものだった。

ところが翌享保五年は、前年にも増して大変な年になった。六月の豪雨で筑後川の土手が切れ、小石原川と大刀洗川の流域は水びたしになった。そのときの恐しい光景は、岩松も忘れたくても忘れられない。まず田が池のようになったあと、道が川と化す。泥水が土間に流れ込みはじめたので、岩松は家人を駆って、米と麦、大豆、家財を屋根裏に上げた。それが終わると納屋《なや》にあった農具をすべて棚に運び上げた。最後に泥水は床上にまで達し、岩松と家人は屋根裏の敷板の間から、水位の行方を見守った。

幸いしたのは唯《ただ》ひとつ、水の流れがゆるやかだったことだ。床上一尺、二尺まで上がった水位は、そのあとゆっくり下がりはじめ、外が暗くなってようやく土間から消えた。しかし家の内外はすべて泥だらけで、眠る場所すらない。屋根裏に親子が身を寄せ合って、ひと晩を過ごした。

夜が明けたとき、あたり一帯は様変《さまが》わりしていた。田に植えた稲は青息吐息そのもので、半分は土砂に埋まっている。畑の大豆や蕪《かぶ》も一切合財《いっさいがっさい》が流されていた。岩松は、畦《うね》の間に埋まっている泥まみれの蕪を拾い集めた。思わず涙が出た。死人をいたわるようにして井戸端まで運ぶ。

井戸も泥水で溢れていた。釣瓶《つるべ》だけがぽつんと健在で、手桶で汲《く》み出し続ける。水が少しずつ澄みはじめたとき、岩松は心の内で手を合わせた。デウス・イエズスはこの今村を見捨ててはいなかった。井戸底に土砂はたまっておらず、水は最後には飲めるまでになった。井戸さえあれば、何とか生き延びられる。

蕪を洗い、これで味噌汁《みそしる》を作ろうと思った。まずは腹ごしらえが先だった。父母と弟や妹も手分けして厨《くりや》の泥を外に出し、かまどを使えるようにし、屋根裏から味噌がめをおろす。

そうやってすすった味噌汁がなんとうまかったことか。蕪が自分の体を犠牲にして、畦の間に残っていてくれたのだと思った。

今村の百姓たちの一部、そして平田村や鵜木《うのき》村の百姓たちは、広琳寺《こうりんじ》の金堂に難を逃れていた。そこで振舞われた芋粥はことの外うまかったらしい。

追い討ちをかけるようにして享保六年にも洪水があり、享保七年はまああの年になった。しかし翌八年は再びの旱魃で、高橋組の村々で、合計十三人の死者が出た。さすがに餓死者はいないとされたものの、もともと持病をもっていた年寄りが、ほんのひと握りしかない食い物で死期を早めたのは間違いない。

享保九年はそこそこの年でひと息つけた。ところが翌十年は、それこそ足腰の弱った病人を苦役《くえき》に駆り出すような残酷な年になった。五、六月は大雨にたたられ、五年前に修理を終えていた筑後川の土手が再び切れて、あたり一帯が海と化した。ようやく水が引いたあとは、ひと月半も雨が降らない旱魃になる。そして稲刈り前の八月末、蝗の大群に村々が襲われ、昼夜を問わず、蝗が稲を食い荒らす音が聞こえた。追い払おうにも、余力を残している百姓はおらず、岩松も老いた両親と畔道《あぜみち》に立って虫の蠢《うごめ》く田を眺めやるだけだった。

災難続きの十年間のあと、ようやく享保十一年（一七二六）から当り前の年になった。

享保十二年に、岩松は三十八歳で嫁を貰った。嫁を探そうにも、十年の間その余裕もなかったのだ。相手は鵜木村の百姓の家で、そこにも行きそびれた娘がいた。鵜木村には二十一軒が信仰を守っていて、今村とも何かと行き来が多かった。嫁のいよの霊名はマリアで、岩松の霊名はマチアスだ。お互い相手を霊名で呼び合ったとき、岩松は言いようのない感動を覚えた。もちろん婚姻の式をとりしきってくれたのは、庄屋の与蔵殿だった。年老いた両親が喜んでくれたのはもちろんだ。

いよは朝から晩までよく働いてくれた。それが悪かったのか、あくる年、死産をした。

その翌年の享保十四年、父親の嘉吉が六十二で死んだ。この年、久留米第六代領主の有馬則維《のりふさ》公が嫡男に家督を譲られた。七代領主になった頼徸《よりゆき》公は弱冠《じゃっかん》十六歳だったが、秀才の誉れが高かった。江戸表で算術の塾にはいり、山路某《なにがし》という塾長からも一目置かれているという。

翌十五年、いよがようやく無事に男児を出産、多助と名付けた。お授け役も、もちろん庄屋の与蔵殿で、霊名のシモンをいただいた。母親のましの喜びはひとしおだった。孫を抱きながら、嘉吉が生きていれば、どんなに狂喜したろうかともらした。可《か》愛《わい》がりようを見ていると、死んだ亭主の分まで多助をいつくしんでいるとしか思えなかった。

しかし喜びは束の間だった。享保十六年の暮、熱を出した多助は、本郷《ほんごう》村の医師を呼びに行く前に、あっけなく息を引き取った。

いよはいうまでもなく、ましの落胆も深かった。自分の可愛がり方が足りなかったのだと自分を責めたてた。いよはいよで、最初の死産に続いての赤子の死なので、自分の体のできが悪いのではないかと嘆いた。

二人の悲嘆ぶりを前に、岩松はもはや悲しんでいる暇はなかった。暗いうちから田畑に出て土を耕して、少し明るくなると肥汲《こえく》みをした。畑の隅に作っている肥溜《こえだ》めこそは、貴重な肥やしで、二つの肥桶を天秤棒《てんびんぼう》で担ぎ、遠くまで運んだ。長い柄杓で桶の人糞《じんぷん》を汲み、大根や人参《にんじん》、蕪や葱《ねぎ》の根に祈るようにしてかける。

米や麦が不作のときでも、さまざまの種類の大根だけは、一年を通して作れた。根も葉も食べられ、漬物と切干しにして貯蔵もできる。飢饉《ききん》に襲われたとき、大根こそは百姓の命綱だった。

そうやって迎えたのが享保十七年だったのだ。亡《な》くなった前庄屋の与蔵殿は、晩年の十五年というもの、大雨に大風、日照りと飢えを敵にして、今村の百姓を守るために駆けずりまわったのに等しい。虫取りの最中にもかかわらず、今村の惣百姓が葬儀の列に加わった。

七月になってようやく蝗の姿が消えた。穂の食いちぎられた稲田を検見《けみ》するために、下奉行と検見役が廻村《かいそん》をしたのが中旬だった。そして下旬、郡《こおり》奉行の触《ふれ》が出された。近隣の五人組ごとに助け合え。寄り合い、談合、徒党を禁ず。見逃した庄屋、大庄屋ともに罰する、という内容に、今村の百姓たちは腹を立てた。

助け合うのは当然であり、寄り合って談合し、徒党を組む余裕など、あるはずがなかった。そんな触を出すより、城内に貯えてあるはずの貯米《たくわえまい》を放出するのが先だろうと噂《うわさ》しあった。

九月には、郡奉行が直々《じきじき》に各村を訪《おとず》れた。大庄屋の秀蔵殿と庄屋の千蔵殿が、馬に乗った郡奉行の先導役を務め、田畑を見回る。その有様を見て、岩松たちは、馬の上から稲田を眺めて何が分かるかと憤慨《ふんがい》した。

すすきのようになった稲穂を手に取って直《じか》に見、腰をかがめて細った茎、ひび割れた土壌を確かめない限り、凶作の深刻さは分からないのだ。

根元を蝗にかじられた稲でも、乾いた土から何とかして水を吸い上げ、実をつけようとした姿を見ると、岩松は頭が下がった。稲は百姓のために、大水と旱天《かんてん》を生き抜いてくれたのだ。

十月にはいると、高橋組の村でも餓死者が出はじめた。大庄屋の秀蔵殿の屋敷にも、もはや貯米はないという。庄屋でも同様に違いなく、助けの手を伸ばせなかったのだ。

いくら食い物がなくても、種籾《たねもみ》だけには手をつけてはいけなかった。翌年の春、苗田に蒔《ま》く籾がなくては、どうにも立ち行かない。

十一月下旬、領内の餓死者が千人を超えたという噂が立った。餓死は特に城下がひどく、余裕のある富んだ商家が七人集《つど》い、飢えた人に粥を振舞ったところ、五百人が集まったという噂も届いた。

隣の御井郡《みいごおり》でも、あまりにも死人が続いたため棺桶が作れず、竹を編んで棺《ひつぎ》にしたという。木の棺ではなく、鳥籠《とりかご》のような竹棺に納《おさ》められた死人も、哀れといえば哀れだった。

同じ頃、郡奉行から、入会地《いりあいち》の山にはいっても竹や木を切り荒してはならぬという触書《ふれがき》が届いた。

田畑に食い物がなくなると、百姓は山にはいるしかない。筑後川の向こうの村々には背後に耳納《みのう》連山が控え、御原郡《みはらごおり》でも西の方の村々は国境《くにざかい》に山を持っている。ところが高橋組の村に山はなく、筑前領の山にこっそりはいるしかなかった。分け入って、自然薯《じねんじょ》や葛根《くずね》を掘り、片端から実をちぎり、若芽を摘み、樹木の皮を剝《は》ぐのだ。

しかし葛根はいうに及ばず、百合根《ゆりね》やわらび根までも掘り尽くされ、椎《しい》、樫《かし》、くぬぎの実も採り尽くされ、松の皮も剝《む》かれていて、岩松は空籠のまま山から下った。筑前領の百姓に見つからないようにして、慣れない山中を一日かけて歩き回るよりは、川の水を汲んで畑に水やりをするほうがましだった。

十二月下旬、御原郡の西島村で、庄屋の家が一部焼けるという騒ぎがあった。火をつけた同じ村の子供二人が捕まった。その姉と弟は、持病持ちの両親に与える食い物がなく、庄屋に訴えたらしい。庄屋はとりあわず、とうとう両親は餓死したため、恨んだ二人は庄屋の家に火を放ったのだ。

今年ゃ子《ね》の年、根も葉も枯るる。もうもうよかろう丑《うし》の年。そんな惣百姓の願いにもかかわらず、飢えは丑年の享保十八年になっても続いた。奇妙なことに、例年ひとりか二人はある行き倒れも捨子も、この一、二年なかった。今村まで行こうとしても、辿り着く前に息絶えたのだろう。今村に捨子をしたところで養う村人もいるはずはなく、それが捨子がない理由に違いなかった。

一月末、領内の餓死者が二千人に達し、一万人が飢えているとの噂が届いた。飢えが一万人と聞いて、岩松は苦笑した。領内の住人がどのくらいいるかは知らないが、そのすべてが飢えているのではないか。

三月の初め、筆頭家老の触書が大庄屋に届き、庄屋から惣百姓にも達示《たっし》があった。村方、町方ともに、蓄えのある者は公儀に差し出すべしという内容だった。これにも岩松は嗤《わら》った。この時節、少なくとも村方に蓄えがある者などいるはずはない。たとえあったとしても、公儀ではなく、村内の救援に使うべきだろう。

三月下旬、筑後川の川向こう、山本郡の常持《つねもち》村の哀れな話が伝わって来た。百姓の女房が二歳の幼な子とともに離縁されたらしい。食い扶持《ぶち》を減らすために、実家に戻って食いつなげというのが、亭主の考えだったのに違いない。女房は、実家に戻っても食い物に苦労すると思いつめ、幼な子を常持川に捨てて、ひとりで親元に帰ったという。

多助を亡くしたばかりの岩松は、この話に胸を痛めた。何という運命をその幼な子は背負ったのだろう。かといって我が子を捨てた若女房を責める気もしない。その亭主も、やむにやまれない決断だったはずだ。

この話は、女房のいよには聞かせなかった。いよから、また子供を身籠《みごも》ったと伝えられた矢先だったからだ。

そして四月になり、母親のましが病《やまい》を得て床に臥《ふ》した。医師を呼びに行こうとした岩松を、ましは制した。

「行かんでよかとよ」

ましは安らかな顔で言った。「薬ばもろうたところで、寿命がほんの少し延びるだけ。金《かね》もかかる。いよの腹も太か。冬には、よか子が生まれるじゃろ。そうなると金もかかる。母子ともに、うまかもんを食べてもろうて元気になってもらいたか。寿命は寿命たい」

「おっかさん」

岩松は枕許《まくらもと》で返す言葉もなかった。

「天に昇ったら、嘉吉どんにも会えるじゃろ。ほんに、あん人はよか人じゃった。あげな働き者《もん》はおらんじゃったばい。朝から晩まで働いて、横になるのは寝るときだけ。そいでん、七日に一度巡ってくるどみんごの休日は、ちゃんと守らっしゃった。そんときは鍬《くわ》や鎌《かま》は持たず、田畑を見回り、井戸まわりや厨《くりや》の片付けばしなしゃった。ぼろ家じゃけど、主屋も納屋もぴかぴかじゃった。あげな人はおらん」

　母親が言うのを聞きながら、家の中を磨き上げていたのは、むしろましのほうだったと岩松は思う。父親の役目は納屋と庭先の整頓《せいとん》だった。嘉吉が作った畑の畦は、定《じょう》木《ぎ》をあてたように真直《まっす》ぐで、田植えのとき苗の並びは碁盤目のように狂いがなかった。

　隣に田を持つ長八が、岩松によくぼやいていたのを思い出す。

「うちの親父《おやじ》も嘆いとった。田植えどきになると、いつもみじめな気持になる。嘉吉どんの田とうちの田の違いは、ひと眼で分かる。あっちは真直ぐ、こっちはふらふら曲がっとる。苗が細《こま》かひと月かふた月の間、恥のかきっ放しで、はや苗が伸びてくれんかと祈るばかり。苗が太ってしまえば、もう違いは分からんごつなるけな」

　この齢《よわい》になっても、父親のような田植えも畦作りも岩松にはできなかった。

「あん人と一緒になれて、ほんによかった。よか一生じゃった」

　ましがまた言う。ましが同じ御原郡の大保《おおほ》村の出であるのは、岩松も知っていた。いったん近くの三沢村に嫁にはいったものの、子種ができずに三年後に離縁され実家に戻っていたところに、嘉吉との縁組ができたのだ。

　その三沢村の嫁入り先もイエズス教徒であったはずで、離縁はできないはずだった。

おそらくイエズス教の教えが緩んでいたのに違いない。嘉吉の許に嫁《とつ》いでからすぐに岩松、弟と妹が、たて続けに生まれる幸運に恵まれた。しかし嫁入り後、ましは大保村の実家に一切帰らなかった。なにか事情があったのか、それとも三沢村の元婚家に配慮したのか、岩松には分からない。

「嘉吉どんの口癖は、お前も知っとるごつ、〈わしはデウス・イエズスの手の中の小さか道具じゃ〉じゃった。その道具のまた道具が鍬や鎌じゃけと言って、あん人の鍬と鎌には錆《さび》ひとつなく、いつもぴかぴか光っとった」

ましの言葉は岩松の耳には痛かった。父親の鍬と鎌はそのまま使っているものの、今では錆がついている。

「天に召されたら、あん人に会えるけん、あたしは嬉《うれ》しか。死んだ初孫も待っとるじゃろ。三人して、お前たちば見とるけんな。何かあったら、天ば見上げるとよか」

ましが口許を緩める。「そう言えば、嘉吉どんも、骨休みするとき、ちょっと空ば見上げとらっしゃった。あんときの、嘉吉どんの顔は神々《こうごう》しかった。あんまりしゃべらん人じゃったばってん、あれはデウス・イエズスと話しとらっしゃったとじゃろ。こげんして働いとりますが、よかでっしょかち、デウス・イエズスに訊《き》いとらっしゃったと、あたしは思っとった」

そう言って、ましは布団《ふとん》の中からロザリオを取り出す。柘植《つげ》の木に穴を開け、紐《ひも》を通したもので、嘉吉が手作りしたものだ。

「これば、棺の中に入れてくれんじゃろか。もちろん、坊さんが帰られたあとでよか。昇天する前に、坊さんのお経ば聞かにゃならんというのも、皮肉なもんじゃと思っとる。ばってん、これはこの世の中じゃ、変えられん。変えられんものは、受け入れるしかなか」

苦し気な息づかいの間にも、ましは目を細めて笑った。「お前も知っとるごつ、嘉吉どんは大水と日照り続きの間に、よう言っとらっしゃった。天変地異はもう変えられん。変えられんものは受け入れるしかなか。ばってん、変えられるもんは、変えていく勇気ば持たんといかん。そん二つのもんば見分ける賢さを、人間は天から授かっとるはず――。

そげん言って、田ば流された折、他の百姓が嘆くばかりで手つかずのときでん、文句ひとつ言わずに働いとらっしゃった。残った苗ば集めて植え直し、埋まった土砂ば取り払わっしゃった。かぶった土砂がなくなったけん、息を吹き返した苗もあった。それば一本一本、まるで溺《おぼ》れかけた人間ば助けたときのごつ、よう生きとったなと、慈《いつく》しまれよった。

大風で稲が倒れたときでん、こんままじゃ苦しかろと言うて、田にはいって、一株一株起こしようらっしゃった。すると不思議にぴんと立って、普通に実をつけた株もあった。他の百姓が、どうせだめじゃと諦《あきら》めているときでも、あん人は諦めんでそげんするので、真似《まね》する者も出たくらいじゃった」

ましが言うのを聞きながら、岩松は確かにそうだったと、父親の働く姿を思い浮かべた。嘉吉からあれこれと諭《さと》されたことはない。諭す暇があれば、田畑に出たほうがよいと父親は考えていたのだろう。

「日照り続きの日でん、せっせ、せっせと水桶ば両肩に担いで、畑に水をやってあった。井戸は俺たちだけのもんじゃなか、作物のためでんあると言って、井戸も深く掘り直させらっしゃった。今から思えば、一事が万事、変えらるるもんは変えちいこうと、胆《きも》に銘じてあったんじゃなち分かる。

ほんにこげな立派な人に、あたしみたいなもんが連れ添ってよかじゃろかと、思ったこつが何べんもあった。嘉吉どんに直接訊いたこつもあった。するとあん人は、お前がおるけ、わしゃ働かるる、わしはお前から力ば貰《もら》っとると言わっしゃった。そげなもんかと思うて、あたしはあん人ば見習って働いた」

「おっかさんは、よう働いた。働きずくめじゃった」

目に涙を浮かべながら岩松は頷《うなず》いた。

五日後の未明、岩松といよが見守るなかで、ましは息を引き取った。医師にはかからず仕舞いだった。その代わり、岩松は庄屋が持って来てくれた聖水をましの口に注いだ。

ましの命が消える前、岩松は庄屋の千蔵に聖水を頼みに行った。千蔵はその日の午後、聖水のはいった真新しい竹筒を自ら持って来た。もはや意識もとぎれとぎれになっていたましは、それでも千蔵が分かったのだろう、ロザリオをまさぐる。岩松がロザリオを握らせ、いよも枕許に寄って、祈りを捧《ささ》げた。

使徒信経を唱えるとき、蒼白《そうはく》だったましの顔に、うっすらと血の気が戻った。

「まし殿、よう生きられましたな」

庄屋が耳許で言いかける。「嘉吉殿とまし殿は、ほんに見事な夫婦じゃった。今村のよか夫婦の見本じゃった。岩松殿といよ殿も、同じようにやって行かるる」

それでもましが首を弱々しく振ったので、庄屋が耳を口に近づける。

「わたしゃ悪かこつばっかり、しました」

切れ切れの声でましが言った。

「なんのなんの。そげなこつはみんな、水に流さるる。何の心配もいらん」

庄屋の声が耳に届いたのか、ましは嬉しそうに頷いた。

それが臨終の前日だったのだ。

聖水を口に注いだあと、岩松は「イエズス、マリア、デウス」と唱えながら、残った聖水をましの体にかけた。これが別れの水だった。なぜか涙がとめどなく出てきた。涙を拭い、まだ暗いなか、岩松は五人組のひとり隣家の安五郎に知らせに行った。

「とうとう亡くならっしゃったか。お前のとこのおっかさんには、よう可愛がられた。お前が生まれる前たい。にこっと笑って手ばこまねいて、近寄ると、甘か干柿《ほしがき》ばくれらっしゃった。そうか死なっしゃったか」

五人組には安五郎が触れにまわるというので任せた。ひとりが広琳寺に知らせ、もうひとりは庄屋の家に走り、さらにもうひとりが棺の注文に行くはずだった。

半刻《はんとき》もしないうちに五人組の女房たちが集まって来て、悔《くや》みを述べ、ましの体を清め、白い死装束に着替えさせた。同時に、厨では火を起こして枕飯を炊きはじめる。

岩松は、北枕にしたましの枕許に、ろうそくを灯《とも》した。

その夜が通夜《つや》になり、今村の惣百姓たちが五人組ごとに岩松の家に集まって来た。大人が連れ立ってやって来るので、狭い家はいっぱいになる。

村民は家の敷居を跨《また》ぐなり戸を閉め、各自隠し持っていたロザリオを取り出す。ましの枕許で祈りのオラショを唱える。中にはロザリオを繰って、コンタツを唱える者もいた。その儀式のあとは、おのおのが岩松といよに、ましの思い出を語ってくれた。大半は岩松が知らない話ばかりだった。

「あんたんとこは、嘉吉さんも偉かったが、このましさんも偉かった」

村はずれに住む浅吉が言う。「ほら行き倒れが、よく今村を通ったろうが。何か食い物をと乞《こ》われるばってん、こっちも腹をすかしとる。人にやるくらいなら、自分が食べたか。そげなグチば、ましさんにこぼしたこつがあった。ましさんはどげん言わっしゃったと思う？」

訊かれても分からないので、岩松は首を捻《ひね》る。「村を豊かにしてくれるのは、これらの弱か人たちばい、ち言われた。浅吉しゃんが行き倒れに何か食い物ば与えるとしたら、そりゃデウス・イエズスがするこつと同じ。そげん言わっしゃった」

「おふくろがそげなこつば言いましたか」

岩松も驚く。

「俺はへえ、なるほどち思うた。行き倒れに何かやると、確かにこっちの食い物は減る。今村全体で言うと、村中が食い詰めるこつになる。ばってん、今村ちいう村の心は豊かになる。それがデウス・イエズスの行いだとすれば、けちけちするこつはなか。

腹のすかせついでに、もう少し我慢して食い物ば与えるのは簡単。妙に納得させられた。それから先は、食い物ば与えるとが苦にならなくなった」

確かにそうで、岩松も幼い頃からましがよく、通りがかりの乞食に物をやっていたのを思い出す。

別の五人組に属する長八の女房のつるは、コンタツを唱えたあと、ましに語りかけるように言った。

「まししゃん、あんたには感謝しとる。今村に嫁入って来たとき、慣れんので、あたしは人の悪口ばかり言っとった。そんな悪口を聞いたあと、ましじゃんは、こげん言わっしゃった。あたしも、人が憎かち思うこつはある。ばってん、憎かと思うても、何もよくはならん。反対に、許すと不思議なこつに、こっちも許されたような気持になる。そげん言われた」

つるは岩松を振り返って涙を拭く。「そげんでしたか」と、岩松は頷くしかない。

「あたしもましじゃんに救われた」

横に坐《すわ》っていた吾平の女房いくが口を開く。「あたしが病気で臥しとったとき、ましじゃんが葛湯ば作って見舞いに来《こ》らっしゃった。そんとき言われた言葉が忘れられんとです」

「どげなこつば母は言うたとですか」

いよが目をしばたたいて問う。

「デウス・イエズスは、いつもいくさんと一緒におらるるとじゃけ、めげちゃいかん。そげん言われた。どげな食い物より、こん言葉がありがたかった。それで元気が出て、ひと月後には床ば離れた。そげんじゃろ、あんた」

「そげんじゃった、そげんじゃった」

訊かれた亭主の吾平も頷く。

村人からそれぞれましの思い出を聞かされたあと、岩松もくっきりと母親の言葉を思い起こした。十歳か十一歳の頃で、岩松にも友だちの好き嫌いがあり、遊びに誘いに来た長八を、すげなく追い返したときだった。

「長八どんがせっかく来てくれたとば、追い返すとは何ちゅうこつね。今、目の前にいる人間は、自分にとってこの世の中でたったひとりの人と思わんといかん」

ましからそう諭され、そんな考え方があるのだと、子供心にもびっくりさせられた。

その後、岩松もなるべくましの教えどおりに、人に接してきたつもりだ。

「ましじゃんは、亭主の嘉吉どんに負けんくらい働きもんじゃった」

そう言ったのは隣に住む安五郎だった。「よう働かれるとには驚かされましたばい。

少しくらい休んだらどげんですかち言うたとき、返ってきたまししゃんの返事が、すごかった」

「どげん言うたとですか」

岩松が問いかける。

「あたしたちの役割は、イエズス様に使っていただくちいうこつですけん。そげん言わっしゃった。こりゃ、わしにとっても、よか教えになった」

安五郎がそう言い、ましに手を合わせた。

また三軒先の雄吉の女房すみは、長々とコンタツを唱えたあと、しみじみとましの死に顔に語りかけた。

「こんコンタツは、ましさんに教えられたとですけんね」

そう言い、岩松に向き直る。「嫁入って来たとき、恥ずかしかばってん、コンタツはうろ覚えじゃったとです。そいでオラショば、こそっとましさんに訊いたとです。畑におらっしゃったましさんのところに行き、教えば乞いました。畑は周囲から丸見えですばってん、怪しまるるこつはなか。口移しのごつして習いました」

「そういえば、すみさんはうちのおっかさんと、よう立ち話ばしとらっしゃった」

岩松は合点《がてん》がいく。

「仕事もせんで油売っとる、ち思われたかもしれんばってん、内実はそげんです。ましさんは、よう知っとらっしゃった。後悔のオラショのコンチリサンとか、苦しみの玄義《げんぎ》などの十五の玄義とか、全部、小さかときから親に覚えさせられたらしかです。ほら、ましさんが出た村は、大刀洗川の先にある宝満川の向こうでっしょ」

「大保ちいう村です」

「そこはイエズス教の信徒は、ほんのひと握りしかおらんそうです。少なかだけに結びつきは強く、祈りもしっかり教えられたとでっしょね」

そこですみは泣き出す。「ましさん、ほんにありがとうございました。天国で、どうか、あのだんなさんと会って下さい。あたしも、しっかり教えば守っていきますけんで」

すみの涙に、みんなもらい泣きした。

翌日が葬式で、岩松の五人組のひとり長吉が、広琳寺の住職を迎えに行った。家の中には五人組の家族だけしかはいりきれず、他の村人たちは庭や門の外に溢れた。

岩松といよの前で、円覚和尚《おしょう》が横たわるましの頭に剃刀《かみそり》を当てる。

「これが戒名ですけん」

和尚が戒名の書かれた紙を岩松に差し出す。墨跡も鮮やかなその字に眼をやったものの、岩松は読めない。母のましは、あくまでカテリナだった。

五人組の男たちの手で、ましを納棺したあと、住職が経を唱えはじめる。イエズス教の祈りと違って、岩松には意味がつかめない。早く終わらないかと思うだけだ。

押入れの中では、今村の長老のひとり、七十五歳になる利吉爺《りきちじい》さんが、真暗ななかでぶつぶつとコンタツを唱えているはずだった。

利吉爺さんは、今朝早く冷水で身を清め、自分が切った真新しい竹筒を持って庄屋宅を訪ねていた。そこで千蔵殿から井戸水を聖水に変えてもらって来て、住職の到着とともに押入れにはいったのだ。

円覚和尚の読経《どきょう》がはじまると、利吉爺さんが聞こえないくらいの声で、経消しのオラショを唱える。読経の声はそれによって力を失い、竹筒の聖水の中に消えていく仕組みだった。

読経が響く間、岩松も胸の内でオラショを唱えた。そうすると、自分の耳が蓋《ふた》をされたようになる。脇《わき》を見ると、いよも唇を小さく動かしていた。まるで、円覚和尚の読経をなぞっているようにも見える。

読経を終えた和尚がこちらを振り向く。すかさず岩松は紙包みをさし出す。なけなしの銅銭を包んでいた。和尚がそれを懐に入れるのを見届けて、岩松は立ち上がる。

説教を省くのにはそれが最上の策で、これまで他家の葬儀に出て覚えたやり方だ。

玄関先まで和尚を送り出すなり、五人組で棺の蓋を取り、ましの胸元に愛用のロザリオを置く。同時に棺の向きを変えて、頭を東に向けた。

そのあとが出棺だった。家の中にいる村人は低い声でアベ・マリアとコンタツを唱えた。家の外には、はいりきれなかった百姓たちが待っていて、胸の内で祈りを捧げる。

「お世話かけました」

岩松は押入れを開けて、利吉の労をねぎらう。

「なんのなんの、円覚和尚のお経は、全部この中に封じ込めましたばい」

よっこらしょと腰を上げて、利吉が答える。あとは今夜暗くなって、利吉が広琳寺に赴き、そっと竹筒の中の聖水を境内に撒《ま》き散らして、お経返しをするはずだった。

五人組の百姓仲間が担《かつ》ぐ棺のあとについて、岩松はいよと並んで家の外に出る。曇り空だったのが少し明るくなっていた。西の空の雲間から、光が射し込んでいる。

死んだ父親の嘉吉が、雲間から覗《のぞ》いていると岩松は思った。

第六章 開教

一 悲しみの節 慶応三年（一八六七）一月

その年の冬は例年になく長く、今村の百姓与吉は、畑に二寸ほど積もったままの雪を恨めし気に眺めた。

下肥《しもごえ》を撒《ま》いたばかりの麦は、多少の雪などものともしない。しかし畑の菜っ葉類は雪で萎《な》えてしまう。芽を出して育ちはじめた菜種《からし》も立枯れする恐れがあった。葉を切って畑に植わったままにしている大根にしても、凍って煮えたようになる。

明日は雪も消えてくれるだろうと思い、眼を上げたのがいけなかった。道を歩く四人の男のひとりと眼があってしまう。背の高い旅姿のその男は、腰をかがめて近づいて来た。他の三人も立ち止まって、与吉に頭を下げた。四人とも見知らぬ顔で、このあたりの住民ではない。一晩泊めてくれないか、御礼はするという言葉には他国の訛《なま》りがあった。

「すんまっせん。この村じゃ、よそん者《もん》は泊めんようになっとります。それに、今の時期、何の接待もできまっせんけ」

与吉は丁重に答える。他国者を家に泊めないというのは、前々からの掟《おきて》だった。家によっては、床の間の掛物の裏に、十文字を印している。与吉の家も、納戸《なんど》の戸の一部を横にずらすと、十字の木枠が浮き出る仕掛けになっている。幼い頃から、家族一緒に祈りを捧《ささ》げるのはそこだった。

たとえ客人を家に迎えても、たいしたもてなしができないのは、ちょうど悲しみ節がはじまったばかりだからだ。前の年の冬至から五十九日後が、悲しみ節の入りで、それから四十六日の間続く。その真ん中にあたる今は、受難の七日間になっていた。わが身の罪科《ざいか》による穢《けが》れを浄《きよ》めるため、下肥の汲《く》み取りをしてはならず、女たちも針仕事は控えていた。加えて、苦業《くぎょう》をわが身に課すため、一日二食も一日一食の絶膳《ぜぜん》に、つまり断食《だんじき》を守った。

「いったい、あんたがた、どっから来《こ》らっしゃったとですか」

四人連れは旅姿からして百姓には見えず、訝《いぶか》りながら与吉は訊《き》く。

「長崎です」

相手はさらりと答える。

「長崎ですか」

与吉は驚く。肥前国の西のはずれだとは知っていた。

「どうして長崎から、こげな所まで来らっしゃったとですか」

すると相手は染藍の買い付けに来たのだと答えた。道理で四人は百姓ではなく、商人風なのだと与吉は納得する。

「このあたりでは藍は作っとりません」

にべもなく与吉は答える。

「それは分かっとります。買い付けに行ったのは、御井郡《みいごおり》の西原村《にしばる》です。そこでこのあたりに切支丹がいると聞いたもんですから」

「切支丹ですか」

与吉は胸が高鳴るのを抑えきれない。イエズス教徒を切支丹というのは知っている。しかし今村ではその言葉は禁句であり、信徒としか言わない。

「そげなもんは、今村にはおりまっせん」

答える声が上ずっていた。

　相手は与吉の動揺に気づいたようだった。「実は二年前、長崎の大浦に天主堂が建てられました。建てたのは、フランスからはるばる見えたプチジャン神父です」

　与吉は血の気が引くのを覚える。天主堂という言葉は知らないが、天主つまりデウス・イエズスを祭る建物に違いない。神父はパードレとも言うはずだ。どう答えていいか分からないまま、与吉は黙った。

「その三年前には、横浜にも天主堂が建てられとります」

　蒼《あお》ざめた顔で与吉は立ちつくす。いつの間にか四人連れに囲まれていた。

「日本が開国したのは、知っとられますね」

　別のひとりから訊かれた。

「知っとります」

　しかしその開国とやらがあっても、このあたりは何の変わりもなかった。

「開国で、切支丹の神父が日本に来られるようになりました。まず長崎に来られたのがフランス人のフューレという神父さんです。天主堂を建てはじめたのがフューレ神父で、それをプチジャン神父が引き継いで、一年がかりで完成しました」

　別の男が説明する。与吉は息苦しさを感じる。悪だくみの嘘《うそ》にしては、話が詳しすぎた。思案しかねて周囲を見渡す。道を行く人の姿があって、眼をこらす。先に気がついたのは先方だった。

「与吉しゃんじゃなかね」

呼んでくれたのは小島《おしま》村のすみ婆《ばあ》さんだった。実家が今村にあり、よく里帰りしているだけでなく、その息子の市平とは与吉も親しくしていた。

四人に囲まれているので不審に思ったのだろう、近づいたすみ婆さんに、与吉は事情を話す。

「新吉に頼み込んだらどげんね」

こともなげに、すみ婆さんが言う。今村に、来訪者を宿泊させない掟があるのは知っているはずだった。小島村ではそんな掟も緩くなっているのだろう。新吉はすみ婆さんの甥《おい》で、今村では長老格だった。

訝る反面、このまま四人連れを帰すのは惜しい気がした。話が本当ならば、これは大変な出来事のはずだ。新吉であれば按配《あんばい》よく判断してくれるだろう。

「お願いします」

四人から改めて頭を下げられ、与吉は覚悟を決める。

「新吉には、あたしがよかち言っとったと、言うてもらうとよか」

すみ婆さんが笑顔で言い、四人に頭を下げ、すたすたと歩き出す。

「案内しますけん」

「助かります」

案内する間にも、与吉の胸の内は千々《ちぢ》に乱れた。村はずれには、二百四十年前に磔《はりつけ》になった今村の庄屋アンドレ様の墓がある。そこを訪れた神父が、いつか墓の上にイエズス教の教会堂が建つだろうと、予言したらしい。長崎にできた天主堂とやらが、ここにもできるのだろうか。

それとも四人組は、やはり大公儀の隠密《おんみつ》なのか。もしそうだとすれば、結果は一大事になる。ここは、こちらの胸中を明かさないようにして、相手の素姓を探るに限る。

新吉は家にいた。四人連れに表で待っているように言い、与吉だけ中にはいった。

「長崎から来た信徒らしかです」

「信徒？」

新吉が目をむく。与吉は先刻のやりとりをそのまま口にした。

「そんなら、ほんなこつかもしれん。与吉も残ってくれんか。一緒に話ば聞こう。そのうえで、泊まってもらうかどうかば決める」

数瞬考えてから新吉が言った。

与吉は四人を呼びに行き、土間にはいってもらう。上がり框《かまち》に坐《すわ》らせると、四人は丁重に名乗った。最初に与吉に声をかけたのが徳三郎、痩《や》せたのが茂市、一番若いのが作太郎、最も年長で五十半ばと思われるのが忠右衛門だった。

「長崎に何か妙な建物ができたちいうこつですが、どげな建物ですか」

用心深く新吉が訊く。口を開いたのは長老格の忠右衛門で、三つの鐘楼があり、それぞれ屋根に十字架が立ち、建設当時から人目を引き、見物人が絶えなかったと答えた。

「みんなフランス寺と言っとります。神父のプチジャン様がフランスから見えとったからです」

徳三郎が補足する。「正式な名称は、日本二十六聖人殉教者天主堂です」

「二十六聖人殉教者天主堂ですか」

新吉が確かめ、首を捻《ひね》った。

「殉教者二十六人というのは、西坂の丘で、神父や信徒が磔にされたのです。二百七十年前です。今から五年前、その二十六人はローマで列聖《れっせい》されました」

徳三郎から説明されたものの、与吉に理解できるのは磔くらいだ。しかしその磔にされた者が二十六人というのは、度が過ぎる。

「天主堂が大浦に建てられたのも、二十六人が殉教した西坂に面しているからです。天主堂の中には、サンタ・マリアの像が置かれとります」

瘦せた茂市が低い声で言う。サンタ・マリアなら、いつも祈りの中に出てくる。マリアがイエズスを抱く木像は、この家で見たことがある。新吉の先祖が作ったものらしかった。

与吉はそっと新吉の表情をうかがう。新吉は血の気のひいた顔で黙ったままだ。それを見て、若い作太郎が身を乗り出した。

「天主堂が建ってから、浦上に隠れ住んでいたイエズス教の信徒のひとりが見に行きました。設置されていたマリア像が、浦上の信徒の決め手になりました。というのも、昔から浦上の信徒には、三つの言い伝えがありました。七代たったら、必ず海を越えてパードレがやって来る、そのパードレはひとり者で妻帯せず、必ずサンタ・マリアの御像を持って来る、です。そこで、私の母たち信徒十五人が、意を決してフランス寺に行ったとです。母たちが、わたくしどもの心はあなた様と同じでございます、と告げたとき、プチジャン神父は、雷に打たれたように驚き、ひざまずいて信徒たちひとりひとりの手を取って涙されたそうです」

ここまで言われると、与吉にはもはや作り話とは思われなかった。しかし新吉はまだ慎重だった。言葉を継いだのは徳三郎で、与吉の顔を見た。

「さきほど、今の時期は何の接待もできないと言われましたが、それは今が悲しみの節だからではないですか」

またもや与吉は胸が締めつけられる。今村では〈悲しみ節〉というが、長崎では〈悲しみの節〉というのだろう。

「サンタ・マリアが、イエズス懐妊のお告げを授かった日には、家族あるいは親族が集まって、喜び、苦しみ、栄えの玄義《げんぎ》などの祈りを捧げます。例えば、こげな祈りがあります」

徳三郎が祈る仕草をし、真顔になる。「ガラサに満ち給《たも》うサンタ・マリア、御胎内の御実なるイエズスの御母マリア様、我ら悪人のために頼み給え、アーメン」

途中で他の三人も祈りの口調を合わせ、最後のアーメンは声色《こわいろ》が揃《そろ》った。

もう間違いがなかった。長崎の信徒は、今村の信徒と同じなのだ。しかし新吉はまだ迷っていた。

「その天主堂で、長崎の信徒が信仰ば告白したとは、いつでっしょか」

新吉が訊く。

「二年前です」

徳三郎が答える。

「その神父によると何年になりますか」

「あ、イエズス教の暦ですか。今年が千八百六十七年ですから、信徒発見は千八百六十五年になります」

新吉が与吉と眼を合わせる。今年が千八百六十七年というのは間違いなかった。

二人が当惑しているのを見てとってか、徳三郎が懐《ふところ》からロザリオを取り出した。黒い珠《たま》と白い珠が連なり、メダイの部分はべっ甲かもしれない。

「浦上で信徒が発見されたので、他領でもイエズス教徒がいるはずだと、プチジャン神父は思われたとです。それで私ども四人も、染藍の買い付けのついでに、探るこつにしたとです。ひょっとしたら今村にいるかもしれないと、御井郡の百姓に聞いてやって来ました」

忠右衛門が言う。

「お話はようく分かりました。ともかく今日は、拙宅にお泊まり下さい」

思案の末、新吉が答える。

四人が家人の助けで草鞋《わらじ》を脱ぐ間に、与吉は新吉から手招きされた。

「庄屋の常蔵殿のところに行ってくれんか。耳に入れとかんといかんじゃろ。こげなこつになっとると、伝えてもらうと助かる」

　与吉はもっともだと思い、庄屋の家に走った。庄屋の常蔵は、先代の今蔵が三年前に急死したため、三十歳そこそこで跡を継いでいた。

「どげんしまっしょか」

　ひととおり話したあとで、与吉は常蔵に訊く。

「公儀のまわし者じゃなかですな」

　常蔵が念をおす。

「悲しみ節やオラショも知っとったし、ロザリオも見せてくれました。何より今年が千八百六十七年ちいうこつも知っとりました。大公儀でん公儀でん、密偵はそこまでは知らんと思います」

　与吉は確信をもって言う。

「その四人連れ、いずれは長崎に帰るとじゃろ」

「そげん思います」

「そんとき誰か一緒に長崎まで行って、確かめるとよか。それまではこっちのこつは明かさんようにして、あくまで名目は、長崎の物見遊山《ものみゆさん》ちいうこつにしたらよかとじゃなかですか」

さすがに庄屋だと与吉は感心する。

「ばってん、誰が行きますか。あっしは嫌です。こげな寒いなか、旅する気はありまっせん」

「いや、ここは一応デウス・イエズスのこつばよう知っとる者が行くべきでっしょ」

常蔵が白羽の矢を立てたのが弥吉だった。弥吉は与吉より若いものの、父親の感化でオラショをすべて暗記しており、イエズス教の暦も今では庄屋から任され、他の百姓たちに教えてまわっていた。

四人連れは新吉宅に一泊したあと、弥吉を伴《ともな》って長崎に帰って行った。

半月後に戻って来た弥吉は、まず庄屋に報告し、翌日、今村の戸主だけが庄屋の家に集まった。

「間違いなかです。プチジャンという神父から、私も洗礼ば受けて来たです。神父は、信徒は全員、長崎に来るとよかち言っとられました」

弥吉が言うと、すかさず新吉が訊いた。

「長崎じゃ、信徒ちいうこつば隠さんでよかとな」

「いいえ、まだ表立つことはしちゃならんのです。浦上村には何ヵ所か礼拝堂が建てられとります。納屋《なや》か離れのような造りで、そこに神父が来て、オラショば唱えたり、洗礼を授けてもらったりしとります。あくまでも隠れてです。私がおったとき、信徒の葬式がありましたが、もう坊さんは呼ばずに自分たちだけで埋葬しとりました」

「浦上にも檀那寺《だんなでら》はあるとじゃろ」

訊いたのは庄屋だった。

「あります。確か聖徳寺《しょうとくじ》という寺です」

「そん寺が気づけば、奉行所に訴えるとじゃなかか」

庄屋の常蔵が顔を曇らせる。

「それでも構わんち、信徒たちは思っとるようでした。できるこつなら檀那寺とは手を切りたかと言っとりました」

「そりゃ危なか。大公儀の寺請《てらうけ》制度ば否定するこつになる。長崎奉行が許さんじゃろ」

常蔵が村民たちを見回す。「少なくとも今村じゃ、そげなこつはしちゃならん。大庄屋の後藤殿に知られたら、一大事になる」

声を潜めて庄屋が言った。

代々高橋組の大庄屋を務めてきた平田家が、跡継ぎが絶えて、現在の後藤家が三潴《みずま》郡からはいってきたのは六、七十年前だと聞いている。余所者《よそもの》だけあって、各庄屋との間はしっくりいっていなかった。

「目立たんようにして、長崎に行く分には構わんでっしょ」

訊いたのは善市だった。弥吉と善市は仲が良く、二人とも熱心な信徒だった。

「なるべく穏便に」

庄屋が念を押した。

ひと月後、弥吉が善市と政右衛門を伴って長崎に行き、今村に来た四人連れのひとり徳三郎の家に泊めてもらった。善市と政右衛門はプチジャン神父から洗礼を受けただけで、程なく帰村した。弥吉だけは神父に毎日のように会いに行き、さまざまな祈りの言葉を覚えて、四月下旬に村に戻ってきた。その際、イエズスの絵像と、小さなマリア像を土産として貰《もら》っていた。絵と立像《りゅうぞう》は、斎八の家の裏の蔵に安置された。村人たちは好きなときにそこに行き、絵像や立像の前で祈りを捧げた。

そのうち、長崎に行ってみたいという百姓が増え、七月には次吉と卯次郎、善四郎の三人が長崎に行った。九月には斎八と伊吉、藤八、庄八、喜助《きすけ》、市右衛門の六人が長崎に行き、洗礼を受けた。

「こげんして、今村の百姓が少しずつ長崎に行けばよか。与吉どんもどげんね」

弥吉から与吉も勧められた。「大浦の天主堂ば見たときは涙が出た。大昔、甘木や秋月にあったという教会も、こげんじゃったのかち思うた。徳三郎殿に案内されて、天主堂の中にはいったときは、胸が熱くなった。天井が高くて、あげな高か天井ば見たのは初めて。両端から梁《はり》が丸くせり上がっとる。正面にある祭壇の横からは、赤や緑、黄色の光が射《さ》し込んどる。パライソちいうのは、こげなもんかち思うた」

与吉に語ってきかせるとき、弥吉の顔は紅潮した。

「あっしもいつか行ってみたかとです。そしてそのサンタ・マリア像ば拝んでみたかです」

与吉は胸を熱くしながら答える。サンタ・マリアはオラショを唱えるとき、何百回、何千回口にしたか分からない。

「与吉どん、いつか一緒に行きまっしょ」

誘ったのは、裏の蔵を集会所にしてくれた斎八だった。壁に、浦上の徳三郎から貰ったイエズスの絵像が掛けられている。その脇《わき》に、やはり長崎に行った次吉の家に代々伝わるマリアの木像と、土産に貰った小さなマリア像が置かれていた。先祖代々の木像は、いかにも素人《しろうと》が彫ったと思われる拙劣な像で、顔の部分は剝《は》げ落ち、至る所に虫食いの穴ができていた。

「大浦天主堂のサンタ・マリア像は、美しか」

実際に見たことのある庄八が目を輝かせる。「マリア様は金の冠をかぶって、青か衣を着とらっしゃる。金色の紋があちこちにはいって、縁取りも金色。裾《すそ》のところから赤か襦袢《じゅばん》がのぞいとる。顔がまた美しくて、慈愛に満ちとる」

「マリア様に抱かれとるイエズス様は、こっちに向かって両手を広げておられた」

喜助が横から補足する。「まるで、はるばるよう来たち言うて、歓迎してくれとるように見えた」

「わしは初めて異人さんば見た」

政右衛門も言う。

「神父のパードレでっしょ」

「そげんたい。プチジャン神父。黒か衣ば着て、鼻髭《はなひげ》と顎鬚《あごひげ》があっていかめしかばってん、目は優しか。わしの手ば取って、よくぞ長いこつ教えば守ってこらっしゃったと言われた。パードレの前で涙が出てしもうた。大昔、今村に何人も来たちいうパードレは、こげんじゃったのじゃなち思うた」

「与吉どん、やっぱいつか行かにゃならん」

斎八がまた誘う。長崎までの路銀《ろぎん》がどのくらいかかるか、誰も言わない。しかし長崎を訪《おとず》れた百姓十一人の顔ぶれを見ると、本百姓とはいえ与吉のような貧乏百姓と違い、大百姓といえた。

当座は、斎八の裏蔵《うらぐら》に通って、他の村人と一緒にオラショを捧げるだけで我慢しようと心決めする。

稲刈りの段取りを始める時期になって、斎八の蔵に集《つど》った与吉たちに弥吉が言った。

「しばらく集まりはやめとったがよか。広琳寺《こうりんじ》に宿を借りとる雲水《うんすい》が、ことば怪しんどるげな。百姓たちが出入りするのを見たとじゃろ」

今村には托鉢《たくはつ》の雲水がよく訪れた。追い払うのではなく、何がしかの米や麦、銭を与えるようにしていたからだ。

「雲水がお上に告げ口すれば、何が起こるか分からん。よかな」

弥吉が暗い顔で締めくくった。

二　浦上四番崩れ　慶応三年（一八六七）九月

稲刈りたけなわの九月下旬、与吉は弥吉から斎八の裏蔵に集まるようにとの伝言を受けた。言われたとおり暗くなって斎八宅に行くと、村人十数人が集まっていた。驚いたのは、そこに浦上の信徒である徳三郎と作太郎の二人がいたからだ。

「浦上で信徒狩りが始まったらしか」

弥吉が声を潜めて言い、徳三郎が事のいきさつを語った。

長崎奉行が、天主堂に集う信徒の増加に、危惧《きぐ》をいだきはじめたのは七月頃からだったらしい。内偵の結果、主だった信徒六十八人が捕縛《ほばく》されたという。

「そのうち半数が、厳しか取調べで信徒をやめました」

「転んだとですか」

与吉は驚く。守り通したイエズス教を、天主堂が建った今、捨てるとは信じられない。

「表向き転んだ者もいます。お上を欺《あざむ》くためです。本当に信仰を捨てた者もおります。ともかくこの捕縛を四番崩れと言っとります」

公儀による捕縛を崩れと言うのは、与吉は初耳だった。

徳三郎の説明によると、浦上での一番崩れは、今から七十年以上前らしかった。二番崩れは二十五年前、三番崩れは十一年前で、徳三郎はよく覚えているという。

「久留米領にも嘱託銀があるでしょう」

徳三郎が言う。

「あります。いくらじゃったかは、もう知りまっせん」

弥吉が答える。与吉も知らない。

「長崎ではパードレの伴天連《ばてれん》が銀五百枚、立ち返り者も五百枚です。立ち返り者というのは、天主堂で信仰を告白した信者です。それがパードレと同じ額ですから、金目当ての者が出るとです。

一番崩れのときはちょっと違って、庄屋が仏像を作る名目で村人に寄付を命じたとです。しかし十九人の村人がそれを断ったので、庄屋が十九人を邪宗の信者だと言って奉行所に訴えました。ところが証拠がなく、庄屋のほうが却《かえ》って免職になっとります。

二番崩れは、嘱託銀目当てで、世話役の帳方《ちょうかた》を務めていた者を訴え出て起こっとります。このときも証拠が出ないで釈放です。三番崩れも告発です。こんときは帳方の吉蔵殿が、拷問《ごうもん》を受けて、信徒の一部を白状しとります。信徒の一部が仏教徒に転び、吉蔵殿は牢死《ろうし》しました。その子の利八は所払いになり、七代続いた帳方はこれで途絶えました。

ですから今度が四番崩れです。今始まったばかりで、これから先どうなるかはまだ分かりません。今回のきっかけは、嘱託銀による告発ではなく、信徒の葬送の仕方を変えたのも大きな原因です。今村も同じだと思いますが、誰かが死ぬと檀那寺に届けなくてはいけません」

「そりゃそうです。ここでは広琳寺に届けとります」

弥吉が答える。

「浦上では聖徳寺です。無届けのまま、自分たちのやり方で自葬したので、事が大きくなり、長崎奉行所が探索し出したのです」

「その四番崩れちいうのは、まだ続きますか」

暗い顔で今度は新吉が訊く。

「まだまだ大きくなるでっしょ」

作太郎が徳三郎の脇で顎を引く。「浦上の信徒は、こう言っては何ですが、三千人は下りません」

「三千人ですか」

斎八が驚く。

「浦上の住民のすべてが信徒ですから」

「よく守り通しましたな」

次吉が感心する。

「七代続いた帳方のおかげです」

徳三郎が頷《うなず》く。

「七代ち言えば、一代三十年として二百十年ですか」

「そうです。二百年ちょっとです」

弥吉の問いに徳三郎が答えた。

今村の庄屋で、今も墓を拝む者が絶えない平田アンドレ道蔵が磔になったのが、およそ二百四十年前だったとは、与吉も聞いていた。浦上も同じように禁教を持ちこたえていたのだ。徳三郎が続ける。

「さっきちょっと触れましたが、浦上には帳方と呼ばれる惣頭《そうがしら》がひとりいて、代々跡を継ぎます。帳方は、日繰《ひぐ》りという教会の暦や教理書を持っていて、祝日やオラショを水方《みずかた》という触頭《ふれがしら》に伝えます。この水方は各郡《こおり》にひとり、全部で四人いて、洗礼も授けます。水方の下には、字《あざ》にひとりずつ聞役《ききやく》がおります。この聞役が字の全戸の責任者です」

聞いていて与吉は納得する。この整然とした仕組みがあればこそ、三千人もの信徒が二百年以上も密《ひそ》かに信仰を守ることができたのだ。一方今村では、帳方と水方の両方の役目をしているのが庄屋といえた。

「ばってん、信徒たちが捕えられたとに、天主堂のプチジャンちいう神父が訴えられんとはどうしてですか」

さっきから気になっていた疑問を与吉が口にする。徳三郎が答えてくれた。

「十年ばかり前、大公儀は開国しました。それで長崎の異人居留地には多くの異人たちが住みはじめたとです。その異人たちのために建てられたのが、フランス寺の大浦天主堂です。他にもイギリス人のための教会も建っています」

「異人たちはイエズス教ば信じてよかとですね」

「そうです」

徳三郎が頷く。「鎖国ばやめて開国した以上、それは認めんといかんのでしょう。私が恐れとるのは、同じような取締りが、他にも飛び火せんかということです」

「この今村にもですか」

弥吉が声を低める。

「その意味では、私たち二人がここに逃げて来たのは、迷惑ではなかったかと思っとります」

作太郎がすまなそうに言う。「でもイエズス教徒の私たちが、他の所に行くわけにはいきませんでした」

「そうです、そうです。あんた方は今村の恩人ですけん。迷惑なこつはなかです。浦上四番崩れが終わるまで、この村におって下さい。何とかなります」

弥吉が力強く言った。

しかし徳三郎と作太郎が恐れていた事態が、稲刈りの最中に起きた。

与吉が女房のしほと稲刈りをしていたとき、娘のさきが畔道《あぜみち》から呼んだ。顔を上げると、今村に向かう道に人影の一団が見えた。先頭に立つのは陣笠《じんがさ》の武家を乗せた馬一頭で、そのあとに裾をからげた公儀の役人たちが小走りで続く。その数は五、六十人、いや百人近くいる。

「彦三、お前見て来い」

稲刈りをしていた息子の彦三に与吉は命じる。彦三が走り出したとき、少し離れた稲田にいた斎八親子も気がついたようだ。斎八自身が稲刈りをやめて村に戻りかけた。

「しほ、行ってみたがよか」

与吉は女房にも言い、娘のさきにも声をかけた。

ものものしい恰好《かっこう》をした役人たちは、村の中で何手かに分かれて走っていた。

「お前たち、村の中にはいっちゃならん」

馬上の役人頭が道にはだかって言う。「はいる者は斬《き》って捨てる」

その脇で五、六人がもう刀を抜いて待ち構えている。四ヵ所ある村の出入口を塞《ふさ》いだのは、かねてからの策だったのに違いない。百姓の大半が稲刈りに出た頃を見計って来たのも策のひとつだ。

与吉たちの後ろにも、十数人村人が集まって来ていた。こっちは稲刈り用の鎌《かま》を手にしている。二十人集まれば、何人の侍に勝てるだろうかと一瞬与吉は思い、畏《おそ》れ多くてやめた。

斎八の姿はない。もう自宅付近まで走っているのだろう。村の方から男や女の叫び声、役人たちの怒声が響いてくる。どうやら役人たちは、斎八の裏蔵、弥吉や政右衛門、そして庄屋の常蔵殿の家に侵入したようだった。信徒たちの集会所、長崎に赴いた百姓、そして庄屋の家をねらったとすれば、手入れの目的はもはや明らかだった。

今村の家の配置を教えたのは、広琳寺の雲水か、それとも大庄屋の後藤十郎左衛門殿だろうか。与吉は思いめぐらし、主だった信者を内偵したのが雲水だと見当をつける。宗門改めの役人が、大庄屋に下達《かたつ》せずに捕り手を繰り出すことはないはずで、大庄屋も承知のうえでの手入れのはずだ。

与吉たちと役人が睨《にら》み合っている間にも、侍が次々と駆け寄って何かを報告し、また戻って行く。そのやりとりから、これは家捜《やさが》しなのだと与吉は思った。隠れ信徒である証拠を示す品々を見つけ出し、詮議《せんぎ》にかける予定なのだ。

証拠となる品は与吉の家にもあった。仏間には一尺くらいの木彫りの観音像がある。ひい爺《じい》さんのそのまた爺さんである、岩松という人が彫ったものだという。素人とは思えない出来映えで、確かに観音像だとは分かる。胸に赤子を抱いているところは鬼《き》子母神《しもじん》ともいえる。しかし背中側には、はっきりと十字が刻まれていた。

その前で、与吉が一家揃ってオラショを唱えるとき、頭の中で十字を思い浮かべていた。その木彫りこそサンタ・マリアであり、それを造った岩松という先祖に感謝していた。

おそらくその像も、壁にかけていた日繰りの暦も没収は免《まぬか》れなかった。とはいえ、今村の百姓たちの家には、弥吉から貰う暦やイエズスの絵、十字の木彫りなど、多かれ少なかれ置いてあるはずだ。

とすれば、今村の惣百姓が信徒であることは、この手入れで明々白々になる。

与吉は初めて全身から力が抜けていくのを感じた。

小一刻経《こいっときた》ったとき、後方にいた百姓たちが声を上げた。しほが小さく「煙が出とる」と与吉のそばで言い、指さした。

村の中央あたりから白い煙が立ち昇っていた。家が燃えているのではなく、十字路のあたりで火を焚《た》いているのは明らかだった。家々から持ち出した怪しげな異物は、すべて火に投げ入れているのだろう。

「これで今村も終わりじゃろ」

誰かが背後で言った。

「みんなお縄ちょうだいかもしれんな」

別の男も言う。

「打ち首じゃろか」

また誰かが言って静かになる。

馬上の役人頭も馬の向きを変え、村の方を眺めて満足気だ。

与吉は、浦上村と同じことが今村でも起こったと実感する。徳三郎は浦上では三千人以上が捕まるかもしれないと言っていたが、今村でもその十分の一はお縄にかけられるはずだ。

この先どうなるのか心配になるとともに、先祖に対して申し訳なさも起こってくる。イエズス教徒になって、自分が何代目なのか与吉は知らない。浦上の帳方が七代目だとすれば、与吉の家系でもそのくらいはあるのかもしれない。その先祖のひとりひとりが、禁教のなかで信仰を守り通してきたのだ。父親の亀松も祖父の忠吉にしても、与吉の記憶に残っているのはオラショを唱える声、黙々と働く姿、そして祈る姿だった。

与吉は亀松がよく口にしていた言葉を思い出す。

「わしたちは光の百姓ぞ。今村は光の村じゃけな。わしたちが打ち込む鍬《くわ》のひと打ちひと打ちが、デウス・イエズスのお仕事じゃけな。わしたちが稲を刈る鎌のひとかきひとかきが、イエズス様のお手になっとる」

それは祖父の忠吉の口癖でもあったらしい。

厳寒の朝、寒風が吹きすさぶなかでも、父の亀松は麦踏みをしていた。あの麦踏みのひと足ひと足が、神のお仕事だと亀松は思っていたに違いない。

真夏の煮えたぎる田の中にはいって、亀松は田の草取りを怠らなかった。あれも、稲の間のむせかえるような暑さのなかで、腰をかがめて両手で煮えたぎる水をかきまぜ、雑草をとる手のひとかきひとかきを、神のお手先だと思っていたに違いない。祖父の忠吉も同じだったはずだ。本当に父も祖父も光の百姓だった。

そんな百姓の住む今村が先祖代々守ってきた聖具が、村のどまん中で燃やされていた。

「デウス・イエズス様、サンタ・マリア様、今村が受難におうてます」

与吉は胸の内で訴え、空を見上げる。一面が厚く雲に閉ざされている。涙が出てきて、こぶしでぬぐう。それでもまだ涙が溢《あふ》れてきた。隣にいるしほも、手拭《てぬぐ》いを目に当てていた。

白い煙が黒々とした煙に変わる。またどこかで見つかった聖具が火にくべられたのだろう。

それが何度か繰り返され、やがて煙が上がらなくなった。

ほどなく、役人たちが戻って来る。庄屋を先頭に、何人かの百姓が縄つきで引っ立てられているのかと思ったが、そうではなかった。主だった役人が馬上の頭にそれぞれ首尾を報告した。

「お前たち、よく聞け」

役人頭が声を張り上げる。「一両日中に、大庄屋の後藤十郎左衛門から沙汰《さた》があるはずだ。その詮議のあと、公儀の裁断が下る。それまでは、日々の生業《なりわい》は続けて待っていろ。よかな。村中で逃散《ちょうさん》など企てれば、残らず打ち首に処す」

役人頭は最後のところで、首に手を当てる所作をした。

逃散したら打ち首であれば、村に留《とど》まれば打ち首はないのだと、一瞬与吉は思う。しかしこれも、稲刈りを終えて年貢《ねんぐ》を納めるのを、お上は待っているだけなのだと思い直す。

役人たちが後姿を見せるなり、与吉たちは走り出す。息せききって村中《むらなか》まで辿《たど》り着くと、うずたかい灰の周囲に、庄屋の常蔵や弥吉、斎八たちが肩をおとして立ち尽くしていた。

「すまんこつじゃった。隠しとったもんが全部見つかり、灰になり申した」

庄屋が目をしばたたく。「先祖代々伝わっとった絹布《けんぷ》も、ロザリオもマリア像も、灰になってしもうとります」

与吉もその絹布は何度か目にし、ロザリオは手に取って触れたこともある。絹布は三百年以上前、日本に伝えられた品で、ロザリオはローマで作られたものらしかった。そしてマリアの木像は、いつか今村に教会が建つと言った神父が彫ったものだ。

「裏蔵の中にあった物も、火の中に放り込まれて灰になっとります」

申し訳なさそうに斎八が呟《つぶや》く。弥吉が赤くなった目で与吉たちを見回す。

「これで今村も終わりかもしれん」

庄屋や斎八、弥吉たちは、役人たちから制されながら、聖具が燃えるのを正視していたのだ。悲しみがひとしおなのはそのためだ。

「うちの家も荒らされとります」

息子の彦三と娘のさきが与吉の傍に来て言う。

「そうじゃろ。お上のすることつじゃ」

「あのサンタ・マリア様も叩《たた》き割られて、ここにくべられました」

「そうか」

返事をしながら、いくら木像が壊されてもサンタ・マリアの信仰までは叩きつぶされんぞと、与吉は歯をくいしばる。

すると女房のしほが、かぶっていた手拭いを取り、かがみ込む。膝《ひざ》の上に広げた手拭いの上に、両手で掬《すく》った灰を入れた。それを見た他の女たちも、手拭いを出して灰を掬う。

「この灰には、今村の祖先たちの魂が籠《こも》っとるとばい」

弥吉が言った。

目を赤くした女たちが、まだ温《ぬく》もりを持つ灰を手拭いや前掛け、袖《そで》の中に入れる。

「残った灰も、今村の宝にしまっしょ」

庄屋の常蔵が言い、荒使子《あらしこ》に命じて米俵を取りに行かせる。

残った灰を村人全員が手でかき集め、米俵に入れる。灰は五俵の中にすべて収まり、道には焦《こ》げた跡が残るだけになった。

「お上も、この灰には手が出らんでっしょ」

斎八が言い、米俵を担《かつ》がせて家の土蔵に向かう。

与吉は稲田に戻るよりは、家がどのくらい荒らされているか確かめたかった。いざ家の前に立って息をのむ。主屋だけでなく納屋までも荒らされていた。天井の一部が剝がされ、床下にはいる戸までが引きちぎられている。押入れの中の物がことごとく外に出されていた。よくぞここまで家捜しができたものだと与吉は立ちつくす。おそらく役人たちは、この家が人の住む所とは考えていなかったのに違いない。鶏小屋か犬小屋と見なしていたからこそ、ここまで荒らすことができたのだ。

「火ばつけられんだけでも、よかち思わにゃならんです」

呆然《ぼうぜん》自失している与吉にしほが言った。「片付ければすむこつですけん」

「そげんじゃな。稲刈りは俺だけしよるけ、お前たち三人で片付けばしてくれんか」

気をとり直して与吉は言った。

翌日、大庄屋後藤十郎左衛門に呼び出されたのは、庄屋の平田常蔵の他、長崎で洗礼を受けた弥吉、喜助、庄八と、蔵の中に集会所を作った斎八の合計五人だった。

夕刻に戻って来た弥吉たちから、詮議の経緯を聞かされた。庄屋の常蔵も弥吉たちも、ありのままを包み隠さず大庄屋に告げたという。弥吉たちが口をつぐんだのは、村内に匿《かくま》っている浦上の徳三郎と作太郎の件と、今村以外の村にいる信徒たちについてだったらしい。それを口にすれば、災いは御原郡《みはらごおり》のみならず、御井郡《みいごおり》にも広がる。しかも今村と違って、他の村の信徒たちは村民の一部に過ぎず、酷《むご》い扱いを受けるのは明々白々だった。

「大庄屋も、取調べにしては腰が引けとる」

そう言ったのは斎八だ。「高橋組の中に長年いた信徒ば見逃してきた罪は、最後には自分に降りかかる。半ば諦《あきら》め顔で、説教にも力がこもっとらんじゃった。この分じゃ、お上も今村の百姓全部を打ち首にゃできん。所払いもできん。よかな、何も恐るるこつはなか」

斎八の言ったことは本当だった。三日おいて、今村の全戸主が連日五人組ごとに大庄屋に呼び出された。与吉も十日後くらいに大庄屋の屋敷に行った。

五十歳を少し超えた大庄屋は、前の年に年貢納めの際に見たときと比べ、一度に老《ふ》け込んでいた。

問われたのは、確かに邪宗門を信じているかどうか、妻子もそうか、いつ頃からか、過誤を認めて本物の仏教徒になるかどうかだった。

いずれの質問にも、与吉は正直に答えた。堂々と胸を張って信徒だと口にしたとき、熱いものが胸を満たした。これまでは、公儀の眼を気にしながらでしか、信仰できなかったのだ。それが今、何のためらいもなく口外できる。

村中から白い煙が上がるのを見たとき、一瞬デウス・イエズスを疑った自分が情けなかった。あれも神の恵みだったのだ。デウス・イエズスのされる行為で、何ひとつ無駄なものがないというのは、本当だった。

こんな感慨を父の亀松も祖父の忠吉も、そしてその先の祖先たちも、経験しなかったことに、与吉は思い至る。あのサンタ・マリア像を彫った岩松という先祖にしても、隠れるようにしてノミを振るったのだ。

大庄屋からの帰りがけ、五人組の誰もが晴れ晴れとした顔をしていた。

「もう誰も、俺の心に蓋《ふた》はできんぞ」

源七が言う。

「わしも同じ。もう磔《はりつけ》になろうが、首を切られようが、恐くはなか」

助一も応じる。

強がってはみたものの、これから先どうなるのか一抹の不安は与吉に残った。

五日後、公事方《くじかた》の役人たちが庄屋常蔵と弥吉、斎八ら、主だった信徒七人を捕縛して、城下まで連れ去り、再び暗うつな雰囲気が村を覆《おお》った。

立ち止まって嘆くにも、田畑の作業は待ってくれない。稲刈り、稲束作りのあと、稲扱《こ》きをし年貢納めが始まる。そのかたわらで、干し田に麦を播種《はしゅ》し、畑の里芋の茎も刈らねばならない。収穫した里芋の後の畑でもやはり麦蒔《ま》きが控えている。納屋では大根の葉漬けも待っていた。

捕われていた庄屋や弥吉が戻ってきたのは、五日後だった。ろくな食事も与えられずに、連日詰問《きつもん》続きだったという。しかし七人が無事に放免されたのは、どうやら年貢納めを滞りなく終わらせるためらしく、公儀にとって、宗門改めよりも重要なのは年貢の完納のようだった。

「今村のこつは、洗いざらい話してきたばい」

弥吉が報告した。「長崎で神父から洗礼ば受けて、俺がロレンソちいう洗礼名ば持っとるこつも、言うてやった。公事方の役人は顔をしかめとった」

「改めて名前を訊かれたとき、私の名前はビセンテ斎八でございますち答えた。そんときの役人の顔ば見せてやりたかった。不機嫌な顔で書付《かきつけ》に筆ば走らせとった」

小気味よさそうに言ったのは斎八だ。「ばってん、わしが長崎の大浦天主堂やプチジャン神父のこつば話し始めると、筆を置いて耳を傾けとった。最後には、長崎はどうか、異人は多かかとか、天主堂の中はどげんなっとるのか、その異人の神父は和語ができるのかと、矢継ぎ早に質問してきた。時代が変わりよるのが分かったとじゃろ」

「庄屋どんの話では、どうやら公儀も大公儀も足元がぐらつきはじめとるらしか。こんこつは、浦上に戻る前に、徳三郎殿や作太郎殿も言っとらっしゃった」

善市が言い添える。「大公儀には薩摩や長州の領主がたてついとるし、久留米の城内でも、大公儀に忠義ば尽くすのか、薩摩や長州の尻馬《しりうま》に乗るのか、意見が分かれとるらしか」

そんなごたごたのなかで、今村の惣百姓が、公儀にたてついて年貢納めを拒めばどうなるか。イエズス教の信徒のいない村にも、年貢拒否の動きはまたたく間に広まるに違いない。収穫した秋物成《ものなり》の半分近くを公儀に差し出すなど、どの百姓もしたくはない。全村が不供出で一致した瞬間、公儀は立ち行かなくなる。取調べの役人とて腹を空《す》かせねばならないのだ。

庄屋常蔵の指揮のもと、大庄屋の屋敷に年貢を納め終わったのは十月の末だった。常蔵は大庄屋に呼ばれ、年が改まったら今村には新たに沙汰が下ることを告げられたという。

不安のうちに年が暮れて慶応四年になった。

大庄屋の予告どおり、七草粥《ななくさがゆ》を食べた日の翌日一月八日、公事方の役人が庄屋を訪れ、久留米城下で詮議を受ける百姓の名簿を手渡した。大庄屋が作成したのに違いなく、今村の全五十七戸から男のみ、二百五十六人の名が記されていた。

庄屋の屋敷に全員が集められたのは、正月の行事も終わった骨正月《ほねしょうがつ》の二十日だった。寒い朝で、与吉は継ぎだらけの縕袍《どてら》を着込んだ。

「心配せんでよか。四、五日で帰らるる」

見送るしほや彦三とさきに言い置くとき、吐く息も白かった。

庄屋の屋敷では、思いがけず大鍋《おおなべ》に炊《た》かれた里芋汁を振舞われた。

「こりゃまるで、祭の朝ごたるばい」

誰かが言い、笑い声まで起こった。

「城下に行くのは何十年ぶりじゃろか」

「まさかこの齢《よわい》になって城ば見らるるとは思わんかった」

「これだけの人数ば押し込める牢屋が、城の中にはあるとじゃろか」

「馬鹿《ばか》、牢屋が城内にあるわけはなかろ。城の外たい。長か牢屋が見世物小屋のごつ並んどる」

「まさか。ばってん、こげん今村の男がごっそり抜けると、残った女子《おなご》や子供たちが狼藉《ろうぜき》ば受けけんじゃろか」

「その心配はなか」

庄屋の常蔵が制した。「大庄屋の後藤殿が、そこは心配するなと言うて下さった」

「男手がなかけん、その間の田畑がどげんなるか、心配は心配」

助一が言う。子供三人はまだ小さく、田畑の担《にな》い手は病弱の女房に託すしかない。骨正月のこの時期でも、麦肥汲み、莚《むしろ》編みに蓑《みの》作り、もっこの修理など、やりおおせなければならない仕事が山ほどあった。おそらく、しほはさきや彦三を使って、五分の一くらいはやってくれるはずだ。

公事方の役人たちがものものしい恰好をして到着したのは、巳《み》の刻《こく》(午前九時)を過ぎてからだった。前回と違って馬に乗った役人が二人いた。五、六十人が手分けして、百姓たちの両手を前の方で縛った。後手にしなかったのは、途中で用足しができるように配慮したからに違いない。十人ずつが腰縄によってひとつなぎにされた。

これがお縄頂戴《ちょうだい》なのかと与吉は思う。もちろん初めてだった。

庄屋を先頭にして屋敷を出る。家人が見送るのを馬上の役人が制した。村中を通り抜ける際も、覗《のぞ》き見する家族たちに鞭《むち》を振り上げて、家の中に引っ込ませる。

朝のうち真白に降りていた霜は、もうすっかり消えている。雲間から日射《ひざ》しが注《そそ》いでいた。

与吉たちは三列になって進む。庄屋の屋敷では口数の多かった者たちも、今は黙り込んでいる。これからどういう仕置きが待っているのか、改めて心配になっているのだ。

与吉は父親の言葉を思い出す。今村は光の村であり、わしたちは光の百姓だ。それが父亀松の口癖だった。

今、その光の村から光の百姓たちが連なって出て行く。腰縄でつながれていても、これは光の行列なのだ。雲間から、デウス・イエズスが見ているに違いない。それだけでなく、今村の先祖たちも眺めているはずだ。そう思うと、頭《こうべ》を垂れて引かれ者のように歩くのではなく、家から田畑に向かうときのように、胸が張れた。

誰かが言ったように、与吉も城下に行くのは四十歳になった今が初めてだった。わずか半日の行程《こうてい》なのに、城下は別の世の中だった。

道端《みちばた》のすすきが、いくつも枯れた穂を突き上げ、風にかすかに揺れている。鵜木村《うのき》でも、村人が戸の隙間《すきま》や垣根の間から、与吉たちの行列を見ていた。中には手を合わせている老婆《ろうば》もいた。鵜木村には信徒の家が十数軒ある。そのうちの一軒に違いない。与吉たちを自分たちの身代わりだと思ってくれているのだ。軒下に簾《すだれ》のように掛けられている干柿《ほしがき》が、その家の勤勉さを表わしていた。

宮地の渡しまで二里半、一刻を要した。渡し場には、三十隻《せき》ほどの舟が用意されていた。城下まで歩かされるのではなく、川旅だとようやく分かる。

ひとつなぎになった十人が、おずおずと舟に乗り移る。

「ほんなこつ、こりゃ舟旅での物見遊山《ものみゆさん》になったばい」

源七が耳元でささやく。与吉も若い頃、宝満川で小舟に乗って釣りをしたことはあっても、筑後川の舟下りは初めてだ。冬枯れのこの時期、水量は少なかった。水夫《かこ》が棹《さお》を差すと、用意のできた舟から岸辺を離れた。

百姓十人に対して見張りの役人は二人だ。舳先《へさき》と艫《とも》に向かい合って坐《すわ》り、与吉たちに睨みをきかせていた。

日射しをはね返す小波《さざなみ》の白さは、春の兆《きざ》しそのものだった。両岸からのぞく楠《くす》の大木の梢《こずえ》にも若葉が混じっている。

与吉は、縛られた両手を伸ばして身を乗り出し、川の水を掬った。喉《のど》が渇いていたせいではなく、川の水の匂《にお》いをかぎたかったからだ。役人は睨みつけただけで、制しなかった。水を飲むためだと思ったのだろう。

川の水にもちろん匂いはしない。しかし口に含むと土と草の味がした。田に張る水は飲んだことはないものの、どこか似ている気がした。おそらく自分の体にも、土と草の匂いが染《し》みついているに違いない。

与吉が陶然《とうぜん》として川の水を飲んだのを真似《まね》て、源七たちも不自由な両手で水を掬う。

「こら、いい加減にせんか」

舳先に坐る役人が怒鳴った。「もうすぐ着く。水なら本物の水ば、いくらでも飲ませてやる」

言われて与吉たちは首をすくめる。入牢したあと、まさか水だけで生きろと言われるのではなかろう。どんな食い物が与えられるのか。今となっては、いかに粗末でも今村の食い物がいとおしく思えた。

「城が見えた」

後方に坐る左吉が叫ぶ。なるほど左前方の楠の木立の奥に、高々とそびえる城壁が顔をのぞかせていた。

「こりゃすごか」

与吉も思わず言う。城壁の直下は濠《ほり》で、さらに手前に平地があり、その一部は田畑になっている。敵が川側から攻め込もうにも、五間か十間の高さはある石垣は登れまい。

役人も、川から城を眺める機会はそうないのか、目を細めて見やっている。城壁の奥が本丸に違いなく、その片隅に櫓《やぐら》の上部が見えていた。

あれが話に聞く三層の巽《たつみ》櫓に違いなかった。巽（東南）の方角に建てられているので、そう呼ばれているものの、本当はそれが天守閣らしい。大公儀を気にして、天守閣と呼ばないのだ。

「柳川三年、肥後三月、肥前、久留米は朝茶の子」と、同じ筑後でも柳川の領民たちから小馬鹿にされているとは、与吉も聞いたことがある。田中吉政公が築城した柳川城は、五層の天守閣を持つ、難攻不落の水城らしかった。攻め落とすのに三年もかかるというのだ。肥後の熊本城は、その昔、勇将加藤清正公が造ったのだから、三ヵ月で陥《お》ちるようなちゃちな城であるはずがない。肥前の城については、与吉も全く知らない。とはいえ、いくら何でも半日で落城はさせられまい。今、目の前に迫る久留米城も、攻めるに朝飯前だとは到底思えなかった。

前を行く舟でも、後方に連なる舟でも、今村の百姓たちは一様に城に見とれている。九割方以上が、自分の住む領地の城を眺めるのは初めてのはずだ。

前方の舟が順次舟着場に引き寄せられ、百姓たちが数珠《じゅず》つなぎのまま下船しはじめていた。陸で待ち受ける役人の恰好も、戦《いくさ》にでも行くようにものものしかった。その数、五、六十人はいる。手に突棒《つくぼう》や刺股《さすまた》を持っている者もいた。

舟から降りた百姓たちから順に、二列になって歩かされる。両側を長柄《ながえ》を持った役人が固めた。

いよいよ牢獄に向かうのだと与吉は思った。獄中では責め苦が待っているのに違いなかった。公儀の目的は、イエズス教の棄教だ。そのための拷問は何だろうと、歩かされながら与吉は想像する。まさか、すぐには斬首《ざんしゅ》や磔にはしないだろう。火焙《ひあぶ》りにしても、それは最後の最後の刑だ。

まずは笞《むち》打ちだろうか。それとも、正座させて膝の上に石板をのせるという石抱きだろうか。あるいは、両手を背中で縛り、両足は前で交叉《こうさ》させて縛った挙句、両足を首にかけて身動きができないようにする海老《えび》責めか。それでも転ばないときは、後ろ手のまま天井から吊るす釣責《つりぜ》めだろうか。

背中に重しの石をのせた石抱き釣責めや、海老責めした上に板石をのせる、石抱き海老責めもあると聞いている。

道は真直《まっす》ぐで東に向かっていた。両側は武家屋敷に違いなく、長い塀がどこまでも延びている。人通りがないのもそのためだ。どの屋根も瓦葺《かわらぶ》きなので、与吉の眼には別世界に映る。門構えが立派で、門札に武家の名が書かれていた。与吉にはもちろん読めない。

十字路を四つ過ぎたあとに、広い場所に出て目の前が明るくなった。左側の濠の向こうに、また城の石垣がそびえていた。外濠だろうか、一ヵ所だけ石橋があった。

右側には、間口の広い商店が軒を連ねていて、早くも女子供が集まって来ていた。これだけの数の罪人が捕縛されているのは、前代未聞《ぜんだいみもん》なのだろう。与吉は、女子供が身ぎれいにしているのに目を奪われる。着物に継ぎなど当てられていない。与吉たちの継ぎだらけの繿袍とは大違いだった。履物からして違う。こちらは素足に草鞋《わらじ》だ。この日のために与吉は新しい草鞋を足につけていた。しかし三里ばかり歩いて、かなり草臥《くたび》れている。もし帰る日があるとしても、新しい草鞋は用意していなかった。

それに比べて、子供は足袋をはいて草履《ぞうり》ばきだ。女も白足袋に下駄《げた》ばきか草履ばきだった。

みじめさにうつむきそうになる気持を、与吉は立て直して胸を張る。「富や金《かね》が、人を豊かにするとじゃなか。信仰がなかと、富や金も糞《くそ》と同じたい」。父親の亀松が口癖のように言っていたのを思い出す。

与吉たちの行列は、濠端の道の突き当たりで右に折れ、またすぐ左に曲がる。まるで大蛇のような動きだった。その大蛇を役人たちが護衛している。それから先は、どこまでも東に延びる真直ぐな道だった。

こんな一直線の道があること自体、与吉には信じられない。道幅も二間はある。両側はどこまでも店が軒を並べている。つながれた罪人が通っていると噂《うわさ》が伝わったのか、切れ目のない人垣ができていた。まるで汚い物を見るような目つきで与吉たちを眺め、囁《ささや》き合い、人さし指を突きつけた。

邪宗門、切支丹、伴天連といった言葉も、途切れ途切れ耳に届く。赤ら顔の男が、与吉の前につながれた助一に突如近づき、唾《つば》を吐きかけた。助一は顔を縛られた両手でぬぐい、睨み返す。赤ら顔の男は役人から退《しりぞ》けられても、なお悪態をついていた。

与吉はなるべく人の顔は見ず、人垣の間からのぞく店が何なのかを見届けようとした。軒下にかかげられた看板は読めなくても、品物で見当はつく。酒屋があり油屋があり、醤油屋《しょうゆや》もある。かと思えば提灯屋《ちょうちんや》、紙屋、金物屋、陶器屋もある。下駄屋の店先に並べられた鼻緒は、目の覚めるような色だった。あんな鼻緒をつけた下駄をはくのは、どんな女子《おなご》なのだろうか。

考えたところで、不意に家に残した、しほとさきを思い起こす。二人とも、あんな鼻緒は見たことがないはずだ。ちびた下駄は持っていても、しほの鼻緒は縄であり、さきの鼻緒は色の褪《あ》せた古布だった。あんな色とりどりの鼻緒を買ってやっても、もったいないと壁に飾って眺めるだけだろう。

目頭が急に熱くなる。牢屋で死ぬわけにはいかなかった。笞打たれても、膝の上に石をのせられても、縄で海老の恰好に縛られても、生きて今村に帰らなければならなかった。

その昔、中浦ジュリアンという日本人神父が、莚で巻かれたまま、暗い穴に逆さ吊りにされて死んだことは、忠吉爺さんから聞いていた。そんな拷問でも、最期《さいご》まで信仰を貫いたという。

今村の庄屋に代々受け継がれていた象牙《ぞうげ》のロザリオは、その中浦ジュリアン神父が、遠いローマから持ち帰ったものだという。その他、大昔日本にイエズス教を伝えた神父の遺品の絹布、別の日本人神父作のマリア像も、今は焼かれて、もうないあるのは灰だけだ。

灰を集めた五つの米俵は、斎八の家の蔵の中に安置されていた。米俵を積み重ねて、後ろの木枠で支え、十字架の形にしている。村人はいつでもそこに来て、祈りを捧《ささ》げることができた。公事方役人の手入れがあれば、いつでも灰の俵は地べたに置けるのだ。

しかしこうやってつながれて牢獄に向かっている今、与吉は自分が裸一貫なのを感じる。手元にロザリオもないし、拝む十字架もない。あるのはデウス・イエズスの信仰だけだった。

たとえ手足をもがれても、胸の内の信仰だけは役人とて奪えない。父の亀松がよく言っていたのを与吉は思い出す。

——田ば耕やすのは鍬だとは思うな。鍬ば動かすのはこの手だ。手ば動かすのは心だ。その心の先にあるのがデウス・イエズスだ。だけん、鍬がなくても、手で耕やせる。手がなくても心で耕やせる。信仰があれば。

昔、蓑虫のようにぐるぐる巻きにされて、頭を下にして吊るされても、棄教しなかった中浦ジュリアン神父という人も、最期は心ひとつ、どこまでもデウス・イエズスを信じるという心ひとつになったのに違いない。痛めつけられる自分の体など、死んでもよかったのだ。

とはいえ、自分は死んではならないと与吉は思う。どんな不自由な体になっても、今村に戻る必要がある。這《は》ってでも、家族が待っている今村に帰り着かねばならないのだ。

「おい、俺たち頭ば剃《そ》られるとかもしれんぞ」

横の列から声がし、与吉は我に返る。

「仏門にはいって修行か。殺さるるよりはよかぞ」

また誰かが言う。

なるほど、両側にいくつもの寺が向き合っていた。道の先まで寺の瓦屋根が連なり、十ではきかず、二十くらいの寺があると思われた。百姓たちの列はここでばらばらにされ、ひとつなぎずつひとつの寺にはいっていく。

門をくぐるとき、与吉は寺の名を大書した額を眺めた。もとより与吉には読めず、門の恰好だけを頭にとどめる。

五人組の二組は、境内の奥まった場所に連れられて行き、蔵の前に坐らされた。

「逃げようとした者は、すぐさま仕置場に連行する。ここで大人《おとな》しくしとる限り、命はとらん」

役人が言い、ひとりずつ腰縄を切り、蔵の中にはいらされた。蔵の中で両手を縛っていた縄も解かれた。

天井の高さは一間半ほどで、一間ばかり上に格子《こうし》のはまった小窓が二つあった。隅に二つ木桶《きおけ》が置かれている。丈の低いのが大便用、三尺の高さの桶が小便用だろう。傍に四寸ばかりの長さに切られた尻拭《しりふ》きの太縄が置かれている。

「しばらく沙汰ば待て」

役人が言い置いて鉄扉《てっぴ》を閉めると、中は一挙に薄暗くなる。気落ちしたように、十人はしゃがみ込む。十人が寝るのにやっとの広さだと思われた。

「大人しくしとれば命はとらんちいうこつは、命まではとられんちいうこつじゃろ」

年長の多助が、気を奮い立たせるように言う。

「飯は食わせるとじゃろか」

清吉が言い、助一が「いくら何でも、飯ぐらい食わせてもらわんと」と答えた。

与吉は空腹よりも喉が渇いていた。筑後川の水をもっとたらふく飲んでおけばよかったと後悔する。途中で立ち小便ができないと思い、ひと口しか飲まなかったのだ。

窓から漏れ入る光が薄くなった頃、鉄扉が開いて、雲水二人が木桶を二つ運んで来た。大盆には椀《わん》が十枚重ねられていた。ひとりずつ椀を配り終えると一言も発せずに去った。

それを厳しい眼で見つめていた、二人の役人のうちひとりが口を開いた。

「こぼしたら、もうなかと思え。飯と水は喧嘩《けんか》せんように分けろ」

今村の人間が乏しい食を前にして喧嘩するはずはなかった。これまで凶作のときでも、食い物は分け合ってきたのだと、与吉は思う。

役人二人が見守るなかで、与吉たちは木桶の中の味噌汁《みそしる》を柄杓《ひしゃく》でつぎ分けた。汁の中にはいっているのは三、四粒の大豆と麦、ひえ、菜っ葉のみで、与吉は二口三口で飲み下し、椀の底に残った大豆と白菜の葉切れを、指先で口の中に入れた。

木桶の底にはまだいくらか余っているらしく、源七がそれを律義《りちぎ》に十人分に分け、最後は木桶を逆さにして、自分の椀に入れた。

もうひとつの木桶には水がはいっていた。これは各自一杯ずつ椀に注いで、汁をすぐようにして飲んだ。

またたく間に空になった木桶二つは、雲水が取りに来て、扉が閉められ、閂《かんぬき》の音が響いた。

「ここにこんまま寝るとじゃろな」

誰かが言う。

間違いなかった。敷き藁《わら》や藁布団が配られるはずはない。体を寄せ合って眠るしかないのだ。

「夜なべせんでよいのは、ありがたかこつ」

誰かが言い、「ほんにのう、幸せなこつ」と多助が応じた。負け惜しみとは思えなかった。

昼は昼で田畑で働き、夜は夜で夜なべをするのが百姓だった。ドミンゴの日だけが骨休めではあるものの、家か納屋《なや》では行灯《あんどん》を消さないでいた。時々村を回る役人の眼から逃れるためだ。

「ちょっと、すまんな」

横になっていた与吉を押しのけて、清吉が木桶の横に立って前をはだけた。それが引き金になり、次々とみんなが小便に立つ。最後に与吉が用を足したときには、木桶が溢れんばかりになっていた。

さすがに大便までする者はいない。

「糞垂れるのは、明日の飯のあとにしてくれよ」

誰かが言い、また別の誰かが「こげな鳥の餌《えさ》くらいの飯では糞も出らん」と応じた。

与吉は小便桶がひっくり返らないように、足先で支える姿勢で横になる。寒いのか、源七が体を押しつけてきて、すぐに大鼾《おおいびき》をかき始める。そのうちあちこちで鼾や寝息が聞こえ出す。なかなか寝つけないのは与吉だけのようだった。

仕方なく仰向《あおむ》けになり、目を開いて暗い天井を眺める。窓の格子から星明かりだけがはいってきていた。

ここは寺の蔵だった。明日から始まる尋問も、この寺のどこかでだろう。寺の中であれば、まさか殺されるまで責められることはないはずだ。殺されなければ、生きておられる。

そう思うと、どこか気持がほぐれた。生きている限り、しほやさき、彦三のもとに帰れるのだ。帰って田畑にも立ち、納屋で仕事もできる。あんな単調な日々がいかにありがたかったか、今になって分かる。

何の変哲《へんてつ》もない日々に慣れきって、さしてありがたいとも思わなかった自分が情なかった。命ながらえて村に帰った暁には、もっとありがた味を感じながら土を耕し、畑の草を取ろう。どんな貧しい食事でも、さっきの汁一杯よりはましだった。少なくとも腹六分か七分、ときには八分にはなれたのだ。これから先、心の底からデウス・イエズスに感謝しながら、ひと口ひと口をかみしめよう。

今までは食前に祈りを捧げながらも、当たり前のようにして箸《はし》をのばして口に入れていた。第一、朝餉《あさげ》夕餉に親子四人が顔を揃《そろ》えられること自体が、神の恵みだったのだ。

そこまで考えると、目尻に涙がにじんできた。もう寝られそうだった。眠って、明日からの責め苦に備えられそうな気がした。

翌朝、格子窓から日がわずかに射し込み出した頃、鉄扉の閂が外される音がした。

「木桶ば外に出せ」

眠たそうに役人が言った。与吉が木桶を抱きかかえて前に出、「糞はしとりまっせん」と役人に知らせた。

外に待っていた雲水について厠《かわや》まで行き、小便所に尿を流した。どこからか朝餉と線香の匂いが漂ってくる。

蔵まで戻ると、別の雲水二人が、前の晩のように水桶と汁桶を運んで来た。中味は全く同じで、違うのは菜っ葉が白菜から葱《ねぎ》に変わっただけだった。それでも味が違い、多少はましに思えた。しかし一杯半を食べ終えても、空腹はおさまらない。食べる毎《ごと》に、空腹の加減が増していくような気がした。これがこの先、二日三日四日と続けば、はたして立って歩けるかどうか心配になる。

「よかな、みんなに言っとくが、わしが戻って来《こ》んこつがあっても、転んだとは思わんでくれ。戻って来んときは死んだときばい」

役人に聞かれないように、多助が言った。

「俺もばい」

清吉が頷《うなず》く。「役人は、あれも転んだこれも転んだと言うかもしれんばってん、俺は転ばん。多助どんと同じ」

「分かった、俺も同じ」

助一が言い、源七も顎《あご》を引く。与吉も役人を横眼でうかがいながら頷いた。これで五人組の固い意志が揃ったと、多助が目を細める。

「よかな。死ぬときも、生きて帰るときも、五人一緒ばい」

雲水二人が木桶を下げると、さすがに何人かが、糞桶《くそおけ》にまたがり、し終わると縄で尻を拭き、桶に入れた。脱糞《だっぷん》したのは五、六人で、そのうちのひとり権一が桶をかかえて外に出た。

「糞桶はよく洗わせてもらって来いよ」

誰かが後ろから声をかけた。

権一が糞桶を抱えて戻って来ると、役人が二人から四人に増えた。ひとりは手に縄を持っていて、別のひとりが書付《かきつけ》を見て、まず源七が呼び出された。両手を後ろ手で縛られ、腰縄もされて、二人の役人に連行された。

四半刻《しはんとき》後に呼ばれたのは多助だった。もちろん源七は戻って来ない。また四半刻して清吉が呼ばれ、帰らないまま、今度は与吉の名が読み上げられた。

縄を受けるとき胸が高鳴り、境内を歩かされる間、よろける体をやっとの思いで支えた。御堂の敷居を跨《また》ぐときつまずき、転げそうになった。

御堂の隅に役人が三人待ち受けていた。三和土《たたき》に莚が敷かれ、板張に坐る若い役人の前には文机《ふづくえ》が置かれている。もうひとりの年取った役人は床几《しょうぎ》に坐り、膝の上にぶ厚い帳面を広げていた。莚の傍に立っている中年の役人は笞を手にしていて、案内の役人から腰縄を受け取った。

「坐って、名ば名乗れ」

笞の役人が言った。

「今村の百姓、与吉と申します」

与吉だけでもよかったが、わざと今村をつけ加えた。すると年寄りで痩《や》せた吟味役の役人が口を開いた。

「よかか、手荒なこつはせんようにと、梅林寺《ばいりんじ》の住職から釘《くぎ》ばさされとる。梅林寺は知っとるか」

「知りまっせん」

「お前はそれも知らんのか。有馬家代々の菩提寺《ぼだいじ》だ」

吟味役から苦々《にがにが》しく言われても、寺のことなど、檀那寺《だんなでら》の広琳寺以外は知らない。

「与吉とやら、まず訊《き》くが、お前たちの教えちいうのはどげなものか」

「デウス・イエズスの教えですか」

改めて訊かれて、与吉は慌《あわ》てて頭のなかをまさぐる。「私どもはただ天地の御主、万物の御親であるデウスに、ご奉公ばしとります。この教えに悪かとこは、いっちょんありまっせん」

つっかえつっかえ答えるはしから、文机に坐る役人が書付に筆を走らせた。吟味の役人が鼻先で先を促した。

「この教えは、三百年前、ザビエルというお方が日本にもたらされて、日本の大方七割方に広まりましたが、太閤《たいこう》よりご法度《はっと》になりました。今もなおご法度ちいうこつは承知ばしとります。ばってん三百年この方、この教えが悪かちいうこつは聞きまっせん。お上に悪かこつばしたちいう例も、耳にはしまっせん。私ども今村の百姓は、先祖からも言い伝えられて、代々信仰ばして参っとります」

　思いつくまま一気にしゃべった。

「それが大公儀、ひいては公儀の仰《おお》せに従っとらんのだ。お前たちの拝んどる者は、一体何者だ」

　吟味役が声を高めた。

「私どもは、天地万物、人間ば造り給《たも》うた御方ば拝んどります」

　答えると、妙に胆《きも》が据わるのを与吉は感じた。「万物の御主ですけん、そん御方ば拝むとです。御役人様方も、私どもと同じごつ、その御方がつくられとります。ですけん、やはりこれば拝みなさらんといかんのです」

「馬鹿な。わしたちは拝まん」

「それは、御役人様方がご存知なかけん、拝みなさらんとです」

　与吉は臆《おく》せずに役人を見返した。

「知らんのはお前たちのほうだ。お前たちは日本人でありながら、異国の宗旨ば奉じとる。よかか、柿の木には桃はならん。日本人には日本人の神仏が昔からある。その教えば守るのが当然じゃなかか」

　諭《さと》すように役人が言った。与吉は背筋を伸ばして答える。

「柿の木に桃がならんのは当然です。ばってん宗旨のこつは、ちょっと違っとります。異国ばつくられたデウスは、日本もつくられとります。ですけん、日本人も異人も、デウス・イエズスば一様に拝まんといかんとです」

言ってから与吉は大きな息をつく。

「言わしとけば、つけ上がって無法なこつば言う。何を言おうと、お前たちが宗旨ば捨てん限りは、痛か目にあうだけだ。念仏を唱えさえすれば、直ちに今村に帰してやる」

役人は額に青筋を立てて言い放った。

「念仏は唱えられまっせん。私どもの祈り、オラショは別にあります。ここで唱えてみてもよかです。御役人様方も、そのありがたみが、お分かりになるとじゃなかかち思います」

顔を上げて言うと、吟味役の役人の後ろにある仏像が眼にはいった。背中に炎を担って、恐しい形相で赤い口を開け、こちらを睨《にら》んでいた。

「とにかく、私は宗旨ば捨てまっせん。それがまかりならんと思われるとであれば、何とでもおぼしめしのままにされて下さい」

与吉は言い切る。これまでお侍といえば恐れる気持があったのに、今は対等に感じられた。胸の動悸《どうき》も感じないのが不思議だった。

「たわけ者が。引っ立てろ」

憎々しげに言うと、吟味役の役人が腰縄を持つ役人に目配せをした。

「立て。今日のところは終わりだ」

言われて、御堂の別の出口から外に出た。庫裏《くり》の軒下に、吟味を終えた源七と清吉、多助が坐らされていて、与吉もそこに加わった。

「何のこつはなかった」

与吉は報告する。

「あげな吟味役なら雑作《ぞうさ》なか」

源七が言った。

「俺は何を訊かれても、宗旨変えはせんですけんと答えた」

清吉が言う。「すると後ろの役人から足蹴《あしげ》にされて、ここに連れてこられた」

その後も次々と今村の百姓たちが集められ、十人が揃ったところで、また蔵の中に入れられた。ひとりとして欠けた者はいなかった。

吟味は三日間続けられ、四日目は何もなく、五日目の早朝、腰縄だけつけられた恰《かっ》好《こう》で蔵の前に並ばされた。

「これまでの吟味に基づいて、沙汰《さた》は後ほど大庄屋にもたらされる。それまでは百姓仕事に精ばせ」

三日目に吟味役を務めた役人が言った。吟味役が毎日変わったのは、寺毎の吟味役が互いに入れ替わったのに違いなかった。いずれにしても、似たり寄ったりの吟味でしかなかった。

この放免の日時は寺毎に違っていて、庄屋常蔵のいる組での放免は八日後だった。寺の出がけ、与吉は閉じ込められていた蔵の脇《わき》に、大椿《おおつばき》が花をつけているのに初めて気がついた。八重咲きで、赤に白の混じる花びらは、径三寸の大ぶりだった。大庄屋の庭で見かけたことがあり、確か名は〈正義《まさよし》〉だった。

幹の太さは人の脚ほどもあり、樹齢は百年くらいとも思われた。

あの椿が百年なら、今村の信仰はその三倍だと与吉は思った。この先どんな沙汰が今村にもたらされようと、その三百年の重みが、信仰を支えてくれるような気がした。

帰途は舟ではなく、歩き通しだった。何日も水と薄い汁だけだったので、みんな一様に一、二貫ばかり痩せた体になっている。それでも、今村に向かう足取りは重くなかった。

早くしほやさき、彦三に会いたかった。早く鍬《くわ》を振り上げ、思い切り土を掘り返したかった。ロザリオはないものの、四人揃ったところで、オラショを唱えたかった。デウス・イエズスに関する品々は失われたものの、形のないオラショと信仰は奪われなかった。これから先、それは誰も奪うことができないはずだ。

村に帰り着いて、女たちから、アンドレ道蔵様の墓があばかれたことを知らされた。与吉たちが連行された翌々日、十五人ほどの役人と人足が来て、墓を掘り起こし、中の物を持ち去ったという。墓石も粉々にして埋め戻し、さら地にされていた。村の男たちがいない時を見越しての蛮行《ばんこう》だった。

もちろん墓に埋葬されていたのは、磔刑《たっけい》にされた道蔵様の遺骨と遺品に違いない。しかし今となっては嘆く他、何もできず、与吉たちは唇をかむしかなかった。

今村の信徒たちが連行されて十四日後、結局は全員が村に帰り着く。誰ひとり欠けていなかった。公儀や大庄屋の眼はまだ光っているはずで、今村では何の祝いもしなかった。以前と同じように、朝早く田畑に出、日が暮れて家に帰り着き、夕餉を終えたあとは夜なべをする日々が続いた。

結局、公儀からの沙汰はないまま、宗旨改めの件は立ち消えになり、明治維新を迎えた。

二百五十年以上も潜伏していた今村のイエズス教徒に対する、久留米藩の吟味が竜《りゅう》頭蛇尾《とうだび》に終わった理由は、第一に幕末から明治維新にかけての藩上層部の迷走にある。

天保《てんぽう》十五年（一八四四）、九代藩主有馬頼徳《よりのり》が死去して、同年四月、十代藩主有馬頼永《よりとお》を迎える。頼永は少年時、江戸藩邸にいる頃から佐藤一斎《いっさい》から陽明学を学んでいた。幕府の重臣からも、親は鈍才なるも子は英智《えいち》に長《た》けていると高く評価され、水戸藩の前藩主徳川斉昭《なりあき》もその才識を認めていた。

頼永は襲封《しゅうほう》するなり、藩財政を建て直すべく大倹令を布告する。同年七月、オランダ国王の使節コープスが長崎を訪れ、幕府に開国を迫った。頼永は直ちに「長崎聞《きき》役《やく》」を新設して、情報収集をさせる一方、西洋式大砲を鋳造して、軍制をも改革した。

この時期、幕府を支持する藩の旧守派に対して、尊王攘夷《じょうい》を掲げたのが、真木和泉《いずみ》である。城下瀬下《せのした》の水天宮神職の家系に生まれ、文政六年（一八二三）、父没後、わずか十一歳で第二十二代の水天宮神職を継ぐ。天保三年（一八三二）、二十歳のとき上京して、神祇管領《じんぎかんれい》吉田家より大宮司、ついで従《じゅ》五位下和泉守の官位を授けられた。以後真木和泉守保臣《やすおみ》と称した。

少年時代に国学に親しんでいた和泉は、天保十五年、三十二歳で初めて江戸に向かう。目ざすのは尊王攘夷を基軸とする水戸学だった。時の水戸学の総帥《そうすい》と目されていたのは会沢正志斎《あいざわせいしさい》で、六十三歳、多くの著述によって盛名は全国に轟《とどろ》いていた。

天保十五年は十二月に改元し、弘化《こうか》元年となり、ちょうどこの年、有馬頼永が襲封、藩政の改革にとりかかる。水戸遊学を終えた和泉にとって、この明晰《めいせき》な藩主の登場はまたとない好機であり、弘化三年（一八四六）三月、改革意見書を上申《じょうしん》する。論考の核となったのは、朝廷への忠節であり、以後久留米藩ではこの一連の思潮《しちょう》が天保学と称される。

和泉を重用《ちょうよう》する意向を固めた頼永は、藩主の座に就《つ》いてわずか二年後、弘化三年七月、二十五歳で逝去《せいきょ》した。これによって天保学連は弱体化し、久留米藩自体も維新の波から置き去りにされていく。

十一代藩主になったのは、頼永の弟、頼咸《よりしげ》である。旧守派の重臣たちは、和泉を十年の長きに渡って幽閉する。

時代は弘化五年（一八四八）二月、嘉永《かえい》に変わり、その六年（一八五三）六月、ペリーが浦賀に来航する。この黒船を前に、幕府は諸大名に開国可否の諮問《しもん》をした。頼咸の返事はもちろん開国不可、戦備増強だった。

翌嘉永七年（一八五四）正月にもペリーは来航し、幕府は三月に日米和親条約に調印、二百二十年に及ぶ鎖国は事実上ここで幕を閉じる。安政三年（一八五六）七月、米国領事ハリスが箱館《はこだて》とともに開港された下田に着任、翌年、将軍に謁見《えっけん》して通商貿易を迫った。

これに対抗するように、京都では公家《くげ》の三条実美《さねとみ》を擁する尊攘派が勢いを増し、雄藩の外様《とざま》大名からの圧力もあって、幕府の威光《いこう》は地に堕《お》ちつつあった。

こうした中央の情勢に疎《うと》い久留米藩の旧守派は、文久二年（一八六二）八月、幕府への忠誠を尽くすという布令を出す。

しかし倒幕尊王の政情はもはや不動のものになっていた。有馬頼永の実弟で津和野藩主になっていた亀井茲監《これみ》は朝廷に近く、藩主頼咸に対して、真木和泉の赦免を勧告した。

翌文久三年一月、ついに和泉は、家族、同志、門人たちと共に、幽閉と謹慎が解かれる。

和泉の信念は、あくまで将軍の存在の否定であり、朝廷こそが天下の統率者として兵権を握るべきというものだった。この路線は他ならぬ長州藩の考え方であり、和泉は長州藩に近づこうとする。これが旧守派の公武合体論とは相容《あいい》れず、三ヵ月後に和泉は同志門人ともども再び捕縛される。ここでも亀井茲監は頼咸に親書を送り、和泉を処刑すれば、朝廷の意に反する違勅《いちょく》に当たると勧告した。

ひと月後、和泉は、暗愚の久留米藩に見切りをつけ、脱藩を決行する。

これに先立って、江戸では、安政七年三月の桜田門外の変、文久二年一月の坂下門外の変が続いていた。前者は、多くの尊攘派を投獄、処刑した安政の大獄の張本人である大老井伊《いい》直弼《なおすけ》を、後者は井伊の後を継いで公武合体を進めようとした老中安藤信《のぶ》正《まさ》を、水戸藩浪士らがいずれも江戸城門外で襲撃した事件である。

尊王の気運が高まるなかで、渦中《かちゅう》の孝明天皇の真意は定まらず、その近習たちの公武合体論に傾きつつあると、和泉および長州勢は推測する。もはや君側の奸臣《かんしん》から天皇を引き離すしかないと悟った和泉は、長州勢とともに、元治《げんじ》元年（一八六四）七月、蛤御門《はまぐりごもん》付近で、京都守護職松平容保《かたもり》を後《うし》ろ楯《だて》にする薩摩、会津、福井、彦根勢などと戦闘を交《まじ》えた。しかし相手方には新設された新撰組《しんせんぐみ》も加担、敗色濃厚となる。禁門《きんもん》を血で汚《けが》したことを恥じた和泉は天王山に退き、自刃《じじん》した。これが禁門の変であり、和泉は享年五十二だった。

この直後、幕府側による第一次長州征伐が起こり、米・仏・蘭・英の四ヵ国艦隊が下関を砲撃する。長州藩は四ヵ国と講和を結び、幕府に対しては、三家老に引責自刃させて面従腹背《めんじゅうふくはい》で、危機を切り抜ける。そして慶応二年（一八六六）正月、倒幕の目的で薩長同盟が成立、翌慶応三年十月、将軍徳川慶喜《よしのぶ》による大政奉還の申し出があり、二ヵ月後には王政復古が宣言された。

慶応四年六月、版籍奉還が公許《こうきょ》され、九月に改元されて、この年が明治となった。そして明治二年六月、版籍奉還が実施され、有馬頼咸は久留米藩知事に任じられる。明治四年三月、前年における長州藩での解隊措置に対する反乱の主謀者大楽《だいらく》源太郎を匿《かくま》ったとして、新政府の疑惑を招き、藩知事頼咸以下の要人が謹慎、拘禁の身となる。そして七月、廃藩置県を迎える。

このような改革の波に乗り遅れた久留米藩の迷走ともたつきぶりが、今村の信徒たちには幸いしたといえる。異教徒審問を続けようにも、その余裕はなかったのである。信徒追及の手が緩んだ第二の理由は、久留米藩自体、かくも長きにわたって信徒を発見、捕縛できなかったという負い目である。今さら大公儀に報告し、裁定を仰いだとしても、返ってくるのは賞讃《しょうさん》ではなく、怠慢を指摘されての叱責《しっせき》であるのは間違いない。それならば、捕縛はなかったことにしておくに限る。放置したところで、藩政への影響は全くないからである。

この忸怩《じくじ》たる思いは、大庄屋後藤十郎左衛門も同様だったと考えられる。今村の信徒を長年見逃してきた責めは、大庄屋が負わねばならない。そこで大庄屋は、異教徒であることを除けば、今村の百姓たちが他の村民も亀鑑《きかん》とすべきものだったと、告訴状に付記したと思われる。これが第三の理由である。

加えて第四の理由は、広琳寺の住職による請願書である。檀那寺として、今村の百姓たちは、何ら不遜《ふそん》な点はなかった、盆踊りにも参加し、祭事での献灯《けんとう》も怠らなかったと証言した。これが有馬家の菩提寺梅林寺の住持《じゅうじ》の許《もと》に届けられ、厳罰が回避されたと推測される。

今村の百姓たちの無事の帰村とは対照的に、浦上四番崩れの信徒たちは、残酷極まる道を歩まなければならなかった。これも幕府の息のかかる、直轄地《ちょっかつち》長崎という軛《くびき》のせいである。この厳罰主義は明治新政府になっても変わらなかった。

浦上信徒の処遇に関して、新政府に答申書をしたためたのが、津和野藩主の座にあった亀井茲監である。「神道《しんとう》こそ皇国の大道であり、切支丹を説諭《せつゆ》の上、感服させるべき」だと説いた。

これを受けて、慶応四年四月、三条実美、木戸孝允《たかよし》、井上馨《かおる》、大隈重信《おおくましげのぶ》らが審議して、浦上の信徒三千三百九十四名の分散監禁を決定する。

信徒の配流《はいる》先は、尾張以西の十万石以上の藩とされ、藩主に生殺与奪の権が与えられた。信徒を預かった藩は、それぞれのやり方で教諭を加え、それでも改宗しなければ厳刑に処すという方針が発令される。翌閏《うるう》四月六日である。

配流予定先となる三十四藩の中には、当然ながら石高二十一万の久留米藩も含まれていた。その割当数は百三十人だったが、実際は皆無だった。ここにも、新政府が久留米藩に信を置いていなかった事実が読みとれる。

第一陣百十四人の長崎出発は、五月二十一日で、朝六ツ刻《どき》、西役所に出頭、中庭の白洲《しらす》に坐らされた。大波止《おおはと》に通じる道の両側には、鉄砲組数百人が並んだ。波止場で団平《だんぺい》船三隻《せき》に乗せられて、港にはいって千五百屯《トン》の蒸汽船に移乗し、長崎港を出た。

この第一陣の信徒を預かったのは三藩である。備後《びんご》福山十一万石の藩主阿部《あべ》主計頭《かずえのかみ》が二十人、長門《ながと》周防《すおう》三十七万石の長州藩主毛利大膳大夫《だいぜんのだいぶ》が六十六人、そして残り二十八人が石見《いわみ》津和野藩主亀井隠岐守《おきのかみ》茲監に託された。

わずか四万石強しかない津和野藩に、二十八人が預けられたのには理由がある。亀井茲監は朝廷に極めて近く、配流前の二月三日、神祇事務局判事に任じられ、藩の国学者福羽美静《ふくばびせい》は神祇事務局権判事《ごんはんじ》に登用されていた。二人とも、神道こそ真の信仰であり、これによって浦上信徒を教導できるとの自信をもっていた。新政府もこれを是とし、信徒を託した。これが悲劇の発端になる。

一行は六月三日に尾道に着き、さらに安芸《あき》の廿日市《はつかいち》で上陸、参勤交代の道十八里を三日かけて歩き、十七日津和野城下に至った。そして城下から十町ほど離れた乙女峠にある廃寺、光琳寺《こうりんじ》に収容された。

本堂と庫裏、土蔵が竹矢来《たけやらい》で囲まれていて、それらが牢獄《ろうごく》になった。二十八人はすべて堅信者ばかりであり、改宗を拒否するたびに、処遇が厳しさを増した。畳がはがされて板敷になり、布団の代わりに莚《むしろ》一枚が支給される。汁は塩水であり、具さえもはいっていなかった。

冬になっても夏の単衣《ひとえ》一枚なので、毎日支給されるちり紙を飯粒で張り合わせて肌着にした。説諭や殴打《おうだ》には耐えられても、減食が一番こたえた。八人が耐えられず棄教を申し出、無住《むじゅう》尼寺の法心庵《あん》に移される。津和野川で禊《みそぎ》をさせられ、新しい衣を着、神酒《みき》を受け、毎日白米五合になった。

これら改宗者がいる尼寺に、残る二十人が三人ずつ連行され、莚三枚敷《じき》の小部屋に閉じ込められた。改宗者の満腹ぶりを見せつけ、信仰者は飢えと寒さの中に放置する。ここでさらに八人が棄教した。

残る十二名に対する拷問《ごうもん》が、三尺牢だった。三尺立方の箱が牢屋であり、天井に物を差入れする小さな穴があいていた。身動きできないので、飢えと寒さに加え、自分の糞尿のなかにうずくまらねばならなかった。三尺牢は三つあり、三人ずつ呼び出されて入牢させられた。この責め苦で病身だった二人が死亡、残りは十人になる。

次の迫害は氷責めだった。三尺牢から出されて裸にされ、氷の張る池に突き落とされた。気を失うと、鉤《かぎ》のついた竹先に髪を巻きつけて、引き寄せ、引っ張り上げる。焚火《たきび》にあたらせて息を吹き返すと、着物を着せられて再び三尺牢にぶち込まれた。ここでさらにひとりが病死した。

明治二年、信徒の家族百二十五人も光琳寺に送り込まれ、拷問は大規模なものとなる。

津和野藩で拷問が続いている間、残りの浦上信徒三千三百八十人は、二十藩二十二ヵ所に配流された。

こうした非人道的な新政府のやり方を痛烈に批判したのが、欧米の公使団だった。一八七一年(明治四年)、イギリスの公使パークスが休暇を取っているため、臨時代理公使アダムスが、政府に待遇改善を申し入れた。

時期を同じくして欧米に渡っていた岩倉具視《ともみ》使節団は、信徒弾圧を報じる英字新聞で惨状を知った訪問の先々で、頑強な抗議を受ける。信仰の自由を認めない限り、不平等条約改正は不可能と覚《さと》った岩倉は、「浦上信徒を釈放しなければ、対等の外交は行えない」と日本に打電した。

これによって一八七三年（明治六年）二月、新政府は太政官《だじょうかん》布告で、切支丹禁令を含む高札《こうさつ》の撤去を命じた。

これに先立つひと月前、新政府は旧暦の明治五年十二月三日を、西暦にならって、新暦明治六年一月一日と決める。

この年三月までに、浦上信徒たちはすべて釈放され、四月から六月にかけて帰村した。とはいえ、四、五年にも及ぶ配流のあと、命永らえて浦上に戻っても、家財はなく、その後も困窮の生活を強いられた。

三千三百九十四人の総配流者中、殉教したのは、一割八分、六百十三人にものぼる。

乙女峠の光琳寺に収容された信徒に関して言えば、全部で三十六人が殉教し、五人が病死、最後まで棄教しなかった信徒は六十八人だった。

後記

ペドロ岐部《きべ》神父が予言したとおり、磔刑《たっけい》に処せられた今村の庄屋平田道蔵の墓の上に、藁《わら》屋根木造の今村教会が建立《こんりゅう》されたのは、明治十四年（一八八一）である。それ以前の祈りの場は、斎八の家の裏にある土蔵が使われていた。

今村に初代神父として赴任したのは、プチジャン神父と同じくパリ外国宣教会に属するジャン・マリー・コール神父で、明治十二年だった。翌年にソーレ神父が第二代神父として来訪、九年の長きにわたって司牧《しぼく》を務める。

この二人の神父のもとで受洗する信者は増え続け、またたく間に木造の教会は手狭になった。明治二十二年、第三代として高木源太郎神父が就任、さらに三年後、ルッセル神父、その四年後に本田保《ほんだたもつ》神父（一八五五—一九三二）に司牧は引き継がれた。

本田神父こそは、浦上四番崩れの犠牲者であり、母や妹とともに土佐藩に配流《はいる》された百十六人のうちのひとりだった。十四歳のとき、母と妹を残して脱獄し、神戸に辿《たど》り着く。そこでヴィリオン神父に救われ、横浜と東京の神学校で学び、長い修練のあと司祭に叙せられた。

本田神父は、教会新設のために、ドイツのカトリック布教雑誌に、寄付を募る手紙をラテン語で寄稿した。切々と苦境を訴える内容は、多くのドイツ人信徒の心を動かし、予想を上回る多額の献金が寄せられた。

それを資金にして、大正元年（一九一二）、現存する今村カトリック教会の起工式が行われる。建築家は教会建築を独学で身につけた鉄川与助《てつかわよすけ》（一八七九―一九七六）だった。

この鉄川も、イエズス教徒が多数潜伏した五島の生まれである。御用大工の家業を継ぎ、二十歳過ぎて故郷近くの曾根《そね》教会の建設に従事、施工主《せこうぬし》のペルー神父の知遇を得た。ペルー神父は教会建築に詳しく、鉄川にリブ・ヴォールト天井の架構や煉瓦《れんが》築造法を教えた。

その後、長崎外海地区の主任司祭であるド・ロ神父にも建築技術を学んだ。ド・ロ神父が生国フランスで修得した知識と技術は広範なもので、土木建築の他、印刷、医療、養蚕、製麵《せいめん》にまで及び、特に素麵《そうめん》は今日も重宝《ちょうほう》されている。

鉄川与助は、今村カトリック教会を起工する前、浦上天主堂の起工式を既に終えていた。しかし予算不足で工事は長く中断しており、そこで手の空いた弟子たちを今村に連れて来て、大正元年にいよいよ建築が開始される。もちろん今村の信徒たちも労力を無償で提供した。

とはいえ今村一帯の土壌は軟弱で、工事は難行、費用も膨らみ、たちまち資金難に陥る。本田神父は再び布教雑誌に書面を送り、第二次の募金を懇願《こんがん》する。

追加の資金は集まり、双塔ロマネスク式の赤煉瓦の教会堂が、翌大正二年十二月九日完成した。

百年後の今日も、その見事な建築は綿々《めんめん》と続く今村の信仰を象徴するように、筑後平野のなかで偉容を誇っている。

最後に、今村の庄屋平田道蔵の墓の上に、いつかは教会堂が建てられると予言したペドロ岐部神父についても記さねばならない。

今村を訪れたあと、岐部神父は道蔵の兄音蔵に告げたように、東北仙台を目ざした。通常の街道沿いではなく、まず父祖の地である郷里の国東《くにさき》に出、船で四国に渡った。海沿いの道は通らずに、山伏の身なりをして山づたいに東に向かう。阿波《あわ》から今度は紀伊半島に渡り、次はお伊勢参りの旅姿に変えた。

もちろん伊勢神宮には寄らず、尾張名古屋で、水夫《かこ》に身をやつした。江戸前まで行く廻船に水夫として雇われた。櫓漕《ろこ》ぎなら、若い頃にローマまで赴く際に、いやというほど経験していた。

江戸に着いたあとも、伊達《だて》領の仙台に向かう廻船が出るのを辛抱強く待った。ようやく伊達公の所有になる船に、水夫として雇われる幸運に恵まれる。

ようやく仙台領に足を踏み入れたのは、寛永十三年（一六三六）の十一月である。今村を去って一年半を要していた。この苛酷《かこく》な旅も、若きペドロ岐部が、日本からエルサレムを経てローマに着くまでの五年余りに比べれば、朝飯前の潜行だったと思われる。

その頃、奥羽地方に潜伏布教を続けていたのは、ポッロ神父と式見マルチノ神父だった。

寛永九年（一六三二）夏、日本管区長だったコウロス神父が大村領の波佐見《はさみ》で病死したあと、フェレイラ神父が管区長代理として立てられた。しかしフェレイラ神父は、翌寛永十年長崎で捕縛《ほばく》され、穴吊るしの拷問《ごうもん》によって棄教、沢野忠庵の名を得て目明かしになっていた。

イエズス会にとってこの悲劇のあと、次の管区長代理に目されていたのがポッロ神父である。ポッロ神父はミラノのコレジョで学び、来日してからは主に五畿内で布教、慶長十九年（一六一四）と翌年の大坂の陣では、豊臣秀頼側につき、明石ジョアン掃部《かもん》の家臣たちを鼓舞した。明石掃部が戦死するなか、トレス神父とともにかろうじて、城内から脱出する。

その後、江戸から北陸へと巡回したあと、元和八年（一六二二）には南部領盛岡に赴いた。そこから奥羽地方で布教し、伊達領仙台で潜伏しながら信徒たちの許《もと》を訪れていた。

一方の式見マルチノ神父は、長崎の式見村に生まれ、有馬のセミナリヨで学んだあと、十九歳でイエズス会にはいった。修練ののち二十二歳でマカオに送られた。そこのコレジョで八年間学び、帰国したのは慶長十二年（一六〇七）である。京都で長く布教し、慶長十八年の伴天連《ばてれん》追放令で、翌年マニラに渡り、司祭に叙階《じょかい》された。一時帰国のあとマカオに送られ、元和六年に再帰国し、江戸から東北を巡回した。二年後の元和八年には、宣教師として南部領で布教する。三年後には、伊達領仙台をはじめとして東北地方の信徒たちを訪問していた。

しかし寛永十四年（一六三七）にはじまった島原の乱が鎮圧された翌寛永十五年、江戸幕府は正式に褒賞金《ほうしょうきん》の制度を設けて、宣教師の摘発に本腰を入れた。パードレには銀子《ぎんす》二百枚、イルマンには同百枚、切支丹には五十ないし三十枚の褒賞金がついた。
多くの宣教師が東北に逃れている事実をつかんだ幕府は、仙台藩に特段の注意を促した。仙台藩はこれに応じて、さらに褒賞金を上乗せして、仙台四郡と、潜伏信徒が多いとされる白石、三迫《さんのはさま》、水沢に高札《こうさつ》を立てた。

札

一、伴天連之《の》訴人　　黄金拾枚
一、いるまん之訴人　　黄金五枚
一、きりしたん之訴人　　黄金三枚

この褒賞金の効果は絶大だった。たとえ伴天連や修道士を訴えなくても、神父や修道士を家に匿《かくま》っただけで直ちに切支丹と見なされ、罪状はおそらく死罪だ。

　潜伏している聖職者を家の中に招き入れる住民は、徐々に少なくなっていく。いきおい聖職者たちは路頭《ろとう》に迷うしかなくなる。食い物もなく、雨露をしのぐ屋根さえも確保できない。
しかも村々では五人組による締めつけが厳しく、互いの眼が光っている。乞食《こじき》と化した聖職者に、かつての信徒の哀れみから食い物を与えても、五人組の監視によって露見する。信徒たちは手を出そうにも出せなかった。

十太夫と名乗っていたポッロ神父は六十三歳、持病があり、放浪にはもはや耐えられなかった。寛永十六年四月十日(一六三九年五月十二日)、ポッロ神父は、宗門改め役石母《いしも》田《だ》大膳宗頼《だいぜんむねより》の屋敷に、自ら出頭した。

すぐに取調べが実施され、ポッロ神父は残る二人の神父と最後に会った日と場所も白状する。追っ手の網は、すぐさま供述に従って広げられ、二ヵ月後に相前後して、式見マルチノ神父は白石、ペドロ岐部神父は水沢で捕縛された。

これに先立つ半月前、ポッロ神父は厳重な監視つきで、仙台を出発、江戸に向けて護送されていた。病身かつ老齢のため、後ろ手に縛られたまま馬の背に跨《また》がった。式見マルチノとペドロ岐部両神父も、直ちに護送される。これは先に出発したポッロ神父の江戸到着に遅れないためだった。

七月の暑い日射《ひざ》しを浴び、膚《はだ》も赤黒く焼け、骨と皮になったポッロ神父は、ようやく江戸の評定所に着く。

審問は、遅れた二人の到着を待って開始された。三人とも四回の厳しい審問は耐えることができた。五回目は、場所を大老酒井讃岐守忠勝《さぬきのかみただかつ》の下屋敷に移して行われた。

これには三代将軍家光以下、柳生但馬守宗矩《やぎゅうたじまのかみむねのり》、品川東海寺住職沢庵《たくあん》も臨席した。

イエズス教に対する審問は三日間続く。しかし三神父の守教の意志は揺がない。以後の吟味は、大目付井上筑後守政重《まさしげ》に一任された。井上筑後守の屋敷での吟味は、十日間続き、ここでも三神父は棄教を拒んだ。

万策尽きた井上筑後守は、三人を小《こ》伝馬町《でんまちょう》の牢屋《ろうや》に移送、拷問にかける決心を固める。その手段は、六年前の長崎で中浦ジュリアン神父を死に至らしめた逆さにしての穴吊るしだった。

六十三歳で病身のポッロ神父と、同じく六十歳を超えていた式見マルチノ神父は、耐えきれずに棄教、念仏を唱えた。ポッロ神父はさらに続く審問の場で、他の信徒たちの所在についても自白した。

両神父は棄教後そのまま入牢となり、一、二年の間に牢死した。

ペドロ岐部神父は、前述の二人の神父がひとりずつ穴に吊るされたのとは反対に、二人の同宿《どうじゅく》と一緒に逆さ吊りにされた。棄教するどころか、絶えず同宿二人を励まし続けた。

業《ごう》を煮やした井上筑後守は、岐部神父を穴から出し、裸にして仰向《あおむ》けにし、腹の上に枯木を積み上げる。火をつけながら、棄教を迫るも、ペドロ岐部神父の返事は、

「あなた方にはもはや理解できない。暗闇《くらやみ》は光を理解しない」というヨハネによる福音書の一節だった。そして命が尽きる寸前、「私はエルサレム、そしてローマまで行ったペドロ岐部」という呟《つぶや》きが口から漏れたという。

腹は焼け膨れあがり、臓腑《ぞうふ》が飛び出し絶命するまで、デウス・イエズスの名が神父の口から漏れ続けた。享年《きょうねん》五十三だった。

同宿二人は神父の死を知ると、棄教し、牢送りとなった。

ペドロ岐部神父を記念する公園は、故郷国東の岐部にある。公園の一角には、パウロ・ファローニ作の井上筑後守政重に訊問《じんもん》されるペドロ岐部神父の像が置かれている。

しかし見る人の心を打つのは、そこから少し離れた所に立つ、舟越保武《ふなこしやすたけ》作の像である。胸を張り、毅《き》然《ぜん》として自分の行く手を見つめている像の前に立つと、波乱に満ちた神父の崇高な生涯が脳裡《のうり》に去来して、しばらくは身動きできない。

尚《なお》、本書が刊行される二〇一七年は、今村信徒の発見から百五十周年にあたっている。

主要参考文献

安陪光正『村のくらし 筑前三奈木』私家版 二〇〇九
天草キリシタン文化史研究会（編）『天草吉利支丹史跡探訪』天草殉教者記念聖堂 二〇一〇
天草市教育委員会（編）『改訂版 天草の歴史』天草市教育委員会 二〇〇八
今村義孝『天草学林とその時代』天草文化出版社 一九九〇
海老沢有道『高山右近』吉川弘文館 一九八九
遠藤薫（編）『長崎街道 大里・小倉と筑前六宿』図書出版のぶ工房 二〇〇六
及川吉四郎『みちのく殉教秘史』本の森 二〇〇五
大石一久（編）『日本キリシタン墓碑総覧』長崎文献社 二〇一二
大泉光一『支倉常長』中公新書 一九九九
太田尚樹『支倉常長遺欧使節 もうひとつの遺産』山川出版社 二〇一三
大橋幸泰『潜伏キリシタン』講談社選書メチエ 二〇一四
小川博毅『史伝 明石掃部 最後のキリシタン武将』橙書房 二〇一二
鹿毛敏夫『大航海時代のアジアと大友宗麟』海鳥社 二〇一三
梶山義夫（監訳）『イエズス会教育の特徴』ドン・ボスコ社 二〇一三
神田千里『島原の乱』中公新書 二〇〇五
岸野久『ザビエルの同伴者アンジロー』吉川弘文館 二〇〇一

岸野久『ザビエルと東アジア』吉川弘文館　二〇一五
北沢文武『山里の殉教者たち』さきたま出版会　一九九四
国見町文化財調査委員会（編）『北浦辺かくれキリシタンの遺跡』国見町文化財調査委員会　二〇〇六
久保田玄立『私考・宮城県南の奥州隠れキリシタン』宝文堂　一九八七
久留米市史編さん委員会（編）『久留米市史 第二巻』久留米市　一九八二
黒田基樹『百姓から見た戦国大名』ちくま新書　二〇〇六
小岸昭『隠れユダヤ教徒と隠れキリシタン』人文書院　二〇〇二
五野井隆史『徳川初期キリシタン史研究 補訂版』吉川弘文館　一九九二
五野井隆史（H・チースリク監修）『ペトロ岐部カスイ』大分県教育委員会　一九九七
五野井隆史『支倉常長』吉川弘文館　二〇〇三
五野井隆史『ペトロ岐部カスイ』教文館　二〇〇八
木場田直『キリシタン農民の生活』葦書房　一九八六
坂井信生『福岡とキリスト教』海鳥社　二〇一二
佐藤早苗『奇跡の村』河出書房新社　二〇〇二
示車右甫『天草回廊記』海鳥社　二〇一二
白浜満『わかりやすいミサと聖体の本』女子パウロ会　二〇〇七
谷口研語（監修）『諸国の合戦争乱地図〈西日本編〉』人文社　二〇〇六
玉木譲『天草河内浦キリシタン史』新人物往来社　二〇一三
長忠生『内信心念仏考』海鳥社　一九九九

土屋吉正『ミサがわかる』オリエンス宗教研究所　一九八九
土屋吉正『暦とキリスト教』オリエンス宗教研究所　二〇〇九
鶴田文史（編）『天草学林　論考と資料集　第二輯』天草文化出版社　一九九五
東野利夫『南蛮医アルメイダ』柏書房　一九九三
鳥津亮二『小西行長』八木書店　二〇一〇
長崎文献社（編）『長崎・天草の教会と巡礼地完全ガイド』長崎文献社　二〇〇五
長崎文献社（編）『南島原歴史遺産』長崎文献社　二〇一〇
長島総一郎『日本史のなかのキリスト教』ＰＨＰ新書　二〇一二
日本カトリック司教協議会『ペトロ岐部と一八七殉教者』カトリック中央協議会　二〇〇七
福田八郎（監修）『加津佐　ふるさと史跡めぐり』加津佐町教育委員会　二〇〇二
二木謙一『戦国武将の手紙を読む』角川選書　一九九一
古川愛哲『江戸の歴史は隠れキリシタンによって作られた』講談社＋α新書　二〇〇九
古野清人『隠れキリシタン』至文堂　一九五九
本渡市立天草切支丹館（編）『本渡市立天草切支丹館資料目録』天草切支丹館振興会　二〇〇二
松下志朗『近世九州の差別と周縁民衆』海鳥社　二〇〇四
松本教夫『天草のキリシタン復活』私家版　二〇一一
宮崎賢太郎『カクレキリシタンの信仰世界』東京大学出版会　一九九六
宮崎賢太郎『カクレキリシタン』長崎新聞新書　二〇〇一
宮崎賢太郎『カクレキリシタンの実像』吉川弘文館　二〇一四

宮本次人『ドン・ジョアン有馬晴信』海鳥社　二〇一三
山本博文『殉教』光文社新書　二〇〇九
結城了悟『ザビエル』聖母文庫　二〇〇四
吉永正春『九州のキリシタン大名』海鳥社　二〇〇四
李聖一『神の指ここにあり』ドン・ボスコ社　二〇一六
若桑みどり『クアトロ・ラガッツィ（上・下）』集英社文庫　二〇〇八
ヴァリニャーノ／松田毅一他訳『日本巡察記』平凡社　一九七三
ジャヤ・チャリハ、エドワード・レ・ジョリー（編）／いなますみかこ訳『マザー・テレサ 日々のことば』女子パウロ会　二〇〇九
H・チースリク（高祖敏明監修）『秋月のキリシタン』教文館　二〇〇〇
H・チースリク（高祖敏明監修）『キリシタン時代の日本人司祭』教文館　二〇〇四
ピーター・ミルワード／松本たま訳『ザビエルの見た日本』講談社学術文庫　一九九八
ペトロ・アルーペ、井上郁二訳『聖フランシスコ・デ・サビエル書翰抄（上・下）』岩波文庫　一九九一
ホアン・カトレット／高橋敦子訳『イエズス会の歴史』新世社　一九九一
ヨゼフ・B・ムイベルガー『日本における信仰 ヴァリニャーノの「日本カテキズモ」と倫理神学的見解』サンパウロ　二〇〇四
ラニエロ・カンタラメッサ／片岡仁志、庄司篤訳『ミサと聖体 私たちの成聖』聖母文庫　一九九七
ルイス・フロイス／松田毅一、川崎桃太訳『完訳フロイス日本史（1～12）』中公文庫　二〇〇〇

レオン・パジェス／吉田小五郎訳『日本切支丹宗門史（上・中・下）』岩波文庫　一九三八～四〇
Francesco Occhetta『Francesco Saverio』Velar 2009
アクロス福岡文化誌編纂委員会（編）『街道と宿場町』海鳥社　二〇〇七
アクロス福岡文化誌編纂委員会（編）『ふるさとの食』海鳥社　二〇〇八
「海路」編集委員会（編）「九州の城郭と城下町・中世編」海鳥社　二〇〇七　海路5号
「海路」編集委員会（編）「キリスト教の到来」海鳥社　二〇〇九　海路8号
「海路」編集委員会（編）「日本布教の背景とキリシタンの動向」海鳥社　二〇一〇　海路9号
教　「芸術新潮」一九九九年二月号　特集「ザビエルさん、こんにちは」新潮社
『戦国武将の誇りと祈り　九州の覇権のゆくえ』九州歴史資料館　二〇一三
旅する長崎学2『キリシタン文化Ⅱ』長崎文献社　二〇〇六
旅する長崎学4『キリシタン文化Ⅳ』長崎文献社　二〇〇六
守　浜松市楽器博物館（編）『浜松市楽器博物館所蔵楽器図録（1～4）』浜松市楽器博物館　一九九五

解説

縄田一男

『守教』（上下）は、二〇一七年九月、新潮社から書き下ろしとして刊行された作品で、第五十二回吉川英治文学賞と第二十四回中山義秀文学賞を受賞した帚木蓬生の傑作である。

作者は、新潮社のPR誌「波」のインタビューに答え、この作品を書いた動機は三つあるといい、まず〈久留米《くるめ》藩三部作〉を完結させるためであった、としている。

ここで作者のいう〈久留米藩三部作〉について記しておく。

第一弾は、筑後《ちくご》川の堰渠《えんきょ》工事に邁進《まいしん》した有馬藩の五庄屋と百姓たちを描き、第二十九回新田次郎文学賞を受賞した『水神《すいじん》』（上下、新潮文庫）であり、第二弾は、久留米藩井上村で、百姓のために医学の道を志した大庄屋高松家の次男・庄十郎の成長を、家を継いだ長男・甚八との対比でとらえた『天に星　地に花』（上下、集英社文庫）、そして本書で完結に至る三作を示すものである。

『水神』執筆時に作者は急性骨髄性白血病に罹患《りかん》していることが判明、消毒した原稿用紙を無菌室に持ち込んで作品は完成を見たという。その後、作者は回復を得て退院、『水神』と、病床で書きはじめ、退院後に脱稿、第六十回小学館児童出版文化賞を受賞した『ソルハ』、そして、医学史でとりあげられることのない従軍医たちを一人称で描いた二冊の連作集『蠅《はえ》の帝国』『蛍《ほたる》の航跡』を〈遺言三部作〉と名づけた。

が、作者の創作意欲――それは、白血病からの生還によってますます強靭《きょうじん》なものになったと思われるが、同じ『水神』を契機として、自らの故郷、福岡の歴史に材を得たテーマへの探究へ向かわせたのではあるまいか。

特に『守教』に関しては、自らの生い立ちに深く根ざす部分が多く、そのことは、前述の吉川英治文学賞の〈受賞のことば〉で、

　『守教』の舞台になった大刀洗《たちあらい》町今村は、中学時代、友人と自転車でよく通りました。こんな田舎に、どうしてかくも立派な教会があるのか不思議でなりませんでした。大人たちに聞いても、答えは返ってきません。今度の執筆でようやく少年の頃の謎《なぞ》が解けました。

『水神』『天に星　地に花』『守教』は筑後有馬領三部作であり、生まれ育った故

郷への恩返しでもありました。加えてそこに賞をいただいたのですから、３００年以上にわたって信仰を守ってきた人々の祝福を感じます。

と、記していることからも明らかである。

話を再び〈久留米藩三部作〉に戻せば、『守教』を執筆し三部作を完結させたかった二番目の理由には、文字通り歴史の彼方に埋もれた人々を書かねばならぬという思いがあった。九州にいるキリシタン大名——大友宗麟《そうりん》、有馬晴信、小西行長ら——が活躍する小説は数多くあるが、海を渡ってきた宣教師や日本人の神父や修道士、最高時には数十万人超もいた信者たちには目配りしていない。彼らが伴天連《ばてれん》追放令や禁教令で消えてしまった事実を、あるいは、キリスト教を受け入れた百姓たちの日常がどう変わっていったかを、記しておきたいという思いがあったと答えている。

そして三番目の理由は、隠れキリシタンが福岡にもいた、という現地の人にもあまり知られていない事実を書き残すことである。

こうした三つの願いを込めて、作者は、百姓たちの生活を理解し、宣教師たちとも交流があり、外で何が起こっているかを知り得る人物、(大)庄屋を物語の軸として、——この軸の据《す》え方は、『水神』『天に星　地に花』でも同様——物語を進めていく。

但《ただ》し、すでに本書を読了した方ならお分かりだろうが、本書に関しては、終盤、百姓に視点が移動している。そして、日本が世界でいちばん多い四千人もの殉教者を出したことや、戦国末から江戸初期にかけて、九州の覇権争いについてキリスト教を抜きにしては考えられなかったこと等々を明らかにしておきたかった、としている。

これだけのテーマやモチーフが、作者の生涯に一度書けるかどうかという、静かなる気迫のもと、展開していくのだから、前述の吉川英治文学賞と中山義秀文学賞を二つながらに受賞したのは当然のことといえるだろう。

ここに、吉川英治文学賞の選評を幾つか抜き出しておこう。

いわく

「何という質朴な小説だろう。

いったいどうすれば、これほど実直な物語が書けるのだろう。

信仰と弾圧。これを描くためには、情に流れぬよう文章を制御しなければならない。なおかつ勇気を揮《ふる》うためには、多くの史料を求め、分析し理解しなければならない。そうした作業を経た結果の作品が、私の感じた「質朴な小説」「実直な物語」だったのだろう。

今ひとつ、しごく個人的な感想がある。宗教も文学も、本来はこのように純潔でなければならないと、作者は質朴に実直に示唆《しさ》したように思えるのである」（浅田次郎）

いわく

「私は、全篇がモノトーンのように感じた。弾圧も虐殺《ぎゃくさつ》もそこに吹く風も、モノトーンなのだ。それは、文体にも描写にも、ある抑制が貫かれているからではないだろうか。静かで強勁《きょうけい》なものが、行間から立ちあがってくる。

宗教とは人間にとってなんなのか、という自問をくり返しながら、読んだ。人がなぜ生きるのか、という問いに答がないのと同じように、なぜ信仰を守るのか、という問いも無意味でしかないと思った。信仰が人の存在と重なる、稀有《けう》な労作であったと思う」（北方謙三）

いわく

「東アジア布教の旗手をつとめたのが、フランシスコ・ザビエルであり、かれは天文十八年（一五四九年）に日本に到着した。むろんかれは日本の布教が主眼というわけではなかったため、中国での布教をめざしたが、途上で病歿《びょうぼつ》した。その志を継いだ者が、中国で布教につとめたが、明王朝が滅亡するまでに得た信徒の数はぞんがい多くなかった。それにひきかえ、日本の信徒数が飛躍的に多くなったという事実に驚嘆すべきである。帚木蓬生氏の『守教』には、そういう奇蹟《きせき》が書かれている。目次は、永禄十二年（一五六九年）からはじまって慶応三年（一八六七年）で終わるが、これほどの長さの日本キリスト教小説が出現したのは空前のことである」（宮城谷昌光）

選評の中でも幾つか本書の文体に触れているものがあったが、私もこの一巻を読みながらまず第一に思い知らされたことは、作品にはそれにふさわしい文体がいるということであった。本書の場合、私にとってそれは静謐《せいひつ》極まりない筆致であった。

物語は戦国期、大友宗麟麾下《きか》の一万田右馬助《いちまだうまのすけ》が宗麟から二つのこと——領内の高橋村の大庄屋になることと、小さくともよいからイエズス教の国をつくること、を頼まれ、これを実行しようとすることから幕があく。

上巻では、存在すら知らなかった神の教えを知った人々——武士から農民まで——の歓喜とおののき、そして秀吉の禁教令によって、宗徒の間に広がる不安と動揺が活写されている。

さらに下巻では、苛烈《かれつ》を極めたキリシタン弾圧の中で行われる、殉教、潜教、密告などから、幾星霜《いくせいそう》を経て、明治六年（一八七三）、外圧によって開教が成されるまでが描かれていく。

本書は一貫して、右馬助とその子孫たちの視点で物語が進行し、未読の方のために詳述はできないが、特に下巻で描かれる、信徒を守るための最大の殉教の場面では、読者は落涙を禁じ得ないであろう。

さらに見逃してならないのは、宣教師たちがあちこち移動していることだ。迫害から逃れるためばかりでなく、まだ残っている信者を救うために飛びまわっていたのではあるまいか。そこに信者がいると知れば、身の危険をかえりみずその場所に行ったのだと思う。

また、千々石《ちぢわ》ミゲルが棄教していたこと。語学の才能に長じた原マルチノが、マカオで生涯を終えたこと。伊東マンショが早世していたこと。中浦ジュリアンが、棄教した司祭として遠藤周作氏の『沈黙』にも登場するフェレイラ神父と一緒に、穴吊るしの刑にあったこと……。

作者は、これら良く知られているとはいいがたい、天正遣欧少年使節四人の生涯を描けたこともうれしかったとし、エルサレムまで行ったペドロ岐部《きべ》や、中浦ジュリアンの心意気を描けただけでも、本書を書いた甲斐《かい》があった、としている。

そして、こうした懐《ふところ》の深い歴史を小説たらしめているのが、前述の静謐な筆致によるものであり、映画でいえば、本書はドキュメンタリーに近く、私たちは、この凄惨《せいさん》な事実から目を離すことができなくなる。「情に流れぬよう文章を制御しなければならない」（前掲浅田氏）、「静かで強勁なもの」（前掲北方氏）という評言も同じ謂《いい》であろう。

それだけではない――作中には、イエズス教を一言でいえば「慈愛」である、とする箇所がある。作品が訴えているのは、過去のキリシタン受難史だけではないのではあるまいか。

本書は、『水神』同様、日々、寛容さを喪《うしな》いつつある、私たちの世界、すなわち〈現在〉に対する警鐘の一巻であり、いま、どこかで何かに耐えながら生きているすべての人々のためのものだ。

目に見えない神の教えを守り続けた高橋村の奇蹟――これは、前に記したように、作家が生涯何度書き得るかどうか、という高みに手が届いた作品であろう。

本書との出会いは、私にとって、まさに大いなる歓《よろこ》びである、としかいいようがない。まして、『水神』に続いてこの一巻の解説をまかされたことは、文芸評論家にとってこれに優《まさ》る誇りはない。記して感謝を申し上げる次第である。

（令和二年二月、文芸評論家）

この作品は平成二十九年九月新潮社より刊行された。

新潮文庫最新刊

角幡唯介著
漂　流
37日間海上を漂流し、奇跡的に生還しながらふたたび漁に出ていった漁師。その壮絶な生き様を描き尽くした超弩級ノンフィクション。

今野勉著
宮沢賢治の真実
―修羅を生きた詩人―
蓮如賞受賞
猥、嘲、凶、呪……異様な詩との出会いを機に、詩人の隠された本心に迫る。従来の賢治像を一変させる圧巻のドキュメンタリー！

本橋信宏著
東京の異界 渋谷円山町
花街として栄えたこの街は、いまなお老若男女を惹きつける。色と欲の匂いに誘われて、路地と坂の迷宮を探訪するディープ・ルポ。

廣末登著
組長の妻、はじめます。
―女ギャング亜弓姐さんの超ワル人生懺悔録―
数十人の男たちを従え、高級車の窃盗団を組織した関西裏社会〝伝説の女〟。犯罪史上稀なる女首領に暴力団研究の第一人者が迫る。

山口文憲編
やってよかった東京五輪
―オリンピック熱1964―
昭和三九年の東京を虫眼鏡で見る――『昭和天皇実録』から文士の五輪ルポ、新聞記事まで独自の視点で編んだ〈五輪スクラップ帳〉！

群ようこ著
鞄に本だけつめこんで
本さえあれば、どんな思い出だって笑えて愛おしい。安吾、川端、三島、谷崎……名作とともにあった暮らしをつづる名エッセイ。

守《しゅ》教《きょう》（下）

新潮文庫　は－7－29

令和二年四月一日発行

著者　帚《はは》木《ぎ》蓬《ほう》生《せい》

発行者　佐藤隆信

発行所　株式会社新潮社

郵便番号　一六二―八七一一
東京都新宿区矢来町七一
電話 編集部（〇三）三二六六―五四四〇
読者係（〇三）三二六六―五一一一
https://www.shinchosha.co.jp

価格はカバーに表示してあります。

乱丁・落丁本は、ご面倒ですが小社読者係宛ご送付ください。送料小社負担にてお取替えいたします。

印刷・大日本印刷株式会社　製本・加藤製本株式会社

ISBN978-4-10-118829-4 C0193